NE TE RETOURNE PAS!

Karin Fossum (née en 1954) obtint le prix des débutants Trajei Vesaas pour son premier livre, un recueil de poésies intitulé *Demain peut-être*. C'est avec *L'Œil d'Ève*, aujourd'hui traduit en douze langues, qu'elle rencontra un véritable succès auprès du public. Ses livres suivants, *Ne te retourne pas* et *Celui qui craint le loup*, remportèrent respectivement le prix Riverton 1996 du meilleur roman policier en Norvège, et le prix nordique La Clé de verre, en 1997. Ses deux premiers romans ont été portés à l'écran.

DU MÊME AUTEUR

L'Œil d'Ève
Odin Éditions, 1999
Seuil, « Points », n° P 892

Celui qui a peur du loup
J-C. Lattès, 2004

Karin Fossum

NE TE RETOURNE PAS!

ROMAN

*Traduit du norvégien
par Marie Lunde*

Odin éditions

TEXTE INTÉGRAL

TITRE ORIGINAL
Se deg ikke tilbake!
ÉDITEUR ORIGINAL
J. W. Cappelens Forlag a/s

ISBN original : 82-02-216736-1
© J. W. Cappelens Forlag, 1996

ISBN 2-02-041327-2
(ISBN 2-913167-10-1, 1re publication)

© Odin éditions, 2001, pour la traduction française

Le Code de la propriété intellectuelle interdit les copies ou reproductions destinées à une utilisation collective. Toute représentation ou reproduction intégrale ou partielle faite par quelque procédé que ce soit, sans le consentement de l'auteur ou de ses ayants cause, est illicite et constitue une contrefaçon sanctionnée par les articles L. 335-2 et suivants du Code de la propriété intellectuelle.

www.seuil.com

J'ai délibérément respecté le tutoiement systématique dans les dialogues pour rendre compte de cet aspect singulier de la culture norvégienne.

M. L.

Malgré la modification de quelques noms de lieux, ceux qui y vivent pourront reconnaître le décor dans lequel cette histoire se déroule. C'est pourquoi je tiens à les assurer très sincèrement qu'aucun des protagonistes de ce livre n'est inspiré de personnes existant réellement.

Valstad, février 1996

Karin Fossum

à Bente Konstance

Ragnhild entrebâilla la porte et regarda dehors. Là-haut, sur la route, tout semblait calme et le vent qui avait joué entre les maisons pendant la nuit s'était enfin apaisé. Elle se retourna et tira la poussette de sa poupée sur le seuil.

– On n'a même pas déjeuné, protesta Marthe.

Elle souleva l'arrière de la poussette pour la dégager.

– Il faut que je rentre : on doit faire des courses, répondit Ragnhild.

– Tu veux que je vienne chez toi, après ?

– Si tu veux. Quand on sera revenues du magasin.

Ragnhild referma la porte qui claqua dans un crissement de bois et de métal. Elle s'engagea sur le chemin gravillonné qui montait vers le portail. Comme la poussette pesait lourd, elle décida de la tirer. Elle se débattit avec le portail, mais n'osa pas le laisser entrouvert : le chien de Marthe risquait de s'enfuir ; posté sous la table de jardin, il la suivait attentivement des yeux. Après avoir vérifié que le portail était bien verrouillé, Ragnhild s'engagea dans la ruelle vers les box à voiture. Elle aurait pu prendre le raccourci entre les maisons, mais elle jugea que ce serait trop difficile avec la poussette.

L'un des voisins sortait de son garage. Il lui sourit en boutonnant son pardessus. Sa grande Volvo noire l'attendait en ronronnant.

– Alors Ragnhild, déjà debout ? Marthe ne s'est pas encore levée ?

– J'ai dormi chez elle, expliqua-t-elle. Par terre, sur un matelas.

– Ah bon, je comprends mieux !

Il ferma son box à clé et jeta un coup d'œil à sa montre. Il était huit heures six. Il démarra. Bientôt, sa voiture disparut sur la route.

Ragnhild s'agrippait à la poussette. Elle était parvenue à l'endroit où la route descendait brusquement, et elle dut s'accrocher pour ne pas lâcher prise. La poupée baptisée Élise comme elle – car elle s'appelait Ragnhild-Élise – bascula vers l'avant dans une position peu confortable : d'une main, elle la remit en place et tapota la couette, avant de poursuivre sa route. Elle portait des chaussures en toile, l'une rouge avec un lacet vert, l'autre verte avec un lacet rouge assorties à un jogging rouge orné de Simba le lion sur la poitrine et à un blouson vert, exactement comme il fallait que ce soit.

Ses cheveux très blonds étaient étrangement clairsemés et pas très longs, mais elle avait tout de même réussi à les assembler sur le haut de sa tête, grâce à un élastique orné de fruits en plastique : sa touffe de cheveux surgissait comme un petit palmier malmené. À six ans et demi, elle était frêle pour son âge. Il fallait qu'elle ouvre la bouche pour qu'on comprenne qu'elle serait bientôt assez grande pour aller à l'école.

Elle ne croisa personne dans la descente, mais en approchant du carrefour, elle entendit le ronflement d'une voiture. Elle s'arrêta pour se serrer sur le bas-côté de la route et attendit, observant la camionnette couverte de taches qui se balançait sur un ralentisseur. En apercevant l'enfant, elle freina. Ragnhild voulait traverser la rue pour gagner le trottoir d'en face car sa mère lui avait dit qu'il fallait toujours marcher sur le trottoir. Elle attendait que la voiture passe, mais le conducteur stoppa et baissa la vitre.

– Vas-y d'abord, j'attends, cria-t-il.

Elle hésita, puis traversa. Elle dut se retourner pour soulever la poussette sur le trottoir. Le conducteur s'arrêta de nouveau et abaissa la vitre de l'autre côté.

Il a de drôles d'yeux, se dit-elle. Grands et ronds comme des billes, très écartés, aussi pâles qu'une couche de glace. Sa petite bouche aux lèvres charnues et tombantes lui donnait l'air d'un poisson. Il l'observait.

– Tu vas monter la côte de la rue Ardoise avec ta poussette ?

Elle fit oui de la tête et ajouta : « J'habite rue Granit. »

– Ça va être lourd. Et qu'est-ce t'as là-dedans, dis-moi ?

– Élise, répondit-elle en soulevant sa poupée.

– Elle est jolie, dit-il en lui décochant un large sourire. Elle remarqua que sa bouche était mieux ainsi.

Ses cheveux ébouriffés poussaient en épis semblables à des feuilles d'ananas. Quand il se gratta la tête, l'effet fut pire encore.

– Je peux t'y conduire, proposa-t-il. Derrière, il y a assez de place pour ta poussette.

L'homme tira le frein à main et lui désigna l'arrière de la voiture.

Ragnhild considéra la côte longue et raide et réfléchit.

– Maman m'attend, objecta Ragnhild.

Une sonnette d'alarme tintait quelque part dans sa tête, mais sans vraiment l'inquiéter.

– Tu seras plus vite chez toi si je t'emmène.

Pour Ragnhild, dotée d'un solide sens pratique, l'argument était convaincant. Elle fit donc rouler la poussette vers l'arrière de la voiture. Le conducteur en descendit d'un bond, ouvrit la porte et hissa la poussette d'une main, avant de soulever Ragnhild.

– Il faut que tu restes derrière pour tenir la poussette, sinon elle n'arrêtera pas de bringuebaler.

Il passa devant, s'assit et desserra le frein à main.

— Tu montes cette côte tous les jours ? demanda-t-il en la regardant dans le rétroviseur.

— Seulement quand je reviens de chez Marthe. J'ai dormi chez elle.

Elle sortit une trousse de toilette à fleurs de sous la couette de sa poupée, l'ouvrit pour vérifier que tout était en place : la chemise de nuit avec l'image de Nala, les brosses à dents et à cheveux. La camionnette cahota à nouveau sur un ralentisseur. L'homme jetait sans cesse des coups d'œil au rétroviseur.

— T'as déjà vu une brosse à dents comme ça ? demanda Ragnhild en exhibant le manche en forme de soulier.

— Non ! s'exclama-t-il, émerveillé. Comment tu l'as eue ?

— C'est Papa qui me l'a donnée. Tu n'en as pas, toi ?

— J'en commanderai une pour Noël.

Il venait de franchir la dernière bosse et passa en seconde dans un plaintif grincement de boîte de vitesses, Ragnhild se retrouva cul par-dessus tête, accrochée à sa poussette.

Une petite fille très mignonne, se dit-il. Très jolie dans son jogging rouge, une vraie petite fraise bien mûre. Il trônait derrière le volant de sa grande camionnette en sifflotant : il se sentait très bien avec la petite fille à l'arrière. Vraiment très bien !

* * *

Le village était blotti au pied de la montagne, au fond de la vallée, tout au bout du fjord qui ressemblait à un étang aux eaux trop calmes. Tant il est vrai qu'on doit toujours se méfier de l'eau qui dort, le bourg passait pour le laissé-pour-compte de la commune. Les routes qui y menaient étaient dans un état déplorable. Un autocar s'arrêtait de temps à autre devant la vieille laiterie désaffectée pour ramasser quelques âmes et les conduire en ville. Mais pour en revenir, c'était une autre affaire.

La montagne n'était qu'une colline grise peu appréciée des villageois, mais souvent fréquentée par des gens qui venaient de loin, attirés par ses minéraux rares et sa flore exceptionnelle. Par beau temps, comme si elle était hantée, on entendait un faible son de cloches qui provenait tout simplement des moutons paissant au sommet. Une brume légère colorait les coteaux d'un bleu vaporeux et délicat. À la place du passager, Konrad Sejer suivait la route communale, le doigt sur la carte de la région. Au volant, l'agent Karlsen suivait ses indications en scrutant les champs. Ils arrivèrent à un rond-point.

– Tourne à droite dans la rue Gneiss, remonte la rue Ardoise et prends à gauche vers la rue Feldspath. Là, à droite, c'est le début de la rue Granit. Un cul-de-sac, constata Sejer, pensif. Le numéro 5, ça doit être la troisième maison sur ta gauche.

Il était crispé. Sa voix était plus sèche que d'habitude.

Karlsen engagea la voiture dans un lotissement récent où les nouveaux venus s'étaient entassés comme des sardines, à courte et rassurante distance du reste de la communauté locale. Ils passèrent sur quelques ralentisseurs, sans parler. En approchant de la maison qu'ils cherchaient, ils essayèrent de se barder de courage, de se bercer de l'illusion que l'enfant disparue était déjà rentrée chez elle entre-temps, qu'ils la trouveraient sur les genoux de sa mère, étonnée et gênée de ce branle-bas de combat.

Il était treize heures, il y avait donc cinq heures qu'elle était portée disparue. Avec deux heures d'absence, on touchait déjà à la limite du raisonnable ; cinq, c'était définitivement trop. Le malaise les submergeait, comme un espace mort dans leur poitrine où le sang refuserait de circuler. Leur silence était tissé d'images sinistres qui deviendraient peut-être réalité. Au numéro 5 s'élevait une bâtisse de plain-pied, blanche, avec des chambranles bleu foncé. Pour atténuer son côté préfabriqué, son manque de caractère, on l'avait naïvement transformée en une sorte de maison de poupée avec de jolis volets et une bordure de toit dentelée ; une grande véranda à balustrade sculptée bordait toute la maison, donnant sur un jardin bien entretenu. Située pratiquement en haut de la vallée, elle donnait sur tout le village, un petit village assez charmant, avec ses fermes et ses champs. Près de la boîte aux lettres était garée une voiture de police, partie bien avant eux.

Sejer entra le premier, s'essuya soigneusement les pieds sur le paillasson et baissa la tête pour pénétrer dans le salon. Il leur fallut moins d'une seconde pour comprendre la situation : l'enfant n'était toujours pas rentrée ; la panique était palpable. La mère, une forte femme vêtue d'une robe à carreaux, était assise dans le canapé. Un agent – une femme – se tenait près d'elle, la main posée sur son bras. Sejer pouvait pratiquement sentir l'odeur de la peur qui emplissait la pièce. La mère mobilisait ce qui lui restait de force pour se retenir de pleurer ou de pousser un hurlement strident ; elle haletait de fatigue et dut faire un effort pour se lever et tendre la main aux arrivants qui se présentèrent.

– Bonjour, madame Album. Des gens sont déjà partis à sa recherche, n'est-ce pas ? s'enquit Sejer.

– Quelques voisins. Avec un chien.

Elle se laissa retomber dans le canapé.

– Il faut bien s'entraider.

Il s'assit dans le fauteuil en face d'elle et se pencha en avant. Il ne la quittait pas des yeux.

– On va faire appel à une patrouille canine. À présent, il faut que tu me parles de Ragnhild, de sa personnalité, que tu me dises à quoi elle ressemble, comment elle est habillée…

La bouche crispée dans un rictus, elle hocha la tête sans répondre.

— Tu as téléphoné dans tous les endroits possibles ?

— Il n'y en a pas beaucoup, murmura-t-elle. J'ai appelé partout.

— Vous avez de la famille dans le village ?

— Personne. Nous ne sommes pas d'ici.

— Est-ce que Ragnhild va à la crèche ou dans un centre de loisirs ?

— Il n'y avait pas de place.

— Vous avez d'autres enfants ?

— On n'a qu'elle.

Il s'efforçait de reprendre sa respiration sans faire de bruit.

— D'abord... ses vêtements. Essaie d'être très précise.

— Un jogging rouge, bégaya-t-elle, avec un lion sur la poitrine. Un blouson vert à capuche. Une chaussure rouge à lacet vert et une verte à lacet rouge.

Elle parlait par saccade d'une voix qui menaçait de se briser.

— Et Ragnhild ? Décris-la-moi.

— Un mètre dix. Dix-huit kilos. J'en suis sûre parce qu'elle vient de passer la visite médicale des six ans. Elle a des cheveux très clairs.

Elle se leva et se dirigea vers la télé. Au mur, étaient accrochées quelques photos dont une de madame Album en habit traditionnel auprès d'un homme – probablement le père –, en uniforme militaire de campagne ; une touffe de cheveux blonds émergeait de sa casquette de soldat. Toutes les autres représentaient Ragnhild. Sa mère choisit un cadre où la petite souriait et la tendit à Sejer. Ses cheveux étaient en effet presque blancs, contrastant avec ceux de sa mère, noirs comme l'ébène.

— C'est quel genre de petite fille ?

— Confiante, sanglota-t-elle. Elle parle facilement à tout le monde.

Cette remarque la fit frissonner.

– C'est ce genre de gosse-là qui se débrouille le mieux dans la vie, déclara fermement Sejer. Il faudrait qu'on emporte la photo.

– Je comprends.

– Dis-moi, continua-t-il en se rasseyant, dans ce village, où est-ce que les gamins vont quand ils partent se promener ?

– Vers le fjord. À la plage, devant la ferme du pasteur ou chez Horgen. Ou bien ils grimpent au sommet de la colline. Quelques-uns vont jusqu'au bassin de Høyde ou dans le bois.

Il jeta un coup d'œil par la fenêtre et aperçut les grands sapins sombres.

– Est-ce que quelqu'un a vu Ragnhild depuis qu'elle est partie ?

– Le voisin de Marthe l'a croisée devant son garage en partant au travail. Je le sais, j'ai appelé sa femme.

– Et où habite Marthe ?

– Rue Cristal. À quelques minutes d'ici à peine.

– Ragnhild avait une poussette avec elle, non ?

– Oui, une Brio rose.

– Ce voisin qui l'a vue près de son garage, il s'appelle comment ?

– Walther, répondit-elle, étonnée. Walther Isaksen.

– Tu sais comment on peut le joindre ?

– Il travaille chez Dyno. À la direction des ressources humaines.

Sejer se leva, alla vers le téléphone et appela les renseignements ; il obtint le numéro, le composa, puis attendit avec impatience.

– J'ai besoin de parler d'urgence à l'un de vos employés. Il s'appelle Walther Isaksen.

De son canapé, madame Album l'observait avec inquiétude. Karlsen regardait par la fenêtre les collines bleuâtres, les champs, le clocher d'une église un peu plus loin.

— Vous êtes Walther Isaksen ? Police, Konrad Sejer à l'appareil, fit-il d'un ton un peu sec. J'appelle du 5, rue Granit : tu sais probablement pourquoi ?

— Ragnhild n'est toujours pas rentrée ?

— Non, mais j'ai entendu dire que tu l'avais aperçue au moment où elle quittait la maison de Marthe ?

— Oui, j'étais en train de fermer la porte du garage.

— Tu as regardé l'heure ?

— Il était huit heures six, j'étais un peu en retard.

— Tu es tout à fait sûr de l'heure ?

— Oui, j'ai une montre à affichage digital.

Sejer se tut et essaya de mémoriser la route qu'ils avaient parcourue pour venir.

— Donc, tu l'as quittée à huit heures six précises et après tu es parti directement au travail ?

— Oui.

— Tu as pris la rue Gneiss et ensuite la route communale ?

— C'est ça.

— À cette heure-là, les gens se dirigent plutôt vers la ville. Il y avait sans doute peu de circulation en sens inverse ?

— Oui, c'est vrai. Notre village n'est pas très passant. Et il n'y a pas de travail non plus.

— Est-ce que tu as croisé des voitures ? Quelqu'un qui allait vers le village ?

L'homme réfléchit. Sejer attendait. Il régnait dans la pièce un silence de mort.

— Oui, j'en ai croisé une en bas, dans la plaine. Juste avant le rond-point. Une sorte de camionnette, je crois, moche et constellée de taches. Elle roulait très lentement.

— Tu as vu qui était dedans ?

— Un homme, répondit-il en hésitant. Un homme seul.

* * *

– Je m'appelle Raymond, dit-il.

Ragnhild leva la tête et vit le visage souriant dans le rétroviseur et, par-delà, la colline baignée du soleil matinal.

– On fait un tour ?

Elle répondit sur un ton pragmatique, très raisonnable pour son âge.

– Maman m'attend.

– Tu es déjà montée tout en haut de la colline ?

– Une fois. Avec Papa. On avait emporté à manger.

– On peut y aller en voiture, expliqua-t-il. De l'autre côté, je veux dire. On y va ?

– Je veux rentrer, dit-elle, avec moins de fermeté cette fois.

Il freina, changea de vitesse et s'arrêta.

– Juste un tout petit tour ? supplia-t-il d'une voix faible.

L'homme tira le frein à main et lui désigna l'arrière de la voiture.

Ragnhild lui trouva l'air tellement triste ! Et puis, il n'était pas dans ses habitudes de s'opposer aux adultes. Elle se mit debout et progressa vers les sièges avant.

– Juste un petit tour, alors, concéda-t-elle. On monte en haut et, après, on rentre tout de suite.

Il recula dans la rue Feldspath, tourna, puis redescendit la pente.

– Comment tu t'appelles ? demanda-t-il.

– Ragnhild-Élise.

Il se cala sur son siège et se racla la gorge pour prendre un ton docte.

– Ragnhild-Élise, de toute manière, tu ne pourrais pas faire des courses : il n'est que huit heures et quart, et le magasin est fermé.

En guise de réponse, elle sortit Élise de la poussette, la posa sur ses genoux et arrangea sa robe. Puis elle lui retira sa tétine de la bouche. La poupée émit aussitôt des couinements métalliques et frêles.

Il freina brutalement et la regarda dans le rétroviseur.
– Qu'est-ce que c'est que ça ?
– C'est Élise. Elle pleure toujours quand je lui enlève sa tétine.
– Je déteste ce bruit ! Redonne-lui sa tétine !

Il s'agitait tant derrière le volant que le véhicule se déportait de droite à gauche.

– Papa conduit mieux que toi, lança-t-elle.
– Moi, j'ai appris tout seul, grommela-t-il, vexé. Personne ne voulait m'apprendre.
– Pourquoi ?

Il ne répondit pas, se bornant à secouer la tête. La camionnette arrivait maintenant sur la route communale. Il roula en seconde jusqu'au rond-point et passa le carrefour en bringuebalant.

– Là, on arrive chez Horgen, constata-t-elle, toute contente.

Il ne répondit toujours pas. Dix minutes plus tard, il prit à gauche la route qui montait vers la colline. Ils passèrent devant quelques fermes, des étables rouges, un tracteur, mais ne croisèrent personne. La route allait se rétrécissant, de plus en plus défoncée. Ragnhild commençait à avoir des courbatures dans les bras à force de retenir la poussette : elle déposa la poupée sur le sol et mit un pied entre les roues pour la caler.

– C'est ici que j'habite, dit-il tout à coup en s'arrêtant.
– Avec ta femme ?
– Non, avec mon père. Mais lui, il est couché.
– Il ne s'est pas encore levé ?
– Il reste tout le temps au lit.

Curieuse, elle regarda par la fenêtre et découvrit une drôle de maison. À l'origine, c'était un chalet qu'on avait agrandi une première fois, puis une seconde fois. Aucune des trois parties n'avait la même couleur. À côté s'élevait un garage en tôle ondulée. La cour devant la maison était entièrement en friche ; les orties et les pissenlits étouffaient lentement une vieille herse rouillée. Mais Ragnhild avait découvert quelque chose d'autrement intéressant.

– Des lapins ! s'exclama-t-elle, émerveillée.
– Oui, acquiesça-t-il, ravi. Tu veux les voir ?

Il sauta de la camionnette, ouvrit l'arrière, souleva l'enfant et la reposa par terre. Il avait une drôle de façon de marcher à cause de ses jambes anormalement courtes, très arquées et de ses tout petits pieds. La distance entre son nez épaté et sa lèvre inférieure, qui avançait un peu, n'était pas bien grande. Peut-être parce qu'il avait la goutte au nez, Ragnhild comprit qu'en dépit de sa démarche de vieillard, il n'était pas vieux. C'était quand même drôle, ce visage d'enfant sur un corps de grand-père. Il se dandina vers les cages et en ouvrit une. Ragnhild resta pétrifiée.

– Je peux en tenir un ?
– Oui. Tu peux même choisir lequel.
– Le petit marron, décida-t-elle, enchantée.
– C'est Påsan. C'est le plus beau.

Il entrebâilla le clapier et en sortit une très petite créature, un Wedder tout rond, café au lait, avec des oreilles tombantes qui gigota vigoureusement, mais se calma dès qu'il fut dans les bras de Ragnhild. Muette d'émotion, elle sentit le petit cœur qui battait contre sa main et caressa son oreille aussi douce que du velours. Sa truffe brillait, noire et humide comme un bonbon de réglisse. Raymond la contemplait. Il avait une petite fille pour lui tout seul et personne ne les avait vus.

* * *

– On va envoyer la photo et son signalement aux journaux, déclara Sejer. Sauf erreur, ils l'imprimeront cette nuit.

Irène Album s'effondra sur la table et se mit à gémir. La policière assise dans le canapé sortit son mouchoir. Karlsen remua sur sa chaise qui racla le sol et consulta sa montre. Chacun regardait soit ses mains, soit ce dos secoué de pleurs.

– Ragnhild a-t-elle peur des chiens ? demanda Sejer.

– Pourquoi est-ce que tu me demandes ça ? sanglota-t-elle.

– Il nous est arrivé de rechercher des enfants qui se cachaient en entendant les bergers allemands de notre patrouille canine.

– Elle n'a pas peur des chiens.

Les mots résonnèrent dans la tête de Sejer : elle n'a pas peur, elle n'a pas peur...

– Tu n'as pas réussi à joindre ton mari ?

– Il est à Narvik pour un exercice, murmura-t-elle. Sur un haut plateau, quelque part dans la montagne.

– Ils n'ont pas de téléphones mobiles ?

– Ils sont hors de portée du réseau.

– Qui sont les gens qui ont entrepris les recherches ?

– Des garçons du voisinage. Ceux qui sont là dans la journée. Il y en a un qui a un téléphone portable.

– Ils sont partis depuis combien de temps ?

Elle regarda l'horloge au mur.

– Plus de deux heures.

Sa voix ne tremblait plus. Désormais elle semblait comme drogué, elle avait le ton apathique des gens à moitié endormis. Sejer se pencha vers elle et lui dit aussi clairement qu'il le put :

– Ce qui te fait le plus peur en ce moment n'est très probablement pas arrivé. Tu comprends ce que je te dis ? La plupart du temps, à l'origine de la disparition d'un enfant, il n'y a qu'une broutille. Et c'est pour ça que les enfants disparaissent sans arrêt : parce que, justement, ce sont des enfants. Ils n'ont aucune notion du temps, ces maudits gamins. Et ils sont tellement curieux qu'ils suivent la moindre lubie qui leur passe par la tête. C'est ça, être un enfant. Et c'est pour ça qu'ils disparaissent. Mais en général, ils reviennent aussi vite qu'ils ont disparu. Souvent, ils sont même incapables de dire où ils sont allés ou ce qu'ils ont fait. Habituellement – il prit une inspiration –, tout va très bien.

Elle lui lança un regard fiévreux.

– Oui ! dit-elle. Mais c'est la première fois qu'elle disparaît !

– Elle pousse, elle grandit, insista-t-il. Elle ose davantage.

« Bon Dieu », pensa-t-il tout à coup, « j'ai donc réponse à tout. » Il se leva et composa un autre numéro. Il se retint de regarder sa montre pour la énième fois, de vérifier combien de temps s'écoulait ; il n'avait pas besoin de ça. Quand il obtint la brigade criminelle, il résuma brièvement la situation, demanda qu'on contacte l'association Norsk Folkehjelp d'assistance aux personnes en détresse, indiqua l'adresse de la rue Granit et fournit une rapide description de la fillette. Il s'enquit des messages ; il n'y en avait pas. Il se rassit.

– Est-ce que, dernièrement, Ragnhild a mentionné ou parlé de personnes en particulier, des gens que tu ne connaîtrais pas ?

– Non.

– Est-ce qu'elle avait de l'argent sur elle ? Est-ce qu'elle aurait pu aller dans un magasin ou un kiosque ?

– Elle n'avait pas d'argent.

– C'est un petit village ici, continua-t-il. Lui est-il déjà arrivé quand elle se promène qu'un voisin lui propose de la raccompagner en voiture ?

– Oui, parfois. Il y a environ une centaine de maisons sur cette colline, et elle connaît quasiment tout le monde. Les voitures aussi. Il est arrivé qu'elle et Marthe aillent à l'église avec leurs poussettes de poupée et qu'elles en reviennent en voiture avec un des voisins.

– Pourquoi vont-elles à l'église ?

– Un petit garçon y est enterré. Elles le connaissaient. Elles cueillent des fleurs qu'elles déposent sur sa tombe, et après elles rentrent. Je pense qu'elles trouvent ça palpitant.

– Tu as cherché autour de l'église ?

– J'ai appelé chez Marthe pour parler à Ragnhild vers dix heures. Quand Marthe m'a dit qu'elle était partie à huit heures, j'ai sauté dans la voiture. J'ai laissé la porte de la maison ouverte au cas où elle arriverait pendant que je la cherchais. Je suis allée à l'église, à la station-service où je suis descendue de voiture pour regarder partout. Je suis passée au garage et derrière l'ancienne laiterie. Ensuite, je suis allée voir dans la cour de l'école primaire, parce que là-bas, il y a une aire de jeux avec des échelles et ce genre de choses. Après, j'ai vérifié à la crèche. Elle a toujours tellement eu envie d'y entrer, elle…

Des sanglots la submergèrent de nouveau. Tandis qu'elle pleurait, les autres attendaient en silence. Les yeux bouffis de larmes, elle froissait convulsivement sa robe entre ses doigts. Après un moment, elle s'apaisa et retomba dans son apathie. Peut-être pour tenir à distance des visions horribles.

Le téléphone émit un grelottement de mauvais augure. Madame Album sursauta et voulut décrocher, mais Sejer l'arrêta d'un geste et souleva le combiné.

– Allô ? Irène est là ?

C'était une voix de jeune garçon.

– Qui est à l'appareil ? demanda Sejer.

– Thorbjørn Haugen. On cherche Ragnhild.

– Je suis de la police. Tu as quelque chose à nous signaler ?

– On a fait la tournée de toutes les maisons de la colline. Toutes ! Mais il y en avait beaucoup où les gens n'étaient pas encore revenus. On a tout de même rencontré une femme dans la rue Feldspath. Un véhicule est rentré dans sa cour pour faire demi-tour, elle habite au numéro 1. Une sorte de camionnette, pense-t-elle. Et dans la voiture, elle a vu une petite fille avec une veste verte et des cheveux blancs. Et une petite touffe sur la tête. Ragnhild a souvent les cheveux coiffés comme ça.

– Continue !

– La voiture a donc viré au milieu de la côte pour redescendre dans l'autre sens et elle a disparu dans le tournant.

– La femme t'a précisé l'heure ?

– Huit heures et quart.

– Tu peux venir ici, rue Granit ?

– On arrive, on est juste au rond-point.

Il raccrocha. Irène Album était restée debout.

– Qui c'était ? souffla-t-elle. Qu'est-ce qu'on a dit ?

– Quelqu'un l'a vue, dit-il lentement. Elle est montée dans une voiture.

* * *

Bien qu'atténué par l'épaisse forêt, le bruit des cloches agit comme une sorte de déclic dans la tête de Ragnhild.

– J'ai faim, dit-elle brusquement. Il faut que je rentre.

Raymond leva les yeux. Påsan trottinait sur la table de la cuisine pour lécher la Maïzena répandue exprès. Depuis qu'ils avaient donné à manger aux lapins, ils avaient perdu toute notion du temps et du lieu. Raymond avait aussi montré à Ragnhild ses photos, découpées dans des magazines et soigneusement collées dans un grand album. La petite fille n'avait pas arrêté de rire aux éclats à cause de son drôle de visage. Mais, soudain, elle sentait qu'il était très tard. Elle répéta « j'ai faim ».

– Je peux te faire une tartine.

– Je veux rentrer. On doit aller faire des courses.

– On monte d'abord tout en haut de la colline et, après, je te reconduis chez toi.

– Non ! s'obstina-t-elle. Je veux rentrer maintenant !

Raymond jeta un coup d'œil circulaire et chercha désespérément un prétexte pour repousser la séparation.

– Oui, mais d'abord, il faut que j'aille acheter du lait pour Papa. En bas, chez Horgen. J'en ai pas pour longtemps. Tu peux attendre ici, ça ira plus vite.

Il se leva et la regarda, contemplant son visage, sa petite bouche en forme de cœur qui lui rappelait les bonbons Darling. Ses yeux bleu clair contrastant avec ses sourcils foncés lui donnaient un drôle de regard sous la frange blanche de ses cheveux. Raymond soupira profondément et ouvrit la porte de la cuisine. Ragnhild avait plutôt envie de partir mais, comme elle ne connaissait pas le chemin du retour, elle se résigna à attendre. Elle se dirigea vers le petit salon, le lapin dans les bras et se roula en boule dans un coin du canapé. L'animal chaud et doux lové au creux de son cou, elle se laissa vite gagner par la fatigue : cette nuit, avec Marthe, elles avaient assez mal dormi. Bientôt, ses yeux se fermèrent.

De retour chez lui, il resta longtemps assis à l'admirer, à s'étonner de la voir dormir si tranquillement, sans un mouvement, sans le moindre petit soupir. « Elle ressemble à un petit pain au four », se dit-il. Il la trouvait un peu levée, plus rebondie, plus chaude. Au bout d'un certain temps, il commença à s'agiter un peu. Ne sachant que faire de ses mains, il les fourra donc dans ses poches, avança et recula plusieurs fois sur sa chaise. Puis il se mit à pétrir le tissu de son pantalon tout en continuant à bouger, d'avant en arrière, de plus en plus vite. Il jeta un regard inquiet par la fenêtre et dans le couloir qui donnait sur la chambre de son père. Ses mains travaillaient sans répit, en même temps qu'il fixait les cheveux de la fillette, brillants comme de la soie ou comme la fourrure d'un lapin. Enfin, il exhala un léger soupir avant de s'arracher de son siège et de secouer doucement Ragnhild.

– On peut partir maintenant. Rends-moi Påsan.

Un court instant, Ragnhild se sentit complètement perdue, puis elle se leva en regardant Raymond, le suivit dans la cuisine et enfila son blouson. Elle franchit la porte d'entrée en trottinant et eut juste le temps de voir la petite boule qui disparaissait dans sa cage. La poussette de sa poupée se trouvait toujours à l'arrière de la camionnette. Raymond, l'air triste, lui donna une tape sur les fesses pour l'aider à monter. Puis il s'assit au volant et tourna la clé de contact. Sans succès.

– Elle démarre pas, s'énerva-t-il. Je comprends pas. Elle marchait à l'instant. Saloperie de bagnole !

– Il faut que je rentre ! couina Ragnhild, comme si sa protestation pouvait résoudre le problème.

Il continua à tourner la clé, à appuyer sur l'accélérateur sans obtenir du moteur autre chose que des hoquets plaintifs.

– On va devoir y aller à pied.

– Mais c'est vachement loin ! pleurnicha-t-elle.

– Non, pas depuis ici, on est derrière la colline, presque tout en haut. Et de là, tu pourras voir ta maison. Je me charge de la poussette.

Il enfila un coupe-vent posé sur le siège avant, sortit de la camionnette et lui ouvrit la porte arrière. Ragnhild saisit sa poupée et Raymond tira derrière lui la poussette qui tressautait sur la route défoncée. Un peu plus loin, Ragnhild aperçut la colline cernée d'un bois sombre. Ils durent se serrer sur le bord de la route pour se garer d'une auto qui passait à toute allure et à grand bruit en soulevant derrière elle un épais nuage de poussière.

Raymond connaissait bien le coin, mais il n'était pas très rapide si bien que Ragnhild n'avait aucun mal à le suivre. Plus loin, ça montait plus abruptement et la route débouchait sur une sorte de rond-point à peine assez grand pour permettre à une voiture de tourner. Le sentier en pente douce qui partait vers la colline était agréable, élargi par le passage des moutons qui avaient semé leurs crottes comme des grêlons. Ragnhild s'amusait à marcher sur ces petites boules sèches qui craquaient sous ses pieds. Quelques minutes plus tard, ils arrivèrent à un endroit où quelque chose scintillait à travers les arbres.

– L'étang du Serpent, annonça Raymond.

Elle s'arrêta près de lui et admira la surface brillante, les feuilles des nénuphars et une petite yole retournée au bord de l'eau.

– N'y va jamais, dit Raymond. C'est dangereux. On ne peut pas se baigner parce qu'on risque de s'enfoncer dans la vase et d'être englouti. C'est du sable mouvant, ajouta-t-il d'un air docte.

Ragnhild frissonna et suivit le bord de l'étang des yeux : c'était une ligne jaune de joncs agitée par le vent, excepté en un seul endroit qu'avec beaucoup de bonne volonté on aurait pu appeler plage. Elle coupait la ligne en deux comme une blessure sombre. Et c'est précisément à cet endroit que leurs regards se fixèrent. Raymond lâcha la poussette de la poupée et Ragnhild porta un doigt à sa bouche.

* * *

Thorbjørn restait là, debout, à tripoter son téléphone portable. Il pouvait avoir environ seize ans et ses cheveux foncés mi-longs, légèrement ondulés, étaient retenus par un foulard imprimé. Les extrémités du tissu noué à hauteur de sa tempe ressemblaient à deux plumes rouges qui lui donnaient l'air d'un Indien. Fuyant le regard de madame Album, il fixait désespérément Sejer et n'arrêtait pas de s'humecter les lèvres.

– Ce que tu as découvert est très important, dit Sejer. Note l'adresse ici, s'il te plaît. Tu te rappelles le nom de la personne ?

– Helga Moen, au numéro 1. Une maison grise avec une niche à chien devant.

Il écrivit les coordonnées en grandes lettres capitales sur le calepin de Sejer.

– Vous êtes allés un peu partout ?

Thorbjørn répondit si bas que sa voix n'était plus qu'un murmure.

– On a d'abord gravi la colline et puis on est redescendu par l'étang du Serpent pour chercher sur les sentiers alentour. On est passé par le bassin de Høyde, le magasin d'Horgen et la plage de la ferme du pasteur. Et par l'église. À la fin, on a inspecté deux ou trois fermes, Bjerkerud et le centre équestre. Ragnhild adorait… je veux dire, adore les animaux.

Son lapsus le fit violemment rougir. Sejer lui tapota l'épaule.

– Va t'asseoir, Thorbjørn.

Il désigna de la tête le canapé où était assise madame Album, qui traversait maintenant une nouvelle phase : elle se débattait péniblement avec l'éventualité atroce que Ragnhild ne reviendrait peut-être jamais à la maison, qu'elle serait obligée de passer le reste de sa vie sans avoir auprès d'elle sa petite fille aux grands yeux bleus. Cette idée la torturait comme autant de petites brûlures qu'elle n'aurait pu s'empêcher d'écorcher. Elle semblait avoir un pieu métallique à la place de la colonne vertébrale tant son corps s'était raidi. La policière, qui avait à peine prononcé un mot depuis leur arrivée, se leva. Pour la première fois, elle osa avancer une proposition.

– Madame Album, dit-elle doucement. Je vais nous faire un peu de café, d'accord ?

La femme hocha la tête, se redressa et suivit l'agent

dans la cuisine. De l'eau coula, des tasses tintèrent. D'un signe imperceptible, Sejer invita Karlsen à l'accompagner dans l'entrée. Thorbjørn, qui n'apercevait que la tête de Sejer et le bout noir et brillant de la chaussure de Karlsen, les entendait chuchoter. Dans la pénombre, ils purent regarder leur montre sans être vus. La disparition de Ragnhild devenait si dramatique qu'il fallait envisager de déployer le dispositif de crise.

Sejer se gratta le coude à travers sa chemise et murmura.

– Je ne supporte pas l'idée de la retrouver quelque part dans un fossé !

Il ouvrit la porte d'entrée pour respirer une bouffée d'air frais. Et elle était là. En jogging rouge, sur la première marche de l'escalier, sa petite main blanche posée sur la rampe. Sejer était stupéfait.

– Ragnhild ?

Une demi-heure de bonheur plus tard, Karlsen et Sejer roulaient dans la rue Ardoise. Ils avaient laissé Ragnhild, saine et sauve, assise sur les genoux de sa mère, une énorme tartine à la main. Sejer se passa les doigts dans les cheveux avec satisfaction. Sa tignasse évoquait à Karlsen une brosse métallique, du genre qu'on utilise pour gratter une vieille couche de peinture. Il remarqua que son visage marqué, habituellement fermé et grave, avait l'air serein. Au milieu de la côte, ils passèrent devant la maison grise avec une niche. Ils virent un visage derrière la fenêtre. Si Helga Moen espérait une visite de la police, elle allait être déçue.

L'instant où la fillette était entrée en trottinant dans la maison s'était gravé pour toujours dans la mémoire des deux policiers. En entendant la petite voix, la mère s'était élancée depuis la cuisine et précipitée sur elle, comme un carnassier se jette sur sa proie pour ne plus la laisser s'échapper. Ragnhild semblait prise dans un piège : seuls ses petits membres et sa touffe de cheveux blancs émergeaient des bras robustes de sa mère. Elles demeurèrent ainsi, sans bruit, sans pleurs. Thorbjørn était en train de réduire son portable en miettes, la policière rassemblait bruyamment les tasses, Karlsen tortillait sa moustache. Un large sourire s'épanouissait sur le visage de Sejer. C'était comme si la pièce s'illuminait, comme si le soleil avait tout à coup retrouvé son chemin vers la fenêtre. Puis, enfin, un rire au milieu de sanglots :

– TU N'ES QU'UNE AFFREUSE PETITE PESTE !

– Je me demande, dit Sejer, si je ne vais pas m'offrir une semaine de vacances. J'ai plein d'heures supplémentaires à récupérer.
– Ah bon ! Et tu vas faire quoi ? Du parachutisme en Floride ?
– Je pensais peut-être aller inaugurer la saison au chalet.
– À Brevik, c'est ça ?
– Sur l'île de Sand.
Ils débouchèrent sur la route communale et Karlsen passa la vitesse supérieure.
– Moi, il faut que j'aille à Legoland, au Danemark, murmura-t-il. Impossible d'y couper. La gamine nous harcèle depuis un bon bout de temps.
– Tu présentes ça comme une punition, remarqua Sejer. Legoland... Mais c'est un endroit magnifique ! Tu reviendras avec le double de ton poids en Lego et tu seras gagné par le virus, c'est garanti. Crois-moi, vas-y. Tu ne le regretteras pas.
– Tu y es déjà allé ?
– Oui, avec Matteus. Est-ce que tu sais qu'ils ont fait une statue de Sitting Bull entièrement en Lego ? Un million quatre cent mille pièces, avec des couleurs spécialement créées pour l'occasion. C'est dingue !

Il se tut en découvrant l'église sur sa gauche. Entourée d'arbres touffus, blanche, tout en bois, elle s'élevait au milieu des champs verts et jaunes, à bonne distance de la route. Une belle petite église, pensa-t-il. C'était dans un endroit pareil qu'il aurait dû faire enterrer sa femme. Même si le trajet était plus long. À présent, il était évidemment trop tard. Il y avait déjà huit ans qu'elle était morte et sa tombe se trouvait au beau milieu de la ville, tout près d'une artère très passante, noyée dans le brouhaha et les gaz d'échappement.

– Tu crois que la petite allait vraiment bien ?
– À mon avis, elle était en pleine forme. J'ai quand même demandé à sa mère de m'appeler plus tard. Ragnhild sera probablement un peu plus bavarde avec le temps… Six heures, reprit-il. C'est long. Ce simplet devait être charmant !

– En tout cas, il a le permis de conduire. Ça veut dire qu'il n'est pas complètement à côté de la plaque.

– Mais on ne le sait pas s'il a son permis.

– Bordel, c'est vrai, ça, t'as raison ! admit Karlsen.

Il freina, bifurqua vers la station-service de ce qui tenait lieu de centre-ville avec sa poste, sa banque et son coiffeur. Une affiche portant les mots « Vente de médicaments » ornait la devanture de l'épicerie et le coiffeur appâtait le client grâce à un nouveau solarium.

– J'ai terriblement envie d'un truc sucré, dit Karlsen. Tu viens ?

Ils se dirigèrent vers la boutique ; Sejer acheta un journal et une barre chocolatée. Il jeta un coup d'œil au fjord à travers la vitrine.

– Excusez-moi, dit la jeune femme derrière la caisse. Il n'est rien arrivé à Ragnhild ?

Elle fixait nerveusement l'uniforme de Karlsen.

Sejer posa un billet sur le comptoir.

– Tu la connais ?

– Bof, il y a connaître et connaître. Mais je vois

bien qui c'est. Sa mère est passée ce matin. Elle la cherchait.

– Ragnhild va bien. Elle est rentrée à la maison.

Soulagée, elle sourit et posa la monnaie dans sa main.

– Tu es du village ? demanda Sejer. Tu dois connaître la plupart des gens, ici ?

– Je suppose que oui. On n'est pas très nombreux, tu sais.

– Si je te parle d'un homme, un type probablement un peu spécial qui roule en camionnette, dans une vieille camionnette, plutôt moche et maculée de taches, est-ce que ça fait tilt ?

– Ça ressemble à Raymond, dit-elle en acquiesçant de la tête. À Raymond Låke.

– Qu'est-ce que tu sais à son sujet ?

– Il travaille au Centre d'aide par le travail et vit avec son père dans un chalet derrière la colline. Il est trisomique. Il doit avoir une trentaine d'années. Il est très gentil. C'est son père qui tenait cette station-service, avant qu'il parte à la retraite.

– Il a le permis de conduire, Raymond ?

– Non, mais il conduit quand même. C'est la voiture de son père. Il ne peut pas quitter son lit et il n'a plus vraiment le contrôle de ce que fait Raymond. Le chef de l'antenne de la police locale le sait et il l'arrête de temps en temps, mais ça ne sert à rien. Il est très spécial. Il roule seulement en seconde. Il avait emmené Ragnhild avec lui ?

– Oui.

– Dans ce cas, elle n'aurait pas pu être plus en sécurité. Raymond s'arrêterait sur la route pour laisser traverser un papillon !

L'expression les réjouit. Ils quittèrent la boutique. Karlsen planta ses dents dans le chocolat en admirant la vue.

– Un endroit sympathique, constata-t-il en mastiquant.

Sejer, qui avait acheté son habituelle marque de barre fourrée de pâte d'amande, suivit son regard.

– Ce fjord est très profond, dit-il. Plus de trois cents mètres. Il ne dépasse jamais les dix-sept degrés.

– Tu connais quelqu'un ici ?

– Pas moi, mais ma fille Ingrid, oui. Elle a participé à une fête folklorique. Tu sais, comme celles qu'on organise à l'automne, le genre « Découvre ton village »... Elle adore ces trucs-là.

Il roula le papier argenté en une longue et fine aiguille qu'il fourra dans la poche de sa chemise.

– Les trisomiques, tu crois qu'ils peuvent être bons conducteurs ?

– Aucune idée, dit Karlsen. Mais, globalement, ils vont bien, à part leur chromosome en trop. Si j'ai bien compris, leur principal problème, c'est qu'ils ont besoin de plus de temps que les autres pour apprendre. En dehors de ça, comme ils présentent souvent des problèmes cardiaques, ils ne vivent pas vieux. Et puis il y a un truc à propos de leurs mains.

– Quoi donc ?

– Il paraît qu'il leur manque une ligne de la main ou quelque chose comme ça.

Sejer le regarda d'un air étonné.

– Ragnhild était sous le charme, en tout cas.

– Et j'imagine que la présence des lapins a dû faciliter le contact !

Karlsen pêcha un mouchoir dans sa poche intérieure, essuya les coins de sa bouche et poursuivit :

– J'ai grandi avec un gars comme ça dans mon entourage. On l'appelait Gunnar le Dingue. En y réfléchissant aujourd'hui, je pense qu'on croyait vraiment qu'il venait d'un autre monde. Il est mort maintenant, il n'avait que trente-cinq ans...

Ils remontèrent en voiture et poursuivirent leur route. Sejer, rendu euphorique par le retour de la petite fille, préparait déjà le bref discours qu'il allait débiter au divisionnaire dès leur retour au commissariat. Prendre quelques jours de vacances lui paraissait soudain d'une extrême importance. En plus, la météo des jours à venir promettait d'être clémente. Il rêvassait en regardant les champs et les prés, quand il se rendit compte qu'ils roulaient très lentement. Il découvrit alors le tracteur devant eux. Un John Deere vert avec des jantes jaune beurre frais qui avançait à l'allure d'un escargot. Impossible de le doubler : chaque fois qu'ils atteignaient une portion de route droite, elle s'avérait trop courte. Coiffé d'une casquette de jardinier et de cache-oreilles, le fermier se dressait là, droit comme un tronc d'arbre qui aurait poussé directement sur le siège de l'engin. Karlsen rétrograda en soupirant.

– Il transporte ses choux de Bruxelles. Tu tends le bras pour lui piquer un cageot ? Comme ça, on les fera cuire à la cuisine de la cantine !

– Là, on roule à peu près à la vitesse de Raymond, murmura Sejer. Traverser la vie en seconde, ça doit vraiment être quelque chose, tu crois pas ?

Il se laissa aller sur l'appuie-tête et ferma les yeux.

Après la campagne, la ville leur apparut comme un chaos crasseux, une fourmilière humaine, un fatras de voitures. L'artère principale passait toujours par le centre-ville. Le conseil municipal plaidait avec acharnement en faveur de la réalisation d'un tunnel, mais les plans, pourtant achevés, attendaient encore sur le bureau de l'architecte à cause de l'opposition de groupes divers, chaque jour plus nombreux, qui se mobilisaient contre le projet, multipliant les arguments plus ou moins fondés : les tours d'aération gâcheraient le paysage aux abords de la rivière, le chantier provoquerait bruit, embouteillages et pollution et, surtout, la facture serait énorme.

Sejer observait la rue par la fenêtre du bureau de son supérieur. Il venait de lui faire part de ses intentions et attendait sa réponse, probablement favorable. L'idée d'opposer un refus, surtout à Sejer, ne serait pas venu à l'esprit d'Holthemann, mais il tenait à respecter les principes :

– Tu as vérifié les listes de gardes ? Tu en as parlé avec le reste de l'équipe ?

– Bien sûr : Soot assurera deux gardes avec Siven. J'imagine qu'elle, elle l'aura à l'œil.

– Dans ce cas, je ne vois aucune raison de…

Le téléphone sonna. Deux petits pépiements, exactement comme ceux d'un oiseau affamé. Bien qu'athée, Sejer adressa une brève prière à la Providence pour que son congé ne lui file pas sous le nez.

– Si j'ai Sejer dans mon bureau ? Oui, il est là, tu peux la lui passer.

Il tira sur le fil et lui tendit le combiné. Sejer le saisit en se persuadant que c'était Ingrid qui voulait lui parler, qu'il n'y avait pas de quoi se faire du souci à l'avance. C'était madame Album.

– Ragnhild va bien ? demanda-t-il rapidement.

– Oui, elle va bien. Très bien. Mais quand nous nous sommes retrouvées seules, elle m'a raconté quelque chose. Une chose que j'ai trouvée bizarre, et elle n'a pas l'habitude de raconter des histoires… En tout cas, pas ce genre de choses. Alors, par acquit de conscience, je t'appelle. Comme ça, je l'aurai au moins signalé à quelqu'un.

– De quoi s'agit-il ?

– D'abord, cet homme, celui avec qui elle était et qui l'a ramenée à la maison, s'appelait Raymond, elle s'est souvenue de son nom après coup. Ils ont marché de l'autre côté de la colline en passant par l'étang du Serpent, et là, ils se sont arrêtés un moment.

– Oui, et alors ?

– Ragnhild dit qu'il y a une femme là-haut.

Il cligna des yeux, surpris.

– Qu'est-ce que tu dis ?

– Qu'il y a une femme allongée par terre au bord de l'étang du Serpent. Toute nue et qui ne bougeait pas.

Sa voix était à la fois inquiète et embarrassée.

– Tu la crois ?

– Oui, je la crois. Un gosse n'invente pas ce genre de choses. Mais je n'ose pas monter là-haut toute seule et je ne veux pas l'emmener avec moi.

– Je m'occupe de faire vérifier tout ça. N'en parle à personne. On te tiendra au courant.

Il raccrocha et referma la porte de son chalet, qu'il avait déjà ouverte mentalement. L'odeur des embruns et des petites morues fraîchement pêchées se dissipa aussitôt. Il adressa un sourire en biais à Holthemann.

– J'ai un truc à régler avant de partir en congé.

Karlsen étant parti en patrouille dans le centre-ville avec leur voiture de service, Sejer se fit accompagner par Skarre, un jeune agent frisé qui avait à peu près la moitié de son âge. C'était un petit homme jovial, de bonne humeur, optimiste, doté d'un accent du sud qui ondulait au rythme de son pouls. Sejer lui demanda de le conduire rue Granit. Ils causèrent tous deux un moment avec Irène Album. Ragnhild était accrochée à sa mère comme une sangsue : quelques remontrances avaient dû se frayer un chemin dans sa petite tête. Sa mère leur expliqua, geste à l'appui, qu'il fallait prendre le sentier qui partait de la lisière du bois en face de la maison et le suivre en montant sur la gauche à flanc de colline. Pour des gaillards en aussi bonne condition physique qu'eux, ça leur demanderait une vingtaine de minutes pour arriver en haut, estima-t-elle.

Les troncs d'arbres étaient balisés par des flèches bleues. Pour éviter les crottes de mouton, ils marchaient sur la bruyère. La colline devenait de plus en plus abrupte mais ils avançaient avec détermination, Skarre en peinant un peu, Sejer d'un pas léger, sans effort. À un moment, ils se retournèrent pour jeter un coup d'œil vers le bas. De là où ils se trouvaient, ils ne virent que les toits brun-rose et noirs des maisons au loin. Ils continuèrent, mais sans parler, pas seulement pour économiser leur souffle : ils appréhendaient ce qu'ils allaient peut-être découvrir. À cet endroit, la forêt était si épaisse qu'ils avançaient dans une semi-obscurité. Instinctivement, Sejer scrutait le sentier, moins par peur de trébucher que pour repérer d'éventuels indices. Si quelque chose était vraiment arrivé là-haut, mieux valait être vigilant.

Ils avaient marché pendant exactement dix-sept minutes quand la forêt s'ouvrit et laissa filtrer la lumière du jour. C'est alors qu'ils virent l'eau. Un étang lisse comme un miroir, à peine plus grand qu'une mare, serti entre les sapins comme une chambre secrète. Ils balayèrent le paysage du regard ; suivant la ligne de joncs jaunes, ils découvrirent un peu plus loin quelque chose qui pouvait faire penser à une plage. Ils poursuivirent dans cette direction, à distance de l'eau pour épargner leurs chaussures de ville. La plage n'était en fait qu'une tache bourbeuse avec quatre ou cinq grosses pierres, juste assez larges pour tenir les joncs à distance et permettre d'accéder à l'eau. Là, il y avait une femme allongée qui leur tournait le dos. Un coupe-vent bleu couvrait le haut de son corps. Excepté cela, elle était nue. À côté d'elle, des vêtements bleus et blancs formaient un tas. Sejer s'arrêta et saisit instinctivement le téléphone portable pendu à sa ceinture mais changea d'avis. Il quitta le sentier et s'approcha avec précaution ; l'eau entrait dans ses chaussures en produisant des petits bruits de succion.

– Bouge pas ! chuchota-t-il.

Skarre obéit. Sejer se tenait à présent au bord de l'étang. Il posa le pied sur une pierre qui affleurait un peu plus loin sur l'eau, afin de regarder le corps de face. Il ne voulait toucher à rien. Les yeux de la jeune femme étaient déjà légèrement enfoncés dans leurs orbites. À demi ouverts, ils fixaient un point sur la surface de l'étang. La cornée en était déjà terne et fripée, les pupilles agrandies, plus très rondes. Elle avait la bouche ouverte ; un bouquet de mousse blanchâtre débordait sur le nez, comme si elle avait régurgité quelque chose. Il se pencha et souffla dessus, mais la mousse ne bougea pas. Son visage n'était qu'à quelques centimètres de l'eau. Il lui appliqua deux doigts sur la carotide ; la peau avait déjà perdu son élasticité, mais ne lui parut pas aussi froide qu'il s'y était attendu. Il aperçut de pâles taches d'un rouge violacé sur le lobe de ses oreilles et sur les côtés de son cou. La peau des jambes était rugueuse mais sans défaut.

– C'est fini, dit-il.

Sejer repartit par là où il était venu. Skarre l'attendait, immobile, perplexe, les mains enfoncées dans les poches. Il avait une trouille bleue de commettre la moindre erreur.

– Elle est toute nue sous le blouson. Pas de blessures externes visibles. Dix-huit ans, peut-être vingt.

Il appela une ambulance, un médecin légiste, un photographe et des techniciens, en leur conseillant le chemin le plus praticable, de l'autre côté de la colline. Il leur recommanda de se garer loin pour ne pas brouiller d'éventuelles traces de pneus. Cherchant autour de lui un endroit où s'asseoir, il choisit la pierre la plus plate. Skarre se laissa tomber à côté de lui. Ils fixèrent en silence les jambes blanches et les cheveux très blonds, raides et mi-longs de la jeune femme. Elle était allongée sur le côté, en position presque fœtale, les bras ramenés sur la poitrine et les genoux remontés. Le coupe-vent, simplement jeté sur le haut de son corps, lui descendait jusqu'au milieu des cuisses. Il était propre et sec, contrairement à ses autres vêtements, rassemblés en tas derrière son dos, mouillés et couverts de boue : un jean avec une ceinture, une chemise à carreaux bleus et blancs, un soutien-gorge, un sweat-shirt bleu marine, une paire de Reebok.

– C'est quoi, ce truc qu'elle a sur la bouche ? murmura Skarre.

– De la mousse.

– Oui, mais c'est quoi, cette mousse ? D'où ça vient ?

– Je suppose qu'on ne va pas tarder à le savoir.

Sejer secoua la tête.

– On dirait qu'elle s'est étendue là pour dormir. En tournant le dos au monde.

– On ne se déshabille pas pour mettre fin à ses jours, n'est-ce pas ?

Sejer ne répondit pas. Il continua à regarder ce corps blanc près de l'eau noire enchâssée de sapins sombres. La scène n'avait rien de violent, elle dégageait plutôt une atmosphère paisible. L'attente commença.

Six hommes chargés d'instruments sortirent enfin du bois. Ils baissèrent le ton dès qu'ils découvrirent les silhouettes près de l'étang, puis la femme morte. Sejer se leva en agitant les bras et lança :

– Restez sur le côté !

Ils obéirent. Tout le monde connaissait sa tignasse grise. L'un des nouveaux venus scruta le terrain d'un œil expert, piétina légèrement le sol, assez ferme là où ils se tenaient, et murmura quelque chose à propos du manque de pluie. Le photographe s'avança le premier. Indifférent au corps, il regarda le ciel pour évaluer la luminosité. Sejer l'interpella :

– Fais-moi des clichés des deux côtés et n'oublie pas de prendre aussi la végétation alentour. J'ai bien peur qu'après ça, tu doives aller dans l'eau, parce que je veux aussi des photos de face, sans qu'on soit obligés de la bouger. Quand tu en seras à la moitié de la pellicule, on lui enlèvera ce blouson.

– En général, ce genre d'étang est profond, grogna le photographe avec méfiance.

– Tu sais nager, non ?

– ...

– Il y a une barque là-bas. Tu n'as qu'à la prendre.

– Cette yole à fond plat ? Elle a l'air pourrie.

– On verra bien, déclara Sejer sèchement.

Les autres techniciens restèrent à attendre pendant toute la durée de la séance de photos, sauf un qui inspectait le terrain un peu plus haut. C'était un coin idyllique : le genre d'endroit où l'on trouve d'ordinaire des capsules de bière, des préservatifs usagés, des mégots et des emballages. Il ne trouva rien.

– Incroyable, dit-il. Pas même une allumette.

– Il a probablement fait le ménage après son passage, avança Sejer.

– Ça ressemblerait pas plutôt à un suicide ?

– Elle est nue comme un ver, répliqua-t-il.

– Elle s'est peut-être déshabillée. En tout cas, ces vêtements n'ont pas été arrachés de force.

– Ils sont pleins de boue.

– Raison de plus pour les enlever, sourit-il. En plus, elle a vomi. Sans doute a-t-elle mangé quelque chose qu'elle n'a pas supporté.

Sejer rengaina ses arguments et regarda la fille. D'ailleurs, il pouvait comprendre l'analyse de l'autre : tout portait à croire qu'elle s'était allongée là de son plein gré : ses vêtements étaient empilés auprès d'elle, et non pas éparpillés. Certes, ils étaient couverts de boue, mais ils ne semblaient pas déchirés. Seul le coupe-vent qui couvrait son buste s'avérait propre et sec. En examinant la vase et la gadoue, il découvrit quelque chose qui ressemblait à des empreintes de chaussures.

– Regarde ça, dit-il au technicien.

L'homme en combinaison de travail s'accroupit et mesura les traces à plusieurs reprises.

– C'est sans espoir. Elles sont pleines de flotte.
– Tu ne peux rien en tirer ?
– Y'a peu de chance.

Ils scrutèrent les ovales remplis d'eau.

– Il faut quand même prendre des photos. Elles ne sont pas bien longues, ces empreintes. Peut-être qu'elles appartiennent à quelqu'un qui a des petits pieds.

– Dans les vingt-sept centimètres. C'est pas un pied de géant, en effet. Ce sont peut-être celles de la femme.

Le photographe prit plusieurs clichés. Peu de temps après, il montait dans la yole. Faute d'avoir trouvé les avirons, il manœuvrait avec les mains. Chaque fois qu'il bougeait, le bateau donnait de la gîte.

– Elle prend l'eau ! cria-t-il avec inquiétude.
– Calme-toi, tu as tout un bataillon de secouristes rien que pour toi, ici ! répondit Sejer.

Lorsqu'il eut enfin terminé, il avait pris plus d'une cinquantaine de photos. Sejer descendit alors vers le bord, déposa chaussures et chaussettes sur une pierre, remonta son pantalon et entra dans l'eau. Il parvint à un mètre de la tête de la jeune femme. Elle portait un bijou autour du cou. Il prit un stylo dans sa poche intérieure et tira doucement sur la chaîne.

– Un médaillon, annonça-t-il lentement. Sans doute en argent. Il y a quelque chose de gravé dessus. Un H et un M.

– Elle a le cou rouge, ajouta-t-il. Sa peau est presque anormalement blanche partout, mais son cou est très rouge. Une vilaine tache, grande comme la main.

Snorrason, le médecin légiste, avait enfilé des bottes. Il pataugea à son tour pour examiner successivement les globes oculaires, les dents et les ongles de la femme. Il prit note de sa peau sans défaut, des légères taches rouges semées comme au hasard sur sa gorge et sa poitrine. Il enregistra le moindre détail : les longues jambes, l'absence totale – et fort rare – de grains de beauté, mais en revanche une petite ecchymose sur son épaule droite. Il effleura la mousse qui couvrait sa bouche à l'aide d'une petite spatule en bois. Elle s'avéra ferme et épaisse, d'une consistance proche de la bavaroise.

– C'est quoi, ça ? demanda Sejer

– Au premier abord, ça peut faire penser à du liquide pulmonaire, une sécrétion protéique.

– Ce qui veut dire ?

– Qu'elle s'est noyée. Mais ça peut aussi signifier autre chose.

Il enleva un peu de mousse en la grattant, mais bientôt elle se reforma.

– Collapsus des poumons, conclut-il.

Sejer serra les lèvres en observant le phénomène. Le photographe fit une nouvelle série de clichés de la femme, sans le coupe-vent.

– Il est temps de lever les scellés, déclara Snorrason en la retournant doucement sur le ventre.

Une légère raideur avait commencé à envahir le corps, en particulier au niveau du cou. C'était une grande femme bien bâtie, large d'épaules, aux membres musclés. Probablement une sportive.

– Des traces de violence ?

Il examina le dos et l'arrière des jambes.

– À part cette rougeur au cou, non. On a pu l'agripper fermement au cou et la maintenir dans l'eau, sur le ventre. Sans doute quand elle était encore habillée. Ensuite, on l'en aura retirée puis dévêtue avant de l'allonger et de la recouvrir avec le coupe-vent.

– Des signes d'agression sexuelle ?

– Je ne sais pas encore.

Il lui prit la température rectale, imperturbablement, devant tout le monde, et il plissa les yeux pour lire le résultat.

– Trente degrés. Au vu des petites taches *post mortem*, avec juste cette légère raideur dans le cou, je dirais que la mort est survenue dans une fourchette de dix à douze heures.

– Impossible, dit Sejer. En tout cas pas si elle est morte ici.

– Tu veux faire mon boulot à ma place ?

Sejer secoua la tête.

– Une patrouille canine est passée ici dans la matinée. Ils fouillaient les abords de l'étang à la recherche d'une fillette disparue. Ils ont dû circuler dans les parages entre midi et deux heures. Et à ce moment-là, elle n'y était pas. Ils l'auraient vue. À propos, la petite est revenue saine et sauve, ajouta-t-il.

Il regarda autour de lui, scruta la vase et la boue en plissant les yeux. Un tout petit point brillant attira son attention. Il le ramassa délicatement entre deux doigts.

– Qu'est-ce que c'est ?

Snorrason jeta un coup d'œil. C'était une espèce de comprimé ou de pilule.

– Tu vas peut-être retrouver le reste dans son estomac ?

– C'est très possible. Mais je ne vois pas de boîte dans le coin.

– Elle a pu les avoir en vrac dans sa poche.

– Dans ce cas, on retrouvera de la poussière dans son jean. Mets-le dans un sachet.

– À première vue, comme ça, tu peux reconnaître ce que c'est ?

– Ça peut être n'importe quoi. Mais les comprimés les plus petits sont souvent les plus concentrés. Le labo nous donnera la réponse.

Sejer fit signe aux brancardiers et les observa, les bras croisés. Pour la première fois depuis longtemps, il leva les yeux. Le ciel était pâle et les sapins pointus entouraient l'étang comme des javelots menaçants.

Ils allaient évidemment découvrir tout ce qui s'était passé. Il s'en fit la promesse solennelle. Absolument tout.

Né et élevé à Søgne, dans la région riante de Sørlandet, au sud du pays, Jacob Skarre venait d'avoir vingt-cinq ans. Des femmes nues, il en avait vu plusieurs fois, mais jamais d'aussi nues que celle qui reposait au bord de l'étang. Ce qui le frappa c'est qu'elle lui avait fait une impression plus forte que toutes les victimes auxquelles il avait pu être confronté jusque-là. Peut-être parce qu'elle était étendue comme si elle voulait cacher sa nudité, le dos tourné, la tête baissée et les genoux relevés. Malgré cela, on l'avait découverte et sa nudité avait été dévoilée. On avait retourné son corps, étiré ses membres, soulevé ses lèvres pour examiner ses dents comme une jument au foirail, retroussé ses paupières, pris sa température pendant qu'elle était allongée sur le ventre, les jambes écartées.

– En fait, elle devait être plutôt jolie, non ? bredouilla-t-il, bouleversé.

Sejer ne répondit pas. Mais il apprécia le ton. Ils roulèrent un moment en silence, attentifs à la route mais obsédés par l'image du corps nu : la courbe des vertèbres, la peau de la plante de ses pieds légèrement plus rouge, le duvet blond de ses mollets. Cette vision planait au-dessus du bitume comme un mirage. Sejer avait un drôle de pressentiment. Tout ça ne ressemblait à rien de ce qu'il avait pu rencontrer par le passé.

– Tu es de garde cette nuit ?

Skarre s'éclaircit la voix.

– Jusqu'à minuit seulement. Je remplace Ringstad

quelques heures. À ce propos, il paraît que tu avais l'intention de prendre une semaine de vacances. C'est foutu ?
– On dirait.
En réalité, ça lui était complètement sorti de l'esprit.

La liste des personnes portées disparues ne comportait que quatre noms, dont deux hommes. Quant aux femmes, toutes deux avaient les cheveux blancs ; il ne pouvait donc pas s'agir de la personne retrouvée au bord de l'étang du Serpent. L'une d'elles avait disparu du service de psychiatrie de l'hôpital central et l'autre d'une maison de retraite de la commune voisine. (Taille ; 155 cm. Poids : 45 kilos.)
Il était six heures de l'après-midi et il faudrait peut-être attendre longtemps avant qu'un proche, inquiet, signale sa disparition. Quant aux photos et aux rapports d'autopsie, ils n'étaient pas encore arrivés. Sejer ne pouvait donc pas faire grand-chose pour le moment. Il attrapa son blouson de cuir sur le dossier du fauteuil, prit l'ascenseur et descendit au rez-de-chaussée. En saluant chaleureusement Mme Brenningen à l'accueil, il se souvint qu'elle aussi était veuve et que sa vie ressemblait peut-être un peu à la sienne. Il constata qu'elle était plutôt jolie : blonde, comme Élise, mais plus dodue. Il retrouva sa voiture au parking, une vieille 604 Peugeot bleu glacier. Il repensa à la victime, à son visage rond et frais, sans maquillage, encadré de cheveux clairs et raides, soignés et bien coupés ; il se remémora ses vêtements élégants et de bonne qualité, sa luxueuse montre de sport Seiko, ses chaussures coûteuses. Toutes choses qui dénotaient, en quelque sorte, une existence et un cadre domestique structurés. Certaines victimes affichent d'emblée des détails discordants révélateurs de tout un mode de vie. Mais il lui était arrivé d'avoir des surprises. Concernant la femme

du lac, elle était peut-être bourrée de drogue ou d'alcool ou marquée par d'autres drames. Tout était possible, les choses ne se révélaient pas toujours conformes aux apparences.

Il traversa lentement la ville, passant devant le marché et la caserne des pompiers. Skarre avait promis de l'appeler dès qu'une déclaration officielle de disparition semblerait concorder. Le médaillon portait les initiales HM… Hélène, peut-être Hilde. Sejer était sûr que quelqu'un se signalerait sous peu. Encore une fois, tout chez cette jeune femme témoignait d'un proche passé bien organisé.

Sejer vivait dans le seul immeuble de la ville qui comptât treize étages si bien qu'il paraissait ridicule dans le paysage, dominant les autres habitations comme une sorte de pierre qui aurait trop poussé, au point de toucher le ciel. Il y avait emménagé avec Élise, vingt ans auparavant, parce que l'appartement était très bien distribué et offrait une vue époustouflante sur la ville. Quand il envisageait un éventuel déménagement, il trouvait tout autre endroit trop confiné. D'ailleurs, il en arrivait à oublier le style du bâtiment tant son appartement était confortable, avec ses murs ornés de lambris, ses meubles en chêne, anciens et solides, hérités de ses parents, ses livres qui couvraient la majeure partie des cloisons. Dans les rares espaces disponibles, il avait accroché la reproduction d'un dessin au fusain de Kaethe Kollwitz intitulé *La Mort avec une jeune fille sur les genoux* et une petite sélection de photos de famille : une d'Élise, plusieurs de sa fille Ingrid et de son petit-fils, une de lui en chute libre au-dessus de l'aéroport et, enfin, un portrait de ses parents qui posaient solennellement dans leurs habits du dimanche. Chaque fois qu'il regardait son père, il sentait sa propre vieillesse se rapprocher désagréablement : c'était comme ça que ses joues allaient se creuser, comme ça, aussi, que ses sourcils et les poils de ses oreilles continueraient à pousser pour lui donner ce même air broussailleux.

Les règles de cette copropriété où les gens s'empilaient les uns sur les autres comme dans *Le Monolithe* de Vigeland étaient draconiennes. Ainsi, il était interdit de secouer les tapis par la fenêtre. Sejer devait les donner à nettoyer chaque printemps. Le moment était d'ailleurs largement venu de le faire : Kollberg, son chien, y laissait plein de poils. L'animal avait eu les honneurs exclusifs d'une réunion de la copropriété qui devait régler son sort. Il s'en était bien tiré, probablement parce que la présence de son maître, inspecteur principal, était rassurante dans l'immeuble.

Sejer habitait au dernier étage. Son appartement était propre et bien rangé, à son image faite d'ordre et de maîtrise de soi, sauf la cuisine, bien tenue mais où traînaient en permanence dans un coin des croquettes et de l'eau. La seule pièce dont il était véritablement mécontent était la salle de bains dont la réfection était toujours remise à plus tard. Il fallait avant tout qu'il s'occupe de cette femme. Et d'un individu dangereux en liberté. Il n'aimait pas ça. C'était comme d'aborder un virage sans visibilité.

Pendant qu'il fourrageait dans sa serrure, il entendit le bruit sourd du chien qui sautait du fauteuil qui lui était interdit. Enfin, théoriquement, dans la mesure où il entretenait avec son chien des rapports pleins de sentimentalité et dépourvus d'autorité. Il se campa solidement sur ses pieds pour recevoir l'étreinte écrasante du chien, et l'emmena aussitôt faire un petit tour derrière l'immeuble. En rentrant, il renouvela l'eau de l'écuelle et s'installa dans son fauteuil. Il en était à la moitié de son journal lorsque le téléphone sonna. Il baissa le volume de sa chaîne hi-fi et ressentit une légère palpitation en décrochant le combiné. Quelqu'un avait pu signaler la disparition. Peut-être même avait-on un nom ?

– Salut Papy !
– Matteus !
– Je vais me coucher. Il fait nuit.
– Tu t'es bien lavé les dents ? demanda-t-il en s'asseyant sur la table du téléphone.

Il eut devant les yeux la petite bouille couleur moka, aux dents blanc nacré.

– C'est Maman qui me les a brossées.
– Et ton comprimé de fluor ?
– Mmm.
– Tu as fait ta prière du soir ? le taquina-t-il.
– Maman dit que je suis pas obligé.

Il discuta longuement avec son petit-fils, l'écouteur collé contre l'oreille pour saisir le souffle léger et les chuintements de la petite voix claire. Elle était aussi ronde et douce que le son d'une flûte de saule au printemps. Il échangea ensuite quelques mots avec sa fille et lui parla de la nouvelle affaire. Il perçut son petit soupir comme si elle désapprouvait un peu ce qui emplissait sa vie. Exactement comme Élise avant elle. Personnellement, il se garda bien d'aborder l'engagement de sa fille en faveur de la Somalie meurtrie par la guerre civile.

Quand il raccrocha, il consulta sa montre. Il sentit que quelqu'un, quelque part, regardait aussi sa montre. Quelqu'un, quelque part, attendait, jetant des coups d'œil inquiets par la fenêtre, la main prête à répondre au téléphone. Espérant en vain.

Le commissariat, institution ouverte vingt-quatre heures sur vingt-quatre, dispensait ses services à cinq communes, soit une population totale de cent cinquante mille citoyens, bons ou moins bons. Les affaires mineures étaient traitées par des policiers opérant seuls et les plus délicates par des équipes. L'ensemble couvrait quatorze à quinze mille cas par an. Plus de deux cents personnes s'affairaient dans l'enceinte du palais de justice, dont cent cinquante-deux au commissariat, parmi lesquels trente-deux enquêteurs. Mais entre les congés réglementaires, les formations et les séminaires imposés par le ministère de la Justice, en réalité, il n'y en avait jamais plus de vingt de service. Ce qui, selon Holthemann, était très insuffisant : les délinquants se trouvaient presque hors de leur champ visuel et les honnêtes citoyens mangeaient littéralement leur temps. Pendant la journée, le travail pouvait consister à répondre aux demandes de gens souhaitant établir un stand au marché pour y vendre des fleurs en soie ou des figurines en pâte à sel, à collationner les pétitions contre le nouveau tunnel, par exemple, à vérifier les infractions au code de la route enregistrées par les radars, à juguler la fureur de gens confrontés aux photos les montrant en train de franchir une ligne blanche ou de griller un feu rouge. Chaque jour, ils étaient une quarantaine de conducteurs dans la salle d'attente, indignés ou inquiets pour leur portefeuille. Il fallait aussi organiser les rotations du fourgon cellulaire qui manquait toujours d'effectifs, les candidats ne se disputant pas la glorieuse mission d'aller chercher puis de ramener les individus incarcérés afin de les faire comparaître devant le juge d'instruction. Il fallait encore faire droit aux exigences du personnel en matière de demandes de congés et de permissions. Et organiser tout ça en fonction des fréquentes réunions qui émaillaient la journée.

Au quatrième étage, cinq juristes travaillaient en parfaite harmonie avec la police au Bureau d'aide juridique et d'action publique. La prison du district occupait les cinquième et sixième niveaux du bâtiment et le toit, où un préau avait été aménagé pour que les prisonniers puissent jouir d'un petit aperçu sur le ciel.

Le poste de garde de la brigade criminelle étant la vitrine du commissariat, il exigeait beaucoup de tact et de patience de la part de l'agent de service. Jour et nuit, par téléphone ou *de visu*, il enregistrait un flot quasiment ininterrompu de plaintes et de demandes : vélos volés, chiens disparus, harcèlements, cambriolages, protestations de bons pères de famille au sang chaud contre des chauffards. Parfois, il n'entendait qu'un sanglot, une tentative bafouillante de dénonciation de maltraitance, le récit plein de détresse d'un viol, puis plus rien que la tonalité au bout de la ligne. Plus rarement, les appels concernaient des meurtres ou des disparitions. Skarre attendait. Il savait que ça allait venir, il sentait la tension monter au fur et à mesure que les aiguilles de l'horloge avançaient.

Lorsque pour la deuxième fois le téléphone sonna ce soir-là chez Sejer, il était presque minuit. Il somnolait dans son fauteuil, le journal sur les genoux. Il appela un taxi ; vingt minutes plus tard, il était dans son bureau.

– Ses parents sont arrivés dans une vieille Toyota, expliqua Skarre avec empressement. Je les ai attendus dehors.

– Qu'est-ce que tu leur as dit ?

– Sûrement pas ce qu'il fallait. Je me sentais un peu stressé. Ils ont d'abord appelé et sont arrivés une demi-heure plus tard. Ils sont déjà repartis.

– À l'institut médico-légal ?

– Oui.

– Vous étiez à ce point sûrs de vous ?

– Ils avaient apporté une photo. La mère savait exactement ce qu'elle avait sur le dos. Tout collait, de la boucle de ceinture aux sous-vêtements. Elle portait le genre de soutien-gorge spécial pour faire du sport, tu sais. Elle en faisait pas mal. Mais le coupe-vent n'est pas à elle.

– Quoi ?
– Plutôt incroyable, hein !

Skarre ne pouvait pas s'en empêcher : il avait beau être bouleversé, ses yeux brillaient d'excitation.

– Il nous a laissé un indice, comme ça, gratuitement. Dans la poche, il y avait un paquet de bonbons et un catadioptre en forme de hibou.

– Abandonner son propre blouson, ça alors, j'y comprends rien. À propos, de qui s'agit-il ?

Skarre feuilleta ses notes.

– Annie Sofie Holland.
– Annie Holland ? Et le médaillon alors ?
– C'est à son petit ami. Il s'appelle Halvor.
– Elle vient d'où ?
– De Lundeby. Ils habitent au 20, rue Cristal. La rue où Ragnhild a passé la nuit dernière, juste un peu plus bas. Sacrée coïncidence !
– Ses parents sont comment ?
– Morts de trouille, répondit Skarre très bas. Des gens soignés, très comme il faut. La mère a parlé sans interruption ; lui est resté pratiquement muet. Siven les a accompagnés. Asseyons-nous un moment, si tu veux bien : j'ai un peu la tremblote.

Sejer se fourra une pastille Fisherman's Friend dans la bouche.

– Elle n'avait que quinze ans. Elle allait encore au lycée.
– Quoi ? Quinze ans ! Je la croyais plus âgée que ça.

Il passa la main dans ses cheveux et s'assit.

Skarre lui tendit un dossier extrait des archives. Des clichés de 25 x 20, à l'exception de deux, tirés en plus grand format. Sejer parcourut le tas de photos.

– Est-ce que tu as déjà vu une victime d'assassinat après abus sexuel ?

Skarre secoua négativement la tête.

– Ce meurtre-là n'a rien à voir avec ça. Il est différent. Elle est allongée trop proprement. Comme si on l'avait arrangée, puis recouverte. Pas de trace de griffures ou d'autres marques, aucun signe de résistance. Même ses cheveux ont l'air arrangés. Les agresseurs sexuels ne font pas ce genre de choses. Ils les balancent, un point c'est tout.

– Mais elle est quand même nue ?
– Oui.
– Alors comment tu interprètes ces photos, toi ? demanda Skarre.
– Je ne sais pas trop. Mais ce coupe-vent est posé si délicatement sur ses épaules…
– Une sorte d'attention ?
– Mais regarde les clichés. Ça crève les yeux !
– En effet. Mais dans ce cas, de quoi on parle ? D'une espèce de meurtre compassionnel ?
– En tout cas, il y a eu beaucoup de sentiments en jeu. Des sentiments positifs envers elle, de la sympathie. Donc, je suppose qu'il la connaissait. D'ailleurs, les meurtriers connaissent presque toujours leurs victimes.
– Tu penses qu'on devra attendre combien de temps pour le rapport ?
– Je vais pousser Snorrason au cul le plus possible. C'est vraiment bizarre que tout ait été aussi nickel là-haut. Quelques empreintes inutilisables et un comprimé, c'est tout. Pas un mégot, pas le moindre bâton d'esquimau…

Il se dirigea vers le lavabo pour remplir d'eau un gobelet en carton.

– Demain, on ira rue Granit. Il faut retrouver ceux qui ont participé aux recherches pour Ragnhild. Thorbjørn, par exemple. On a besoin de savoir exactement à quel moment ils sont passés par l'étang du Serpent.
– Et Raymond Låke ?
– Lui aussi. Et Ragnhild. Les gosses enregistrent des

tas de choses, crois-moi. Je parle d'expérience, ajouta-t-il. Et les Holland ? Ils ont d'autres enfants ?

– Une seconde fille. Plus âgée.

– Dieu merci.

– C'est une consolation ? demanda Skarre, sceptique.

– C'en est une pour nous, répondit Sejer gravement.

Le jeune homme tapota sa poche.

– Ça te dérange si j'allume une clope ?

– Vas-y.

– Konrad, dit-il en soufflant la fumée, il y a deux moyens pour arriver à l'étang du Serpent : soit par le sentier balisé qu'on a pris, soit par la route de l'autre côté de la colline, celle que Ragnhild et Raymond ont empruntée. S'il y a des gens qui habitent le long de cette route, on ferait bien d'aller frapper à leur porte demain, non ?

– La route en question s'appelle la rue de la Colline. Côté maisons, c'est assez clairsemé dans ce coin, j'ai vérifié chez moi sur une carte de la région. Juste une ferme ici ou là. Mais, évidemment, si on l'a emmenée à l'étang en voiture, c'est par là qu'ils ont dû passer.

– Je n'aimerais pas être à la place de son petit ami quand tu le ramèneras ici.

– On verra quel genre de gars c'est.

– Si un mec zigouille une nana en lui maintenant la tête sous l'eau jusqu'à ce qu'elle meure, dit Skarre, et l'en ressort après pour l'arranger soigneusement, eh bien moi, j'imagine un scénario du genre : « Je n'avais pas envie de te tuer, mais je n'avais pas le choix… » Ça me fait un peu penser à une façon de s'excuser auprès d'elle, non ?

Sejer vida le gobelet et le froissa dans son poing.

– Demain, je vais parler à Holthemann. Je te veux avec moi sur cette affaire.

Skarre cligna des yeux, surpris.

– Il m'a mis sur le coup de la banque Spare, bégaya-t-il. Avec Goran.

– Mais tu as plutôt envie de continuer sur notre affaire ?

– Envie d'un cas de meurtre ? Pour moi, ce serait un véritable cadeau de Noël. Non, je veux dire, c'est un vrai défi… Bien sûr que j'en ai envie !

Il rougit brusquement. La sonnerie du téléphone le tira d'embarras. Il décrocha, écouta en hochant la tête et raccrocha.

– C'était Siven : les parents l'ont identifiée. Annie Sofie Holland, née le 3 mars 1980. Mais elle dit qu'on ne peut pas les interroger avant demain.

– Ringstad est là ?

– Il vient juste d'arriver.

– Alors rentre chez toi. On aura une rude journée demain. J'emporte les photos, ajouta-t-il.

– Tu vas les étudier au lit ?

– Exactement.

Il sourit, mélancolique. Je préfère les images sur papier. Ces photos-là, je peux m'en débarrasser simplement en les rangeant dans un tiroir après les avoir regardées.

* * *

Comme la rue Granit, la rue Cristal finissait en cul-de-sac, dans un taillis inextricable, où des individus avaient déchargé les déchets les plus divers. Les maisons étaient proches les unes des autres, il y en avait vingt et une en tout. Vues de loin, elles semblaient mitoyennes, mais on découvrait vite entre elles un petit espace juste assez large pour permettre le passage d'un homme. Avec leurs trois étages, hautes, pointues et parfaitement identiques, elles ressemblaient à celles des quais de Bergen, se dit Sejer. Seule la couleur variait. Ici, la palette était large : rouge profond, vert foncé, marron, gris. Une seule se distinguait des autres par ses tons jaune orangé.

Leurs occupants avaient sûrement déjà remarqué la voiture de police rangée près des garages ainsi que Skarre, sanglé dans son uniforme. Ils savaient que la bombe allait bientôt exploser et s'y préparaient par un lourd silence.

Ada et Eddie Holland habitaient au numéro 20. Sejer sentait le regard des voisins lui brûler la nuque. « Il est arrivé quelque chose au 20, chez les Holland, avec les deux filles, devaient-ils être en train de se dire. » Il essaya de maîtriser sa respiration, plus précipitée que d'habitude à cause de la tension. C'était pour lui si difficile que, depuis déjà plusieurs années, il s'était construit une série de répliques standard qu'aujourd'hui, après beaucoup d'entraînement, il parvenait à débiter avec conviction.

Apparemment, les parents d'Annie n'avaient pas bougé de leur place de toute la nuit. Ils n'avaient pas dormi non plus : le choc qu'ils avaient reçu chez le légiste avait résonné comme une cymbale stridente et continuait à vibrer dans leur tête.

La mère était assise dans un coin du canapé et le père sur l'accoudoir. Elle avait l'air engourdi : la catastrophe ne l'avait pas encore pleinement saisie. Elle regardait Sejer avec étonnement, comme si la présence soudaine de deux policiers dans son salon était incongrue. Tout cela n'était qu'un cauchemar et elle allait bientôt se réveiller. Sejer saisit sa main, immobile sur ses genoux.

– Je ne peux pas vous rendre Annie, commença-t-il doucement, mais j'espère pouvoir découvrir pourquoi elle est morte.

– On ne se demande pas pourquoi, cria-t-elle. On se demande qui ! Il faut que vous le retrouviez, il faut l'enfermer ! C'est un malade !

Son mari lui tapota maladroitement le bras.

– On ne sait pas encore si la personne en question est

vraiment malade ou pas, objecta Sejer. Les tueurs ne sont pas tous malades.

– Les gens normaux ne tuent pas les jeunes filles, vous ne pouvez pas penser une chose pareille !

Sa respiration était précipitée, haletante. Monsieur Holland se crispa au point de sembler pétrifié.

– De toute façon, continua Sejer avec précaution, il y a toujours une raison. Pas toujours une raison que nous comprenons… pourtant, il y en a toujours une. Mais d'abord, il faut que nous ayons la certitude qu'elle a effectivement été assassinée.

– Si tu crois qu'elle s'est suicidée, siffla la mère entre ses dents serrées, c'est idiot. Pas Annie.

C'est ce qu'ils disent tous, pensa Sejer.

– Il faut que je vous pose quelques questions. Répondez comme vous le pouvez. Si vous croyez avoir mal répondu ou avoir oublié certaines choses, téléphonez-moi. Ou si vous vous rappelez autre chose avec le temps. Vous pouvez me passer un coup de fil à n'importe quelle heure.

Ada Holland, le regard passant au-delà de Skarre et Sejer, semblait toujours à l'écoute de la cymbale stridente dont elle s'efforçait de découvrir l'origine.

– J'ai besoin de savoir quel genre de fille c'était. Essayez de faire de votre mieux.

Il se maudissait intérieurement : « Quelle question ! Que pouvait-on répondre à ça ? Évidemment, c'était la meilleure, la plus mignonne et la plus douée des filles. Quelqu'un de vraiment exceptionnel. Quelqu'un de particulier. Ce qu'ils avaient de plus précieux, l'être qui leur était le plus cher. Annie était unique. »

Ils se mirent à pleurer. La mère avec des gémissements à fendre l'âme, le père sans un bruit, sans larmes. Sejer retrouvait en lui les traits de sa fille : un visage large avec un vaste front. Il n'était pas particulièrement grand, mais baraqué et trapu. Skarre cacha son stylo dans sa main, le regard fixé sur son bloc-notes.

– Commençons par le début, dit Sejer. C'est douloureux, mais nécessaire. À quelle heure a-t-elle quitté la maison ?

La tête sur les genoux, la mère répondit :

– Midi et demi.
– Où allait-elle ?
– Voir Annette. Une copine de classe. Elles préparaient un devoir, un devoir à trois. Elles n'avaient pas école pour pouvoir y travailler ensemble.
– Elle n'est jamais arrivée là-bas ?
– Comme on trouvait qu'il commençait à se faire vraiment tard, vers onze heures hier soir, on a appelé chez Annette. Elle était déjà au lit. Seule l'autre fille était venue. J'avais du mal à le croire.

Elle cacha son visage dans ses mains. Toute la journée s'était écoulée sans qu'ils sachent.

– Pourquoi les filles n'ont-elles pas appelé pour réclamer Annie ?
– Elles pensaient qu'elle n'avait pas eu envie de venir ou qu'elle avait changé d'avis. Croire une chose pareille, c'était bien mal la connaître : elle ne négligeait jamais aucune obligation. Elle ne négligeait jamais rien.
– Elle devait y aller à pied ?
– Oui, c'est à quatre kilomètres d'ici. D'habitude, elle prenait son vélo, mais il était en panne. Et il n'y a aucune ligne de bus par ici.
– Où habite Annette ?
– Sa famille a une ferme et tient l'épicerie au village.

Sejer hocha la tête, il entendait le stylo de Skarre courir sur le papier.

– Est-ce qu'elle avait un petit ami ?
– Halvor Muntz.

– Depuis longtemps ?
– Deux ans environ. Il est plus âgé qu'elle. Ils ont eu des prises de bec de temps à autre, mais maintenant ça allait bien. Enfin, pour autant que je sache.

Ada Holland ne savait que faire de ses mains, elle les pressait, les ouvrait et les refermait. Elle était presque aussi grande que son mari, un peu lourde, gauche et un rien rougeaude.

– Est-ce que vous savez s'ils avaient des relations sexuelles ?

La mère le regarda, l'air consterné.

– Elle n'a que quinze ans !

– Pardonnez-moi. Il ne faut pas oublier que je ne la connaissais pas.

– Non, il n'y avait pas ce genre de choses entre eux, affirma-t-elle sur un ton péremptoire.

– On ne peut pas vraiment en être sûrs, objecta timidement son mari. Halvor a dix-huit ans. Ce n'est plus un gamin.

– Certes. Mais je serais au courant, coupa-t-elle.

– Elle ne te raconte quand même pas tout.

– Je l'aurais su !

– Mais tu ne sais pas vraiment parler de ces choses-là.

L'atmosphère était tendue. Sejer en tira ses propres conclusions. Skarre aussi qui souligna la dernière remarque sur son bloc-notes.

– Si elle partait pour travailler à son devoir, elle avait peut-être un cartable avec elle ?

– Un sac marron en cuir. Il est où ?

– On ne l'a pas retrouvé.

Il va falloir envoyer l'équipe de plongeurs sur place, se dit-il.

– Est-ce qu'elle prenait des médicaments ?

– Absolument pas. Elle n'était jamais malade.

– Elle était comment ? Extravertie ? Bavarde ?

– Avant, oui, intervint le père sur un ton sinistre.

Sejer le scruta, intrigué.

– Qu'est-ce que tu veux dire par là ?

– C'était l'âge, contredit la mère. Elle était en plein âge ingrat.

– Est-ce que tu veux dire qu'elle avait changé ?

Sejer s'adressa délibérément au père. En vain. C'est la mère qui répondit.

– Toutes les filles changent à cet âge-là. Elles deviennent des femmes. Sølvi aussi était comme ça. Sølvi, c'est sa sœur aînée, ajouta-t-elle.

L'homme se taisait, comme paralysé.

– Donc, ce n'était pas une fille extravertie ou bavarde ?

– Elle était calme et discrète, précisa la mère avec fierté. Et consciencieuse. Elle menait une vie très rangée.

– Mais avant, elle était plus vive ?

– Quand on est gamin, on est toujours plus turbulent.

– Ce que je veux savoir, c'est à quel moment elle a changé ? insista Sejer.

– À l'âge habituel. Vers quatorze ans, environ. La puberté, résuma-t-elle.

Sejer hocha la tête et regarda de nouveau le père.

– Son changement n'avait pas d'autre origine ?

– Qu'est-ce que ça aurait bien pu être ? coupa la mère rapidement en regardant son mari.

– Je ne sais pas. Il soupira en se penchant en arrière. Mais j'essaye de découvrir pourquoi elle est morte.

La femme se mit à trembler si violemment qu'ils eurent du mal à comprendre ce qu'elle disait.

– Pourquoi elle est morte ? Mais c'est certainement un de ces…

Elle n'avait pas le courage de prononcer le mot.

– Nous n'en savons rien.

– Est… est-ce qu'elle était…Est-ce qu'on l'avait ….

– Nous ne savons pas, madame Holland. Pas encore. Ce genre de choses, ça prend du temps, mais les gens qui s'en occupent sont très compétents.

Il jeta un coup d'œil circulaire : la pièce était propre, ordonnée, aussi bleue et blanche que les vêtements d'Annie. Des guirlandes de fleurs séchées au-dessus des portes, des rideaux en dentelle, des petits craquelins en pâte à sel formant des anneaux entrelacés sur les murs. Des photos. Des napperons au crochet. Harmonieux, rangé et convenable. Il se leva et se dirigea vers une grande photo accrochée au mur.

– Celle-là a été prise cet hiver.

La mère le suivit. Il décrocha avec précaution la photo et l'examina. Il fut surpris comme toujours quand il découvrait un visage qu'il n'avait connu que sans vie et terni par la mort. À la fois le même et un autre. Annie avait un visage large avec une grande bouche et d'immenses yeux gris. Des sourcils épais et foncés. Un sourire réservé. En bas de la photo, le col d'une chemise et un bout du médaillon de son copain. Jolie, pensa-t-il.

– Est-ce qu'elle faisait du sport ?

– Avant, précisa le père à voix basse.

– Elle jouait au handball, ajouta la mère tristement. Et puis elle a abandonné. Maintenant, elle court pas mal. Plusieurs dizaines de kilomètres par semaine.

– Plusieurs dizaines de kilomètres ! Pourquoi a-t-elle arrêté le handball ?

– Avec le temps, elle avait de plus en plus de devoirs à faire. Vous savez, les gosses, c'est comme ça : ils s'entichent de choses et puis ils arrêtent, voilà tout. Elle s'est aussi essayée au cornet à la fanfare, mais elle a aussi laissé tomber.

– Elle était bonne au handball ?

Il remit la photo en place.

– Très bonne, répondit le père faiblement. Elle était gardienne de but. Elle n'aurait pas dû arrêter.

– Je pense qu'elle s'ennuyait dans les buts, argumenta la mère.

– Ce n'est pas sûr, contesta son mari. Elle ne nous l'a jamais vraiment expliqué.

Sejer se rassit.

– Donc, ça vous a fait réagir, ça ? Vous trouviez que c'était incompréhensible ?

– Oui.

– Elle se débrouillait bien à l'école ?

– Mieux que la plupart. Ce n'est pas de la vantardise, c'était simplement comme ça, ajouta-t-il.

– Ce devoir sur lequel travaillaient les filles portait sur quoi ?

– Sigrid Undset. Elles devaient le rendre à la Saint-Jean.

– Je pourrais voir sa chambre ?

La mère se leva et avança à petits pas maladroits. L'homme resta assis sur l'accoudoir, immobile.

Bien qu'exiguë, juste assez grande pour accueillir un lit, un bureau et une chaise, la chambre avait visiblement été son refuge. Sejer regarda par la fenêtre : de l'autre côté de la rue, on voyait la véranda du voisin, celle de la maison jaune orangé : un bouquet d'épis était posé sur l'appui. Il examina les murs pour y trouver les habituels posters d'idoles, mais il n'y en avait pas. En revanche, la chambre était pleine de coupes, de brevets et de médailles, en plus de quelques photos d'Annie en pleine action : avec son équipe de handball ; sur sa planche à voile, dans une position irréprochable. Au-dessus du lit, elle avait accroché plusieurs photos de petits enfants et la photo d'un jeune homme. Sejer le désigna du doigt.

– Le petit ami ?

La mère acquiesça.

– Elle a travaillé avec des gosses ?

Il désigna une photo où Annie tenait un blondinet,

visiblement heureuse et fière. Elle semblait hisser le petit garçon vers l'appareil, comme un trophée.

– Elle faisait du baby-sitting pour les gosses de la rue, au fur et à mesure des naissances.

– On dirait qu'elle aimait beaucoup les enfants ?

Elle acquiesça de nouveau.

– Est-ce qu'elle tenait un journal intime, madame Holland ?

– Je ne pense pas. J'ai cherché, reconnut-elle. J'ai cherché toute la nuit.

– Et tu n'as rien trouvé ?

Elle secoua la tête négativement. Ils entendirent un faible murmure qui venait du séjour.

– Nous avons besoin de quelques noms, dit-il enfin. Des gens avec lesquels il faudrait qu'on parle.

Il observa de nouveau les photos sur les murs et étudia la tenue de gardienne de but d'Annie, noire avec un emblème vert sur la poitrine.

– Ça ressemble à un dragon ou à quelque chose comme ça, non ?

– C'est un monstre marin, expliqua-t-elle d'une voix éteinte.

– Pourquoi ?

– Il paraît qu'il y en a un ici, dans le fjord. Ce n'est qu'un conte, une vieille légende. Si tu sors en barque et que tu entends un bruissement derrière toi, c'est le monstre qui surgit des profondeurs. Surtout ne te retourne pas et continue à ramer. Si tu fais comme si de rien n'était, si tu le laisses tranquille, tout se passe bien, mais si tu te retournes, si tu le regardes droit dans les yeux, il t'entraîne au fond des eaux noires. La légende dit qu'il a les yeux rouges.

– Retournons au salon.

Skarre, toujours assis, prenait des notes. Monsieur Holland se tenait encore sur l'accoudoir, l'air au bord du naufrage.

– Et sa sœur ?
– Elle rentre en avion dans la matinée. Elle était à Trondheim : j'ai une sœur là-haut.

Madame Holland retomba dans le canapé et s'appuya contre son mari. Sejer se dirigea vers la fenêtre et jeta un coup d'œil dehors. Il eut la surprise de plonger son regard dans celui d'un homme qui se tenait à la fenêtre de sa cuisine.

– Vous habitez très près les uns des autres, ici, constata-t-il. Vous vous connaissez tous bien ?
– Assez bien. Tout le monde discute avec tout le monde.
– Et tout le monde connaissait Annie ?

Elle hocha la tête.

– Nous allons passer de maison en maison. Il ne faut pas que ça vous gêne.
– Nous n'avons rien à cacher.
– Est-ce que vous pouvez nous fournir quelques photos ?

Le père se leva et alla vers le meuble de rangement sous la télévision.

– Nous avons une cassette vidéo de l'été dernier, dit-il. On était dans notre chalet à Kragerø.
– Ils n'ont pas besoin d'un film, coupa la mère, livide. Juste une photo.
– Non, non, je veux bien la cassette, répliqua Sejer.

Il la prit et remercia. Puis dit d'un air songeur :
– Plusieurs dizaines de kilomètres par semaine... Elle courait seule ?
– Personne n'arrivait à la suivre, répondit simplement le père.
– Malgré ses devoirs, elle prenait donc le temps de courir plusieurs dizaines de kilomètres par semaine. Donc, ce n'était pas nécessairement ses activités scolaires qui lui ont fait arrêter le handball ?
– Elle pouvait courir quand elle le voulait, parfois même avant le petit déjeuner, dit sa mère. Mais quand il

y avait un match, il fallait qu'elle soit là. Je pense qu'elle n'aimait pas se sentir liée ainsi. Annie était très indépendante.

– Elle courait dans quel coin ?

– Partout. Quel que soit le temps. Le long de la route nationale, dans le bois...

– Au bord de l'étang du Serpent ?

– Aussi.

– C'était quelqu'un de turbulent ?

– Non. Elle était calme et sage, murmura la mère.

Sejer retourna à la fenêtre et aperçut une femme qui traversait la route en toute hâte ; un petit mouflet, tétine à la bouche, tressautait sur son bras.

– À part la course à pied, elle s'intéressait à d'autres choses ?

– Au cinéma, à la musique, à la lecture et à ce genre de trucs. Et aux gosses, répondit le père.

– Surtout quand elle était plus jeune, précisa-t-il.

Sejer leur demanda de faire une liste de l'entourage d'Annie : ses amis, ses voisins, ses professeurs, les membres de sa famille, ses petits amis, au cas où il y en aurait eu plusieurs. Au final, la liste comptait quarante-deux noms avec en regard des adresses plus ou moins complètes.

– Vous allez parler avec tous ces gens ? demanda madame Holland.

– Bien sûr. Et ce n'est que le début. On pense à vous, conclut-il pour mettre fin à l'entrevue.

* * *

– Il faut qu'on fasse un saut chez Thorbjørn Haugen. Le type qui est parti à la recherche de Ragnhild hier. Il a des horaires précis à nous fournir.

La voiture passa devant les garages, Skarre jeta un coup d'œil sur ses notes.

– Pendant que vous étiez dans la chambre, j'ai posé quelques questions au père à propos de cette histoire de handball, dit-il.

– Et alors ?

– Selon lui, Annie était vraiment un élément prometteur. Son équipe avait fait une saison du tonnerre, au point de participer à un tournoi en Finlande. Il ne comprenait pas pourquoi elle avait laissé tomber. Il se demandait même s'il n'était pas arrivé quelque chose.

– On pourrait aller trouver l'entraîneur, non ? Il y a peut-être un lien ? répondit Sejer.

– Justement, l'entraîneur n'a pas cessé de relancer Annie pendant des semaines. L'équipe a dégringolé après son départ. Personne ne pouvait remplacer Annie.

– On appellera du commissariat pour avoir son nom.

– Inutile, il s'appelle Knut Jensvoll et il habite au 8, rue Gneiss. Juste en bas de cette descente.

– Parfait ! Je suis en train de penser à quelque chose, continua-t-il, à quelques minutes près, Annie a probablement été tuée pendant que nous étions en train de nous inquiéter au sujet de Ragnhild. Appelle le service de médecine légale à Pilestredet. Demande à parler à Snorrason. Dis-lui de se magner un peu le train pour qu'on ait le rapport dès que possible.

Skarre saisit le téléphone de voiture.

– Tu trouveras le numéro enregistré sous le 4, ajouta Sejer.

Skarre pressa le 4, patienta, demanda qu'on lui passe Snorrason, patienta encore, se mit à chuchoter et raccrocha.

– Qu'est-ce qu'il a dit ?

– Que la chambre froide est pleine à craquer, que toute mort est tragique, quelle que soit la raison du décès, qu'une masse de gens attend de pouvoir enterrer un proche, mais que, cependant, il comprend que c'est grave. Il suggère donc que tu ailles le voir dans trois jours pour recueillir son compte rendu oral. Pour un rapport écrit, tu devras attendre encore un peu.

– De la part de Snorrason, c'est déjà pas mal du tout, murmura Sejer.

* * *

Raymond beurrait une tranche de pain azyme, en tirant la langue. Il se concentrait intensément pour qu'elle ne se casse pas. Il la posa sur quatre autres tartines beurrées et sucrées. Son record, c'était six.

La cuisine était petite et plutôt accueillante, juste un peu en désordre à cause du préparatif de l'en-cas. Pour son père, il avait prévu une tranche de pain de mie sans croûte, enduite du gras de lard qu'il avait récupéré dans la poêle à frire. Quand ils auraient fini de manger, il ferait la vaisselle et passerait un coup de balai par terre, comme d'habitude. Il avait déjà vidé l'urinal de son père, rempli son pichet d'eau fraîche et fait passer le café trois fois, comme il convient. Il posa une cinquième tartine en haut de la pile avec une certaine satisfaction. Au moment où il s'apprêtait à verser du café dans la grande tasse de son père, il entendit le bruit d'une voiture qui se garait devant la porte. À sa grande stupeur, il découvrit qu'il s'agissait d'un véhicule de police. Son sang se glaça, il s'écarta aussitôt de la fenêtre et courut se cacher dans un coin du salon. Peut-être qu'on venait le chercher pour le mettre en prison. Et dans ce cas, qui s'occuperait de son père ?

Il entendit les portières claquer ; un bruit de conversation. Il n'était pas sûr d'avoir fait quelque chose de mal, mais ça n'était pas toujours facile à évaluer. Par précaution, il resta immobile pendant qu'ils frappaient à la porte. Mais, ils continuaient de frapper en appelant son nom. Peut-être que son père les entendrait. Il toussa bruyamment pour couvrir les appels. Au bout d'un moment, tout sembla se calmer. Bien calé dans le coin du salon, à côté de la cheminée, il découvrit soudain un visage à la fenêtre. C'était un homme grand, aux cheveux gris, qui agita la main pour le saluer ou l'inviter à quitter sa cachette. Raymond secoua vigoureusement la tête. S'accrochant à la cheminée, il se recroquevilla davantage. Le type dehors semblait sympa, mais ce n'était peut-être qu'un air. Raymond avait compris ces trucs-là depuis longtemps : il n'était pas complètement idiot ! Comme il ne supportait plus, soudain, de rester au même endroit, il courut dans la cuisine, mais là aussi, il y avait un visage à la fenêtre. Un homme brun aux cheveux bouclés, en uniforme. Raymond se sentit comme un chaton dans un sac ; l'eau glacée commençait à s'infiltrer. Comme la camionnette refusait toujours de démarrer, la police ne venait certainement pas pour ça. C'était sans doute à cause de ces trucs à l'étang, conclut-il avec désespoir. Il s'agita un moment, puis alla dans l'entrée et se mit à fixer avec inquiétude la clé qui dépassait de la serrure.

— Raymond, appela l'un des hommes. On veut juste discuter un peu. N'aie pas peur.

— J'ai pas été méchant avec Ragnhild ! cria-t-il.

— Ce n'est pas pour ça qu'on est là. On a seulement besoin que tu nous aides.

Il hésita encore un peu, puis finit par ouvrir.

— On peut entrer un moment ? demanda le plus grand. Il faut qu'on te demande quelque chose.

— Oui, oui. J'étais juste pas sûr de ce que vous vouliez. Je peux pas ouvrir à n'importe qui !

— Tu as raison, dit Sejer, en l'observant. Mais c'est bien d'ouvrir quand c'est la police.

— D'accord. On va aller dans le salon.

Il y entra le premier et désigna du doigt le canapé un peu bizarre, visiblement de fabrication artisanale. Il y avait une vieille couverture dessus. Ils s'assirent et laissèrent leurs yeux errer dans la pièce. C'était un tout petit séjour carré avec un sofa, une table et deux chaises. Sur les murs, étaient accrochées des images d'animaux et la photo d'une femme mûre tenant un petit garçon sur les genoux. Probablement sa mère. L'enfant avait les traits typiquement trisomiques : une grossesse trop tardive avait probablement décidé du destin de Raymond. De là où ils étaient, ils ne remarquèrent ni poste de télévision, ni téléphone. Cela faisait des années que Sejer n'avait pas vu de maison sans téléviseur.

— Ton père est là ? commença Sejer en regardant le tee-shirt blanc paré d'un bandeau « C'est moi qui décide » de Raymond.

— Il est au lit ; il peut plus marcher.

— Alors, c'est toi qui prends soin de lui ?

— Je fais à manger et je m'occupe de tout. Faut bien, tu sais !

— Ton père a de la chance de t'avoir.

Raymond lui adressa un grand sourire, ce sourire charmant qui caractérise ceux qui sont atteints du syndrome de Down. Un esprit d'enfant pur et un corps énorme, doté de grandes mains fortes aux doigts trop courts, d'épaules larges et imposantes.

— Tu as été vraiment gentil hier de ramener Ragnhild à la maison, dit Sejer doucement. Comme ça, elle n'a pas eu à rentrer toute seule. C'était sympa de ta part.

— Elle n'est pas très grande, tu sais, répondit-il en prenant des airs d'adulte.

— Justement, c'est bien de l'avoir raccompagnée. Et de l'avoir aidée avec la poussette de sa poupée. Mais quand elle est rentrée chez elle, elle a raconté quelque chose, et c'est de ça qu'on souhaiterait discuter avec toi, Raymond. Je parle de ce que vous avez vu sur la plage de l'étang du Serpent.

Raymond le regarda d'un air inquiet en avançant sa lèvre inférieure.

– Vous avez vu une fille, n'est-ce pas ?
– C'est pas moi qui l'ai fait ! protesta-t-il.
– Personne n'a dit une chose pareille. Mais c'est pour ça qu'on est là. Laisse-moi te poser une autre question. Je vois que tu as une montre ?
– Oui, j'ai une montre. Il l'exhiba. C'est la vieille de Papa.
– Tu la regardes souvent ?
– Non, presque jamais.
– Pourquoi ?
– Quand je suis au travail, c'est le patron qui surveille l'heure. Quand je suis à la maison, c'est Papa.
– Pourquoi tu n'es pas au travail aujourd'hui ?
– Je travaille une semaine et après j'ai congé une semaine.
– D'accord. Tu peux me dire quelle heure il est maintenant ?

Raymond regarda sa montre.

– Il est un peu plus de onze heures dix.
– C'est ça. Mais tu ne la consultes pas souvent, alors ?
– Seulement quand je suis obligé.

Sejer hocha la tête et jeta un coup d'œil à Skarre qui, en bon élève, notait tout.

– Quand tu as ramené Ragnhild, as-tu regardé l'heure ? Ou, par exemple, quand vous étiez à l'étang du Serpent ?
– Non.
– À ton avis, il était quelle heure ?
– Je trouve que tu me poses des questions difficiles, se plaignit-il.

On le sentait déjà fatigué d'avoir eu à réfléchir si intensément.

– Tu as raison, ce n'est pas facile de tout se rappeler. J'ai bientôt fini. Est-ce que tu as vu autre chose là-haut, vers l'étang ? Je veux dire, il y avait des gens ? À part la fille ?
– Non. Elle est malade ? demanda-t-il.

– Elle est morte, Raymond.
– C'est jeune, je trouve.
– C'est ce que nous pensons aussi. Est-ce que tu as vu une voiture ou quelque chose comme ça passer devant la maison ce jour-là ? Une qui montait ou qui descendait ? Ou des gens ? Pendant que Ragnhild était ici, par exemple ?
– Il y a plein de gens qui font de la marche par ici. Mais pas hier. Seulement ceux qui y habitent. La route s'arrête à Kollen.
– Alors, tu n'as vu personne ?
Il réfléchit longuement.
– Si, il y a eu une voiture. Juste quand on partait. Elle passait en hurlant, on aurait dit une voiture de course.
– Juste quand vous partiez ?
– Oui.
– Elle montait ou elle descendait ?
– Elle descendait.
Elle passait en hurlant, pensa Sejer. Mais qu'est-ce que ça veut dire pour quelqu'un qui ne roule qu'en seconde ?
– Tu la connaissais cette voiture ? C'était quelqu'un d'ici ?
– Ici, personne ne roule aussi vite que ça.
Sejer procéda à un rapide calcul mental.
– Ragnhild était chez elle un peu avant deux heures, alors il devait être vers une heure et demie ? Pour aller d'ici jusqu'à l'étang, ce n'est pas long, si ?
– Non.
– Elle roulait très, très vite, tu m'as dit ?
– Tellement vite qu'elle soulevait un gros nuage de poussière. Mais, c'est vrai aussi que la route était très sèche.
– Qu'est-ce que c'était comme voiture ?
– Une voiture normale, répondit Raymond avec satisfaction.

— Une voiture normale ? répéta Sejer patiemment. Qu'est-ce que tu veux dire par là ?

— Ni un camion, ni une camionnette, ni ce genre de trucs. Une voiture normale, quoi.

— D'accord. Une voiture de particulier. Tu t'y connais en marques de voitures ?

— Pas trop.

— Ton père, qu'est-ce qu'il a comme bagnole ?

— Une Hiache, répondit-il fièrement.

— Tu vois la voiture de police dehors ? Tu sais ce que c'est comme voiture ?

— Ben ! tu viens de le dire : c'est une voiture de police.

Il se tordit sur sa chaise, l'air triste tout à coup.

— Mais la couleur, Raymond. Tu as quand même remarqué sa couleur ?

Il fit un nouvel effort, puis remua négativement la tête.

— Il y avait tellement de poussière. Impossible de voir la couleur, murmura-t-il.

— Tu peux quand même me dire si elle était foncée ou claire ?

Sejer n'abandonnait pas et Skarre continuait à prendre des notes. La douceur de la voix de son patron l'étonnait. Habituellement, il était beaucoup plus froid.

— Peut-être entre les deux. Marron, grise ou verte. Une couleur sale. Il y avait tellement de poussière. Vous pouvez demander à Ragnhild, elle aussi elle l'a vue.

— On le lui a déjà demandé. Elle dit qu'elle était grise ou peut-être verte. Mais elle ne savait pas nous dire si c'était une voiture neuve et jolie ou si elle était vieille et moche.

— Ni neuve et jolie, ni vieille et moche, dit-il d'un ton décidé. Plutôt entre les deux.

— Je vois.

– Il y avait quelque chose sur le toit, déclara Raymond, tout à coup.

– Ah bon ! Quoi ?

– Une sorte de caisson. Plat et noir.

– Une boîte à skis ? proposa Skarre.

Raymond hésita.

– Peut-être.

Skarre sourit en écrivant, complètement sous le charme de Raymond, si soucieux de les aider.

– Bien observé, Raymond. T'as noté ça, Skarre ? Alors comme ça, ton père est au lit ?

– Je pense qu'il attend son repas, maintenant.

– On ne voudrait pas te mettre en retard. C'est possible de passer lui dire bonjour avant de partir ?

– Bien sûr, je vais vous montrer le chemin.

Il traversa le salon et les deux hommes le suivirent. Au fond du couloir, il s'arrêta et ouvrit la porte, presque avec recueillement. Un vieillard ronflait dans le lit, son dentier plongé dans un verre sur la table de chevet.

– On va le laisser tranquille, chuchota Sejer en se retirant silencieusement.

Ils remercièrent Raymond et sortirent dans le jardin devant la maison, Raymond sur leurs talons.

– On reviendra peut-être. Tes lapins sont mignons, remarqua Skarre.

– C'est ce que disait Ragnhild aussi. Tu peux en tenir un si tu veux.

– Une autre fois.

Ils le saluèrent de la main et descendirent la route défoncée en cahotant. Énervé, Sejer pianotait sur le volant.

– La bagnole, c'est vraiment important. Et la seule chose qu'on ait, c'est quelque chose « entre les deux ». Mais une boîte à skis sur le toit ! Ragnhild ne nous avait pas parlé de ça…

– Monsieur-Tout-Le-Monde a une boîte à skis sur le toit de sa voiture !

– Pas moi. Arrête-toi à la ferme là-bas.

Ils tournèrent devant la maison et se garèrent près d'une Mazda rouge. Une femme portant knickers et bottes les aperçut depuis la grange et vint à leur rencontre en traversant la cour.

Sejer fit un signe de la tête en direction de la voiture rouge.

– Police, dit-il poliment. Vous avez d'autres véhicules à la ferme en dehors de celui-ci ?

– On en a deux autres, répondit-elle, étonnée. Mon mari a un break et le petit une Golf. Pourquoi ?

– De quelle couleur ? coupa-t-il sèchement.

Elle le regarda, surprise.

– La Mercedes est blanche et la Golf rouge.

– À la ferme qu'on voit là-bas, qu'est-ce qu'ils ont comme voiture ?

– Une Blazer, fit-elle lentement. Bleu foncé. Il s'est passé quelque chose ?

– Oui, il s'est passé quelque chose. On y reviendra. Tu étais là hier ? Vers treize, quatorze heures ?

– J'étais aux champs.

– Tu n'as pas vu une voiture descendre de là-haut à fond la caisse ? Grise ou peut-être verte, avec une boîte à skis sur le toit ?

Elle haussa les épaules.

– Pas que je me souvienne. Mais quand je suis sur le tracteur, j'entends pas grand-chose.

– Est-ce que tu as vu quelqu'un dans le coin à cette heure-là ?

– Des promeneurs. Une bande de jeunes avec un chien, se rappela-t-elle. Sinon, personne.

Thorbjørn et ses copains, se dit-il.

– Merci pour ton aide. Là-bas, à côté, il y a quelqu'un ?

De la tête, il désigna une ferme en contrebas, tout en étudiant le visage de la femme. Joli, marqué par le travail au grand air, mais avec un beau teint frais.

– Le propriétaire est en voyage. Et son intérimaire est parti dans la matinée. Je n'ai pas vu s'il est déjà rentré ou pas.

D'une main, elle s'abrita les yeux pour scruter l'endroit.

– La voiture n'est pas là, en tout cas.
– Tu le connais ?
– Non, il n'est pas très bavard.

Il la remercia et alla se réinstaller dans la voiture.

– Il a d'abord fallu qu'il monte, observa Skarre.
– À ce moment-là, ce n'était pas encore un assassin. Il a peut-être roulé tranquillement, ce qui fait que personne ne l'a remarqué.

Ils avancèrent en seconde jusqu'à la route nationale. Quelques instants plus tard, sur leur gauche, ils remarquèrent une petite épicerie de village. Ils se garèrent et pénétrèrent dans le magasin. Au-dessus de leurs têtes, une clochette émit un bruit grêle et un homme en blouse de nylon bleu-vert surgit de la pièce attenante. Il resta quelques secondes à les fixer d'un air épouvanté.

– Il s'agit d'Annie ?

Sejer acquiesça.

– Annette est très choquée, expliqua-t-il. Elle a appelé Annie tout à l'heure. Tout ce qu'elle a entendu, c'est un hurlement dans le combiné.

Une adolescente apparut, mais demeura sur le seuil. Son père lui entoura les épaules d'un bras protecteur.

– On l'a gardée à la maison aujourd'hui.
– Vous habitez près d'ici ?

Sejer traversa la pièce et lui tendit la main.

– À cinq cents mètres, au bord de la plage. On a du mal à réaliser.

– Est-ce qu'hier tu as remarqué quelqu'un de particulier ?

Il réfléchit.

– Une bande de jeunes est passée. Ils ont acheté chacun une canette de Coca. À part ça, il y a juste eu Raymond. Il est venu en fin de matinée prendre du lait et du pain azyme. Raymond Låke. Il habite avec son père en haut, à Kollen. On ne vend plus grand-chose ici. D'ailleurs, on va bientôt définitivement baisser le rideau.

Tout en parlant, il ne cessait de tapoter le dos de sa fille.

– Låke est resté combien de temps ?

– Bof, je ne sais pas trop. Peut-être une dizaine de minutes. Il y a aussi eu un motard qui s'est arrêté. Vers une heure, une heure et demie environ. Il est resté là un moment, debout, et puis il est reparti. Une énorme moto avec de grosses sacoches. Sans doute un touriste. Personne d'autre.

– Une moto ? Tu peux me la décrire ?

– Pfff, qu'est-ce que je peux en dire... foncée, je crois. Brillante et belle. Le gars est resté le dos tourné, sans enlever son casque. Il lisait quelque chose qui était posé devant lui sur la moto.

– Tu as vu les plaques ?

– Non, désolé.

– Tu ne te souviens pas d'avoir vu une voiture grise ou verte avec une boîte à skis sur le toit, par hasard ?

– Non.

– Et toi, Annette ? demanda Sejer en se tournant vers la jeune fille. Tu te rappelles quelque chose qui pourrait peut-être avoir de l'importance ?

– J'aurais dû appeler, murmura-t-elle.

– Il ne faut pas que tu te culpabilises : tu ne pouvais rien faire pour empêcher ça. Quelqu'un l'a probablement trouvée en chemin.

– C'est que comme Annie n'aime pas qu'on s'occupe de ses affaires, j'avais peur qu'elle nous fasse la gueule si on la relançait.

– Tu connaissais bien Annie ?

– Pas mal.

– Et tu ne te rappelles pas si quelqu'un est apparu dans sa vie récemment ? Elle t'a parlé de nouvelles connaissances ?

– Non, non. Elle avait Halvor, tu sais.

– D'accord. S'il y a du nouveau ou si, plus tard, vous pensez à quelque chose, appelez-nous s'il vous plaît. Il se peut aussi qu'on revienne vous voir, si vous le voulez bien.

Ils les remercièrent, puis sortirent. L'épicier retourna dans l'arrière-boutique. Par la fenêtre près de la porte d'entrée, Sejer aperçut sa silhouette courbée.

– Quand il est assis à son bureau, il peut voir la route, constata-t-il. Une moto qui s'arrête devant et qui repart. Entre midi et demi et une heure. Il faut qu'on note ça.

Il claqua la portière.

– Thorbjørn dit que quand ils ont fait le tour de l'étang du Serpent pour chercher Ragnhild, il était environ une heure moins le quart. À ce moment-là, le corps n'y était pas. Quand Raymond et Ragnhild arrivent au même endroit, à une heure et demie environ, il y est. Ce qui nous donne une marge de trois quarts d'heure. Ça, c'est vraiment incroyable, exceptionnel ! Une voiture leur est passée devant à fond de train, juste à l'instant où ils allaient partir. Une voiture normale, de couleur sale, ni claire ni foncée, ni vieille ni neuve. Entre les deux.

Il heurta le tableau de bord.

– Tout le monde n'est pas expert en automobiles, sourit Skarre.

– On va lancer deux appels à témoins : un pour l'inconnu qui est passé devant la maison de Raymond pied au plancher hier vers une heure, une heure et demie avec son coffre à skis sur le toit. Et un autre pour le type à la moto. Si personne ne se présente, je vais cuisiner ces gamins au sujet de la voiture.

– Et comment tu vas t'y prendre ?

– Je sais pas encore. On pourrait peut-être les faire dessiner. Les gosses, ils aiment bien dessiner en général.

Raymond apporta le repas à son père. Il avançait à pas de loup, mais le plancher grinçait et l'assiette tinta contre le plateau en marbre de la table de chevet. Le père ouvrit l'œil.

– Qu'est-ce qu'ils voulaient ? demanda-t-il.

* * *

Au retour, ils déjeunèrent à la cantine du palais de justice.

– L'omelette est desséchée, dit Skarre, mécontent. Elle est restée beaucoup trop longtemps dans la poêle.

– Ah bon ?

– Ils devraient pourtant savoir que l'œuf continue à cuire longtemps après qu'on l'a mis dans l'assiette. Il faut donc le sortir de la poêle pendant qu'il est encore liquide.

Sejer n'avait aucune objection à lui opposer, faute de compétence culinaire.

– En plus, ils ont ajouté du lait. Ça casse la couleur.

– Tu as fait des études de cuisine ?

– Juste un stage.

– Ben dis donc, on en apprend tous les jours !

Il sauça son assiette avec un bout de pain. Puis il s'essuya soigneusement la bouche avec sa serviette.

– On va commencer par la rue Cristal. Chacun prend un côté, ce qui fait dix maisons par tête. On s'y mettra après dix-sept heures, quand les gens seront rentrés du boulot.

– Qu'est-ce qu'on cherche ? demanda Skarre en jetant un coup d'œil à sa montre : après deux heures, il était permis de fumer.

– Des anomalies. N'importe quoi. Pose aussi des questions sur comment Annie était avant, s'ils pensent qu'elle avait changé. Emploie tout ce que tu as de charme pour qu'ils s'ouvrent à toi. Bref, tâche de les cerner.

– Il me semble qu'on devrait parler avec Eddie Holland, seul à seul.

– J'y ai pensé. Je vais lui demander de venir ici quand tout se sera un peu tassé. Mais n'oublie pas que la mère est en état de choc. Elle se calmera probablement avec le temps.

– Ils avaient des avis assez divergents à propos d'Annie, tu ne trouves pas ?

– Ça doit toujours être comme ça, à mon avis. T'as des enfants, Skarre ?

– Non.

Il alluma sa cigarette et souffla la fumée à droite de son patron.

– Sa sœur est probablement rentrée de Trondheim à présent. Il va falloir parler avec elle aussi.

Après le repas, ils passèrent voir les techniciens au labo, mais personne n'avait rien de nouveau à dire sauf à propos du coupe-vent qui avait recouvert le cadavre.

– Import. Il vient de Chine. On en vend dans toutes les chaînes de magasins à petits prix. L'importateur estime qu'il a pris environ deux mille pièces de ce modèle-là. On a trouvé un paquet de bonbons au malt dans une des poches, un catadioptre et quelques poils clairs, probablement des poils de chien. Ne me demande pas la race. À part ça, rien.

– La taille ?

– XL. Mais les manches étant sans doute trop longues, on les avait roulées pour les raccourcir.

— Dans le temps, les gens avaient des étiquettes avec leur nom dans leur blouson, se souvint Sejer.
— Oui, au Moyen Âge.
— Et le comprimé ?
— Pas très palpitant. C'est tout simplement une pastille de menthol, le genre très à la mode en ce moment. Tout petit et fort à couper le souffle.

Sejer fut affreusement déçu. Un bonbon au menthol, ça n'apprenait vraiment rien. Tout le monde et n'importe qui en avait dans ses poches. Lui-même gardait toujours un paquet de Fisherman's Friend dans son blouson.

Ils retournèrent au village. Il y avait un peu plus d'animation dans la rue Cristal à présent, ça grouillait d'enfants montés sur les engins les plus divers : des tricycles, des tracteurs, des poussettes de poupée, et même une petite caisse à roulettes, décorée d'une queue de renard galeuse claquant au vent. Lorsque la voiture de police apparut à la hauteur des boîtes aux lettres, l'image colorée se figea. Skarre ne put s'empêcher de contrôler les freins de quelques-uns des véhicules, et il aurait juré que le propriétaire d'un Massey Ferguson rose et bleu en péta de trouille quand il lui fit remarquer que son feu arrière était cassé.

La plupart des gens sentait que quelque chose était arrivé, mais ils ne savaient pas quoi. Et personne n'osait sonner chez les Holland pour demander.

Ils s'acquittèrent de leur mission séparément, une maison après l'autre, chacun de son côté de la rue. Partout, ils affrontèrent la même expression incrédule puis choquée. Beaucoup de femmes se mettaient à pleurer ; les hommes pâlissaient et demeuraient silencieux. Avant de commencer à poser leurs questions, les policiers attendaient patiemment qu'ils se ressaisissent. Tout le monde connaissait bien Annie. Certaines femmes l'avaient vue partir : les Holland habitant au fond de la ruelle, ils passaient nécessairement devant tous les voisins pour sortir. Annie avait gardé leurs enfants pendant des années, sauf depuis un an : elle commençait à devenir adulte... Tout le monde ou presque parlait de sa vocation de handballeuse, et de leur surprise quand elle avait renoncé à jouer. Elle était si performante qu'on parlait souvent d'elle dans le journal local. Un couple de retraités se souvenait qu'elle était naguère plus expansive et pétillante, mais ils mettaient ce changement sur le compte de son entrée dans la vie de jeune femme. Elle qui était plutôt petite et frêle s'était mise à pousser d'un seul coup...

Skarre ne s'était pas attaqué aux maisons en suivant l'ordre topographique : il avait commencé par la maison jaune orangé. Elle appartenait à un célibataire proche de la cinquantaine. Au milieu de son salon trônait une véritable petite embarcation rouge vif, toutes voiles dehors, dans laquelle il y avait un matelas et de nombreux coussins, avec un porte-bouteille vissé sur le plat-bord. Skarre contempla l'engin, sidéré en pensant vaguement à son appartement, privé de toute décoration un tant soit peu originale.

Fritzner ne connaissait pas très bien Annie, vu qu'il n'avait pas d'enfants à faire garder. Mais il l'avait prise dans sa voiture de temps en temps, pour aller au centre du village. D'habitude, elle acceptait quand il faisait mauvais, mais s'il faisait beau elle lui faisait signe de ne pas s'arrêter. Il l'aimait bien. Une gardienne de but vachement douée, remarqua-t-il gravement.

Sejer en était maintenant arrivé à une famille turque, au numéro 6. Les Irmak s'apprêtaient à dîner lorsqu'il sonna à leur porte. Ils s'étaient déjà assis autour de la table sur laquelle fumait une grande marmite. Le chef de famille, la silhouette longiligne, vêtu d'une chemise brodée, lui tendit une main hâlée. Il leur apprit qu'Annie Holland était morte, probablement assassinée. Ils semblèrent abasourdis. Quoi ! la belle gosse du numéro 20, la fille d'Eddie ! La seule famille qui les avait accueillis à bras ouverts quand ils avaient emménagé, il y avait quatre mois de ça ! Car ils avaient habité ailleurs et n'avaient pas été partout les bienvenus. C'était impossible ! L'homme prit Sejer par le bras et le conduisit vers le canapé.

Sejer s'assit. Irmak n'était nullement docile et soumis comme tant d'autres immigrés. Il était plein de confiance en soi et de dignité. Pour Sejer, c'était libérateur.

Madame Irmak avait vu Annie au moment où elle partait vers midi et demi. La jeune fille était tranquillement passée devant la maison, elle portait un sac à dos.

– Un peu garçon manqué, observa-t-elle en rajustant son voile. Grande ! Beaucoup de muscles.

Elle baissa les yeux.

– Vous lui avez déjà fait garder votre petite fille ?

Sejer fit un signe de la tête vers la table où une fillette attendait patiemment. Une enfant silencieuse et extraordinairement jolie, avec des cils épais. Son regard était profond et noir comme un puits de mine.

– On voulait lui demander, dit l'homme rapidement, mais les voisins nous ont fait comprendre qu'elle avait passé l'âge. Alors on n'a pas voulu l'embêter avec ça. Et comme ma femme est à la maison toute la journée, on peut se débrouiller. Il n'y a que moi qui doive partir le matin. On a une Lada. Le voisin me dit que c'est pas une vraie voiture, mais elle est assez bien pour nous. Elle démarre tous les matins, et elle fait sans problème l'aller-retour jusqu'à la rue Poppel, où j'ai une boutique d'épices. À propos, cette éruption cutanée que tu as sur le front, elle disparaîtrait avec des épices. Pas des épices comme celles de chez Rimi, mais avec les épices authentiques de chez Irmak.

– Ah bon ! C'est possible ça ?
– Ça nettoie l'organisme et ça fait venir la sueur plus rapidement.

Sejer acquiesça, l'air grave.

– Donc, vous n'avez jamais vraiment eu affaire à Annie.
– Pas vraiment. Parfois, quand elle passait en courant, je l'arrêtais d'un signe de la main et je lui disais : « Tu cours tellement que tu vas laisser ton âme derrière toi, fillette. » Et elle riait. Je rajoutais : « Je vais t'apprendre à méditer. Courir le long des rues, ce n'est pas le meilleur moyen de retrouver la sérénité. » Alors, elle riait de plus belle avant de disparaître au coin de la rue.
– Elle est déjà entrée ici ?
– Oui. Eddie l'a envoyée le jour de notre emménagement pour nous offrir un pot de fleurs en cadeau de bienvenue. Ça a même fait pleurer Nihmet, ajouta-t-il en regardant sa femme. Elle tira son voile devant son visage et se détourna pour cacher ses yeux à nouveau envahis de larmes.

Quand Sejer partit, ils le remercièrent de son passage en l'assurant qu'il serait le bienvenu une prochaine fois. Ils se tenaient sur le seuil, à le regarder. La petite fille accrochée à la jupe de sa mère lui rappelait Matteus, avec ses yeux noirs et ses boucles foncées. Une fois dans la rue, il aperçut Skarre qui sortait au même instant du numéro 9. Ils s'adressèrent un bref signe avant d'aller chacun de son côté.

– Beaucoup de portes closes ? demanda Skarre.
– Seulement deux. Les Johnas, au numéro 4, et les Rud au 8. Et toi ?
– J'ai pu rentrer partout.
– Et alors ? Tu as quelques réflexions à chaud ?
– Rien, si ce n'est qu'elle connaissait tous les voisins, qu'elle allait et venait chez eux comme elle voulait

depuis des années et qu'elle était dans leurs petits papiers.

Ils sonnèrent chez les Holland. La jeune femme qui leur ouvrit était à l'évidence la sœur d'Annie ; elle lui ressemblait tout en étant différente. Elle avait les mêmes cheveux blonds, mais plus foncés à la racine ; ses yeux, cernés d'un trait d'eye-liner noir, paraissaient plus clairs et manquaient d'assurance. Plus petite, moins solide, moins bien bâtie, ce n'était visiblement pas une sportive malgré son fuseau mauve. Son chemisier blanc était largement ouvert.

– Sølvi ? s'enquit Sejer.

Pour toute confirmation, elle hocha la tête et lui tendit une main douce. Elle les précéda et chercha aussitôt refuge auprès de sa mère. Madame Holland était assise dans le même coin du canapé que la dernière fois. Son visage avait changé depuis : il ne trahissait plus ce désespoir criant, mais avait l'air lourd, tendu et vieilli. Le père n'était pas dans les parages. Sejer s'efforça d'étudier Sølvi sans la dévisager. Ses traits comme sa silhouette différaient de ceux de sa sœur, elle n'avait ni les pommettes larges d'Annie, ni son menton décidé, ni ses grands yeux gris. Plus fade et un peu grassouillette, nota-t-il. Après une demi-heure de conversation, il s'avérait que les deux sœurs n'avaient jamais été très proches l'une de l'autre. Chacune menait sa vie de son côté. Sølvi travaillait comme femme de ménage dans un salon de coiffure et ne s'était jamais intéressée aux enfants, n'avait jamais pratiqué aucun sport. Sejer sentit qu'elle ne s'était sans doute jamais intéressée à personne d'autre qu'à elle-même. Ni à rien d'autre qu'à son apparence. Même maintenant, dans ce canapé, près de sa mère, dans cette maison bouleversée par l'horreur de la mort d'Annie, comme mue par un instinct irrépressible, elle s'arrangeait pour paraître à son avantage : un genou remonté, la tête inclinée, les mains croisées sur sa jambe.

Des bagues à chaque doigt, des ongles longs et vernis de rouge. Un corps rond, sans angle, sans caractère, qui semblait manquer d'ossature autant que de muscles : une sorte de pâte à modeler. Bien qu'elle fût l'aînée de six ans, Sølvi semblait singulièrement naïve. Sa mère d'ailleurs adoptait envers elle une attitude protectrice, lui tapotant le bras, comme s'il fallait sans arrêt la réconforter ou peut-être exiger quelque chose, Sejer n'aurait su dire. En vérité, ces deux sœurs avaient été très dissemblables ; ça se voyait du reste sur les photos : le visage d'Annie apparaissait plus mûr, malgré son regard furtif, son expression hésitante, comme si elle n'aimait pas être photographiée, mais se pliait à cette corvée peut-être parce qu'elle était bien élevée. Sølvi, en revanche, prenait tout le temps la pose. Physiquement, pensa-t-il, elle tenait plutôt de sa mère, Annie de son père.

– Sais-tu si Annie avait noué de nouvelles relations récemment ? Si elle avait fait de nouvelles rencontres ?

– Elle ne se préoccupait pas beaucoup de faire des rencontres.

Sølvi défroissa son chemisier.

– Sais-tu si elle tenait un journal intime ?

– Ah non ! pas Annie. C'était pas son genre ! Elle était différente des autres filles, à la limite elle ressemblait plus à un garçon. Elle ne supportait pas de se pomponner. Et si elle portait le médaillon d'Halvor, c'était qu'il insistait. En fait, ça la gênait pour courir.

Elle avait une jolie voix claire mais parfaitement infantile, une voix qui semblait dire « sois gentil avec moi, tu vois bien que je suis petite et fragile ».

– Tu connais ses amis ?

– Pas vraiment, ils sont plus jeunes que moi. Mais je sais qui c'est, évidemment.

Elle tripota ses bagues en hésitant, comme si elle s'efforçait de comprendre la nouvelle situation dans laquelle elle se retrouvait projetée.

– Parmi eux, qui est-ce qui la connaissait le mieux, à ton avis ?

– Elle passait pas mal de temps avec Annette, mais seulement si elle avait quelque chose à faire. Pas pour papoter, je veux dire.

– Vous habitez un peu loin de tout, par ici, dit-il doucement. Tu crois qu'il lui arrivait de faire du stop ?

– Jamais. Moi non plus d'ailleurs, ajouta-t-elle très vite. Mais on était quand même souvent prises en voiture quand on nous voyait marcher le long de la route. On connaît presque tout le monde.

Presque, pensa-t-il.

– Est-ce que tu lui trouvais l'air malheureux, pour une raison ou une autre ?

– Elle n'était pas malheureuse. Mais elle n'était pas joyeuse non plus. Il n'y avait pas grand-chose qui l'intéressait. Je veux dire, des trucs de filles. Juste l'école et la course à pied.

– Et Halvor peut-être ?

– Je ne sais pas. Avec Halvor aussi, elle semblait assez indifférente. Comme si elle n'arrivait jamais à se décider.

Mentalement, Sejer vit passer l'image d'une jeune fille à demi détournée, au regard sceptique, qui n'en faisait qu'à sa tête, ne suivait pas les sentiers battus et maintenait tout le monde à distance. Pourquoi ?

– Ta mère dit qu'elle était plus enjouée avant, affirma-t-il. C'est aussi ton avis ?

– Ah oui, elle était beaucoup plus bavarde avant !

Tout à coup, Skarre se racla la gorge.

– Ce changement est-il intervenu brusquement ? demanda-t-il. Ou graduellement ?

Les deux femmes se regardèrent.

– Je ne sais pas vraiment. Elle a changé, un point c'est tout.

– Tu peux nous dire à peu près quand, Sølvi ?

Elle haussa les épaules.

– L'année dernière. Halvor et elle se sont séparés. Et juste après, elle a abandonné le handball. Et puis, elle avait tellement grandi qu'elle ne rentrait plus dans ses vêtements. Elle était devenue très calme.

– Tu veux dire de mauvaise humeur ou boudeuse ?

– Non, seulement calme. Elle avait l'air déçue.

Déçue ! Sejer hocha la tête comme s'il comprenait. Il regarda Sølvi. La couleur de son fuseau lui rappelait les lilas de son enfance. Et ça l'oppressait.

– Tu sais si Annie et Halvor avaient des relations sexuelles ?

Elle rougit.

– Je ne sais pas. Il vaut mieux demander ça à Halvor, non ?

– C'est ce que je vais faire.

– Sølvi, remarqua Sejer lorsqu'ils furent de retour dans la voiture, c'est le genre de fille qui finit souvent dans le rôle de la victime. Tellement préoccupée d'elle-même et de son apparence qu'elle ne saisirait pas les signaux annonciateurs du danger. Bref, la proie rêvée pour un homme malintentionné. Pas Annie. Annie était réservée, sportive, peu soucieuse de plaire aux gens ou de lier de nouvelles connaissances. Elle ne faisait pas de stop. Si elle est montée dans une voiture, c'était qu'elle connaissait le conducteur.

– Tu as une fille qui est passée par la puberté. C'était comment, en fait ? demanda Skarre avec curiosité.

– Bof, murmura Sejer en regardant par la fenêtre. C'était plutôt Élise qui s'occupait de ce genre de trucs. Mais je m'en souviens, bien sûr. La puberté, c'est un moment difficile. Jusqu'à treize ans, c'était un rayon de soleil et, après, elle s'est mise à montrer les dents. Et ça jusqu'à quatorze ans. Alors elle a commencé à mordre. Ensuite, ça s'est calmé.

Il se rappela le jour où elle avait eu quinze ans : il ne savait plus comment lui parler. Quand l'enfant n'est plus un enfant, il faudrait inventer un nouveau langage. Ça a dû être comme ça pour Holland aussi. Difficile.

– Alors ça n'a pris qu'un an ou deux ?
– Oui, répondit-il pensivement. Je crois que oui.
– La métamorphose d'Annie te préoccupe vraiment, hein ?
– Il a pu se passer quelque chose. Je dois découvrir quoi. Qui elle était, qui l'a tuée et pourquoi... Il est temps de rendre visite à Halvor Muntz. Il doit être là, assis chez lui, à nous attendre. À ton avis, il est dans quel état ?
– Aucune idée. Je peux fumer dans la voiture ?
– Non. Prends plutôt une pastille à la menthe. Dis donc, tes cheveux ne sont pas un peu longs ?
– Si, puisque tu le dis.

Skarre attrapa une mèche dans son cou et l'étira sur toute sa longueur. Lorsqu'il la relâcha, elle se détendit et s'enroula à toute vitesse.

* * *

Elle lui trouvait quelque chose de familier. Elle approcha sa chaise et colla presque son visage ridé sur l'écran. La lumière bleuâtre souligna les poils qui poussaient sur son menton. Il faudrait les épiler, se dit-il, mais il ne savait pas comment aborder la chose.

– C'est Johann Olav ! s'écria-t-elle. Il boit du lait !
– Mmm.
– Bon Dieu, qu'est-ce qu'il est beau ! Je me demande s'il en est conscient. C'est une véritable sculpture vivante, ce gars.

Koss[1] essuya sa moustache de lait et sourit de toutes ses dents.

– T'as vu le clavier ! C'est parce qu'il boit du lait. C'est ce que tu devrais faire : boire plus de lait. Et puis il a eu le dentiste scolaire, ce qu'on n'avait pas, nous.

Elle roula son plaid en boule sur ses genoux.

– Nous, comme on n'avait pas les moyens de se soigner, on se faisait arracher les dents au fur et à mesure qu'elles pourrissaient, alors que vous, vous avez le dentiste scolaire, du lait, des vitamines, un régime équilibré, du dentifrice au fluor et je ne sais quoi encore... Elle soupira. Je vais te dire, moi je pleurais en classe. Pas parce que je ne savais pas ma leçon : parce que j'avais faim. Évidemment que vous êtes beaux, vous, les jeunes d'aujourd'hui. Je vous envie ! Tu m'entends, Halvor ? Je vous envie !

– Oui, Grand-Mère.

Les doigts tremblants, il extirpait des photos d'une enveloppe Kodak jaune. C'était un jeune homme frêle aux épaules menues bien différent des patineurs de vitesse de la publicité à la télé. Sa bouche, aussi petite que celle d'une fille, était un peu pincée à l'une de ses extrémités : les rares fois où il souriait, ce coin récalcitrant ne voulait pas suivre le mouvement. De près, on pouvait apercevoir une fine cicatrice qui s'étendait de sa commissure droite jusqu'à sa tempe. Ses cheveux étaient bruns, soyeux, courts et drus, mais son ébauche de barbe peu fournie. De loin, on le prenait souvent pour un adolescent de quinze ans ; pendant longtemps, il avait dû sortir sa carte d'identité pour aller au cinéma. Il n'en faisait pas une affaire ; il n'avait rien d'un rebelle.

---

1. Johann Olav Koss : fameux champion norvégien de patinage de vitesse sur glace, héros d'une publicité pour les produits laitiers. (NdT)

Il examina les photos qu'il avait déjà regardées d'innombrables fois. Mais elles prenaient une nouvelle dimension à présent. Aujourd'hui, il y recherchait des signes de ce qui s'était passé, de ce qu'il ignorait au moment où il les avait prises : Annie en train d'enfoncer un piquet de tente ; Annie au bout du plongeoir, dans son maillot noir, aussi droite qu'une colonne grecque ; Annie dormant dans le sac de couchage vert ; Annie sur son vélo, le visage dissimulé par ses cheveux clairs. Lui, en train de se battre avec le réchaud à pétrole. Tous les deux ensemble (une photo prise par les gens de la tente d'à côté). Il fallait toujours asticoter Annie pour la convaincre de se laisser photographier. Elle détestait ça.

– Halvor ! cria la grand-mère. Il y a une voiture de police qui arrive !

– Oui, dit-il, la voix éteinte.

– Pourquoi elle vient ici ? Elle le regarda, inquiète. Qu'est-ce qu'ils veulent ?

– C'est à cause d'Annie.

– Qu'est-ce qu'il y a avec Annie ?

– Elle est morte.

– Qu'est-ce que tu dis ?

Elle trébucha vers son fauteuil et s'appuya sur l'accoudoir.

– Elle est morte. Ils viennent m'interroger. Je savais qu'ils allaient venir, je les attendais.

– Pourquoi tu dis qu'Annie est morte ?

– Parce qu'elle est morte ! hurla-t-il. Elle est morte hier. Son père m'a appelé.

– Mais pourquoi ?

– Mais comment veux-tu que je le sache ! La seule chose que je sais, c'est qu'elle est morte !

Il cacha son visage dans ses mains. Sa grand-mère se laissa tomber comme un paquet dans son fauteuil. Elle était encore plus pâle que d'habitude. Ils avaient la paix depuis bien trop longtemps. Ça ne pouvait pas durer. Non, ça ne pouvait pas durer.

Quelqu'un frappa fermement à la porte. Halvor sursauta, glissa les photos sous la nappe et alla ouvrir. Ils étaient deux. Ils restèrent un moment dans l'entrée, à l'observer. Il n'était pas très difficile de deviner à quoi ils pensaient.

– Tu t'appelles Halvor Muntz ?
– Oui.
– On vient te poser quelques questions. Tu sais pourquoi ?
– Son père m'a appelé cette nuit.

Halvor hochait la tête sans arrêt. Sejer aperçut la vieille dame dans le fauteuil et la salua.

– C'est une parente à toi ?
– Oui.
– Il y a un endroit où on peut parler seuls ?
– Dans ma chambre.
– Si ça ne te gêne pas, on y va.

Halvor leur fit traverser le salon, puis une cuisine étroite et s'effaça pour les faire entrer dans une petite pièce. La maison doit être ancienne, se dit Sejer, on ne distribuait plus les chambres comme ça aujourd'hui. Les deux hommes furent invités à s'installer sur un canapé convertible branlant tandis que Muntz s'asseyait sur le lit défait. Une chambre vieillotte au lambris peint en vert, avec de larges appuis de fenêtre.

– Dans le salon, c'est ta grand-mère ?
– Oui. Ma grand-mère paternelle.
– Et tes parents ?
– Ils ont divorcé.
– C'est pour ça que tu habites ici ?
– Je pouvais choisir chez qui je voulais habiter.

Les mots tombaient de sa bouche, aussi secs et crissants que des gravillons.

Sejer regarda autour de lui, cherchant une photo d'Annie ; il en découvrit une petite dans un cadre doré sur la table de chevet, à côté d'un réveil et d'une statuette de Vierge à l'Enfant ; peut-être un souvenir de voyage. Un seul poster sur le mur, probablement un chanteur de rock, avec en travers de l'image Meat Loaf écrit en gros caractères. Une chaîne hi-fi et des disques compacts. Un placard, une paire de baskets, pas aussi belles que celles d'Annie. Un casque de moto pendu à la poignée du placard. Face à la fenêtre, sur un bureau étroit trônait un bel ordinateur à petit écran et une boîte de disquettes. Sejer put déchiffrer sur celle du dessus : *Chess for Beginners*[1]. Scrutant la cour à travers la fenêtre, il vit une Volvo garée devant la remise, une niche à chien vide ainsi qu'une moto recouverte d'une bâche en plastique. Il était temps d'amorcer la conversation.

– Tu fais de la moto ?

– Quand elle est d'accord. Elle veut pas toujours démarrer. Je vais la retaper, mais j'ai pas de fric en ce moment.

Il tripota un peu le col de sa chemise.

– Tu as un boulot ?

– À l'usine de crème glacée. Ça fait deux ans que j'y suis.

À l'usine de crème glacée, se dit Sejer. Depuis deux ans. Il avait donc quitté l'école après le brevet pour commencer à travailler. Pourquoi pas : ça lui donnait une expérience professionnelle. Il examinait cet être pâle et chétif. Annie devait faire figure de colosse à côté de lui. Qui plus est, elle travaillait bien à l'école… Et ce petit têtard emballait des glaces et habitait chez sa grand-mère ! Décidément, ça ne collait pas. Mais comme la réflexion lui semblait déplaisante, il la repoussa.

---

1. Échecs pour débutants. (NdT)

– Il faut que je te pose des questions sur pas mal de choses. Tu le comprends, n'est-ce pas ?
– Oui.
– Dans ce cas, je vais commencer par te demander de me préciser quand tu as vu Annie pour la dernière fois ?
– Vendredi. Nous sommes allés au cinéma, à la séance de dix-sept heures.
– Pour voir quel film ?
– *Philadelphia*. Annie pleurait, ajouta-t-il.
– Pourquoi ?
– Le film était triste.
– Ah bon ! Et ensuite ?
– On a mangé au restau du cinéma avant de revenir en car chez elle. On est restés dans sa chambre, à écouter des disques. Après, elle m'a accompagné jusqu'à l'arrêt du car près de la laiterie et je suis rentré chez moi.
– Et depuis, tu ne l'as pas revue ?
Il secoua la tête. Sa bouche contractée lui donnait un air boudeur. Sejer se rendit compte que son visage était assez beau, avec des yeux verts et des traits réguliers. Sa bouche crispée pouvait donner l'impression qu'il voulait cacher des dents amochées ou quelque chose comme ça. Il put vérifier peu de temps après qu'elles étaient plus que parfaites : quatre dents du haut et deux dents du bas étaient en porcelaine !
– Tu ne lui as même pas parlé au téléphone ou quelque chose comme ça ?
– Si, répondit-il précipitamment. Elle m'a appelé le lendemain soir.
– Qu'est-ce qu'elle voulait ?
– Rien de spécial.
– Mais c'était une fille plutôt taciturne, non ?
– Oui, mais elle aimait bien discuter au téléphone.
– Donc, elle n'avait rien de particulier à te dire, mais elle t'a appelé quand même. Vous avez parlé de quoi ?

— De tout et de rien.

Sejer sourit. Halvor détournait tout le temps les yeux vers la fenêtre, comme s'il fuyait son regard. Peut-être se sentait-il coupable ; ou était-il seulement timide. Sejer et Skarre éprouvaient envers lui une sympathie attristée. Sa petite amie était morte et il n'avait sans doute personne à qui parler, excepté sa grand-mère qui attendait dans le salon. Mais il était aussi possible que ce soit un assassin, se dit Sejer.

— Et hier, tu es allé travailler comme d'habitude ? À l'usine ?

Il hésita un peu.

— Non, je suis resté à la maison.

— Pourquoi ?

— Je ne me sentais pas très bien.

— Tu manques souvent à ton travail ?

— Non, pas souvent !

Il avait élevé la voix. Pour la première fois, ils perçurent chez lui une sorte de rage.

— Bien entendu, ta grand-mère peut nous le confirmer ?

— Oui.

— Et tu n'es absolument pas sorti de toute la journée ?

— J'ai juste fait un petit tour.

— Alors que tu étais malade ?

— Il faut bien qu'on mange ! C'est pas facile pour Grand-Mère de faire les courses. Elle n'arrive à marcher que les bons jours, et il n'y en a pas beaucoup. Elle a de l'arthrite, expliqua-t-il.

— O. K., je comprends. Tu peux nous dire ce dont tu souffrais ?

— Seulement si je suis obligé.

— Ce n'est pas encore le cas, mais ça peut le devenir.

— Bon, d'accord. Il y a des nuits où je n'arrive pas à dormir.

— Ah bon ? Et alors tu restes à la maison le lendemain ?

— Je ne peux pas surveiller les machines si j'ai pas les yeux en face des trous.

— Ça paraît logique. Mais comment se fait-il que tu sois sujet à l'insomnie ?

— Bof, des trucs que je traîne depuis l'enfance. C'est comme ça qu'on dit, non ?

Il eut tout à coup un sourire amer, d'une maturité inattendue sur ce visage juvénile.

— Tu es sorti quand, à peu près ?

— Vers onze heures, peut-être.

— À pied ?

— En moto.

— Dans quel magasin ?

— Kiwi, dans le centre.

— Alors comme ça hier, elle a démarré ?

— Elle démarre presque toujours, à condition que je la titille assez longtemps.

— Tu es parti combien de temps ?

— Je sais pas. Je pouvais pas deviner qu'on allait me demander de faire une déposition !

Sejer hocha la tête. Skarre essayait de tout noter.

— Mais à peu près ?

— Une heure, environ.

— Et ça, ta grand-mère pourrait nous le confirmer ?

— Sans doute pas. Elle ne suit plus très bien.

— Tu as ton permis B ?

— Non.

— Ça faisait combien de temps que vous étiez ensemble, Annie et toi ?

— Assez longtemps. Deux ans environ.

Il s'essuya le nez, le regard toujours braqué sur l'extérieur.

— D'après toi, vos rapports étaient satisfaisants ?

— On s'est séparés quelquefois.

— C'est elle qui te quittait ?

— Oui.

– Elle te disait pourquoi ?
– Pas vraiment. Mais elle n'était pas toujours très… Elle voulait qu'on limite ça au plan amical.
– Ce que tu ne voulais pas, toi ?
Il rougit et contempla ses mains.
– Vous aviez des relations sexuelles ?
Il rougit plus fort et regarda de nouveau dans la cour.
– Pas vraiment.
– Comment pas vraiment ?
– Ça ne l'intéressait pas beaucoup.
– Mais vous avez quand même essayé ?
– Oui, un peu. Deux ou trois fois.
– C'était pas très réussi ?
La voix de Sejer s'était faite très amicale.
– Je ne sais pas ce qu'on considère comme réussi.
À présent, son visage était si crispé qu'il en devenait presque inexpressif.
– Tu sais si elle a eu des rapports sexuels avec quelqu'un d'autre ?
– J'en sais rien. Mais j'ai un peu de mal à l'imaginer.
– Donc, tu es sorti avec Annie pendant deux ans, c'est-à-dire depuis ses treize ans. Elle t'a quitté plusieurs fois, elle n'était pas très partante pour faire l'amour avec toi mais tu as tout de même voulu poursuivre cette relation. C'est ça. Mais tu n'es plus exactement un gamin, Halvor ? Tu es donc si patient ?
– Faut croire.
Il parlait à voix basse, constatant les faits, se gardant bien d'exposer ses sentiments.
– Tu penses bien la connaître ?
– Mieux que beaucoup d'autres.
– Est-ce qu'elle te semblait malheureuse, pour une raison ou pour une autre ?
– Je ne dirais pas malheureuse. C'était plus que ça. Non, je sais pas. Mélancolique, peut-être.
– C'est différent la mélancolie ?

— Oui, dit-il en levant les yeux. Quand on est malheureux, on espère toujours quelque chose de mieux. Mais quand on a baissé les bras, on est mélancolique.

Sejer écouta, un peu étonné, cette explication.

— Quand j'ai rencontré Annie, il y a deux ans, elle était différente, ajouta-t-il tout à coup. Elle blaguait et elle rigolait avec tout le monde. Tout le contraire de moi.

— Et après, elle a changé ?

— Elle est soudain devenue tellement grande ! Et si calme. Elle n'était plus aussi joueuse. J'attendais, je pensais que ça allait peut-être lui passer. Qu'elle allait redevenir cette bonne vieille Annie. Maintenant, il n'y a plus rien à attendre... Il se mit à se tordre les mains en fixant le plancher. Puis il affronta enfin le regard de Sejer. Ses yeux brillaient comme des pierres mouillées.

— Je sais pas ce que vous croyez, mais j'ai rien fait à Annie.

— On ne croit rien du tout. On discute avec tout le monde. D'accord ?

— Oui.

— Est-ce qu'Annie consommait de la drogue ou de l'alcool ?

Skarre secoua son stylo pour faire descendre l'encre.

— Tu rigoles ! T'es complètement à côté de la plaque !

— Tu sais, je ne la connaissais pas, répondit simplement Sejer.

— Excuse-moi, mais ça avait l'air tellement ridicule.

— Et toi ?

— Ça ne me viendrait jamais à l'idée.

Eh bien ! pensa Sejer, voilà un jeune homme travailleur, sobre, avec un emploi stable. Ça se présentait vraiment bien pour lui.

— Tu connais certains des amis d'Annie ? Annette Horgen, par exemple ?

— Un peu mais, en général, on ne restait que tous les

deux. D'une certaine façon, Annie ne voulait pas nous mélanger.

– Pourquoi ?

– Je sais pas. C'est elle qui décidait.

– Et tu faisais ce qu'elle voulait ?

– C'était pas bien difficile. Moi non plus je ne raffole pas des gros rassemblements.

Sejer hocha la tête pour indiquer qu'il comprenait. Finalement, ils étaient peut-être plutôt assortis, malgré tout.

– Tu sais si Annie tenait un journal intime ?

Halvor hésita un peu.

– Tu veux dire, le genre de petit cahier rose en forme de cœur avec un cadenas ?

– Pas obligatoirement. Il a pu avoir une apparence différente.

– Je ne crois pas, murmura-t-il.

– Mais tu n'es pas sûr ?

– Presque sûr. Elle m'a jamais parlé de ça.

Sa voix devint à nouveau à peine perceptible.

– Tu as quelqu'un à qui parler ?

– J'ai Grand-Mère.

– Donc, vous êtes très proches tous les deux.

– Elle est *all right*. C'est calme ici, on est tranquille.

– Est-ce que tu as un coupe-vent bleu, Halvor ?

– Non.

– Tu mets quoi quand tu sors ?

– Un blouson en jean. Ou une doudoune quand il fait froid.

– Tu m'appelleras si tu as quelque chose sur le cœur ?

– Pourquoi je ferais ça ?

Il leva les yeux avec surprise.

– Je vais m'exprimer autrement : est-ce que tu voudrais appeler au commissariat si tu te rappelais quelque chose, quoi que ce soit, n'importe quoi qui pourrait, à ton avis, expliquer pourquoi Annie est morte ?

– Oui.

Sejer parcourait la chambre des yeux pour la mémoriser. Son regard s'arrêta sur la statuette de la Vierge. En l'observant de près, elle était plus belle qu'il ne l'avait cru au premier abord.

– C'est une très belle sculpture. Un souvenir de voyage dans un pays du sud ?

– On me l'a donnée. Le père Martin. Je suis catholique, précisa-t-il.

Cette réflexion poussa Sejer à examiner Halvor de plus près. Elle émanait de quelqu'un d'introverti, sur la défensive, comme s'il protégeait quelque chose qu'il ne fallait pas qu'ils voient. Peut-être devaient-ils le forcer à s'ouvrir, comme une moule qu'on plonge dans l'eau bouillante. Cette pensée le fascina.

– Alors, comme ça, tu es catholique ?
– Oui.
– Pardonne ma curiosité, mais qu'est-ce qui t'a plu dans cette religion ?
– Ça saute aux yeux, non ? L'absolution, le pardon.

Sejer hocha la tête, compréhensif.

– Mais tu es très jeune. Il se leva et lui sourit. Tu n'as pas dû avoir le temps de beaucoup pécher !

Pendant une seconde, la phrase resta comme suspendue dans l'air.

– Il m'est quand même arrivé d'avoir quelques mauvaises pensées de temps à autre !

Sejer fit un rapide détour par sa propre vie intérieure.

– Ce que tu nous as dit sera bien évidemment vérifié. C'est vrai pour tout le monde. On te donnera de nos nouvelles.

Il lui tendit la main et serra fermement comme pour lui laisser une bonne impression. Puis ils traversèrent de nouveau la cuisine où flottait une légère odeur de légumes bouillis. Dans le salon, la grand-mère était assise dans une chaise à bascule, soigneusement couverte d'un plaid. Elle les regarda d'un air apeuré lorsqu'ils sortirent. Dehors, ils tombèrent sur la moto recouverte de plastique. Une Suzuki noire.

– Tu penses à la même chose que moi ? demanda Skarre une fois dans la voiture.

– Probablement. Il n'a posé aucune question. Pas une seule ! Quelqu'un a assassiné sa petite amie et malgré ça, il n'a pas cherché à savoir. Mais ça ne veut pas forcément dire grand-chose.

– C'est quand même bizarre.

– Peut-être qu'en ce moment, c'est ce qui le frappe aussi.

– Ou peut-être qu'il savait ce qui est arrivé à Annie. Dans ce cas, pourquoi s'informer ?

– Le coupe-vent qu'on a retrouvé, tu ne trouves pas qu'il serait un peu grand pour Halvor ?

– Les manches étaient retroussées.

Il était tard dans l'après-midi et ils avaient besoin d'une pause. Ils laissèrent le petit village derrière eux, ses habitants seuls avec leurs pensées, en état de choc. Dans la rue Cristal, les gens partaient dans toutes les directions, des portes s'ouvraient et se refermaient, des téléphones sonnaient. Les gens plongeaient dans leurs tiroirs pour rechercher des vieilles photos. Le nom d'Annie était sur toutes les lèvres. Les premières rumeurs naissaient, prêtes à enfler pour se répandre de maison en maison. Ici ou là, quelques bouteilles d'alcool s'alignaient sur les tables. Il régnait dans ce petit bout de rue une sorte d'état de siège, un état d'esprit bizarre. Les principes vacillaient.

Loin de cette fébrilité, Raymond, assis à la table de la cuisine, collait dans son cahier des vignettes tirées de *Calvin et Hobbes* et de *Titi et Grosminet*. Le plafonnier était allumé, son père faisait la sieste, une émission de radio passait des disques avec les dédicaces souhaitées par les auditeurs. « Bon anniversaire, de Grand-Mère pour Glenn Kåre. » De temps à autre, Raymond reniflait le stick de colle et sentait l'agréable odeur d'extrait d'amandes. Il ne remarqua pas l'homme qui le fixait intensément par la fenêtre.

* * *

Halvor ferma la porte de la cuisine et brancha son ordinateur. Il pénétra dans le disque dur et contempla pensivement la rangée de dossiers. Ils contenaient des jeux, des déclarations d'impôts, des budgets, un répertoire d'adresses, un fichier de sa collection de CD et autres banalités. Mais il y avait aussi un dossier dont il ignorait le contenu, baptisé Annie. Il resta un moment à fixer l'icône.

En cliquant deux fois dessus avec la souris, les fenêtres s'ouvraient et leur contenu se déployait sur l'espace de l'écran. Mais il y avait des exceptions. Pour l'un de ses propres dossiers, marqué Privé, il devait taper un code connu de lui seul. Pour celui d'Annie, c'était la même chose. C'est lui qui lui avait appris à le rendre inaccessible. Il n'avait aucune idée du mot de passe qu'elle avait choisi, ni du contenu de ce document : il lui avait montré comment faire et, ensuite, il avait quitté la pièce le temps qu'elle mette en place son code. Elle avait émis un petit rire devant sa déception quand elle avait refusé de le mettre dans le secret. Il essaya tout de même de cliquer deux fois pour voir, et instantanément un message s'afficha :

Access denied. Password required [1].

Aujourd'hui, il voulait l'ouvrir. C'était la seule chose qui lui restait d'elle. Et s'il contenait quelque chose le concernant ou qui pourrait être dangereux pour lui ?

---

1. Accès refusé. Mot de passe obligatoire. (NdT)

Peut-être était-ce une sorte de journal intime. Inviolable, se dit-il en contemplant, découragé, le clavier où dix chiffres, vingt-neuf lettres et bien d'autres touches pouvaient composer un nombre de combinaisons qu'il n'arrivait même pas à imaginer. Il essaya de se détendre et se souvint tout à coup que lui, il avait choisi un nom. Le nom d'une femme, brûlée vive puis sanctifiée. C'était parfait, même Annie n'y aurait pas pensé. Mais peut-être avait-elle préféré une date. Une date de naissance, par exemple celle d'un être cher, c'était assez courant. Il resta un moment à observer le dossier, ce carré gris, insignifiant, qui portait son nom. Si Annie l'avait verrouillé, c'était bien pour le garder secret. Pas plus que d'autres, il n'avait le droit de l'ouvrir. Mais cet impératif avait-il encore cours ? Il y avait quelque chose là-dedans qui, sans doute, expliquait pourquoi elle avait été comme ça, tellement hors d'atteinte... Ses scrupules tombèrent et s'éparpillèrent comme une poussière dans tous les coins de la chambre. Il était seul à présent, avec l'éternité devant lui et rien pour la remplir. Dans cette semi-obscurité, face à l'écran lumineux, il se sentait si près d'Annie... Il décida de commencer par les chiffres, ceux qui correspondaient à des jours anniversaires ou à des numéros de Sécu. Il en avait déjà quelques-uns en tête, celui d'Annie, le sien et celui de Grand-Mère. Il pouvait en trouver d'autres. C'était déjà pas mal pour un début. Bien sûr, il se pourrait qu'elle ait choisi un mot. Ou plusieurs, peut-être une expression, une citation connue ou encore le nom de quelqu'un. Ce serait un travail ardu. Il ignorait s'il allait jamais résoudre l'énigme, mais il avait tout son temps et beaucoup de patience. En outre, il existait d'autres méthodes.

Il commença avec sa date de naissance à elle, celle qu'elle n'avait évidemment pas choisie, le 3 mars 1980 : zéro-trois, zéro-trois, un-neuf-huit-zéro. Ensuite, les mêmes chiffres mais à l'envers.

Access denied clignota sur l'écran. Tout à coup, sa grand-mère apparut sur le seuil.

— Qu'est-ce qu'ils ont dit ? demanda-t-elle en s'appuyant sur le chambranle.

Il sursauta et se redressa.

— Pas grand-chose. Ils m'ont juste posé quelques questions.

— Mais c'est affreux tout ça, Halvor ! Pourquoi est-elle morte ?

Il la regarda un moment en silence puis lâcha :

— Eddie m'a dit qu'on l'a retrouvée dans le bois. En haut, vers l'étang du Serpent.

— Mais comment ?

— Ils ne me l'ont pas dit, chuchota-t-il. J'ai oublié de leur demander.

Sejer et Skarre entrèrent dans la salle de formation, située dans le baraquement qui s'élevait derrière le palais de justice. Ils tirèrent les rideaux et éteignirent presque toutes les lampes. La bande était rembobinée au début. Skarre se tenait prêt, la télécommande en main, sidéré par la mauvaise isolation phonique de cette annexe. Ils entendaient des téléphones sonner, des portes claquer, des voix, des rires, le bruit de la circulation et même les braillements d'un ivrogne dans l'arrière-cour. Les sons étaient tout de même atténués du fait que la journée tirait à sa fin. Skarre enclencha la bande.

— Mais qu'est-ce que c'est que ça ?

— Quelqu'un qui court. Ça ressemble à Grete Waitz[1]. À mon avis, c'est le marathon de New York, dit Sejer.

— Peut-être qu'il ne nous a pas filé la bonne cassette ?

— Je crois que si. Arrête là, j'ai vu un îlot et des récifs.

---

1. Grete Waitz : championne norvégienne de marathon qui domina sa discipline pendant les années quatre-vingt. (NdT)

L'image sautilla pendant quelques secondes avant de se stabiliser pour enfin se focaliser sur deux femmes en bikini, allongées sur un rocher plat, poli par la mer. Ils identifièrent madame Holland et Sølvi.

Sølvi était étendue sur le dos, un genou relevé. Elle avait repoussé ses lunettes de soleil en serre-tête, peut-être pour éviter d'avoir des cercles blancs autour des yeux. La mère s'était partiellement couverte d'un journal, probablement *Aftenposten*, à en juger par son grand format. Près d'elles, des magazines, des crèmes solaires, des bouteilles Thermos, plusieurs grandes serviettes de bain et un transistor. Après ce long plan sur les deux adeptes du bronzage, l'objectif balaya la plage, en contrebas ; une grande fille aux cheveux clairs arriva par la droite. Elle marchait dans l'eau, une planche à voile au-dessus de la tête, tournant à demi le dos à la caméra. Sa démarche déterminée n'avait rien d'aguichant, entravée par l'eau qui lui arrivait maintenant aux genoux. Ils entendirent le bruissement des vagues, assez fortes, puis brusquement la voix du père.

– Annie, un sourire !

Elle continua comme si de rien n'était, de plus en plus loin dans la mer, ignorant l'invitation. Elle finit pourtant par se retourner, un peu difficilement à cause du poids de la planche. Pendant quelques secondes, elle regarda droit vers Sejer et Skarre. Le vent fit voleter autour de ses oreilles ses cheveux clairs. Un léger sourire flottait sur son visage. Skarre scruta les yeux gris et sentit ses bras se hérisser de chair de poule quand la fille aux longues jambes pénétra dans les vagues. Sur son maillot de nageuse de compétition, elle portait un gilet de sauvetage bleu.

– Ça, c'est pas une planche pour débutant, murmura Skarre.

Sejer ne répondit pas. Maintenant, Annie grimpait sur la planche, saisissait la voile de ses mains puissantes et trouvait son équilibre. La planche tourna alors de cent quatre-vingts degrés et prit de la vitesse. Elle sillonna les vagues comme une professionnelle. Holland la suivait de sa caméra. C'était par les yeux d'un père qu'ils voyaient à ce moment-là, par les yeux d'un père admirant sa fille à travers son objectif. Il tenait fermement la caméra pour rendre justice au talent de la véliplanchiste. Tout au long du plan, ils percevaient sa fierté pour la jeune fille. Parfaitement dans son élément, elle n'avait peur ni de tomber ni de se retrouver sous l'eau. Soudain, elle disparut. À sa place, ils virent la table dressée, avec une nappe fleurie, des assiettes, des verres, des couverts bien astiqués, des fleurs des champs dans un vase. Le soleil se reflétait dans des bouteilles de Coca et d'eau gazeuse. Des côtelettes, des saucisses et du bacon fumaient encore sur une planche en bois. Le gril chauffait à côté. Il y avait là Sølvi fraîchement maquillée, en minijupe et haut de bikini, madame Holland dans une robe d'été sobre, enfin Annie, de dos, vêtue d'un bermuda bleu marine. Elle se retourna brusquement vers la caméra, cette fois encore sur l'invitation de son père. Le même sourire mais un peu plus large, qui creusait des fossettes sur ses joues ; des petites veines bleuâtres transparaissaient sur son cou. Sølvi et la mère discutaient à l'arrière-plan, on entendait des tintements de glaçons, Annie servait du Coca. Elle fit de nouveau volte-face, lentement, une bouteille à la main, en demandant à la caméra : « Coca, Papa ? »

« Coca, Papa ? » Sa voix était grave, brusque mais cependant douce. Ces deux mots contenaient toute la chaleur et le respect qu'elle éprouvait pour son père. Elle l'adorait. Et, réciproquement, elle était la petite fille chérie de son papa. Le reste du film dansa sur l'écran de télé : le retour au chalet ; madame coupant un gâteau sur le plan de travail ; Annie et sa mère s'acharnant au badminton contre un vent beaucoup trop fort pour le volant en plumes ; la famille rassemblée autour de la table, en train de jouer au Trivial Pursuit. Un zoom montrait clairement qui était en tête, mais Annie ne triomphait pas. En fait, elle ne parlait pas beaucoup ; c'était Sølvi et la mère qui n'arrêtaient pas de discuter, Sølvi de sa jolie petite voix flûtée et la mère sur un ton plus grave, plus rauque.

Skarre souffla la fumée de sa cigarette et se sentit plus vieux que jamais. L'image trembla un peu, puis un visage rougeaud apparut, la bouche grande ouverte. Une voix de ténor impressionnante remplit la pièce.

– *Nessun dorma,* reconnut Konrad Sejer en se levant lourdement.

– Qu'est-ce que tu as dit ?

– Luciano Pavarotti. Il chante *Turandot* de Puccini. Va déposer la cassette aux archives, continua-t-il.

– Elle était vachement bonne en planche à voile, remarqua Skarre, rêveur.

Sejer n'eut pas le temps de lui répondre, le téléphone les interrompit. Skarre décrocha en ramassant bloc-notes et crayon. Un automatisme. Il croyait en trois choses en ce monde : application, enthousiasme et bonne humeur. Sejer lut au fur et à mesure qu'il écrivait : Henning Johnas, 4 rue Cristal. 12 h 45. Épicerie Horgen. Moto.

– Tu peux venir au commissariat ? demanda fébrilement Skarre. Non ? Alors on va passer chez toi. Ce sont des informations assez importantes que tu nous fournis là. Je t'en remercie.

Il raccrocha.

– Un des voisins. Henning Johnas, il habite au 4. Il vient juste de rentrer et d'apprendre ce qui est arrivé à Annie. Il l'a prise en voiture au rond-point hier et il l'a déposée à l'épicerie de Horgen. Il dit qu'il y avait une moto. Quelqu'un qui l'attendait.

Sejer s'appuya des fesses contre la table.

— Encore la moto, la même que celle que monsieur Horgen a vue. Halvor en a une, fit-il pensivement. Pourquoi ne pouvait-il pas venir ici ?

— Sa chienne est en train de mettre bas.

Skarre fourra la note dans sa poche.

— Ça va être difficile pour Halvor de prouver combien de temps il s'est absenté avec sa moto. J'espère que c'est pas lui qui a fait ça. Il m'a bien plu.

— Un assassin est un assassin, observa Sejer, laconique. Il arrive qu'il soit sympa.

— Oui, admit Skarre. Mais c'est plus facile de coffrer un type qu'on ne peut pas blairer.

Johnas passa une main sous le ventre de la chienne et la palpa avec délicatesse. Elle haletait, la langue pendante, une langue rose et humide. Elle se laissait faire sans bouger. C'était pour bientôt. L'homme jeta un œil par la fenêtre, en espérant que ce serait vite fini.

— Bonne fille, Héra, dit-il en la caressant.

La chienne regarda au-delà de lui, insensible à la louange. Il s'assit un peu plus loin, à même le sol, en continuant de l'observer. Cet animal taciturne et patient l'émerveillait. Avec Héra, il n'y avait jamais de problème, elle était obéissante et aussi douce qu'un agneau. Elle le suivait comme son ombre quand ils faisaient un tour, mangeait ce qu'on voulait bien lui donner, allait se coucher dans son coin lorsqu'il décidait de se mettre au lit. En réalité, il aurait aimé rester assis tout près d'elle comme ça jusqu'à ce que tout soit fini, et juste écouter sa respiration. Peut-être qu'il ne se passerait rien avant le petit matin. Il n'avait pas sommeil. C'est à ce moment qu'on sonna un coup bref et déterminé. Il se leva pour aller ouvrir. L'aîné lui tendit la main et serra la sienne fermement et sèchement. L'homme rayonnait d'autorité. Le jeune était différent, une main de petit garçon, fine avec des doigts maigres.

Le visage ouvert, pas froidement scrutateur comme celui du plus âgé. Il les invita à entrer.

– Comment va la chienne ? demanda Sejer en désignant le magnifique doberman couché, très calme, sur un tapis d'Orient noir et rose. Certainement pas authentique : on n'installe pas une bête en train de mettre bas sur un véritable tapis d'Orient, se dit-il. L'animal respirait précipitamment mais, à part ça, demeurait immobile, sans même se montrer affecté par l'entrée de deux étrangers dans la pièce.

– Pour elle, c'est la première fois. Je crois qu'il y a trois chiots, j'ai essayé de les compter. Mais tout va bien se passer : avec Héra il n'y a jamais de problème.

Il les regarda en secouant la tête.

– Je suis tellement bouleversé par ce qui s'est passé que je n'arrive à me concentrer sur rien.

Johnas gardait un œil sur la chienne tout en parlant. Il passa une main large et puissante sur la tonsure nichée dans ses cheveux bruns et bouclés. C'était un homme de taille moyenne, râblé malgré quelques kilos de trop à la taille, qui devait approcher la quarantaine. Jeune, il avait dû ressembler à Skarre, en version plus mate. Il avait des yeux très enfoncés, les traits fins et un teint hâlé, comme s'il rentrait à peine d'un séjour au soleil.

– Vous ne voudriez pas en acheter un, de chiot ?

Il leur adressa un regard suppliant.

– J'ai déjà un leonberg et je ne crois pas qu'il me pardonnerait de rentrer à la maison en traînant un chiot derrière moi. Il est plutôt gâté, précisa Sejer.

Johnas fit un signe de tête vers le canapé. Il tira la table basse pour que les deux hommes puissent se faufiler derrière.

– Hier, j'ai croisé Fritzner à côté des garages, je rentrais d'un salon à Oslo. Il m'a tout raconté. Je ne pense pas avoir vraiment compris encore. Je n'aurais pas dû la laisser sortir de la voiture. Non, je n'aurais pas dû.

Il se frotta les yeux et les tourna de nouveau vers la chienne.

– Annie venait souvent ici. Elle nous faisait du baby-sitting. Je connais Sølvi aussi. Si ç'avait été elle, la victime, murmura-t-il, j'aurais mieux compris. Sølvi est plus le genre de fille à accepter de suivre même un inconnu. Elle ne pense qu'aux garçons. Mais pas Annie. Annie ne s'intéressait guère à ça. Et elle était très réservée. En plus, elle avait déjà un petit ami, je crois.

– Exact. Elle en avait un. Tu le connais ?

– Non, absolument pas. Mais je les ai déjà vus dans la rue, de loin. Ils étaient timides, ils ne se tenaient même pas par la main.

Il sourit, un peu mélancolique.

– Tu allais où quand tu as pris Annie dans ta voiture ?

– J'allais au travail. Le matin, je craignais qu'Héra mette bas, mais ensuite ça s'est calmé.

– Tu ouvres à quelle heure ?

– Vers onze heures.

– Si tard ?

– Oui. Tu sais, tôt le matin, les gens ont plutôt besoin de pain et de lait que de tapis persan.

Il plissait ses yeux avec malice, amusé par son propre commentaire. Il ajouta que sa boutique se trouvait dans le centre, rue Cappelen.

Sejer hocha la tête.

– Annie se rendait chez Annette Horgen pour travailler sur un exposé pour l'école. Elle t'en a parlé ?

– Un exposé pour l'école ? Non, elle ne m'en a pas parlé.

– Mais elle avait un sac à dos ?

– Oui, c'est vrai. C'était peut-être pour donner le change, je ne sais pas. Elle allait à l'épicerie de Horgen, c'est tout ce que je peux vous dire.

– Raconte-nous ce que tu as vu.

Johnas acquiesça d'un signe.

— Annie descendait en courant la côte près du rond-point. Je me suis arrêté près de la station d'autobus et je lui ai demandé si elle voulait monter : elle allait chez Horgen, et c'est quand même assez loin à pied. Non qu'elle soit paresseuse : elle était vigoureuse, en pleine forme et elle courait tout le temps. Mais elle est montée quand même et m'a demandé de la laisser à l'épicerie. Je pensais qu'elle avait peut-être des courses à faire ou alors un rendez-vous. Je l'ai déposée et puis j'ai continué. Mais j'ai vu la moto. Elle était garée devant le magasin et la dernière chose que j'ai vue, c'est qu'elle allait dans cette direction. Je veux dire, je ne suis pas sûr que le gars l'attendait et je n'ai pas vu qui c'était. J'ai seulement vu qu'elle marchait d'un pas décidé vers la moto, sans se retourner.

— C'était quoi comme moto ? interrogea Sejer.

Johnas écarta les bras, troublé.

— Je comprends que tu doives me le demander, mais je ne m'y connais pas du tout. Mon métier n'a rien à voir avec ça, et c'est peu dire. Pour moi, ce n'est que de la ferraille.

— Et la couleur ?

— Les motos, elles sont noires en général, non ?

— Absolument pas, rétorqua Sejer sèchement.

— En tout cas elle n'était pas rouge vif, parce que ça, je m'en serais souvenu.

— C'était une grosse moto puissante ou plutôt une petite ? insista Skarre.

— Je crois que c'était une grosse.

— Et le conducteur ?

— Je ne pouvais pas distinguer grand-chose. Il portait un casque. Il y avait un truc rouge dessus, ça je me le rappelle. Et il n'avait pas l'air d'un adulte, je pense que c'était plutôt un jeune.

Sejer hocha la tête et se pencha en avant.

– Tu sais comment il est, son copain. Il a une moto. Est-ce que ça pouvait être lui ?

Johnas plissa le front comme s'il était sur ses gardes.

– Je l'ai seulement vu passer devant la maison, à distance. Or ce type était loin et il portait son casque. Je ne peux pas affirmer que c'était lui. Je ne souhaite même pas le suggérer.

– On ne te demande pas de dire que c'était lui, dit Sejer en fermant les yeux, mais seulement si ça pouvait être lui. Tu prétends que c'était un jeune. Comment il était bâti ? Maigrichon ?

– C'est pas facile à voir sous leur combinaison en cuir, avança-t-il avec circonspection.

– Mais qu'est-ce qui te fait dire qu'il était jeune ?

– Bof, répondit-il, confus. Qu'est-ce que je peux dire ? Peut-être que je l'ai supposé parce qu'Annie elle-même était jeune. Ou quelque chose dans son maintien, peut-être. Il avait l'air embarrassé. Je veux dire, sur le moment, on ne peut quand même pas deviner que ces choses-là vont prendre une telle importance... Il se releva pour aller s'agenouiller devant la chienne. Vous devez essayer d'imaginer ce que c'est que d'habiter ce village, dit-il, gêné. Les rumeurs se répandent si vite. Et en plus, j'ai du mal à imaginer son petit ami lui faire ça. Ce n'est tout de même qu'un gamin et ils étaient ensemble depuis déjà longtemps.

– C'est à nous d'en juger, répliqua Sejer fermement. Cette moto, c'est un élément important. Quelqu'un d'autre l'a également remarquée. Si le petit ami est innocent, il ne sera pas inquiété.

– Non ? répondit Johnas. Il semblait en douter. Non, d'accord, mais quand même, à mon avis ça doit faire mal d'être soupçonné. Si je vous dis que ça ressemblait à son copain, vous allez lui faire vivre un enfer. Et la vérité, c'est que je n'ai aucune idée de qui c'était. Il secoua vigoureusement la tête. J'ai juste vu une silhouette en combinaison, avec un casque. J'ai moi-même un fils de dix-sept ans, ç'aurait pu être lui. Je ne l'aurais même pas reconnu avec tout cet équipement. Vous comprenez ?

— Oui, je comprends, répondit Sejer sèchement. Tu as enfin répondu à ma question. Quant à l'enfer, je suppose qu'il y est déjà.

Johnas déglutit en émettant un petit gargouillis.

— Vous parliez de quoi, dans la voiture, Annie et toi ?

— Elle n'a pas dit grand-chose. J'ai meublé le temps en parlant de Héra et des chiots.

— Est-ce qu'elle semblait inquiète ou nerveuse ?

— Pas du tout. Elle était comme d'habitude.

Sejer jeta un regard circulaire dans le salon et observa que la pièce était meublée d'une façon sommaire, comme si on n'avait pas fini de l'arranger. Mais elle était richement garnie de tapis, par terre comme sur les murs, des grands tapis orientaux, visiblement coûteux. Il remarqua aussi deux photos accrochées, l'une représentant un garçonnet blond d'environ deux ans et l'autre un adolescent.

— Ce sont tes fils ?

Sejer les désigna d'un geste engageant à poursuivre la conversation.

— Oui, répondit-il. Mais ces photos ne sont plus très récentes.

Il caressa de nouveau la chienne, ses oreilles noires, douces comme de la soie, sa truffe humide.

— J'habite seul maintenant, ajouta-t-il. J'ai enfin trouvé un appartement en ville, rue Oscar. Tout ça, c'est trop grand pour moi. Dernièrement, je n'ai pas beaucoup vu Annie. Elle a dû être un peu embarrassée quand ma femme est partie. Et après ça, il n'y avait plus de gosses à garder.

— Alors comme ça, tu t'occupes de tapis d'Orient ?

— Oui, en général j'ai affaire avec la Turquie ou le

Pakistan. Parfois avec l'Iran. Mais ils ont tendance à augmenter les prix depuis quelque temps. Normalement, j'y vais deux ou trois fois par an et je reste quelques semaines. Je prends le temps qu'il faut. On commence à me connaître, ajouta-t-il avec satisfaction. J'ai noué de bonnes relations, des rapports de confiance, c'est vraiment le plus important dans ce métier. Là-bas, ils n'ont pas toujours eu des expériences très positives avec l'Occident.

Skarre se faufila pour quitter la table et se diriger vers le mur du fond, où un énorme tapis couvrait presque toute la paroi, du sol au plafond.

– Ça, c'est un turc. De Smyrne, précisa Johnas. C'est l'une de mes plus belles pièces. En vérité, je n'ai strictement pas les moyens de le garder. Deux millions cinq cent mille nœuds. C'est presque incroyable, n'est-ce pas ?

Skarre observa le tapis.

– Est-ce qu'ils sont vraiment fabriqués par des gosses ? demanda-t-il.

– C'est souvent le cas. Mais pas les miens. Ici, ça briserait la réputation de ma galerie. Pourtant, le fait est que ce sont les enfants qui font le plus beau travail. Les adultes ont les doigts trop gros…

Ils restèrent un moment à admirer le tapis, ses motifs géométriques convergeant vers l'intérieur, de plus en plus petits, et ses nuances de couleurs quasiment infinies.

– C'est vrai qu'on attache les gamins au métier à tisser avec des chaînes ?

Johnas secoua la tête, troublé.

– Dit comme ça, ça a l'air tellement abominable ! Mais celui qui décroche un boulot de tisseur, il a vraiment de la chance. Un bon tisseur aura à manger, des vêtements et de quoi se chauffer. Si on l'enchaîne, c'est à la demande de ses parents. Souvent, un petit tisseur fait vivre toute une famille de cinq ou six personnes ; il peut sauver sa mère et ses sœurs de la prostitution et empêcher son père ou ses frères de devenir des mendiants ou des voleurs.

– J'ai entendu dire que c'est juste repousser un peu l'échéance, remarqua Sejer. Quand ils deviennent adultes, non seulement ils ont les doigts trop gros mais ils sont souvent aveugles ou presque, à cause de la minutie de leur tâche. Comme ils ne peuvent plus travailler, ils finissent mendiants, de toute façon.

– Tu as trop regardé la télé, sourit Johnas. Va plutôt voir là-bas par toi-même. Les tisseurs sont des petits êtres heureux et très estimés par la population. C'est aussi simple que ça. Mais on doit aider les privilégiés à conserver leur bonne conscience, et personne n'est aussi attaché à ce genre de principes qu'eux. C'est pour cela que je me tiens à l'écart du travail des enfants. Si un jour tu veux un tapis, continua-t-il, viens me voir rue Cappelen. Tu feras une bonne affaire.

– Je ne crois pas que ce soit vraiment dans mes moyens.

Skarre désigna un tapis.

– Pourquoi est-ce qu'il est si irrégulier celui-là ?

Johnas sourit avec un mélange de condescendance et de reconnaissance : l'intérêt maladroit que ce jeune homme portait à ses tapis ravivait les braises de sa grande passion. Il s'enflamma :

– C'est un tapis de nomades.

Ça ne disait rien du tout à Skarre.

– Par définition, les nomades bougent tout le temps. Or, faire un tapis comme celui-là exige près d'un an. Ils teignent la laine avec des plantes qu'ils cueillent sur place, à différentes saisons, sur des terrains différents, dans des conditions différentes pour chaque plante. Ce bleu-là, il le désigna sur le tapis, il provient d'une plante : l'indigotier. Et ce rouge-là, de la garance. Mais à l'intérieur de cet hexagone, au milieu, c'est un autre rouge, obtenu en broyant des cochenilles qui sont des insectes. Celui-ci, un peu plus orangé, c'est du henné, et le jaune, du safran. Il posa sa main sur le tapis et la laissa glisser vers le bas.

– C'est un tapis turc, fait avec des nœuds dits *ghiordes*. Il y a environ cent nœuds par centimètre carré.

– Mais les dessins ? Qui les crée ?

– Ils tissent d'après des motifs anciens qui ont plusieurs centaines d'années ; certains ne sont même pas reproduits sur papier. Dans l'atelier, les vieux tisseurs passent leur temps à chanter les figures.

Les vieux tisseurs aveugles, pensa Sejer.

– En Occident, continua Johnas, nous avons mis très longtemps à découvrir cet art. Traditionnellement, nous préférons les motifs figuratifs qui racontent une histoire. C'est pourquoi les tapis représentant des chasses et des jardins ont d'abord attiré notre attention, car ils sont ornés de fleurs et d'animaux. Personnellement, je préfère le genre géométrique. Avec cette large bordure qui tient tout le reste en place. Ensuite, le regard est attiré vers l'intérieur, de plus en plus loin. Alors, on arrive au trésor, en quelque sorte. Comme là, dit-il en désignant le médaillon central du tapis.

Il s'interrompit tout à coup, confus.

– Excusez-moi. Je suis là, à pérorer...

Skarre, s'arrachant à sa propre contemplation, embraya :

– C'était un demi-casque ou un intégral ?

– Des demi-casques, ça existe ? demanda Johnas avec étonnement.

– Un casque intégral couvre aussi la partie inférieure du visage, le menton et la mâchoire. L'autre ne protège que le crâne.

– Je ne peux pas te dire.

– Mais la combinaison, alors ? Elle était noire ?
– En tout cas foncée. Il ne m'est pas venu à l'idée de l'étudier. Voir une jolie fille traverser la rue pour discuter avec un garçon sur une moto, c'est quelque chose de très normal. C'est la vie, en quelque sorte, n'est-ce pas ?

Ils le remercièrent en s'arrêtant un instant devant la porte.

– Nous reviendrons certainement. Nous espérons que tu en comprends la nécessité.
– Bien sûr. Si les chiots naissent cette nuit, je resterai ici quelques jours.
– Tu peux fermer boutique comme ça, tout simplement ?
– Si les clients désirent quelque chose, ils peuvent m'appeler ici.

Soudain, Héra poussa un profond soupir et geignit douloureusement sur son authentique tapis persan. Skarre la regarda longuement et suivit son patron à contrecœur.

– Peut-être qu'on aura l'occasion de les voir si on revient ? fit-il avec espoir. Les chiots, je veux dire.
– Certainement, répondit Johnas.
– Fais pas ça ! sourit Sejer.

Il pensait à Kollberg.

Ils regagnèrent la voiture.

– Tu te rappelles le casque d'Halvor ? Celui qui pendait dans sa chambre ?
– Un gros casque intégral avec une bande rouge, répondit Sejer pensivement. Bon, on va se dire au revoir pour aujourd'hui, il faut que je sorte mon chien.
– Et toi, Konrad ? Ton travail te passionne autant que Johnas le sien ?

Sejer le regarda.

– Bien sûr. Tu trouves peut-être que ça ne se voit pas ?

Il attacha sa ceinture et démarra.

– À part ça, les gens qui s'autocensurent, ça m'énerve. Quand ils sont complètement sûrs et certains de l'intégrité d'un type qu'ils ne connaissent même pas, à cause d'une espèce de sympathie mal placée…

Il pensait à Halvor et éprouva une sorte de tristesse.

– Jusqu'au jour où il commet un meurtre, un meurtrier n'est pas un meurtrier. C'est quelqu'un d'ordinaire, comme toi et moi. Quand ses voisins découvrent qu'il a commis un assassinat, la personne en question se transforme en tueur de toujours, en quelqu'un qui risque de massacrer plus tard n'importe qui sans pitié, comme une machine à tuer incontrôlable. Alors, ils se cramponnent à leurs gosses et tout à coup rien ne leur paraît plus aussi sûr.

Skarre lui renvoya un regard scrutateur.

– J'ai pas tout compris, mais ça veut dire que, dorénavant, tu as Halvor dans le collimateur ?

– Évidemment. C'était son petit ami. Mais j'aurais quand même bien aimé savoir pourquoi Johnas cherchait à tout prix à défendre un mec qu'il n'a jamais vu que de loin.

* * *

Ragnhild Album commença à dessiner. Le bloc était tout neuf et elle l'entamait avec recueillement. D'une certaine manière, cette voiture enveloppée d'un nuage de poussière allait gâcher tout ce beau blanc éclatant. Elle pouvait choisir entre six crayons de couleur. Sejer avait lui-même acheté deux nécessaires à dessin : un pour Raymond, un pour Ragnhild qui était ce jour-là affublée sur le haut de la tête de deux touffes qui pointaient en l'air.

– Tu es bien coiffée aujourd'hui, apprécia-t-il pour l'encourager.

– Avec cette antenne, expliqua la mère en tirant sur

l'une des mèches, elle capte l'Opération Loup Blanc de Narvik et, avec l'autre, elle reçoit sa grand-mère qui habite Svalbard.

Il ne put s'empêcher d'étouffer un rire en baissant la tête.

– Malgré tout, elle dit que ce n'était qu'un nuage de poussière, continua-t-elle, soucieuse.

– Elle dit aussi que c'était une voiture, corrigea Sejer. Ça vaut la peine d'essayer.

Il posa une main sur l'épaule de l'enfant.

– Ferme les yeux, conseilla-t-il, et essaye de la revoir. Ensuite, tu la dessines du mieux que tu peux. Donc, tu ne vas pas me faire une voiture toute bête : tu vas dessiner celle que vous avez vue, Raymond et toi.

– Oui, oui, répondit-elle avec impatience.

– Bon, on te laisse.

Il sortit de la cuisine avec madame Album et ils s'installèrent au salon. Madame Album alla à la fenêtre et fixa au loin l'horizon bleuâtre. Par ce jour brumeux, le paysage évoquait un vieux tableau national-romantique.

– Annie m'a gardé Ragnhild plusieurs fois, il y a à peu près deux ans, raconta-t-elle avec tristesse. Quand elle s'occupait des gosses, elle y mettait du cœur. Elle les conduisait en ville avec le car pour y passer toute la journée. Avec Ragnhild, elles ont fait un tour avec le petit train du marché, pris l'escalier mécanique et l'ascenseur dans les grands magasins, bref toutes les choses que les enfants adorent faire. Elle avait un talent inné avec les gosses. Elle était différente. Pleine d'égards pour les autres…

Sejer entendit que, dans la cuisine, la fillette fouillait dans la boîte à crayons de couleur.

– Tu connais aussi sa sœur ? Sølvi ?

– De vue, oui. Mais c'est juste sa demi-sœur.

– Ah bon ?

– Tu n'étais pas au courant ?
– Non, répondit-il lentement.
– Tout le monde le sait, continua-t-elle avec simplicité. Ce n'est pas un secret ou quoi que ce soit de ce genre. Elles sont très différentes. Pendant une période, ils ont eu des problèmes avec son père. Le père de Sølvi, donc. Il a perdu son droit de visite et ne s'en remettra visiblement jamais.
– Pourquoi ?
– Les trucs habituels. Alcoolique et violent. Enfin, c'est la version de la mère. Ada est assez dure, ce qui fait que je ne sais pas si c'est tout à fait vrai.
– Mais Sølvi est majeure aujourd'hui, elle est libre de faire ce qu'elle veut, non ?
– Je suppose que c'est trop tard. Quelque chose s'est brisé entre eux. Je pense beaucoup à Ada, ajouta-t-elle. Sa fille ne lui est pas revenue, contrairement à moi.
– Ça y est ! cria Ragnhild de la cuisine.
Ils se levèrent pour aller voir. Ragnhild était assise, la tête penchée sur le côté, l'air un peu mécontent. Un nuage gris occupait quasiment toute la feuille, mais l'avant d'une automobile avec phares et pare-chocs en émergeait. Elle présentait un long capot, du style des grosses voitures américaines, et un pare-chocs noir. Ça ressemblait à un grand sourire édenté. Les phares étaient étirés en biais. Comme des yeux bridés, pensa Sejer.
– Elle faisait beaucoup de bruit quand elle est passée devant vous ?
Penché sur la table de la cuisine, il perçut l'odeur sucrée de son chewing-gum.
– Elle faisait beaucoup, beaucoup de bruit.
Il contempla le dessin.
– Est-ce que tu peux m'en faire un autre ? Si je te dis : dessine les phares, seulement les phares ?
– Mais ils étaient comme ça !
Elle désigna du doigt le dessin.

Il opina.

– Mais sa couleur, Ragnhild ?

– Elle n'était pas vraiment grise. On aurait dit que c'était une couleur qui n'existe pas vraiment, en tout cas, pas dans la boîte.

– Qu'est-ce que tu veux dire par là ?

– Je veux dire, une couleur qui n'a pas de nom.

Une foule de nuances se mit à tourner dans la tête de Sejer : terre de Sienne, pétrole, sépia, anthracite...

– Ragnhild, continua-t-il. Est-ce que tu te souviens s'il y avait quelque chose sur le toit ?

– Des antennes ?

– Non. Quelque chose de plus grand. Raymond pense qu'il y avait quelque chose de grand sur le toit de la voiture.

Elle le fixa en réfléchissant.

– Oui ! s'exclama-t-elle tout à coup. Un petit bateau !

– Un bateau ?

– Un petit bateau noir.

– Je me demande ce que j'aurais fait sans toi, sourit Sejer en donnant une pichenette à ses antennes. Élise, ajouta-t-il. Tu as un joli prénom.

– Personne ne veut m'appeler comme ça. Tout le monde m'appelle Ragnhild.

– Je peux t'appeler Élise, moi ?

Elle rougit de confusion, replaça le couvercle sur la boîte, ferma le bloc-notes et poussa le tout vers lui.

– Mais non, c'est à toi, évidemment !

Elle rouvrit aussitôt la boîte et se remit à dessiner.

* * *

– Un des lapins s'est couché sur le côté !

Raymond se tenait sur le seuil de la porte de la chambre de son père et se balançait d'avant en arrière avec inquiétude.

– Lequel ?
– Cesar, le géant beige.
– Dans ce cas, il faut le tuer.

Raymond en lâcha un pet de surprise. Le petit gaz ne changea pas grand-chose à l'odeur de la pièce exiguë qui sentait le renfermé.

– Mais il respire bien comme il faut !
– Inutile de nourrir ceux qui crèvent, Raymond. Mets-le sur le billot. La hache est derrière la porte du garage. Attention à tes mains, ajouta-t-il.

Raymond se retira et traversa tristement la cour en se dandinant vers les cages à lapins. Il passa un moment à observer Cesar à travers le grillage. Il trouva que l'animal était couché tout à fait comme un bébé, roulé en boule, un ballon tout doux. Lorsqu'il ouvrit la porte pour glisser délicatement sa main à l'intérieur, l'animal ne bougea pas. Il lui caressa légèrement le dos. Le lapin était aussi chaud que d'habitude. De sa main robuste, il l'agrippa par la peau du cou et le sortit. Cesar, les yeux fermés, gigota sans conviction : il avait l'air à bout de forces.

De retour à la maison, Raymond s'assit à la table de la cuisine pour admirer son album avec des images de l'équipe nationale de foot, d'oiseaux et d'animaux. Vêtu d'un seul pantalon de jogging, torse nu, son ventre semblait très blanc. Ses cheveux en désordre étaient hérissés sur sa tête, ses yeux ronds semblaient boudeurs et sa bouche en cul-de-poule donnait l'impression qu'il était en train de sucer vigoureusement quelque chose, peut-être un bonbon. Il sembla très étonné de voir apparaître Sejer.

– Bonjour, Raymond.

Sejer le salua en s'inclinant profondément pour tenter de l'amadouer.

– Tu trouves que je t'embête un peu trop ?
– Oui, parce que là, j'étais en train de m'occuper de ma collection, alors ça me dérange.

— Je sais, ce genre de choses, c'est très agaçant. Moi-même, je ne peux pas imaginer pire ! Mais je ne serais pas venu si je n'étais pas obligé, j'espère que tu comprends ça.

— Oui, oui.

Il s'adoucit un peu et se dirigea vers le salon. Sejer le suivit. Il posa le matériel pour dessiner sur la table :

— Je voudrais que tu me fasses un dessin.

— Oh non, jamais de la vie !

Il eut l'air si inquiet que Sejer dut poser une main sur son épaule.

— Je ne sais pas dessiner, piailla Raymond.

— Tout le monde sait dessiner, rétorqua Sejer avec calme.

— Pas des personnages en tout cas !

— Non, pas des personnages. Juste une voiture.

— Une voiture ?

Il avait l'air très sceptique à présent. Il ouvrit si grands les yeux qu'ils se mirent à ressembler à des yeux ordinaires.

— La voiture que vous avez croisée, Ragnhild et toi. Celle qui roulait à fond de train.

— Qu'est-ce que vous m'agacez avec cette voiture !

— Oui, c'est très important. On a lancé un appel, mais personne n'a répondu. C'est peut-être un gangster, Raymond. Alors il faut qu'on l'attrape.

— J'ai déjà dit qu'elle roulait trop vite !

— Mais tu as quand même vu quelque chose, objecta Sejer d'une voix plus grave. Tu as remarqué que ce n'était ni un bateau ni un vélo ni une caravane de chameaux...

— Des chameaux !

Il se tenait les côtes de rire. Son ventre tout blanc, tout rond, en tremblotait.

— Ça serait rigolo de voir une bande de chameaux descendre le chemin, ici ! C'était pas des chameaux. C'était une voiture. Avec une boîte à skis sur le toit.

— Dessine-la, exigea Sejer d'un ton impérieux.

Raymond céda. Il se laissa tomber près de la table et sa langue pointa entre ses lèvres, comme une manette de disjoncteur. Quelques minutes suffirent pour constater qu'il n'avait pas menti : le résultat ressemblait à un pain posé sur quatre roues.

— Tu peux la colorier, aussi ?

Il ouvrit la boîte, scruta consciencieusement tous les crayons et choisit enfin le rouge. Puis il se concentra intensément pour ne pas faire déborder la couleur au-delà des traits.

— Rouge, Raymond ?
— Oui, répondit-il vite en continuant à colorier.
— Alors comme ça, la voiture était rouge ? T'en es sûr ? Je croyais que tu nous avais dit qu'elle était grise ?
— J'ai dit qu'elle était rouge.

Sejer tira un tabouret de sous la table.

— Tu nous as raconté que tu ne te souvenais pas de la couleur, mais qu'il se pouvait qu'elle soit grise, comme Ragnhild a dit.

Vexé, Raymond se gratta le ventre.

— Je me rappelle mieux avec le temps, tu sais. Je l'ai dit hier à celui qui est venu ici, qu'elle était rouge.
— Celui qui est venu ici ! Qui ça ?
— Un homme qui se promenait et qui s'est arrêté dans la cour. Il voulait regarder les lapins. Je lui ai parlé.

Sejer sentit un léger picotement lui parcourir le dos.

— C'était quelqu'un que tu connaissais ?
— Non.
— Tu peux me dire de quoi il avait l'air ?

Raymond reposa son crayon rouge et fit saillir sa lèvre inférieure.

— Non, répondit-il.
— Tu ne veux pas ?
— C'était rien qu'un homme. Tu ne vas pas être content, de toute façon.

– S'il te plaît. Je vais t'aider. Gros ou maigre ?
– Plutôt normal.
– Brun ou blond ?
– Je sais pas, il avait une casquette.
– Ah oui ? Un type jeune alors ?
– Je sais pas.
– Plus vieux que moi ?

Raymond releva un peu les yeux.

– Ah non ! Pas si vieux que toi. Toi, tu es tout gris !

Merci beaucoup, pensa Sejer.

– Je veux pas le dessiner !
– D'accord. Il est venu en voiture ?
– Non, il est venu à pied.
– Quand il est reparti, il a descendu la route ou il est monté vers Kollen ?
– Je sais pas. Je suis rentré voir Papa. Il était très sympa, ajouta-t-il.
– Je n'en doute pas. Et alors, Raymond, qu'est-ce qu'il t'a dit ?
– Que les lapins étaient beaux. Il m'a demandé si je voulais bien lui en vendre un, si un jour ils faisaient des petits.
– Et puis ?
– Après, on a parlé du temps. De combien il est sec. Il m'a demandé si j'avais entendu parler de la fille de l'étang et si je la connaissais.
– Qu'est-ce que tu lui as répondu ?
– Que c'est moi qui suis tombé dessus. Il trouvait que c'était triste, que la fille soit morte. Et je lui ai parlé de vous, que vous étiez venu pour me questionner sur la voiture. La voiture, il m'a dit, la voiture bruyante qui roule toujours si vite sur les routes par ici ? Oui, je lui ai dit. C'est celle-là que j'ai vue. Il savait qui c'était. Il m'a dit que c'était une Mercedes rouge. J'ai dû me tromper quand vous me l'avez demandé, puisque je m'en souviens maintenant. La voiture était rouge.

— Il t'a menacé ?
— Pas du tout. D'ailleurs, je ne me laisse pas menacer. Un homme ne se laisse pas menacer ! Je le lui ai dit.
— Et ses vêtements, Raymond ? Il était habillé comment ?
— Avec des habits normaux.
— Marron ? Ou bleus ? Tu t'en souviens ?

Raymond le regarda, intrigué, puis se cacha le visage dans ses mains.

— Arrête de m'embêter !

Sejer fit une pause en l'observant et le laissa tranquille un moment pour qu'il se calme. Ensuite il lui demanda d'une voix très douce : la voiture était bien grise ou verte, n'est-ce pas ?

— Non, elle était rouge. Je lui ai dit ça, que c'était pas la peine de me menacer puisque la voiture était rouge. Alors il a eu l'air content.

Il se pencha de nouveau sur sa feuille pour la gribouiller un peu. Sa bouche n'était plus qu'un mince trait.

— Ne l'abîme pas. J'aimerais bien le garder. Dis-moi, comment va ton père ?
— Il peut pas marcher.
— Je sais. On va aller le voir.

Il se leva, prit le dessin et suivit Raymond dans le couloir. Ils ouvrirent la porte sans frapper. Une semi-obscurité régnait dans la pièce, mais la lumière était suffisante pour permettre à Sejer de distinguer un vieillard debout près de la table de chevet, vêtu d'un vieux maillot de corps et d'un caleçon beaucoup trop grand. Ses genoux tremblaient dangereusement. Il était aussi maigre que son fils était dodu et rebondi.

— Papa ! cria Raymond. Qu'est-ce que tu fabriques ?
— Rien, rien.

Il farfouilla, à la recherche de son dentier.

– Assieds-toi, tu vas te casser les jambes !

Entre son caleçon et ses bas de contention, ses genoux enflés ressemblaient à deux vol-au-vent pâles semés de raisins secs bruns.

Raymond l'aida à s'allonger sur le lit et lui tendit son appareil dentaire. L'homme évita le regard de Sejer et fixa le plafond. Ses yeux ternes aux toutes petites prunelles étaient enfoncés sous des sourcils broussailleux. Le dentier une fois en place, Sejer avança pour se poster face à lui, tout en jetant un coup d'œil par la fenêtre qui donnait sur la cour et sur la route. Les rideaux tirés ne laissaient entrer que le minimum de clarté.

– Tu suis un peu ce qui se passe sur la route ? demanda-t-il.

– Tu es de la police ?

– Oui. Tu aurais une belle vue d'ici, si tu ouvrais les rideaux.

– Je le fais jamais. Ou seulement quand il fait mauvais.

– Est-ce que tu as vu des voitures étrangères par ici. Ou des motos ?

– C'est arrivé. Des voitures de police, par exemple. Et le traîneau du père Noël !

– Et des gens à pied ?

– Des promeneurs. Ils veulent tous crapahuter sur la colline pour récolter des cailloux. Ou alors ils restent autour de cet étang pourri. Qui d'ailleurs déborde de cadavres de moutons. Chacun ses goûts !

– Tu connaissais Annie Holland ?

– Je connais son père. Du temps de mon garage. Il me laissait sa voiture quand elle avait un problème.

– C'était toi le patron ?

L'homme remonta sa couette et acquiesça. Puis il ajouta :

– Il avait deux filles. Blondes, jolies.

– Annie Holland est morte.

– Je sais. Je lis les journaux, comme tout le monde.

De la tête, il en désigna toute une pile sur le sol, repoussée sous la table de chevet.

– Un homme est passé dans la cour hier soir. Il a discuté avec Raymond. Tu l'as vu ?

– J'ai juste entendu des murmures qui venaient de dehors. Raymond n'est peut-être pas une flèche, ajouta-t-il sèchement, mais il ne sait pas ce que c'est que la méchanceté. Tu comprends ? Il est tellement gentil qu'on pourrait le retenir avec un simple fil de laine. Et il fait ce qu'on lui dit de faire…

Raymond approuva avec enthousiasme en se grattant le ventre.

Sejer réussit à piéger les yeux clairs.

– Je sais, dit-il à voix basse. Donc, tu les as entendus murmurer ? Et tu n'as pas eu envie d'écarter un peu le rideau ?

– Non.

– Tu n'es pas très curieux, hein, Låke ?

– C'est juste, je suis pas curieux. Chacun ses oignons.

– Si je te dis qu'il y a une chance pour que le type qui s'est pointé dans la cour soit impliqué dans le meurtre de la petite Holland, tu saisis mieux le sérieux de la chose ?

– Surtout dans ce cas-là. J'ai pas regardé dehors, j'étais occupé à lire le journal.

Sejer frissonna, pas à cause de la réponse mais de l'atmosphère : l'homme souffrait sans doute d'un dysfonctionnement urinaire ; la chambre avait besoin d'être récurée, aérée. Et le vieillard aurait dû s'offrir un bon bain bien chaud. Il le salua d'un signe de tête et sortit dans l'air frais en aspirant quelques profondes bouffées d'oxygène. Raymond le suivit en trottant jusqu'à la voiture, puis resta debout, les bras croisés en attendant qu'il s'installe au volant.

– Alors Raymond, tu as pu t'occuper de ta voiture ?

– Il me faut une nouvelle batterie, selon Papa. Et j'ai pas les moyens pour l'instant. Ça coûte plus de quatre cents couronnes… Je roule pas sur les routes, ajouta-t-il rapidement. Presque jamais, en tout cas.

– C'est bien. Allez, rentre vite maintenant. Tu vas prendre froid.

– Oui, frissonna-t-il. En plus, j'ai donné mon blouson.

– Ça, c'est généreux, mais c'est peut-être pas très malin, répliqua Sejer avec gentillesse.

– J'ai pensé que j'étais un peu obligé, expliqua-t-il, l'air triste. Elle était quand même couchée là, sans rien sur elle.

Sejer le fixa avec stupeur. Le coupe-vent sur le cadavre, c'était donc celui de Raymond !

– Tu l'as recouverte ? demanda-t-il vivement.

– Elle n'avait pas d'habits du tout, répondit-il en décollant un peu de terre de sa pantoufle.

Il expliqua qu'il avait pensé qu'elle devait avoir froid et qu'il fallait que quelqu'un la couvre. Il avait remarqué ses poils clairs, sans doute des poils de lapin. Sejer le regarda droit dans les yeux, ses yeux d'enfant, aussi purs que de l'eau de source. Mais il avait aussi des muscles, gros comme des jambons de Noël. Sejer secoua involontairement la tête.

– C'était une bonne idée, dit-il en le scrutant. Vous avez causé un peu ?

– Tu m'as dit qu'elle était morte !

Plus tard, alors que Sejer était déjà loin, Raymond se faufila dehors et regarda dans le garage. Dans un coin, tout au fond, blotti sous un vieux pull tricoté à la main, Cesar respirait toujours.

Skarre mit un point final à la routine des rapports avec le stylo Micro-ball n°5 qu'il portait toujours accroché à l'une des épaulettes de sa chemise. Il sourit, satisfait, en fredonnant quelques mesures de « Jesus is on the main Line ». Finalement, la vie n'allait pas si mal : une affaire de meurtre, c'était tout de même plus excitant qu'un braquage de banque. Bientôt, l'été serait là. Et voilà que son patron arrivait avec un cône glacé ! Il repoussa rapidement la paperasse de côté et s'en saisit.

– Le coupe-vent qui couvrait le cadavre... commença Sejer, il était à Raymond !

Skarre en laissa tomber sa crème glacée de surprise.

– Mais je le crois quand il affirme qu'il l'a déposé là sur le chemin du retour, après avoir ramené Ragnhild chez elle. Il l'en a gentiment recouverte parce qu'elle était toute nue. J'ai passé un coup de fil chez les Album et Ragnhild a confirmé, il n'y était pas lorsqu'ils sont arrivés à l'étang. On va garder un œil sur lui, malgré tout. Quand je lui ai expliqué que malheureusement, il ne pourrait pas récupérer son vêtement dans l'immédiat, il a eu l'air tellement embêté que je lui ai promis de lui donner un de mes vieux blousons. Et toi, tu as trouvé quelque chose de palpitant ?

Skarre arracha le papier de son cornet.

– J'ai procédé à des vérifications concernant tous les voisins d'Annie. Ce sont des gens plutôt honnêtes, sauf que dans leur rue, il y a beaucoup de contraventions pour excès de vitesse.

Sejer lécha un peu de fraise sur sa lèvre supérieure.

– Sur les vingt et une familles, huit ont écopé d'une ou plusieurs amendes. Ils font exploser toutes les statistiques !

– Ils ont un sacré trajet à faire pour aller au boulot, plaida Sejer. Ils bossent soit en ville, soit à l'aéroport de Fornebu. Il n'y a pas de travail à Lundeby, tu sais.

– Oui, d'accord. Mais tout de même. C'est une véritable bande de chauffards, ça, on ne peut pas le nier. Mais j'ai aussi découvert autre chose. Il faut que tu voies ça. Il feuilleta ses notes et désigna quelques lignes du doigt.

– Knut Jensvoll. Au 8, rue Gneiss. L'entraîneur d'Annie. Il a été condamné pour viol. Dix-huit mois à la prison d'Ullersmo.

Sejer se pencha pour regarder.

– Ça, il a peut-être réussi à le garder pour lui. Fais gaffe de pas cracher le morceau quand on sera dans le coin.

Skarre acquiesça en léchant sa glace.

– Il faut peut-être convoquer son équipe. Il est possible qu'il ait tenté le coup avec quelques-unes des filles. Et toi ? Comment ça c'est passé ? Tu reviens avec tous les détails sur la voiture suspecte ?

Sejer poussa un gémissement et pêcha les dessins dans sa poche intérieure.

– Ragnhild déclare que la boîte à skis, c'était un bateau. Et le dessin de Raymond, il est plutôt rigolo, dit-il à voix basse. Mais le plus intéressant, c'est qu'hier il y avait un promeneur dans la cour de Raymond ; quelqu'un qui a réussi à le convaincre de croire que la voiture était rouge !

Il déposa le dessin sur le bureau, devant Skarre.

Celui-ci écarquilla les yeux.

– Qu'est-ce que c'est que ça ?

– Quelqu'un de « plutôt normal », répondit Sejer sur un ton laconique. Avec une casquette. Je n'ai pas trop osé insister, ça le mettait dans tous ses états.

– Le promeneur, c'est ce qu'on appelle un rapide !

– Je dirais plutôt qu'il est audacieux, corrigea Sejer. Mais récapitulons : Raymond ne le connaissait pas, mais le type sait maintenant que Ragnhild et lui l'ont aperçu et il s'est assuré de ce qu'ils avaient vu exactement. Il faut qu'on se concentre sur cette voiture et son conducteur. Putain, il doit être dans les parages !

– Mais se pointer chez Raymond, c'est assez risqué, non ? Quelqu'un aurait pu le voir ?

– J'ai frappé aux portes des voisins pour leur demander. Personne ne l'a vu. Mais s'il est passé par le chemin de la colline, la maison de Låke, c'est la première, et depuis la ferme juste en contrebas, on n'a pas une vue terrible sur la cour.

– Et le vieux ?

– Il a seulement entendu qu'on murmurait au-dehors et il n'a pas succombé une seule seconde à la tentation de soulever le rideau.

Ils terminèrent leurs glaces en silence.

– On oublie Halvor ? Et la moto ?

– Certainement pas.

– Quand est-ce qu'on va le chercher ?

– Ce soir.

– Pourquoi tu veux attendre ?

– C'est plus calme le soir, ici. Quant à moi, j'ai parlé avec la mère de Ragnhild pendant que sa gamine dessinait des preuves claires comme de l'eau de roche ! Sølvi n'est pas la fille de Holland. Et son père biologique s'est vu refuser le droit de visite. Sans doute parce qu'il picolait et qu'il était violent.

– Mais Sølvi, elle a bien vingt et un ans ?

– Maintenant, oui. Mais apparemment, il y a eu quelques années de disputes assez pénibles.

– Où est-ce que tu veux en venir ?

– D'une certaine façon, cet homme sait ce que ça veut dire, de perdre un enfant. Aujourd'hui son ex-femme, avec qui il entretient des rapports très tendus, fait la même expérience que lui. Peut-être qu'il a voulu se venger. C'est juste une hypothèse...

Skarre siffla faiblement.

– Qui c'est ?

– C'est ce que tu vas chercher dès que tu auras fini ton cornet. Après tu viens me retrouver dans mon bureau. Si tu y arrives, on décollera d'ici dare-dare.

Il partit. Skarre composa le numéro de Holland, sans cesser de lécher sa glace. Ada Holland décrocha.

– Je ne veux pas parler d'Axel, déclara-t-elle. Il a failli nous briser et on a enfin réussi à se débarrasser de lui à présent. Si je n'avais pas fait appel aux tribunaux, il aurait réduit Sølvi en miettes.

– Je te demande juste de nous donner ses nom et adresse. C'est la routine, madame Holland, on a des milliers de choses de ce genre à vérifier.

– Il n'a jamais eu affaire à Annie. Dieu merci !

– Son nom, madame Holland !

Elle finit par céder.

– Axel Bjørk.

– Tu as autre chose ?

– J'ai tout. Son numéro de sécu, son adresse aussi. S'il n'a pas déménagé. Si seulement il l'avait fait ! Il habite trop près. En voiture, ce n'est qu'à une heure de route !

Elle s'échauffait tout en parlant.

Skarre nota, hocha la tête et remercia. Puis il ralluma son ordinateur pour rechercher tout autre renseignement concernant Bjørk, Axel. Il trouva un dossier sur l'homme sans rencontrer aucun barrage : la fragilité croissante de la protection de l'individu le frappa – elle ne consistait plus qu'en une fine couche transparente derrière laquelle il était impossible de se cacher. Il se mit à lire.

– Oh bon Dieu, putain de merde ! s'exclama-t-il avant de lever les yeux vers le plafond comme pour s'excuser.

Il lança ensuite l'impression et se laissa aller en arrière sur sa chaise. Il saisit la feuille et la relut en traversant le couloir pour rejoindre le bureau de Sejer. L'inspecteur principal se tenait devant le miroir, une manche de sa chemise relevée. Il se gratta le coude en faisant une grimace.

– Je suis parti sans ma pommade, murmura-t-il.

– Voilà, je l'ai. Il a un casier judiciaire, évidemment !

Skarre s'assit et déposa la feuille sur son sous-main.

– Alors, voyons voir… Bjørk, Axel, né en 1948 et… policier, ajouta Skarre à voix basse.

– Ex-policier. D'accord, tu préfères peut-être rentrer chez toi ?

– Bien sûr que non. Mais c'est quand même un peu spécial…

– On ne vaut guère mieux que les autres, tu sais, Skarre. Laissons-le nous raconter sa version à lui. Elle sera différente de celle de madame Holland, tu peux en être sûr. Donc, il faut qu'on fasse un saut à Oslo. Apparemment, il fait les trois-huit, alors on a une chance de le trouver chez lui.

– Le 4, rue de Sogn, c'est dans le quartier d'Adamstuen. Le grand bâtiment rouge à côté de la station de tramway.

– Tu connais le coin ?

– J'ai été chauffeur de taxi pendant deux ans là-bas.

– Est-ce qu'il y a quelque chose que tu n'aies pas fait ?

– Je n'ai jamais sauté en parachute, dit-il en frémissant.

Skarre fit une démonstration des connaissances acquises pendant sa carrière de chauffeur de taxi en indiquant à Sejer le chemin le plus court : « Tu entres par Skøyen, à gauche dans la rue Halvdan Svarte, passes devant le parc Vigeland, montes la rue Kirke et descends la rue Ullevål. » Bafouant toute règle de stationnement, ils se garèrent devant un salon de coiffure et explorèrent la liste des locataires de l'immeuble. L'homme qu'ils cherchaient habitait au deuxième étage. Ils sonnèrent à sa porte et attendirent. Sans succès. Dans le tintamarre de son seau et de son balai-brosse, une voisine lança :

– Il fait ses courses. En tout cas, il est parti avec tout un tas de bouteilles consignées dans un sac. D'habitude, il se fournit chez Rundingen. C'est juste à côté.

Ils la remercièrent, ressortirent, se réinstallèrent dans la voiture et attendirent en surveillant Rundingen. C'était une petite épicerie dont la vitrine disparaissait sous les cartons de réclame jaunes et rouges interdisant toute vue sur l'intérieur. Les clients entraient, sortaient, des femmes pour la plupart. Ce ne fut qu'après que Skarre eut fumé sa cigarette, toutes vitres baissées et la main à l'extérieur, qu'un homme seul apparut ; il était vêtu d'une chemise à grands carreaux et chaussé de baskets. Ils entendaient les verres bringuebaler et tinter dans son sac. Grand et solide, il perdait cependant une grande partie de sa prestance en marchant voûté, tête baissée, les yeux fixés sur le trottoir. Il ne remarqua pas la voiture.

– Ça peut tout à fait ressembler à un ancien collègue. Attends qu'il passe le coin et après tu sors pour vérifier s'il rentre dans l'immeuble ou pas.

Skarre patienta, ouvrit sa portière, se faufila à l'angle de la rue, puis appela Sejer. Ils laissèrent passer encore deux ou trois minutes avant de gravir de nouveau les étages et de sonner. Bjørk ouvrit. Dans l'entrebâillement, en quelques secondes, son visage passa par tout un éventail de contenances possibles. D'abord l'air neutre, ouvert, un rien curieux de celui qui n'attend personne. Puis, à cause de l'uniforme de Skarre, une rapide exploration mentale pour trouver une explication à la présence d'un policier à sa porte. Puis la réminiscence de l'article du journal concernant le cadavre de l'étang. Donc le lien avec sa propre histoire et les réflexions que ça pouvait inspirer à la police. Un sourire amer se figea sur son visage.

– Bon, dit-il en ouvrant largement sa porte. Au fond, si vous ne vous étiez pas présentés, je n'aurais pas nourri grand respect pour les enquêtes modernes. Il faut bien vous laisser entrer ! Il s'agit du maître et de son disciple, je suppose ?

Ils ignorèrent son commentaire et le suivirent dans le petit couloir. L'odeur d'alcool était manifeste.

L'appartement de Bjørk comportait un grand séjour, une alcôve qui servait de chambre et une kitchenette avec vue sur la rue. Les meubles, dépareillés, mal assortis, semblaient avoir été récupérés au hasard. Sur le mur, au-dessus d'un secrétaire, la photo d'une fillette était accrochée. C'était Sølvi. Bien qu'elle eût alors les cheveux plus foncés, ses traits n'avaient guère changé malgré toutes ces années. Dans un coin du cadre, on avait attaché un ruban rouge.

Ils se rendirent brusquement compte de la présence d'un berger allemand très calme, couché dans un coin, qui les observait avec attention. Il n'avait pas bougé ni aboyé quand ils étaient entrés dans la pièce.

– Qu'est-ce que tu as bien pu faire à ce chien que je n'ai visiblement pas réussi avec le mien? demanda Sejer. Lui, il saute sur les gens dès qu'ils mettent un pied chez moi, en faisant un tel boucan qu'on peut l'entendre jusqu'au rez-de-chaussée! Et j'habite au treizième, ajouta-t-il.

– C'est que tu t'es trop attaché à lui, répondit Bjørk sèchement. On ne doit pas traiter un chien comme si c'était le seul être qu'on avait sur cette terre. Mais c'est peut-être le cas?

Avec un sourire narquois, il scruta Sejer en plissant les yeux, convaincu que le reste de la conversation ne se déroulerait pas sur un ton aussi amical. Ses cheveux coupés court avaient l'air mal lavés, et une sombre repousse de barbe ombrait tout le bas de son visage.

– Bien, dit-il après une pause. Et maintenant, tu veux savoir si je connaissais Annie?

Il parlait les lèvres serrées. La phrase sortait comme s'il recrachait une arête de poisson.

– Elle est venue plusieurs fois avec Sølvi ici, à l'appartement. Inutile de le cacher. Quand Ada l'a appris, elle a mis fin à ces allées et venues. Croyez-moi, Sølvi aimait venir ici. Je ne sais pas ce qu'Ada lui a fait, mais pour moi ça ressemble fort à un lavage de cerveau. Aujourd'hui, ça ne l'intéresse plus. Elle a laissé Holland prendre le relais.

Il passa sa main sur son menton râpeux et comme les autres ne disaient rien, il continua :

– Tu as peut-être pensé que j'ai tué Annie pour me venger ? Bon Dieu non, je ne l'ai pas fait. En outre, je n'ai rien contre Eddie Holland. D'ailleurs, je ne souhaiterais pas à mon pire ennemi de perdre un enfant. Parce que c'est ce qui m'est arrivé. Aujourd'hui, je n'ai plus d'enfant. Et je n'ai plus le courage de me battre. Mais quand j'ai appris la nouvelle, je dois admettre que l'idée m'a effleuré : à présent, elle sait ce que ça veut dire de perdre un enfant, cette vieille peau mesquine ! Merde, aujourd'hui, elle sait ce que ça représente. Et mes propres possibilités de renouer avec Sølvi sont plus réduites que jamais ! À partir de maintenant, Ada va avoir la haute main sur elle. Et ça, c'est une situation prévisible dans laquelle je n'aurais jamais voulu me mettre…

Sejer restait impassible, attentif à la voix de Bjørk, hargneuse et aussi corrosive que l'acide.

– Et où est-ce que je me trouvais à l'heure du crime ? Elle a été découverte lundi, n'est-ce pas ? Vers le milieu de la journée, selon le journal. La réponse est : ici, dans cet appartement, sans alibi. J'étais probablement bourré, ce que je suis en général quand je ne travaille pas. Si je suis quelqu'un de violent ? Absolument pas. C'est vrai qu'il m'est arrivé de frapper Ada, mais à son initiative, si je peux dire : elle savait que si je la battais, elle aurait matière à aller au tribunal. Je l'ai frappée une seule fois, le poing fermé. C'était une impulsion. Et c'est la seule fois de toute ma vie que j'ai vraiment cogné quelqu'un. Manque de bol, je ne l'ai pas ratée : fracture de la mâchoire et plusieurs dents sur le tapis. Sølvi était assise par terre, elle n'en a pas perdu une miette. Ada avait délibérément éparpillé tous les jouets de Sølvi dans le salon pour qu'elle reste là et qu'elle puisse suivre toute la scène. Et délibérément rempli le frigo de bière. Ensuite, elle s'est mise à me chercher des crosses. Elle savait très bien s'y prendre. Et elle ne s'est pas arrêtée avant que je craque. Je suis tombé droit dans le piège.

Derrière son amertume, ils perçurent une sorte de soulagement, peut-être parce qu'enfin il y avait quelqu'un pour l'écouter.

– Quel âge avait Sølvi, au moment du divorce ?

– Cinq ans. Ada avait déjà une liaison avec Holland et elle voulait Sølvi pour elle toute seule.

– Ça fait très longtemps. Tu n'arrives pas à dépasser ça ?

– On ne dépasse pas ça si on laisse un enfant derrière soi...

Sejer se mordit la lèvre.

– Tu as été suspendu ?

– J'ai eu tendance à me rabattre sur la bouteille. J'ai perdu ma maison, ma femme, ma gosse, mon travail, et l'estime des gens en général. Vu le tableau, ajouta-t-il avec un sourire amer, ça ne changerait pas grand-chose si on faisait de moi un meurtrier. Pas vrai ?

Il eut un rictus démoniaque.

– Mais dans ce cas, j'aurais agi tout de suite, je n'aurais pas attendu des années. Et pour être franc, continua-t-il, j'aurais plutôt trucidé Ada.

– À propos de quoi vous êtes-vous disputés ? demanda Skarre.

– On s'est disputés au sujet de Sølvi.

Il croisa les bras et regarda par la fenêtre comme si ses souvenirs défilaient au-dehors, dans la rue.

– Sølvi est tout de même un peu spéciale, elle l'a toujours été. Vous l'avez probablement déjà rencontrée, vous avez donc pu voir ce qu'elle est devenue. Ada a toujours voulu la protéger. Elle n'est pas très indépendante, peut-être même un peu… limitée, tout simplement. Maladivement préoccupée par les garçons, par son apparence. Ce que veut Ada, en fait, c'est que Sølvi se trouve un type pour s'occuper d'elle. Je n'ai jamais vu quelqu'un conduire une fillette aussi directement vers la misère. J'ai essayé de lui expliquer qu'elle a besoin exactement du contraire, de prendre confiance en soi. Je voulais l'amener à la pêche, lui apprendre à fendre du bois, à jouer au foot et à dormir dehors, sous la tente. Elle avait besoin d'efforts physiques, de supporter d'être décoiffée sans paniquer. Aujourd'hui, elle passe ses journées à tournicoter dans un salon de coiffure en se regardant dans la glace. Ada m'a accusé d'avoir une sorte de complexe, elle a dit qu'en réalité, j'aurais préféré un garçon et que je n'ai jamais accepté qu'on ait eu une fille. On s'est disputés sans arrêt, tout au long de notre mariage. Et on n'a pas cessé depuis le divorce.

– De quoi tu vis aujourd'hui ?

Bjørk fixa Sejer d'un œil sinistre.

– Tu le sais sans doute déjà. Je travaille dans une société privée de gardiennage. Je tourne toute la nuit avec une lampe torche et un chien. C'est pas si mal. Pas beaucoup d'action, bien sûr, mais ça, j'en ai déjà eu ma part.

– La dernière fois qu'elles sont venues, les filles, c'était quand ?

Il se gratta le front comme s'il voulait faire remonter cette date du plus profond de ses souvenirs.

– Au cours de l'automne dernier. Le copain d'Annie est venu aussi.

– Et donc, depuis, tu n'as pas revu les filles ?
– Non.
– Tu es allé frapper chez eux pour la réclamer ?

— Plusieurs fois. Et à chaque fois, Ada a appelé la police. Elle prétendait que je les harcelais, que je les menaçais. J'aurais eu des problèmes au travail si ça avait fait trop de bruit, alors j'ai laissé tomber.

— Et Holland dans tout ça ?

— Holland est réglo. En fait, je pense qu'il trouve tout ça assez abominable. Mais ça reste un mollasson. Ada l'a complètement « canalisé ». Il fait ce qu'elle lui demande de faire, c'est pour ça qu'ils ne se disputent jamais. Si tu as discuté avec eux, tu as sans doute saisi le topo, ajouta-t-il en se levant.

Il se posta le dos à la fenêtre et se redressa de toute sa hauteur.

— Je ne sais pas ce qui s'est passé pour Annie, dit-il à voix basse. Mais j'aurais mieux compris si quelque chose était arrivé à Sølvi. Elle est tellement facile à manipuler.

Sejer le regarda avec curiosité, en se demandant ce qui leur faisait dire ça, à tous. Si ç'avait été Sølvi... Comme si toute cette affaire n'était qu'une vaste erreur et qu'Annie avait été tuée sur un malentendu.

— Est-ce que tu possèdes une moto, Bjørk ?

— Non, pourquoi ? répondit-il, surpris. J'en ai eu une quand j'étais jeune. Elle est longtemps restée dans le garage d'un ami et puis j'ai fini par la vendre. Une Honda 750. Il ne me reste que le casque.

— Quel genre de casque ?

— Il est suspendu dans l'entrée.

Skarre alla y jeter un coup d'œil et découvrit le casque, un modèle intégral avec une visière renforcée.

— Une voiture personnelle ?

— Je ne roule qu'avec la Peugeot de la société. J'ai fait une grande expérience, ajouta-t-il abruptement. J'ai pu observer le phénomène mère-enfant de près. C'est une sorte de pacte sacré que personne ne peut briser. Il serait plus difficile de séparer Ada et Sølvi que de séparer des frères siamois à mains nues...

L'image fit tiquer Sejer.

— Je vais être franc avec vous, poursuivit-il. Ada, je la hais, je ne prends même pas la peine de le cacher. Et je sais ce qui serait la pire chose pour elle : qu'un jour Sølvi devienne assez mûre pour comprendre ce qui s'est véritablement passé. Qu'un jour ou l'autre, Sølvi ose défier Ada en venant ici pour qu'on puisse entretenir une relation père-fille, comme on en avait tous les deux l'intention et le droit. Une vraie relation. Elle en claquerait, Ada.

Il eut soudain l'air exténué. Un tram ronfla et sonna dans la rue, Sejer examina de nouveau la photo de Sølvi. Il essaya de s'imaginer sa propre vie dans ce contexte. Élise qui l'aurait pris en grippe et aurait déménagé en emmenant Ingrid avec elle et obtenant par-dessus le marché le soutien du tribunal pour leur interdire de se revoir. Il jouissait d'une très bonne imagination : cette pensée lui donna le vertige.

— En d'autres termes, dit-il doucement, Annie Holland était le genre de fille que tu aurais aimé que Sølvi soit?

— Oui, d'une certaine façon. Elle est forte et indépendante. Était, se corrigea-t-il rapidement en se détournant. C'est vraiment trop dégueulasse. J'espère pour Eddie que vous allez trouver celui qui a fait ça, je l'espère vraiment.

— Pour Eddie? Pas pour Ada?

— Non, répondit-il avec feu. Pas pour Ada.

* * *

— Il est convaincant, n'est-ce pas?

Sejer enclencha la position *drive* de la boîte de vitesses automatique.

— Tu le crois? demanda Skarre en lui faisant signe de tourner à droite au rond-point.

– Je ne sais pas. Mais il y avait beaucoup de désespoir derrière son masque hargneux, et ça avait l'air vrai. Il y a probablement beaucoup de femmes odieuses et calculatrices sur cette terre. Et les choses sont ainsi faites que les femmes ont une sorte de priorité sur les gosses. J'imagine que ça doit être dur d'affronter un truc comme ça, dur de tomber dans un traquenard contre lequel ce n'est même pas la peine d'essayer de lutter. Peut-être qu'en fait il doit en être ainsi, conclut-il pensivement en évitant de rouler dans les rails du tramway. Peut-être que c'est un phénomène biologique qui vise à protéger les gamins. Un véritable lien avec la mère qu'il est impossible de briser.

– Eh ben dis donc !

Skarre secouait la tête en l'écoutant.

– Tu as un enfant, toi, et tu penses vraiment ce que tu viens de dire ?

– Non, je me contente de réfléchir à haute voix. Et toi ?

– Mais j'ai pas de gosses !

– Non, mais tu as des parents ?

– Bien sûr. Et je dois malheureusement reconnaître que je suis un véritable et un incurable petit garçon à sa maman.

– Moi aussi, reconnut Sejer, songeur.

* * *

Eddie Holland laissa un bref message à sa secrétaire, quitta son cabinet d'expertise-comptable, monta dans sa voiture et démarra. Après un trajet de vingt minutes, il glissa sa Toyota verte dans un emplacement libre sur un grand parking. Il coupa le moteur et se laissa aller en arrière dans son siège. Pendant un moment, il ferma les yeux et resta immobile, attendant que quelqu'un ou quelque chose l'oblige à faire marche arrière, à ne pas aller jusqu'au bout. Rien ne se produisit.

Il finit par ouvrir les yeux et regarda autour de lui. Un bâtiment s'étendait là, posé sur ce terrain comme une grande pierre plate, entouré de vastes pelouses d'un vert brillant. Il fixa les sentiers étroits bordés d'un alignement de tombes, ombrées d'arbres exubérants au feuillage retombant. Consolation. Silence. Pas un chat, pas un bruit. Avec beaucoup d'hésitation, il sortit de la voiture et claqua fort la portière dans l'espoir inconscient que quelqu'un surgirait du crématorium pour lui demander ce qu'il venait faire là. Pour lui faciliter les choses. Personne ne vint.

Alors il s'engagea sur les sentiers. Il lut un nom ici ou là, mais préféra s'arrêter sur les dates, comme s'il cherchait quelqu'un qui n'aurait pas été vieux, qui n'aurait peut-être eu que quinze ans, comme Annie… Il en découvrit plusieurs. Il comprit alors que beaucoup d'autres pères avant lui avaient traversé la même épreuve : ils avaient juste un peu d'avance sur lui. Ils avaient déjà pris des décisions, comme, par exemple, celle de savoir si leur enfant devait être incinéré, quelle sorte de pierre tombale ils allaient faire poser au-dessus de l'urne cinéraire et quelles plantes ils voulaient y voir pousser. Ils avaient choisi les fleurs et la musique pour l'enterrement, parlé avec le prêtre de leur enfant afin que la cérémonie religieuse eût une couleur plus personnelle. Ses mains se mirent à trembler et il les fourra dans les poches effilochées de son vieux pardessus. Dans sa poche droite, il identifia les contours d'un bouton et réalisa brusquement qu'il s'y trouvait depuis des années.

Tout au bout d'une allée débouchant sur la route, Holland aperçut un homme vêtu d'un imperméable en nylon bleu foncé qui marchait à petits pas rapides entre les tombes. Peut-être travaillait-il là. L'air de rien, il se dirigea vers lui en espérant qu'il était du genre bavard. Lui-même n'ayant plus assez de courage pour prendre la moindre initiative, il espérait que l'homme s'arrêterait au moins pour commenter le temps. La météo, on a toujours au moins ce sujet-là, pensa Eddie. Il leva les yeux vers le ciel et nota le léger voile de nuages, la température plutôt douce malgré une petite brise.

– Bonjour.

L'imperméable bleu foncé s'arrêta effectivement.

Holland s'éclaircit la voix.

– Vous travaillez ici ?

– Oui, répondit l'homme en désignant le crématorium. Je suis en quelque sorte le responsable ici.

Il lui adressa un sourire avenant, comme s'il ne craignait plus rien en ce monde, comme s'il avait déjà sondé toute l'impuissance humaine.

– Ça fait vingt ans que j'y travaille. Au fond, c'est un charmant endroit, tu ne trouves pas ?

Il le tutoyait[1] sans plus de cérémonie, c'était agréable et réconfortant.

Holland acquiesça. Il ajouta en bégayant :

– Moi, ici, je me promène en me posant des questions sur l'avenir et tout ça.

Il laissa échapper un petit rire nerveux.

– Un jour ou l'autre, on finit tous par y passer. Pas moyen de faire autrement.

Ses mains se crispèrent dans ses poches. Il sentit le bouton.

– Non, on ne peut pas. Tu as de la famille ici ?

– Non. Ils sont enterrés dans le cimetière du village d'où je viens. Nous n'avons pas de tradition de crémation chez nous. Pour être franc, je ne sais pas vraiment ce que c'est, ajouta-t-il. Se faire incinérer, je veux dire.

---

1. Si le tutoiement est aujourd'hui généralisé en Norvège, il arrive que la génération plus âgée emploie le vouvoiement dans de très rares cas, comme les contextes et discours religieux, par exemple. (NdT)

Mais tout compte fait, ça ne change peut-être rien. Qu'on soit enterré ou incinéré. Mais il faut pourtant bien se faire une opinion. Je ne suis pas encore vieux, mais j'ai quand même pensé que je devrais bientôt prendre une décision. Pour savoir si je veux être enterré ou incinéré, je veux dire.

L'autre cessa de sourire. Il examina ce bonhomme replet en pardessus gris et pensa que cette ébauche de conversation avait dû lui coûter. Les gens traînaient parmi les tombes pour des motifs si différents... Il ne prenait jamais le risque de faire une gaffe.

– C'est une décision très importante, c'est vrai. Il faut bien y réfléchir. Les gens devraient prendre plus de temps pour penser à leur mort.

– Oui, n'est-ce pas !

Holland semblait apaisé. Il retira les mains de ses poches.

– Mais on hésite tout de même beaucoup avant d'ennuyer quelqu'un avec toutes ces questions, continua-t-il, un peu étonné de ses propres paroles. On a un peu peur d'être pris pour un cinglé. Ou un maniaque. Quand on veut en apprendre un peu plus sur le processus de la crémation, savoir comment ça se passe...

– Les gens ont le droit de savoir, répondit l'homme simplement en amorçant quelques pas.

Holland fut soulagé de pouvoir marcher en écoutant l'employé qui continuait sur sa lancée.

– Le problème, c'est que personne n'ose demander. Ou que personne ne veut savoir. Alors quand quelqu'un veut se renseigner, je le comprends très bien. Si tu veux, on peut passer par là, comme ça, je pourrais t'expliquer un peu ?

Holland accepta avec gratitude. Il se sentait assez à l'aise avec cet homme chaleureux. Maigre, le cheveu rare, il avait le même âge que lui. Ensemble, ils montèrent par le sentier. Le gravier crissait sous leurs pas, la brise légère caressait la tête de Holland comme une main douce et consolatrice.

— En fait, c'est tout simple, commença le responsable du crématorium. D'abord, je dois te préciser qu'évidemment, c'est le cercueil tout entier avec le défunt à l'intérieur qui sera placé dans le four. Nous avons des cercueils spéciaux prévus pour la crémation. Tout en bois, les poignées et tout et tout. Juste pour que tu ne t'imagines pas qu'on met directement le corps dans le four. Mais tu le sais sans doute déjà au moins grâce aux films américains, ajouta-t-il en souriant.

Holland acquiesça, mais il serrait les poings.

— Ici, nous possédons deux fours. Ils sont très grands. Grâce au gaz, ils produisent une flamme qui souffle violemment. La température monte jusqu'à plus ou moins deux mille degrés.

Il sourit et leva le visage comme pour capter des faibles rayons du soleil.

— Tout ce que porte le défunt finit donc dans le four. Pareil pour les bijoux ou les objets qui ne brûlent pas, mais on les place dans l'urne après. Les pacemakers, les broches de fractures, les prothèses, on ne les met pas. Quant aux métaux précieux, des rumeurs prétendent qu'ils atterrissent ailleurs. C'est faux, prononça-t-il d'une voix ferme. Rigoureusement faux.

Ils approchèrent de la porte du crématorium.

— Les dents et les os sont moulus jusqu'à ce qu'on obtienne une fine poussière blanchâtre, proche du sable.

Eddie pensa aux doigts de sa fille. Ses jolis doigts fins, à sa petite bague en argent. Broyés. Effaré, il crispa les poings dans ses poches.

— Le four a des portes en verre, si bien qu'on peut suivre le déroulement du processus, voir à quel stade on en est. Au bout d'environ deux heures, tout est balayé et forme alors un petit tas de cendres fines, beaucoup moins important que les gens s'imaginent en général.

On suit le déroulement du processus ? Par la porte en verre ? Est-ce qu'il pouvait regarder à l'intérieur... et voir ce qui s'y passait ? Regarder Annie brûler !

– Je peux te montrer les fours si tu veux.

– Oh non !

Holland serra ses bras contre son corps en s'efforçant désespérément d'arrêter leur tremblement.

– Cette cendre est très pure, c'est presque la matière la plus pure qui soit. Ça fait penser à un sable très fin. Dans le temps, on utilisait cette cendre à des fins médicales. Tu savais ça ? En application, c'était souverain contre l'eczéma. On pouvait même en manger, c'est normal parce qu'elle est très riche en sels minéraux. Aujourd'hui, on la tamise et on la recueille dans l'urne. Je vais t'en montrer une pour que tu saches de quoi ça a l'air. Il existe plusieurs modèles, mais la plupart des gens choisissent une urne standard. On la ferme et on la scelle. Ensuite, au cours de la cérémonie d'inhumation, on la descend dans la tombe par un puits étroit.

L'homme tint la porte à Holland, qui entra le premier dans le bâtiment baigné d'une semi-obscurité.

– Au fond, il s'agit juste d'une accélération du processus. C'est plus propre, d'une certaine manière. On finit tous par redevenir poussière, de toute façon, mais dans le cas d'un ensevelissement normal, le processus est très long. Ça prend une vingtaine d'années, voire trente ou quarante ans, tout dépend du genre de terre qu'on a. Ici, il y a beaucoup de sable et de glaise, alors ça prend assez longtemps.

– J'aime bien ce que vous avez dit, murmura Holland. Redevenir poussière...

– C'est exactement ça, n'est-ce pas ? Il y en a qui souhaiteraient qu'on disperse leurs cendres à tous les vents. Une pratique qui n'est malheureusement pas autorisée dans notre pays : la loi précise qu'on doit tous reposer dans une terre consacrée. Ce n'est peut-être pas plus mal, dit-il en se raclant la gorge. Mais c'est tout de même bizarre, ces images qu'on s'en fait. Quand on essaye d'imaginer comment c'est. Si on repose dans la terre, on pourrit. Ce qui n'est pas très engageant. Mais d'un autre côté, le fait d'être brûlé…

Pourrir ou brûler, pensa Holland. Quelle sorte de choix ai-je donc à offrir à ma petite Annie ?

Il s'immobilisa un instant, prêt à défaillir. Puis il se ressaisit, encouragé par la patience de l'autre.

– Le problème c'est que le feu me fait penser à – oui, tu sais bien –, à l'enfer. Et quand j'imagine ma petite fille…

Il se tut et rougit. L'homme demeura longtemps silencieux, avant de lui tapoter amicalement l'épaule :

– Tu dois faire un choix pour… ta fille, c'est ça ?

Holland baissa la tête.

– Je pense qu'il faut que tu prennes cette décision très au sérieux. Par certains côtés, c'est une responsabilité doublement difficile à assumer. Ce n'est pas facile, non, ce n'est vraiment pas facile ! Il secoua sa tête oblongue. Et il faut prendre son temps. Mais si tu choisis l'incinération, tu devras signer un papier certifiant qu'elle ne s'est jamais prononcée contre ce procédé. Sauf si elle avait moins de dix-huit ans, auquel cas tu peux librement décider pour elle.

– Elle en a quinze, articula péniblement Holland.

Le responsable du crématorium ferma les yeux quelques secondes. Puis il se remit à marcher.

– Viens avec moi dans la chapelle, chuchota-t-il. Comme ça, je pourrai te montrer une urne.

Il guida Holland pour descendre les escaliers. Une main invisible semblait tenir le reste du monde à l'écart. Ils étaient légèrement inclinés l'un vers l'autre, l'homme pour offrir sa chaleur humaine, Holland pour la recevoir. Le bas des murs, simplement blanchis à la chaux, était brut et rugueux. Au pied de l'escalier, jaillissait une composition de fleurs rouges et blanches ; un Christ les contemplait depuis sa croix accrochée au mur. Eddie se ressaisit. Ses joues reprirent leur couleur habituelle. Il se sentait en confiance.

Les urnes s'alignaient sur des étagères. L'homme en prit une et la lui tendit.

– Vas-y, tu peux la toucher. Elle est jolie, n'est-ce pas ?

Il la palpait en essayant d'imaginer que c'était Annie qui se tenait dans ses bras. Malgré son apparence métallique, l'urne était moulée dans une matière biodégradable au contact plaisant.

– Voilà, je t'ai raconté comment ça se passe. Je n'ai rien oublié.

Eddie Holland laissa ses doigts glisser sur l'urne dorée, agréable au toucher, pesant le poids qu'il fallait.

– L'urne est perméable, pour que l'air qui circule dans la terre puisse entrer et accélérer le processus. Car cette urne disparaîtra, elle aussi. Il y a quelque chose de mystérieux et de grand dans tout ça, dans le fait que toute chose disparaît un jour, tu ne trouves pas ? Il sourit avec solennité. Nous, et ce bâtiment, même la route goudronnée au-dehors... Néanmoins, ajouta-t-il en prenant Holland doucement mais fermement par le bras, j'aime à croire qu'il y a autre chose qui nous attend, malgré tout. Quelque chose de différent, quelque chose de palpitant. Pourquoi pas ?

Holland le regarda, presque étonné.

– À l'extérieur, on appose une plaque avec le nom du défunt, conclut-il abruptement.

Holland acquiesça. Le temps allait continuer à passer, minute après minute. Aujourd'hui, il avait osé toucher sa douleur du bout des doigts, il avait un peu progressé sur le chemin, avec Annie. Il avait imaginé les flammes et le mugissement du four.

– Là, il y aura écrit « Annie », dit-il avec émotion. Annie Sofie Holland.

Lorsqu'il rentra chez lui, Ada Holland lavait des pommes de terre rouges et boueuses dans l'évier. Six pommes de terre. Deux chacun. Pas huit, comme d'habitude. Ça faisait tellement peu. Elle avait le visage contracté ; il s'était figé à la seconde où elle s'était penchée sur le brancard à l'hôpital quand le médecin avait abaissé le drap. Depuis ce moment, cette expression lui était restée, comme un masque.

– Où étais-tu ? demanda-t-elle d'une voix monocorde.

– J'y ai bien réfléchi, dit Holland doucement. Je pense qu'on devrait faire incinérer Annie.

Elle lâcha sa pomme de terre et le fixa.

– Incinérée !

– J'y ai pensé, expliqua-t-il avec douleur. Au fait que quelqu'un l'a touchée. Qu'on lui a laissé une marque, pour ainsi dire. Je veux la faire disparaître !

Il s'appuya lourdement contre la table de la cuisine, le regard suppliant. Il lui avait rarement demandé quoi que ce soit. Elle lâcha, d'un ton atone :

– Quelle marque ?

Puis elle ramassa sa pomme de terre et ajouta :

– Nous ne pouvons pas faire incinérer Annie !

– Il te faut seulement un peu de temps pour t'habituer à l'idée, affirma-t-il en élevant un peu la voix. C'est une belle coutume.

– Nous ne pouvons pas faire incinérer Annie, répéta-t-elle. On vient d'appeler de la part du procureur de l'État. Ils ont dit qu'on ne peut pas la faire incinérer.

– Mais pourquoi ? hurla-t-il en se tordant les mains.

– Au cas où il faudrait l'exhumer. Quand ils auront trouvé celui qui a fait ça.

* * *

Quand le légiste Bardy Snorrason tira la poignée métallique, le tiroir glissa sans bruit sur ses rails bien huilés. Il ne faisait pas de lien entre le cadavre de la jeune Annie Holland et sa propre vie ou sa propre mortalité, ni celle de ses filles. Il avait dépassé ça depuis longtemps. Il mangeait de bon appétit et dormait bien la nuit. Et puisqu'il s'occupait de la mort et du malheur des autres avec le plus grand respect, il tenait pour acquis que ses successeurs feraient de même avec son corps à lui, le jour venu. Au cours de ses trente années de médecine légale, rien ne lui avait jamais permis d'en douter.

Il mit deux heures à analyser chaque détail. Il reconstitua le scénario au fur et à mesure de sa progression. Les poumons étaient tachetés comme des coquilles d'oiseau et une mousse jaune orangé avait jailli dans ses traits de coupe. Il releva une profusion de sang dans le cerveau et des saignements en forme de rayures dans les muscles du cou et de la poitrine, preuves qu'elle avait cherché son souffle intensément. Il enregistrait simultanément ses observations au dictaphone, en phrases succinctes et incompréhensibles, sauf pour les initiés – et encore. Par la suite, son assistant décrypterait ses données dans un rapport écrit.

Quand Bardy Snorrason eut terminé l'autopsie, il replaça le haut du crâne, le recouvrit en tirant la peau, puis rinça consciencieusement l'intérieur du corps à grande eau avant de remplir la cage thoracique de boules de papier journal et sutura. Il ressentit alors une irrépressible envie de manger avant d'entamer le suivant. Il se voyait déjà dans la salle de repos, avalant quatre tartines de pain au salami avec une Thermos de café. C'est alors qu'il repéra une silhouette à travers la vitre dépolie de la porte. Elle s'immobilisa, comme si elle avait plutôt envie de rebrousser chemin. Snorrason arracha ses gants et sourit. À sa connaissance, peu de gens pouvaient occuper l'espace à ce point-là. Il réfréna sa fringale.

Sejer dut se pencher un peu pour entrer. Il jeta un coup d'œil indifférent vers le brancard où reposait un corps emmailloté dans un morceau de toile. Par-dessus ses chaussures, il avait enfilé les réglementaires et ridicules chaussons en coton non tissé couleur pastel qu'il trouvait plutôt rigolos.

– Je viens de terminer l'autopsie, l'informa Snorrason en la désignant de la tête. C'est elle, là-bas.

Sejer considéra la momie sur le brancard avec un peu plus d'intérêt cette fois.

– J'ai de la chance, alors.

– Ça dépend.

Le médecin entreprit de se laver les mains et les bras jusqu'au coude ; il se frotta la peau et les ongles avec une brosse à poil dur pendant plusieurs minutes et se rinça tout aussi longtemps. Puis il s'essuya avec du papier qu'il tira d'un dévidoir mural, attrapa une chaise et la poussa vers l'inspecteur principal.

– Il n'y avait pas grand-chose à trouver.

– Ne me décourage pas d'entrée. Il y a quand même bien un petit quelque chose ?

– Ce n'est pas à moi de juger de la valeur de ce qu'on trouve. Mais en général, on finit par remarquer quelque chose. En tout cas, on n'a pas abusé d'elle. Elle n'est pas vierge, mais elle n'a pas subi d'abus sexuel, ni été maltraitée de quelque façon que ce soit. On l'a tout simplement noyée, puis débarrassée de ses vêtements, bien proprement, il n'y a pas un seul bouton arraché à sa chemise, toutes les coutures sont intactes. Si le meurtrier avait d'autres intentions, il a peut-être été effrayé ou contrarié par quelque chose. Ou bien le courage lui aura manqué ou bien il n'aura pas pu, Dieu sait pourquoi.

– Peut-être a-t-il seulement voulu faire croire à une agression sexuelle.

– Pourquoi donc ?

– Pour dissimuler le véritable mobile, une piste qu'on aurait pu facilement remonter. En plus, elle a dû le suivre de son plein gré. Donc, elle devait le connaître ou alors il lui a fait une forte impression. Mais, d'après ce que j'ai compris, elle n'était pas facile à impressionner, Annie.

Il dégrafa un bouton de sa veste et se pencha en avant.

– Vas-y, dis-moi ce que tu as découvert, continua-t-il.

– Sexe féminin, quinze ans, récita Snorrason. Un mètre soixante-quatorze centimètres, poids : soixante-cinq kilos, très peu de graisse, beaucoup de muscles – plus même qu'un garçon de son âge – qui témoignent d'une pratique sportive intense. Peut-être trop intense pour une jeune fille, mais ce n'est probablement pas si facile de freiner quand on s'est beaucoup investi dans un sport. Une remarquable capacité pulmonaire, ce qui signifie qu'elle a dû mettre beaucoup de temps avant de perdre connaissance.

Sejer baissa les yeux vers le sol en lino dont les motifs ressemblaient à ceux qu'il y avait dans sa salle de bains.

– Combien de temps un adulte met-il à se noyer ? murmura-t-il.

– De deux à dix minutes, tout dépend de la condition physique. Si la sienne était aussi bonne que je le crois, pour elle, ça a probablement pris près de dix minutes.

Près de dix minutes, soupira Sejer. Tout ce qu'on a le temps de faire en dix minutes. Prendre une douche, manger un morceau...

– Ses poumons sont enflés. Elle a réagi comme tout le monde en général, elle a d'abord pris une ou deux bouffées d'air au moment où elle passait sous l'eau, on appelle ça l'inspiration de surprise. Ensuite, elle a serré les lèvres jusqu'à ce qu'elle perde conscience. Une certaine quantité d'eau s'est alors infiltrée dans ses poumons. J'ai retrouvé dans son cerveau et dans sa moelle des traces de diatomées, une espèce d'algue siliceuse. Ces valeurs sont basses, ce qui démontre, entre parenthèses, que l'étang en question n'est pas très pollué. La cause de la mort est donc la noyade. Bon, je résume : aucune trace d'intervention chirurgicale, pas de malformation, pas de grains de beauté, pas de tatouage, aucune modification à la surface de la peau. Pas de teintures. Ses ongles sans vernis et coupés court ne retenaient aucune particule intéressante, uniquement de la boue. Très belle dentition ne portant qu'une seule obturation en plastique dans une molaire inférieure. Aucune trace d'alcool ou de produits chimiques dans le sang. Pas de trace d'injections. Elle avait pris un repas solide le jour même, du pain et du lait. Aucune irrégularité cérébrale. Elle n'avait jamais été enceinte...

Il soupira brusquement et planta ses yeux dans ceux de Sejer.

– Elle ne l'aurait d'ailleurs jamais été.

– Pourquoi ça ?

– Elle a une énorme tumeur dans l'ovaire gauche qui a gagné le foie. Maligne.

Sejer en resta interdit.

– Tu veux dire qu'elle était gravement malade ?

– Oui. Et toi, tu veux me dire que tu n'étais pas au courant ?

– Ses parents non plus ne sont pas au courant. Il secoua la tête, incrédule. Sinon, ils nous l'auraient signalé, n'est-ce pas ? Est-il possible qu'elle-même n'ait rien remarqué ?

– Tâche d'apprendre si elle consultait un médecin et si quelqu'un le savait. Mais elle aurait dû déjà ressentir des douleurs dans le bas-ventre, notamment pendant ses règles. Mais après tout, elle s'entraînait si durement, elle avait donc tellement d'endorphine dans le système sanguin qu'elle n'a peut-être rien remarqué d'anormal. Mais le fait est qu'elle était condamnée. Je doute fort qu'on ait pu la sauver. Un cancer du foie, c'est très difficile. Il désigna d'un mouvement de tête le brancard où le crâne et les pieds d'Annie se dessinaient nettement sous le tissu. Elle serait morte de toute façon dans quelques mois, conclut-il.

Sejer, abasourdi, en oubliait la véritable raison de sa venue. Il mit une minute à remettre de l'ordre dans ses pensées.

– Tu crois que je dois leur dire ? À ses parents ?

– C'est une décision qui te revient. Mais à coup sûr, ils vont te demander ce que j'ai découvert.

– Pour eux, ça reviendra à la perdre une seconde fois...

– Oui, c'est certain.

– Ils vont se culpabiliser de n'avoir rien remarqué.

– Probablement.

– Et ses vêtements ?

– Ils étaient imbibés d'eau boueuse, sauf le coupe-vent. Elle portait une ceinture avec une boucle en laiton.

– Et alors ?

– Une grande boucle en forme de demi-lune avec un œil et une bouche. Le labo a trouvé des empreintes digitales dessus. Deux différentes. L'une était celle d'Annie.

Sejer plissa les yeux.

– Et l'autre ?

– Elle n'est pas entière.

– Quelle poisse ! Parce que son propriétaire est certainement pour quelque chose dans cette histoire.

– L'empreinte est imparfaite, mais elle devrait suffire pour exclure certaines personnes. C'est déjà ça, non ?

– Et la marque qu'elle avait dans le cou ? Tu as pu voir s'il s'agit d'un droitier ?

– Non, je n'ai pas pu. Mais étant donné la condition physique d'Annie, en tout cas, ça ne peut pas être un gringalet. Il a dû y avoir une sacrée lutte. C'est bizarre qu'elle soit à ce point indemne.

Sejer se leva et lâcha en soupirant.

– Elle l'est probablement un peu moins après ton intervention.

Bardy Snorrason prit la mouche.

– Mais bien sûr que si ! Tu peux y jeter un coup d'œil si tu veux. C'est du vrai travail d'artiste : je ne bâcle jamais.

– Ne te fâche pas. Quand est-ce que je pourrai avoir ton rapport écrit ?

– On te fera signe et tu pourras nous envoyer le petit frisé pour récupérer le rapport. Et toi, tu as une piste ?

– Non, admit-il lugubrement. Rien du tout. Je ne trouve aucune raison au monde qui ait pu pousser quelqu'un à tuer Annie Holland.

* * *

Peut-être Annie avait-elle choisi le titre d'une chanson en guise de mot de passe ? Par exemple le morceau pour flûte qu'elle aimait tant, celui qui s'intitulait *Annie's song ?*

Halvor réfléchit en tripotant la souris. La porte donnant sur le séjour était entrouverte, au cas où sa grand-mère l'appellerait. Elle n'avait plus beaucoup de voix et le simple fait de se lever de son fauteuil représentait pour elle une entreprise épuisante lors de ses crises d'arthrite. Il appuya son menton dans ses mains et fixa l'écran. *Access denied. Password requiered.* Brusquement, il eut faim. Il se domina aussitôt : les détails triviaux de ce genre n'arrivaient qu'en deuxième position dans ses priorités.

Au commissariat, Sejer lisait un épais document, dactylographié en simple interligne, agrafé dans le coin. Les lettres OB apparaissaient fréquemment, elles désignaient l'orphelinat de Bjerkeli. Triste enfance que celle d'Halvor. Fragile, les nerfs malades, la mère gardait le lit la plupart du temps en se plaignant, avec un arsenal de calmants de plus en plus important à portée de la main. Elle ne supportait ni la lumière ni le bruit : les enfants ne devaient ni pleurer ni brailler. Pourtant, ils avaient reçu plus de coups qu'à leur tour. Sejer estimait que c'était un miracle qu'Halvor ait pu arriver non seulement à assumer un travail stable, mais encore à s'occuper de sa grand-mère par-dessus le marché.

Halvor inscrivait des titres de chansons dans le petit champ noir au fur et à mesure qu'il se les rappelait. *Access denied* s'affichait aussitôt un peu comme une mouche dont on croit s'être débarrassée mais qui revient chaque fois en bourdonnant. Il avait tenté toutes les combinaisons de chiffres possibles : les dates d'anniversaires de l'entourage d'Annie, leur téléphone, le numéro du cadre de son vélo, un DBS Intruder dont elle avait insisté pour qu'il garde un double de la clé. Il fallait d'ailleurs qu'il pense à le rendre à Eddie, se dit-il en tapant machinalement *Intruder* sur le clavier.

Entre les crises éthyliques du père et les problèmes neurologiques de la mère, Halvor et son frère étaient depuis toujours livrés à eux-mêmes et devaient se débrouiller tout seuls pour s'alimenter, lorsqu'il y avait de quoi manger. Le père était généralement en ville, à boire, au début son salaire, plus tard ses allocations. De temps en temps, quelques voisins généreux essayaient de les aider en cachette du père. Les années passant, il était devenu de plus en plus violent, distribuant des raclées aux enfants, puis des coups de poings. Les garçons se recroquevillaient, s'enfermant dans leur bulle, de plus en plus maigres et de plus en plus taciturnes.

Annie, même si elle n'était pas très romantique, avait sans doute choisi autre chose que des chiffres. Un nom ? Il avait déjà tout essayé, même le prénom de sa mère, bien qu'il sût parfaitement qu'elle ne l'aurait jamais choisi, et même celui du père de Sølvi, Axel Bjørk, et de son chien Akilles. *Access denied*. Une combinaison de mots ? Oui, des mots avec un sens symbolique profond.

Avec ses mains menues, ses doigts maigres, comment brandir son poing sous le nez d'une personne ivre, enragée, incontrôlable. Pourtant, il l'avait affronté. Se battre contre son père a dû être une cruelle épreuve. Les deux frères débarquaient au service des urgences de l'hôpital avec un œil au beurre noir, des blessures, des fractures et ce fameux regard à la Bambi qui suppliait : « Je suis sage, ne me frappez pas. » Ils évoquaient des bagarres dans la rue avec des copains, des dégringolades dans l'escalier, des chutes de vélos. Toujours, ils protégeaient leur père. Et puis, si c'était une épreuve de vivre dans cette maison, au moins s'y trouvaient-ils chez eux. L'alternative se réduisait soit à l'orphelinat, soit à une famille d'accueil, c'est-à-dire à la quasi-certitude d'être séparés l'un de l'autre. À l'école, Halvor s'évanouissait souvent du fait du manque de sommeil et de la malnutrition : en tant qu'aîné, il réservait à son petit frère la plupart de ce qu'il y avait à manger.

Halvor passa aux livres dont elle avait évoqué les titres, les héros. Il avait tout son temps. Pendant qu'il s'occupait de ça, il se sentait très proche d'Annie. Découvrir le code reviendrait un peu à la retrouver, elle. Il se persuadait qu'elle suivait ses recherches, qu'elle lui ferait un signe quand il aurait essayé assez longtemps. Un signe en forme de souvenir, pensa-t-il. Quelque chose qu'elle lui avait dit un jour, quelque chose d'enfoui quelque part dans son cerveau, qui remonterait quand il aurait creusé assez profond. Il ne cessait de se remémorer les moments passés ensemble. C'était comme s'il retirait une toile d'araignée après l'autre. Derrière chaque toile, il découvrait autre chose : un week-end sous la tente, une promenade en vélo, une de leurs fréquentes séances de cinéma. Et le rire d'Annie. Un rire grave, presque masculin. Son poing costaud quand elle lui tapait dans le dos comme pour dire « Arrête ça, tu veux, Halvor ! », de cette façon à la fois affectueuse et grondeuse, si singulière. C'était bien rare qu'elle manifestât son affection autrement.

À chaque fois que les représentants de la Protection de l'enfance annonçaient leur passage, le père avalait une boîte d'Antabus, nettoyait et rangeait la maison, puis les accueillait avec le petit dernier assis sur les genoux. Il était très fort ! Son visage ouvert dissipait tout soupçon. La mère leur souriait faiblement, expliquant que de lourdes responsabilités pèseraient sur les épaules du pauvre Torkel aussi longtemps qu'elle serait alitée et que les enfants seraient petits. Ils se retiraient donc, bredouilles. Au pire, ils se disaient que tout le monde mérite une seconde chance.

Avec le temps, le père avait perdu pied. Une nuit, ils avaient entendu leur mère, apeurée, geindre au rez-de-chaussée. Cette nuit-là, comme tant d'autres, le plus petit s'était réfugié dans le lit d'Halvor. Puis leur père avait déboulé dans leur chambre, un couteau à la main. Halvor, sentant soudain une brûlure contre sa tempe, s'était jeté sur le côté : la lame était entrée dans sa joue, la coupant en deux jusqu'au coin de la bouche, où elle avait heurté une molaire. Le père sembla retrouver ses esprits en voyant le sang sur l'oreiller, en entendant les hurlements du cadet. Il avait dégringolé l'escalier et gagné la cour pour se cacher dans la remise à bois. La porte avait claqué derrière lui.

D'un ongle pointu, Halvor se gratta la commissure des lèvres en se rappelant l'enthousiasme d'Annie pour *Le Monde de Sophie*, pas seulement parce qu'elle s'appelait Annie Sofie. Il était content de lui ; voilà qui faisait un code astucieux. Il tapa fébrilement le titre. *Access denied*. Son ventre se mit à gargouiller de faim et de dépit. Un mal de tête naissant commença à lui vriller les tympans.

Les garçons s'étaient bien plu à Bjerkeli. Halvor s'était lié avec un prêtre catholique qui rendait de temps en temps visite à l'orphelinat. Dans le même temps, il avait obtenu son Brevet d'études de premier cycle. Quand le plus jeune fut placé dans une famille d'accueil, Halvor se retrouva seul. Il finit par décider d'emménager avec sa grand-mère : il avait l'habitude d'avoir à s'occuper de quelqu'un. Faute de quoi, il se sentait de trop.

Sejer et Skarre fermèrent le bureau et prirent le couloir.

– C'est bizarre qu'ils soient arrivés à mener une vie normale malgré tout ça, dit Skarre en secouant la tête, ahuri.

– On n'en est pas vraiment certains pour ce qui concerne Halvor, corrigea Sejer avec réalisme. Ça reste à vérifier.

Skarre opina, embarrassé, et se mit à tripoter ses clés de voiture.

La nuit tombait. Sa grand-mère était restée trop longtemps seule ; lui-même commençait à avoir les yeux douloureux à force de fixer l'écran qui dansait devant lui et sa migraine prenait de l'ampleur. Il continua cependant un peu, mais sans grande illusion quant à ses chances de trouver l'énigmatique code d'Annie, et sans la moindre idée de ce qu'il allait découvrir s'il y arrivait. Peut-être avait-elle un secret. Il *fallait* qu'il trouve. De toute façon, il avait beaucoup de temps à perdre. Il finit par se lever, presque à contrecœur, pour se dégourdir un peu les jambes. Il pénétra dans la cuisine où sa grand-mère regardait une émission de télé sur la guerre civile américaine. Elle en tenait pour ceux qui portaient un uniforme bleu, parce que c'était un beau bleu. En outre, elle estimait que ceux qui avaient un uniforme gris parlaient avec un accent odieux.

Enfin conscient du peu de goût de son patron pour la vitesse, Skarre roulait tout en souplesse. D'ailleurs, la route devint mauvaise, ravinée par le gel, étroite et pleine de virages dès qu'elle s'enfonça dans la campagne. Il faisait toujours frais, comme si, quelque part, quelqu'un avait mis le grappin sur l'été et le retardait. Des oiseaux migrateurs s'abritaient sous les buissons. Ils avaient toutes les raisons de regretter leur retour : non seulement il faisait froid, mais les gens avaient arrêté de leur laisser des graines. Une croûte dure et sèche, sur laquelle rien ne poussait, rien ne laissait d'empreinte, avait remplacé la neige.

Halvor versa des flocons de maïs dans un bol de lait et les saupoudra d'une bonne couche de sucre. Il porta le tout dans le salon. Il roula d'une main le chemin de table tissé pour ne pas risquer d'en renverser dessus. La cuillère tremblait dans sa main. La faim lui causait des bourdonnements d'oreilles.

– Il y a un nègre qui a commencé à travailler chez Samvirkelaget, annonça la grand-mère tout à coup. Tu l'as vu, Halvor ?

– Samvirkelaget s'appelle Kiwi maintenant. Oui, je l'ai vu, c'est Philippe. Ses parents viennent de Tanzanie.

– Il parle le dialecte de Bergen, ajouta-t-elle avec hésitation. Je n'aime pas qu'un gars qui a cet air-là parle le dialecte de Bergen !

– Mais il est né et il a grandi à Bergen, protesta Halvor.

– Tout de même, il serait plus naturel qu'il parle sa propre langue !

– Mais ce dialecte, c'est sa propre langue ! En plus, tu n'y aurais rien compris, s'il t'avait parlé en swahili !

– Mais je sursaute chaque fois qu'il ouvre la bouche.

– Tu vas t'y habituer, ne t'inquiète pas.

C'était comme cela qu'ils communiquaient. La grand-mère lui lançait son souci le plus récent et Halvor s'en saisissait simplement et délicatement comme on défroisse un avion en papier raté, pour le replier dans les règles de l'art. Généralement, ils finissaient par tomber d'accord.

Déjà isolée, la maison était partiellement dissimulée par des broussailles et la forêt comme pour se cacher du reste du village. De près, elle avait l'air revêche avec ses planches grises et ternes, sa cour à demi envahie de mauvaises herbes.

À travers la fenêtre du séjour, Halvor aperçut une vague lueur. En entendant la voiture, il se renversa un peu de lait sur le menton. Les phares illuminèrent la pénombre qui régnait dans le salon. Il alla sur le seuil.

– On a besoin de discuter un peu avec toi, annonça Sejer amicalement. Il faut que tu viennes avec nous, mais tu peux finir de manger.

Il n'avait plus faim. Comment s'imaginer qu'il aurait pu s'en tirer à si bon compte ! Il lava soigneusement son bol et alla dans sa chambre pour éteindre son ordinateur. Puis il murmura quelques mots à l'oreille de sa grand-mère et les suivit. Ils lui dirent de monter à l'arrière et ça, ça ne lui plut pas. Ça lui rappelait de mauvais souvenirs.

– J'essaie de me faire une idée d'Annie, dit Sejer pour engager la conversation. Or, tu occupais une place importante dans son entourage immédiat. Et j'ai besoin que tu me racontes quel genre de fille c'était : ce qu'elle disait, ce qu'elle faisait quand vous étiez ensemble. Mais aussi les réflexions que t'a inspirées son espèce de retrait du monde. Et tes idées sur ce qui s'est passé là-haut, à l'étang du Serpent.
– Je n'en ai aucune idée.
– Tu as bien pensé quelque chose.
– J'ai beaucoup réfléchi, mais ça ne m'a mené nulle part.

Halvor étudia le sous-main de Sejer qui représentait un planisphère et localisa à peu près le point où il vivait.

– J'essaie aussi de me faire une carte du terrain sur lequel elle se déplaçait.
– C'est à ça que tu occupes ton temps ! répliqua Halvor de manière cinglante. À dessiner des cartes ?
– Tu as une meilleure idée, peut-être ?
– Non.
– Ton père est mort, dit Sejer brutalement en le scrutant.

Halvor ressentit son écrasante présence comme une sorte de courant qui le vida de sa propre énergie. Quand leurs yeux se croisèrent, il baissa la tête.

– Il a mis fin à ses jours. Pourtant, tu m'as dit que tes parents avaient divorcé. Tu trouves ça difficile à vivre ?

– Ça va.
– C'est pour ça que tu m'as caché la vérité ?
– C'est pas vraiment un truc dont on se vante.
– Je comprends.

Sejer laissa le silence s'établir, puis réattaqua :

– Tu peux me dire ce que tu lui voulais, à Annie quand tu l'attendais à l'épicerie de Horgen le jour où elle s'est fait assassiner ?

La surprise d'Halvor était manifeste.

– Excuse-moi, mais là, tu fais fausse route !
– Un motard a été vu à proximité à une heure cruciale. Or, tu m'as dit avoir fait un tour. Ça aurait très bien pu être toi.
– Il faut faire vérifier les yeux de ton témoin !
– C'est tout ce que tu as à me dire ?
– Oui.
– Pas de souci, je vais le faire. Tu veux quelque chose à boire ?
– Non.

Nouveau silence. Halvor tendit l'oreille. Tout près, quelqu'un riait. Ça lui parut irréel : Annie était morte et des gens s'amusaient comme si de rien n'était...

– As-tu jamais eu l'impression qu'Annie n'était pas très en forme ?
– Hein ?
– L'as-tu déjà entendue se plaindre de douleurs ?
– Annie se portait mieux que personne ! Elle était malade ?
– Oui, selon un certain nombre d'informations qu'on ne peut pas te communiquer, bien que tu aies été proche d'elle. Elle ne t'en a jamais parlé ?
– Non.
– Parle-moi de ton travail. De ce que tu fais à l'usine.

Le ton de Sejer n'était pas hostile ; il parlait exprès avec lenteur, ce qui augmentait encore son autorité naturelle.

– On bouge : une semaine on emballe, l'autre on surveille les machines et la semaine d'après on s'occupe des livraisons.

– Tu t'y plais ?

– Ça évite de penser, répondit-il à voix basse.

– Ça évite de penser ?

– Au travail en lui-même. Ça marche tout seul, comme ça on peut consacrer ses pensées à autre chose.

– À quoi par exemple ?

– À n'importe quoi, maugréa Halvor.

Sa voix avait pris un ton monocorde. Il ne s'en rendait probablement pas compte lui-même, mais c'était devenu une habitude depuis l'enfance, où des années d'engueulades et de violence l'avaient forcé à tout peser sur une balance d'orfèvre.

– À quoi tu occupes tes journées en ce moment ? Ce temps habituellement consacré à Annie ?

– Je tâche de découvrir ce qui s'est passé, laissa-t-il échapper.

– Tu as des pistes ?

– Je cherche dans ma mémoire.

– Je ne suis pas convaincu que tu me dises tout ce que tu sais.

– Je n'ai rien fait à Annie. Tu crois que c'est moi, n'est-ce pas ?

– Pour être franc, je l'ignore. Il faut que tu m'aides, Halvor. Il semble qu'Annie traversait une espèce de phase de changement de personnalité. Tu es d'accord avec moi ?

– Oui.

– On connaît en partie le mécanisme qui régit ce genre de choses. Certains facteurs reviennent souvent. Les gens peuvent beaucoup changer quand ils perdent un proche ou quand ils sont victimes d'un accident ou frappés par la maladie. Des gens qu'on a connus bien sous tous les rapports, bosseurs et consciencieux peuvent se transformer en des êtres indifférents, même s'ils ont récupéré physiquement et moralement. Il y a autre chose qui peut provoquer un changement de personnalité, c'est la consommation de drogue. Ou une agression brutale, comme un viol.

– Annie a été violée ?

Sejer ne répondit pas.

– Tu la retrouves dans un de ces schémas ?

– Je crois qu'elle avait un secret, lâcha-t-il enfin.

– Un secret ? Continue.

– Quelque chose qui prenait le contrôle de sa vie. Quelque chose qu'elle n'arrivait pas à écarter.

– Et là, tu vas me dire que tu ne savais pas de quoi il s'agissait ?

– C'est ça. Je n'en ai aucune idée.

– Qui, à part toi, connaissait le mieux Annie ?

– Son père.

– Mais si j'ai bien compris, ils ne discutaient pas beaucoup ensemble ?

– Ça n'empêche pas de bien se connaître.

– D'accord. Donc, si quelqu'un a pu comprendre un peu pourquoi elle était si renfermée, c'est Eddie ?

– Je doute que tu parviennes à le faire beaucoup parler. Sinon hors de la présence d'Ada. Loin d'elle, il est un peu plus bavard.

Sejer acquiesça.

– Tu as déjà rencontré Axel Bjørk ?

– Le père de Sølvi ? Une seule fois. J'ai accompagné les filles chez lui.

– Et qu'en penses-tu ?

– Il était assez sympa. Il n'a pas arrêté de nous supplier de revenir. Il avait le regard complètement perdu quand on est repartis. Sauf qu'après, Ada a rué dans les brancards et Sølvi a été obligée d'y aller en cachette. Puis elle a fini par laisser tomber. Je suppose qu'Ada est arrivée à ses fins.

– Sølvi, c'est quel genre de fille ?

– Il n'y a pas grand-chose à en dire. J'imagine que tu as pu t'en rendre compte toi-même, on en a vite fait le tour.

Sejer appuya son front contre ses paumes.

– Tu ne veux pas un Coca ? L'air est tellement sec ici avec tous ces trucs synthétiques, fibres de verre et autres cochonneries...

Halvor acquiesça et se détendit un peu. Puis il se reprit. L'inspecteur poivre et sel était arrivé à lui inspirer un petit sentiment de sympathie. Il avait certainement suivi des formations, appris des techniques d'interrogatoires et étudié la psychologie. Il savait comment trouver la brèche où enfoncer son coin. Halvor se leva pour se dégourdir un peu les jambes. Il se dirigea vers la fenêtre mais ne vit que le mur en béton gris qui ceinturait le palais de justice et quelques voitures de fonction garées devant. Sur le bureau, il y avait un PC, un Compaq américain. C'était peut-être avec celui-là qu'ils avaient découvert l'histoire de son enfance. Il leur fallait sans doute des mots de passe, exactement comme Annie... Des informations comme ça, c'était tout de même confidentiel. Il se demanda quels genres de codes ils utilisaient dans ce cas et qui les avait conçus.

Sejer revint et désigna l'écran d'un mouvement de la tête.

– Ce truc-là, ce n'est qu'un gadget. Je ne m'en sers pas beaucoup.

– Pourquoi ?

– Je n'ai pas l'impression qu'il soit de mon côté, en quelque sorte.

– Bien sûr que non ! Il ne peut prendre parti ni pour ni contre personne, et c'est bien pour ça qu'on peut lui faire confiance.

– Tu en as un, n'est-ce pas ?

– Non, j'ai un Mac. Je fais des jeux dessus. Annie et moi, on avait l'habitude de jouer ensemble.

Il s'ouvrit soudain un tout petit peu et lui adressa ce demi-sourire qui n'appartenait qu'à lui.

– Ce qu'elle préférait, c'était le « ski alpin ». Le jeu est conçu de telle façon qu'on peut choisir entre une neige à gros ou petits flocons, sèche ou mouillée, la température, la longueur et le poids des skis, les conditions de vent et tout. Annie gagnait à chaque fois. Elle choisissait toujours la piste la plus difficile, *Deadquins Peak* ou *Stonies*. Elle se lançait au beau milieu de la nuit, en pleine tempête, sur de la neige mouillée, avec des skis trop longs, et elle gagnait alors que je n'avais jamais la moindre chance.

Sejer le regarda et secoua la tête pour manifester son ignorance concernant les jeux vidéo. Il versa du Coca dans deux gobelets en plastique et se rassit.

– Tu connais Knut Jensvoll ?
– L'entraîneur ? Je sais qui c'est. Je venais suivre les matchs d'Annie de temps en temps.
– Tu l'aimais bien ?

Haussement d'épaules.

– Pas exactement un chic type ?
– Il était un peu trop porté sur les filles à mon goût.
– Sur Annie aussi ?
– Tu rigoles !
– Je rigole rarement. C'était une simple question.
– Il n'aurait jamais osé.
– Donc, pour tous ces trucs-là, elle ne s'en laissait pas conter ?
– Ça non !
– Justement, j'ai du mal à comprendre, Halvor.

Il repoussa son gobelet sur le côté et se pencha sur la table.

– Tout le monde parle si gentiment d'Annie, de sa force, de ses qualités sportives. De son dédain pour son apparence, de son côté quasi inabordable. Et pourtant elle a suivi quelqu'un, là-haut, assez loin dans les bois, jusqu'au bord de l'eau ! Probablement, de son plein gré. Et puis – il baissa la voix –, elle s'est laissé tuer...

Halvor le regarda ahuri, comme s'il venait de saisir la situation dans toute son horreur et toute son absurdité.

– Alors, c'est quelqu'un qui devait avoir beaucoup de pouvoir sur elle.

– Y avait-il quelqu'un qui exerçait un tel pouvoir sur Annie ?

– Pas que je sache. Pas moi en tout cas.

Sejer but un peu de Coca.

– C'est vraiment dommage qu'elle n'ait rien laissé. Je veux dire, un carnet, un journal intime, par exemple.

Halvor plongea le nez dans son gobelet et but longuement.

– Mais est-ce que ça a pu se passer ? continua Sejer. Qui aurait pu avoir une telle emprise sur elle ? À qui aurait-elle pu ne pas oser s'opposer ? Est-ce qu'Annie a pu être mêlée à une histoire scabreuse, à quelque chose impossible à dévoiler au grand jour ? Est-ce que quelqu'un a pu exercer des pressions ?

– Annie était une personne très... convenable. Ça m'étonnerait beaucoup qu'elle ait fait quelque chose de mal.

– On peut faire beaucoup de choses pas bien tout en restant assez convenable, observa Sejer pensivement. Un seul acte ne révèle pas grand-chose d'un individu.

Halvor prit bonne note de cette constatation si juste, qu'il n'était pas prêt d'oublier.

– Et la drogue ? Il y en a, dans votre petit village ou pas du tout ?

– Ah ça oui ! Depuis des années. La police d'ailleurs vient régulièrement faire des descentes au pub du centre. Mais Annie n'y mettait jamais les pieds.

– Halvor, dit Sejer d'un ton grave et insistant. Annie était une fille calme et réservée qui préférait mener une vie tranquille sans que les autres s'en mêlent. Alors réfléchis bien, est-ce qu'il te semblait qu'elle avait peur de quelque chose ?

– C'est pas vraiment ça. Je dirais plutôt qu'elle s'était refermée sur elle-même. Quelquefois c'était comme si elle était furieuse ou encore abattue. Je ne l'ai vue avoir vraiment peur qu'une fois. Ça n'a d'ailleurs aucun rapport avec ce que tu dis, mais ça me revient maintenant, puisqu'on en parle.

Soudain, il se montrait plus loquace.

– Sa mère, son père et Sølvi étaient à Trondheim chez une tante. Annie et moi, on était seuls chez elle. C'était au printemps, l'année dernière. On a d'abord fait un tour en vélo et puis on a écouté des disques jusque tard dans la nuit. Comme il faisait doux, on a décidé de passer la nuit sous une tente, dans le jardin. On a tout préparé et après on est allé se laver les dents. Je me suis couché le premier. Annie m'a rejoint ensuite ; elle s'est accroupie et a ouvert son sac de couchage. Et dedans, il y avait une vipère. Une vipère énorme, noire, lovée dans le sac. On a déguerpi à toute vitesse et je suis allé chercher un voisin qui habite juste en face. Il a dit que la bête s'était réfugiée dans le sac pour se réchauffer. Il a réussi à la tuer. Annie a eu tellement peur qu'elle en a vomi. Depuis, quand on faisait du camping, je devais toujours vérifier son sac de couchage avant qu'elle y entre.

– Une vipère dans le sac de couchage ! s'exclama Sejer en frissonnant.

Il se remémorait ses propres voyages en camping, durant sa lointaine jeunesse.

– Ça grouille de serpents sur le mont Fagerlund, il y a plein de cailloux. Pour s'en débarrasser, on met du beurre.

– Du beurre ! Pourquoi faire ?

— Les serpents s'en empiffrent jusqu'à entrer en léthargie. Il n'y a plus qu'à les ramasser.

— Et en plus, vous avez un serpent de mer au fond du fjord, non ? dit Sejer en souriant.

— Exact, acquiesça Halvor d'un mouvement de tête. Je l'ai vu de mes propres yeux. Il ne se montre que rarement, dans des conditions météorologiques particulières. En fait, c'est un rocher juste sous le niveau de l'eau. Quand le vent tourne brutalement et souffle en direction du large plutôt que vers les terres, il émet trois ou quatre violents mugissements. Après, tout redevient calme. Au fond, c'est plutôt bizarre. Tout le monde sait bien de quoi il retourne. Mais quand tu y es tout seul, tu ne doutes pas une seconde que quelque chose surgit des profondeurs. La première fois, j'ai ramé comme un fou sans me retourner.

— Bon, revenons à Annie. Tu ne vois personne qui aurait pu lui vouloir du mal ?

— Personne, répondit-il fermement. J'ai réfléchi et je réfléchis encore à tout ce qui s'est passé, mais je n'arrive pas à comprendre. Ça ne peut être qu'un malade.

Oui, se dit Sejer. Possible. Il le regarda gentiment.

— Je suppose que tu dois te lever de bonne heure. Il est tard, je suis désolé.

— En général, ça ne me pose pas de problème.

— Je vais te raccompagner chez toi.

Halvor sentait qu'il aimait bien Sejer. En même temps, il le détestait. Difficile à concilier.

Quand Sejer se gara au pied de l'escalier de sa maison, Halvor sauta aussitôt de la voiture, mais referma doucement la portière en espérant que sa grand-mère dormait. Quand il entrouvrit la porte de sa chambre pour s'en assurer, il l'entendit ronfler. Alors, il se réinstalla devant l'écran et reprit là où il avait abandonné. Régulièrement, des choses lui revenaient. Ainsi se souvint-il que, quelque temps plus tôt, ils avaient retrouvé le chat d'Annie dans un tas de neige, aplati comme une pizza. Il tapa son nom, *Bagheera*, dans le cadre. *Access denied*. Il n'était même pas déçu : il concevait sa recherche comme un projet à long terme. En plus, il y avait d'autres moyens d'y arriver. Au plus profond de sa conscience, le désir de résoudre le problème d'une façon plus simple grandissait. Mais ce serait tricher. S'il arrivait à déjouer le code par ses propres moyens, son infraction, son indiscrétion seraient un peu moins graves, présumait-il. Il se gratta le cou et écrivit *Top Secret* dans la petite fenêtre noire. Juste au cas où. *Access denied*. Il essaya Annie Holland, à l'endroit, puis à l'envers, car il s'avisait qu'il était allé aux solutions les plus évidentes. Or Annie n'était certainement pas allée au plus simple. Enfin, ce n'était pas sûr. Il se laissa un peu aller en arrière, étira les bras et reposa sa main sur son cou. Ça le picotait, comme un petit insecte. Il n'y avait rien, mais cette sensation ne lâcha pas prise. Énervé, il se retourna et regarda la fenêtre. Il avait le sentiment étrange d'être observé. Il frissonna, se leva pour tirer les rideaux et éteignit la lampe. Soudain, il perçut des pas qui s'éloignaient : dans le silence de la nuit, quelqu'un partait en courant. Il jeta un œil par l'interstice des rideaux mais ne vit personne. Il avait pourtant la certitude qu'il y avait eu quelqu'un. Il déconnecta son ordinateur, se déshabilla en vitesse et se pelotonna sous sa couette en tendant l'oreille. Un silence total régnait, il ne percevait pas même le bruissement des arbres au-dehors. Mais quelques minutes plus tard, il entendit une voiture démarrer.

Trop occupé à installer une plaque à résistance où faire sécher ses baskets humides après l'entraînement, assourdi par le bruit de sa perceuse électrique, Knut Jensvoll n'entendit pas la voiture arriver. Ce n'est qu'en reposant ses outils qu'il perçut la sonnette. Jetant un coup d'œil rapide par la fenêtre, il découvrit une voiture de police et un homme campé en haut de l'escalier. L'idée lui avait déjà traversé l'esprit qu'ils viendraient peut-être lui rendre visite. Il prit le temps de rajuster ses vêtements et de se passer la main dans la frange. Mentalement, ayant déjà préparé les réponses à pas mal de questions, il se sentait prêt. Mais une chose l'inquiétait : savaient-ils pour le viol ? Bien sûr ! c'était d'ailleurs probablement pour ça qu'ils venaient. Criminel une fois, criminel toujours, il savait comment ça fonctionnait ! Il se composa un masque attristé, mais se ravisa : ça ne pourrait que les rendre plus suspicieux. Il s'efforça alors de sourire, mais, se souvenant qu'Annie était morte, il reprit son masque.

– Police, on peut entrer ?

– Bien sûr. Je vais juste fermer la porte de la buanderie.

De la main, il leur fit signe de le suivre, avant de disparaître un instant. De retour, il regarda avec inquiétude Skarre extraire son bloc-notes de son blouson.

Jensvoll était plus âgé qu'ils ne l'avaient pensé : il approchait à grands pas de la cinquantaine, mais il était bien conservé, arborant un corps musclé, le teint frais, une épaisse crinière rousse et une élégante petite moustache bien entretenue.

– Je suppose que c'est à propos d'Annie ? dit-il.

Sejer acquiesça de la tête.

– J'ai jamais été si consterné de ma vie… Je pense pouvoir affirmer que je la connaissais bien, vous savez. Mais ça fait déjà un moment qu'elle ne fait plus partie du club. Une véritable tragédie, d'ailleurs : personne n'était de taille à la remplacer ! Comme gardienne de but, aujourd'hui, on a une grosse dondon qui a tendance à s'aplatir quand le ballon arrive. D'un autre côté, elle couvre la moitié de la cage, c'est déjà ça !

Il s'interrompit et rougit légèrement.

– Oui, c'est vraiment une tragédie, répliqua Sejer sur un ton plus sarcastique que prévu. Ça faisait longtemps que tu ne l'avais pas vue ?

– Comme je l'ai déjà dit, il y a longtemps qu'elle a quitté le club. C'était à l'automne dernier. En novembre, je crois.

– Pardon, mais ça me paraît un peu bizarre. Elle n'habitait qu'à deux ou trois cents mètres plus haut dans la rue, non ?

– Oui. Non. Enfin, il m'est peut-être arrivé de la croiser en voiture de temps à autre. Je pensais que tu voulais savoir quand j'avais réellement eu affaire avec elle. Je veux dire à l'entraînement. Sinon, bien sûr, je l'ai aperçue depuis. Au centre-ville, chez l'épicier…

– Bon, je vais reformuler ma question : quand l'as-tu vue pour la dernière fois ?

Jensvoll dut réfléchir.

– Je ne sais pas exactement. Ça fait un bail, évidemment.

– On n'est pas pressés.

– Disons deux ou trois semaines, peut-être. À la poste, si je me souviens bien.

– Vous vous êtes parlé ?

– On s'est à peine salués. Elle n'était plus très bavarde.

– Pourquoi Annie a-t-elle arrêté de jouer ?

Jensvoll haussa les épaules.

– Ça, j'aimerais bien qu'on me le dise ! J'ai peur de l'avoir pas mal tarabustée pour qu'elle change d'avis. En pure perte. Elle en avait marre. J'ai du mal à le croire, mais c'est ce qu'elle m'a donné comme explication. Elle prétendait préférer la course à pied. Il faut reconnaître qu'elle courait sans arrêt, le matin comme le soir. Je la croisais souvent en bagnole en bas, dans la plaine. À fond la caisse, toute en jambes, avec ses chaussures coûteuses. Holland ne regardait pas à la dépense quand il s'agissait d'Annie.

Il attendait toujours qu'on en arrive à son histoire de viol : il n'avait aucune illusion quant à ses chances d'y échapper.

– Tu vis seul, ici ?

– J'ai divorcé, il y a longtemps. Ma femme a pris les gosses et elle est partie. Je me retrouve donc tout seul et c'est pas pour me déplaire. En dehors de mon travail à la quincaillerie et des entraînements, il ne me reste d'ailleurs pas beaucoup de temps pour autre chose. Tu sais, j'entraîne aussi une équipe de garçons et je joue moi-même avec les seniors. Je ne fais qu'entrer et sortir de la douche toute la journée !

– Tu ne l'as pas crue quand elle t'a dit qu'elle en avait marre. D'après toi, la vraie raison, c'était quoi ?

– J'en sais rien. Mais elle avait un petit copain et ça, ça occupe pas mal de temps en général, pas vrai ? C'est pas un athlète : il a tout du cure-pipe, des jambes maigrichonnes et, avec ça, pâle comme un haricot de Lima ! Quand il venait assister aux matches, il s'asseyait au premier rang, sans moufter, et suivait des yeux le ballon, d'un côté à l'autre, aller et retour. Après, il n'avait même pas le droit de porter le sac d'Annie. C'était pas un mec pour une fille comme elle. Elle était plus… dure que ça.

– Ils étaient toujours ensemble pourtant.

– Ah bon ! Eh bien, chacun son truc, hein !

– La routine m'oblige à te le demander : où étais-tu lundi dernier entre onze heures et quatorze heures ?

– Lundi ? Tu veux dire le jour où… À mon boulot, à la quincaillerie, évidemment.

– Ce qu'on pourra me confirmer ?

– Je roule pas mal, en fait, parce qu'on fait des livraisons chez les particuliers.

– Tu te trouvais donc en voiture ? Seul ?

– Pas tout le temps. J'ai livré deux penderies pour une villa à Rødtangen. Les clients pourront le confirmer.
– Tu y étais quand exactement ?
– Entre treize et quatorze heures, probablement.
– Il faut être un peu plus précis, Jensvoll.
– Disons plus près de quatorze heures.
Sejer procéda à un rapide calcul mental.
– Et avant ?
– Mais qu'est-ce que tu insinues ? Je me suis levé assez tard. Et après, je me suis accordé une demi-heure de solarium à l'institut. On est maître de notre temps, en quelque sorte, parce que, si on travaille tard, on n'est pas payé plus. Alors, on n'a pas mauvaise conscience. Le patron lui-même, il a tendance à…
– Où étais-tu, Jensvoll ?
– Je suis arrivé assez tard ce jour-là. Il se racla la gorge. Je suis sorti avec un copain en ville dimanche soir. C'était d'ailleurs idiot – sortir un dimanche soir, je veux dire –, parce qu'on sait qu'on doit se lever tôt le lendemain matin. Enfin, ça c'est présenté comme ça. Je suis arrivé au boulot vers treize heures trente, je crois.
– Tu étais avec qui ?
– Un copain, Erik Fritzner.
– Fritzner ? Le voisin d'Annie ?
– Oui.
Sejer leva la tête et scruta l'entraîneur, sa frange qui ondulait, son visage bronzé.
– Tu la trouvais attirante, comme fille, Annie ?
Jensvoll saisit l'allusion.
– Qu'est-ce que c'est que cette question ?
– Je te prie de répondre.
– Bien sûr que oui ! T'as déjà vu des photos d'elle, je suppose.
– Oui. Non seulement elle était jolie à regarder, mais plutôt mûre pour son âge… Plus que les autres adolescentes en général.

– Oui, c'est vrai. Mais, moi, la seule chose qui m'intéressait, c'était ses performances dans les buts.

– Bien sûr. À part ça, y avait-il des conflits, de temps en temps, entre toi et les filles ?

– Quel genre de conflits ?

– Je ne sais pas, fit Sejer prudent, des conflits.

– Bien sûr qu'il y en a eu. En plus, des filles pubères, c'est assez explosif ! Mais rien d'inhabituel : en général, des crises de gloussements qui n'en finissaient pas, des petits amis dans les tribunes...

– Et avec Annie en particulier ?

– Oui, quoi ?

– Il t'est déjà arrivé de te disputer avec elle ?

– Oui, ça m'est arrivé. Le jour où elle m'a appelé pour me dire qu'elle quittait l'équipe. Je reconnais que j'ai eu des arguments que j'aurais mieux fait de garder pour moi. Peut-être qu'elle a pris ça pour des compliments ! Elle a mis un terme à la conversation et a raccroché. Le lendemain, elle est venue me rendre sa tenue. Pour elle, tout était réglé.

– Et ç'a été la seule fois où vous avez eu un désaccord ?

– Oui, la seule fois.

Sejer le considéra longuement puis adressa un signe de tête à Skarre. L'entretien était terminé. Ils se dirigèrent vers la porte. Jensvoll les suivit, envahi par un sentiment de frustration paradoxal. Il lâcha, exaspéré :

– Franchement, pourquoi est-ce que tu fais semblant de ne pas avoir consulté mon casier judiciaire ? Tu penses que je n'ai pas assez d'imagination pour comprendre que c'est bien la première chose que vous faites ? Et que c'est pour ça que vous êtes là ? Je sais très bien ce que vous pensez.

Sejer se retourna et le regarda fixement, ce qui n'arrêta pas Jensvoll sur sa lancée.

– Est-ce que tu as la moindre idée de ce qui va arriver

à mon équipe si cette vieille histoire se répand en ville ? Les filles seront enfermées dans leur chambre. Tout le club va s'écrouler comme un château de cartes et plusieurs années de travail seront réduites à néant !

Il élevait de plus en plus la voix.

– Et s'il y a une chose dont ce village a besoin, c'est bien d'un club de sport ! L'autre moitié des jeunes traîne au pub pour s'acheter de la came ! Parce que c'est la seule chose qu'il leur reste à faire. Je dis ça pour que tu te rendes compte de ce que tu risques de déclencher si tu racontes ce que tu sais. En plus, ça fait onze ans maintenant !

– Je n'en ai pas dit un mot, remarqua Sejer doucement, et si, toi, tu baisses un peu le ton, on pourra peut-être éviter que les gens l'apprennent.

Jensvoll se tut, rougit et se retira aussitôt dans le couloir de l'entrée. Skarre referma la porte derrière eux.

– Nom d'un chien ! s'exclama-t-il, une vraie grenade à crinière et moustache, celui-là !

– Si on avait eu assez de personnel, je lui aurais collé une filature.

– Pourquoi ?

– Rien que pour être désagréable, je suppose.

Allongé dans sa yole, totalement absorbé par le livre appuyé sur ses genoux, Fritzner sirotait une Hansa Premium. Après chaque gorgée, il aspirait une bouffée de sa cigarette. Un flot régulier d'alcool et de nicotine s'infiltrait dans sa circulation sanguine. Sa canette terminée, il se dirigea vers la fenêtre du salon. De là, il avait une vue plongeante sur la chambre d'Annie. Les doubles rideaux étaient tirés comme pour signaler que sa chambre était désormais une sorte de sanctuaire. Une faible lumière sourdait, provenant peut-être de la lampe de son bureau. Se détournant de la chambre, il regarda vers la route et vit la voiture de police se garer près de la batterie de boîtes aux lettres. Le jeune agent frisé en sortit. Il se rendait probablement chez les Holland. Loin d'avoir l'air écrasé par le sérieux de sa mission, il avançait d'un pas léger, le visage tourné vers le ciel, silhouette mince et gracieuse, aux cheveux bouclés, d'une longueur assez peu réglementaire. Brusquement, il le vit tourner à gauche et entrer dans son propre jardin à lui. Fritzner fronça les sourcils. Il jeta un coup d'œil inquiet alentour pour voir si cette visite avait été enregistrée par un voisin. C'était le cas : Isaksen était en train de ratisser son jardin.

Skarre salua Fritzner et, à peine entré dans la maison, se dirigea vers la fenêtre.

– Tu peux voir la chambre d'Annie, d'ici, lança-t-il.
– Oui.

Fritzner le rejoignit.

– En réalité je suis un vieux cochon, alors je restais souvent là à mater dans l'espoir d'avoir un petit aperçu. Mais elle n'était pas du genre exhibitionniste. Elle tirait d'abord les rideaux avant de se déshabiller. Quand les rideaux ne faisaient pas trop de plis, je pouvais tout juste apercevoir sa silhouette si elle avait allumé le plafonnier. C'était déjà pas mal !

Il sourit en découvrant l'expression de Skarre.

– Pour être franc – ce qu'il faut être, n'est-ce pas –, je n'ai jamais eu envie de me marier. Mais j'aurais bien aimé avoir un gosse ou deux, pour laisser quelque chose derrière moi. Des gosses, de préférence avec Annie. C'était le genre de femme qu'on a envie de... féconder, si tu vois ce que je veux dire.

Skarre n'avait pas l'air de voir, mais ne disait rien, mâchant placidement un grain de sésame resté coincé entre deux molaires et qui avait fini par se libérer.

– Belle comme une fée sylvestre : grande et mince, épaules larges, longues jambes. Et, avec ça, la tête bien faite. Autrement dit, bourrée d'un excellent patrimoine génétique !

— Mais ce n'était tout de même qu'une adolescente...
— Les adolescentes, ça prend vite de l'âge ! Enfin, pas Annie, s'empressa-t-il d'ajouter avec embarras. En fait, je vais sur mes cinquante ans et je possède une imagination aussi développée que n'importe quel mec. En plus, je vis seul. En tant que célibataire, il faut quand même qu'on ait quelques compensations, tu ne crois pas ? Il n'y a personne dans ma cuisine pour me houspiller quand je mate les nanas. Si c'était toi qui habitais là, juste en face d'Annie, t'aurais pas jeté un petit coup d'œil vers chez elle de temps en temps ?
— Si, t'as sans doute raison.

Skarre étudia la yole et la canette de bière sur le platbord. Il se demanda si le bateau était assez grand pour...

— Vous avez trouvé quelque chose ? demanda Fritzner avec curiosité.
— Bien sûr. Plein d'indices, mille petites choses, parci, par-là, tout autour... Tout le monde laisse des traces.

Skarre observait Fritzner tout en parlant. L'homme se tenait debout, une main dans la poche ; il pouvait distinguer son poing fermé à travers le tissu.

— Je comprends. Est-ce que vous saviez qu'on a un simplet dans le village ?
— Je te demande pardon ?
— Le genre de type avec une case en moins. Il habite avec son père, en haut de la rue Kolle. Il paraît qu'il s'intéresse beaucoup aux filles.
— Raymond Låke. Bien sûr, on le connaît. Mais il n'a pas de case en moins.
— Comment ça ?
— Il a un chromosome en plus. En trop.
— À mon avis, il a un grain !

Skarre hocha la tête et se remit à examiner la maison des Holland, et plus précisément la fenêtre aux rideaux tirés.

– Pourquoi une vipère entre-t-elle dans un sac de couchage, à ton avis ?

Fritzner écarquilla les yeux.

– Doux Jésus, vous en savez des choses ! Je l'avais complètement oubliée, cette histoire-là. Annie en a fait une sacrée crise, je te jure ! Comme toi, je me suis posé la question. Et je me suis dit qu'un sac de couchage Ajungilak, en duvet et tout, ça faisait tout simplement un excellent nid.

Skarre opina du chef, attendant la suite.

– J'étais là, dans la yole, un verre de whisky à la main, quand le garçon a sonné à la porte. Ils ont dû voir qu'il y avait de la lumière. Annie s'était réfugiée dans un coin du salon, blanche comme un linge. Elle, d'habitude si imperturbable, était vraiment à bout de nerfs.

– Comment tu l'as eue, la vipère ?

– Ce n'était pas sorcier. Je me suis servi du seau avec lequel je lave le sol. Avec un poinçon, j'ai d'abord percé un trou dans le fond, à peu près de la taille d'une petite pièce. Ensuite je suis entré dans la tente à pas de loup. Elle avait quitté le sac pour se lover dans un coin. C'était une sacrée bestiole, vachement grande. J'ai tout simplement posé le seau dessus avant d'y appuyer mon pied. Après, par le trou, j'ai vidé une bombe de Baygon.

– C'est quoi ?

– Un insecticide très toxique. Ça ne se trouve pas en magasin. Le serpent est tout de suite devenu vasouillard.

– Comment ça se fait que tu aies accès à ce genre de produits ?

– Je travaille chez Anticimex : Agence d'extermination des animaux nuisibles. Mouches, cafards et tout ce qui rampe.

– D'accord. Et puis ?

– J'ai envoyé son gringalet de mec chercher un couteau à découper et j'ai tranché la saloperie en deux. Puis je l'ai fourrée dans un sac en plastique et je l'ai déposée dans ma poubelle à moi. Annie faisait vraiment peine à voir. Elle n'osait plus se coucher dans son propre lit après.

Il secoua la tête en y repensant, puis regarda Skarre d'un air méfiant.

– J'imagine que tu ne me rends pas visite pour m'entendre raconter mes exploits de Superman. C'est quoi la raison de ta venue, en réalité ?

– Eh bien… Skarre repoussa une boucle de son front. Le patron dit qu'il faut toujours prendre la température deux fois.

– Ah, il dit ça ! Ben, ma température à moi est plutôt stable. Mais je n'ai pas encore vraiment réalisé qu'on l'a tuée, Annie. Une fille parfaitement banale. Ici, dans ce village, dans cette petite rue. Sa famille, pareil. Maintenant, ils vont laisser sa chambre comme ça, sans y toucher, pendant des années, comme elle l'a laissée… J'ai entendu parler de ça. À ton avis, il s'agit de l'espoir inconscient qu'elle réapparaisse tout à coup, un jour.

– Possible. Tu iras à l'enterrement ?

– Tout le village ira. C'est comme ça, quand on habite un petit bled. Les gens pensent qu'ils ont le devoir et le droit d'y participer. Ça peut aussi bien être positif que négatif. Y'a pas d'intimité dans un village.

– Pour nous, c'est peut-être un avantage, dit Skarre, si l'assassin est quelqu'un d'ici.

– C'est ce que vous pensez ?

– Disons qu'on l'espère.

– Pas moi. Mais si c'est le cas, j'espère que vous le trouverez aussi vite que possible. Tous les habitants de la rue ont probablement enregistré que c'est moi que tu es passé voir. Pour la deuxième fois.

– Ça te tracasse ?

– Évidemment ! J'aimerais pouvoir continuer à habiter ici.

– Je ne vois aucune raison que tu ne le puisses pas ?

– On verra bien. En tant que célibataire, je suis un peu plus exposé que les autres.

– Pourquoi ?

– Parce que, comme les gens s'attendent à ce que tu trouves une femme, en tout cas passé la quarantaine, quand tu n'en as pas, ils en déduisent qu'il doit bien y avoir une raison !

– Tu ne serais pas peu paranoïaque ?

– Tu ne sais pas ce que c'est que d'habiter si près les uns des autres. Les temps vont être rudes pour pas mal de gens.

– Tu penses à quelqu'un en particulier ?

– En quelque sorte, oui.

– À Jensvoll, par exemple ?

Fritzner ne répondit pas, faisant mine de réfléchir. Il adressa un regard de biais à Skarre, puis, comme sous le coup d'une impulsion, il sortit la main de sa poche et lui tendit quelque chose.

– Je voulais juste te montrer ça.

Skarre regarda. Ça ressemblait à un élastique pour les cheveux recouvert d'un tissu bleu, avec des perles dedans.

– C'est à Annie, dit Fritzner sans le quitter des yeux. Je l'ai trouvé dans la voiture. Par terre, devant, entre le siège et la portière. Je l'ai conduite en voiture au centre-ville, il y a seulement une semaine. L'élastique est resté là.

– Pourquoi tu me le donnes ?

L'autre inspira profondément.

– J'aurais pu choisir de ne pas le faire, n'est-ce pas ? J'aurais pu le brûler dans ma cheminée, tenir ma langue. C'est pour vous montrer que je joue franc-jeu.

– Je n'ai jamais pensé autre chose, dit Skarre.

Fritzner sourit.

– Tu me prends pour un con ?

– Peut-être, répliqua Skarre en lui renvoyant son sourire. Peut-être aussi que tu essayes de m'avoir. Peut-être que tu es quelqu'un de si malin que cette confession n'est qu'une mise en scène. Je garde l'élastique. Et je te réserve encore plus qu'avant toute mon attention.

Fritzner pâlit. Skarre ne put s'empêcher de sourire.

— D'où tu as eu l'idée du nom de ton bateau ? demanda-t-il en regardant la yole. *La Narco-Trafiquante*, c'est tout de même un drôle de nom pour un bateau.

Fritzner qui s'efforçait de retrouver ses esprits après l'escarmouche déglutit.

— C'est sur un coup de tête. Mais ça sonne bien, tu ne trouves pas ?

Il scruta le jeune agent avec inquiétude.

— Tu l'as déjà mise à l'eau ?

— Jamais, reconnut-il. J'ai quasiment mal au cœur dans une baignoire.

* * *

Le procureur général avait autorisé l'enterrement d'Annie Holland. Pas une crémation. Une inhumation. Voilà plus de vingt-quatre heures, constata douloureusement Eddie Holland, que la première pelletée de terre sèche avait frappé le couvercle de son cercueil. De la terre sur Annie ! Pleine de brindilles, de cailloux, de vers de terre. Dans sa poche, il froissa le bout de papier sur lequel il avait écrit les quelques phrases très simples qu'il voulait prononcer pendant la cérémonie, après le sermon. Le fait qu'il se soit borné à rester debout, en sanglotant, sans pouvoir articuler le moindre mot, le hanterait pour le reste de ses jours. Il fit un effort pour se recentrer, appuyant un doigt trapu contre son front, puis contre sa tempe

— Je me demande si Sølvi ne souffre pas d'un léger dysfonctionnement, dit-il. Pas de quelque chose qu'on puisse détecter sur un scanner, mais elle a un problème. Elle sait se débrouiller dans la vie, mais elle est un peu lente. Un peu simplette, peut-être. Il ne faut pas en parler à Ada, ajouta-t-il.

– Elle refuse de le reconnaître ? questionna Sejer.

– Elle dit que si ça ne se voit pas, c'est que ça n'existe pas. Et que les gens peuvent être différents, tout simplement.

Sejer l'avait convoqué dans son bureau. Il était perplexe quant à la manière de s'y prendre.

– Il faut que je te demande quelque chose. Si Annie avait croisé Axel Bjørk sur la route, est-ce qu'elle serait montée dans sa voiture ?

La question laissa Holland bouche bée.

– C'est l'idée la plus infâme que j'aie jamais entendue, finit-il par articuler.

– Un crime infâme a été commis. Il faut que tu répondes à ma question. Je ne connais pas l'entourage d'Annie aussi bien que toi et je considère ça comme un véritable atout.

Holland se ressaisit.

– Le père de Sølvi ? Oui, peut-être. Elles sont tout de même allées le voir deux ou trois fois, alors elle le connaissait bien, c'est vrai. Elle serait certainement montée dans sa voiture s'il le lui avait demandé. Pourquoi pas ?

– Quels sont tes rapports avec lui ?

– Inexistants.

– Mais tu lui as déjà parlé ?

– À peine. Ada l'a toujours arrêté sur le seuil. Elle affirme qu'il voulait s'imposer.

– Et qu'est-ce que tu en penses ?

Il se tortilla sur sa chaise comme un être conscient de son insignifiance.

– J'ai trouvé ça dommage. Il ne voulait rien briser entre nous, seulement voir Sølvi de temps en temps. Aujourd'hui, il ne lui reste rien. Il paraît qu'il a aussi perdu son travail.

– Et Sølvi ? Elle avait envie de lui rendre visite ?

– J'ai bien peur qu'Ada ait réussi à lui en ôter l'envie. Elle peut être assez dure. Et je suppose que Bjørk a abdiqué. Mais je l'ai vu à l'enterrement, il a pu apercevoir sa fille. Tu comprends, dit-il avec fougue, c'est pas facile d'aller contre Ada. Il faut pas croire que j'en ai peur, ajouta-t-il avec un petit rire ironique. Mais ça la met dans un tel état… C'est pas facile à expliquer. Mais ça la met complètement hors d'elle et, ça, je ne le supporte pas !

Sejer attendit la suite, sans piper, en essayant d'imaginer les enjeux compliqués dans la vie de ce couple, les milliers de fils qui s'étaient emmêlés avec le temps jusqu'à créer un piège. La répugnance des gens à tirer leur couteau pour se délivrer des traquenards, alors qu'ils désirent éperdument s'en libérer, le fascinait. Holland voulait sans doute s'arracher à la toile tissée par Ada, mais trop de petites choses le retenaient. Il avait choisi de rester englué, et cette décision l'avait tiré vers le bas au point que sa lourde silhouette tout entière s'était voûtée et affaissée.

Holland sortit enfin de son mutisme.

– Vous n'avez toujours aucune piste ?

– Je suis désolé, reconnut Sejer à contrecœur. Tout ce qu'on a, c'est un tas de gens qui parlent d'Annie joliment et avec chaleur. Les indices techniques sont très peu nombreux et ne font pas progresser l'enquête ; nous n'avons trouvé aucun mobile clair. Elle n'a subi aucun abus sexuel, aucune violence, d'aucune sorte. Rien de ce qui a été remarqué à proximité de la colline ce jour-là n'est décisif et tous ceux qui sont passés en voiture dans les parages sont venus se manifester. Après vérifications, ils ont tous été mis hors de cause. Certes, une prétendue voiture n'a pas été identifiée, mais sa description est si vague, si aléatoire, qu'on manque d'éléments suffisants pour travailler. Le motard de l'épicerie de Horgen s'est comme volatilisé. C'était peut-être tout juste un touriste de passage. Personne n'a vu ses plaques d'immatriculation. On a envoyé des plongeurs pour essayer de retrouver le sac à dos, mais sans résultat. Ce qui nous conduit à penser qu'il est sans doute toujours entre les mains de l'assassin... Faute de charges fondées, nous ne sommes pas justifiés à demander des perquisitions. Faute d'éléments, on en est réduit aux conjectures. Par exemple, Annie a pu, d'une façon ou d'une autre, tomber sur des informations délicates, peut-être complètement par hasard, et se faire assassiner par quelqu'un qui voulait s'assurer de son silence. Des informations donc nécessairement compromettantes ! Par ailleurs, elle était nue mais on ne l'a pas touchée, ce qui peut vouloir dire que l'assassin a voulu – bien naïvement – nous faire croire à une histoire d'abus sexuel, sans doute pour détourner l'attention du véritable mobile. C'est pourquoi nous nous intéressons au passé d'Annie, acheva-t-il.

Il se frotta le dos de la main, où pelait une tache rouge de la taille d'une pièce de vingt couronnes et reprit :

– Tu es l'un de ceux qui la connaissaient le mieux. Et il t'est bien sûr venu à l'esprit un tas d'idées. Je te demande une nouvelle fois si quelque chose t'a troublé dans le passé d'Annie : une réaction à laquelle tu ne t'attendais pas, une phrase, une allusion, un geste inhabituel, n'importe quoi... Laisse venir... Essaye juste de te souvenir si quelque chose t'a étonné. Il faut gratter la moindre petite chose, même si tu considères que ce sont des bagatelles. Annie passait par une espèce de modification comportementale, mais, selon moi, ça dépassait la simple question de la puberté. Tu es d'accord avec ça ?

– Ada dit que...

– Mais toi, tu dis quoi ?

Sejer accrocha son regard.

– Écoute : elle repoussait Halvor, a abandonné son poste de gardienne de but, s'est refermée sur elle-même. À cette époque-là, est-ce qu'il s'est produit quelque chose de particulier ?
– Vous avez parlé avec Jensvoll ?
– Oui.
– Alors… Non, enfin, j'ai entendu des rumeurs, mais ce n'était peut-être pas vrai. Les rumeurs courent assez vite chez nous, ajouta-t-il, un peu gêné, rougissant.
– Qu'est-ce que tu veux dire ?
– Annie a juste mentionné un jour qu'il aurait fait de la prison, il y a longtemps. Elle n'a pas dit pour quelle raison.
– Annie savait ça ?
– Alors, c'est vrai qu'il a fait de la prison ?
– Oui. Mais je ne savais pas qu'il y avait des gens au courant.

Il se rembrunit et ajouta :
– On contrôle tout l'entourage d'Annie. On a interrogé des centaines de personnes…
– Il y a aussi un homme qui habite rue Kolle, murmura Holland. Il n'est pas tout à fait comme tout le monde. J'ai même entendu dire qu'il a essayé de draguer les filles du quartier.
– On a parlé avec lui aussi, dit Sejer patiemment. C'est lui qui a trouvé Annie. Il a un alibi.
– S'il est vraiment en béton…

Sejer pensa à Ragnhild et préféra ne pas s'étendre sur la fiabilité de l'alibi en question qui reposait sur une enfant de six ans.
– À ton avis, pourquoi a-t-elle arrêté de garder des enfants ?
– Je suppose que ça lui a passé avec l'âge.
– Mais si j'ai bien compris, elle aimait beaucoup les enfants. Du coup, ça m'a paru un peu bizarre.
– Pendant des années, elle n'a fait que ça. Dès qu'elle avait terminé ses devoirs, elle allait voir chez les voi-

sins si un enfant n'avait pas envie de faire un petit tour en poussette. Et s'il y avait des bagarres de gamins dans la rue, elle rétablissait l'ordre. Elle découvrait toujours celui qui avait commencé et pourquoi. Et incitait les enfants à se réconcilier. Après son passage, tout redevenait joyeux et sans l'ombre d'un nuage. Elle avait de l'autorité et tout le monde faisait ce qu'elle disait. Même les garçons.

– Une nature de diplomate, autrement dit ?

– Oui. Elle aimait arranger les choses ! Elle ne supportait pas les conflits non résolus. Quand on avait un problème avec Sølvi, par exemple, elle nous trouvait toujours une solution. C'était une sorte d'intermédiaire, de médiatrice. Mais d'une certaine façon, ajouta-t-il pensivement, elle avait aussi perdu l'envie de se mêler de ces choses-là…

– Depuis quand ? demanda Sejer rapidement.

– L'automne dernier, à peu près.

– Qu'est-ce qui s'est passé à cette époque ?

– Je vous l'ai déjà raconté. Elle ne voulait plus aller au club de handball, elle ne voulait plus fréquenter ses anciens amis.

– Mais pourquoi ?

– Je ne sais pas, répondit Holland avec désespoir. J'ai déjà dit que je n'y comprends rien.

– Essaye de réfléchir. De réfléchir au-delà de ta famille. Au-delà d'Halvor, du club et des problèmes avec Axel Bjørk. Est-ce que quelque chose s'est passé dans le village à ce moment-là, quelque chose qui peut même n'avoir aucun rapport avec vous ?

Holland écarta les bras, désemparé.

– Je ne vois pas. Enfin, au fond si, mais ça n'a rien à voir avec cette affaire. L'un des gamins qu'elle avait l'habitude de garder est mort dans un tragique accident. Ça n'a pas vraiment amélioré les choses.

Sejer sentit son cœur battre à tout rompre.

– Qu'est-ce que tu viens de dire ?

Il appuya ses coudes sur le bureau.

– L'un des gamins qu'elle gardait est mort dans un accident. Il s'appelait Eskil.

– C'est arrivé pendant qu'Annie le gardait ?

Holland le regarda d'un air ahuri.

– Tu es fou ! Annie avait un sens aigu des responsabilités. Quand elle s'occupait des enfants, elle ne les quittait pas des yeux.

– C'est arrivé comment, alors ?

– Chez eux. Le petit Eskil avait à peine deux ans quand ça s'est passé. Annie l'a pris très à cœur. Nous tous, d'ailleurs. On les connaissait bien.

– Et c'était quand ?

– À l'automne dernier, je viens de te le dire. En y repensant, beaucoup de choses sont arrivées à ce moment-là. Annie a arrêté toutes ses activités. Halvor la tannait au téléphone, Jensvoll aussi. Bjørk n'arrêtait pas de réclamer Sølvi et Ada était invivable.

Il se tut, presque honteux.

– Quand est-ce que ça s'est produit, exactement, Eddie ?

– Je ne me rappelle plus la date exacte.

– C'est arrivé avant ou après qu'Annie a quitté le club ?

– Je ne m'en souviens plus.

– C'était quel genre d'accident ?

– Il s'est mis un truc en travers de la gorge et on n'a pas réussi à l'en faire ressortir. Si je me souviens bien, il était en train de manger tout seul dans la cuisine.

– Pourquoi tu ne m'en as jamais parlé ?

Holland le regarda, très surpris.

– C'est quand même la mort d'Annie que tu dois élucider, murmura-t-il.

– C'est ce que je suis en train de faire. Connaître, trier, écarter des éléments, c'est important.

Une longue pause s'installa. La sueur perlait sur le grand front de Holland. Il n'arrêtait pas de le masser du bout des doigts comme pour chasser les images qui l'assaillaient : Annie dans la toge, coiffée de la faluche rouge des bacheliers ; Annie en robe de mariée ; Annie avec un nourrisson sur les genoux. Ces photos qu'il ne prendrait jamais…

– Parle-moi d'Annie, de sa réaction…

Holland se redressa sur sa chaise et réfléchit.

– Je ne me rappelle pas la date, mais me souviens bien de la journée où ça s'est passé parce qu'on ne s'est pas réveillé à l'heure. Personnellement, j'étais en congé, mais Annie a raté le car de ramassage scolaire et, en plus, elle est rentrée très tôt de l'école, parce qu'elle se sentait patraque. J'ai pas eu le courage de lui annoncer ça tout de suite. Elle est allée se coucher, en me disant qu'elle voulait dormir un peu.

– Elle était malade ?

– Oui. Enfin non. Elle n'était jamais vraiment malade. Sans doute, juste un petit truc qui traînait. Elle s'est réveillée en fin d'après-midi. Moi, j'étais dans le salon à me ronger les sangs avec ce que j'avais à lui annoncer. J'ai fini par aller la voir et je me suis assis sur le bord de son lit.

– Continue.

– Ça l'a complètement paralysée. Paralysée et angoissée. Elle a ramené la couette par-dessus sa tête et elle s'est retournée. Je ne savais pas quoi faire, comment réagir à ça. Les jours qui ont suivi, elle n'a rien dit de tout ça, on aurait dit qu'elle faisait son deuil en silence. Ada voulait qu'elle aille voir la famille avec des fleurs, mais elle a refusé. D'ailleurs, elle n'a pas voulu assister à l'enterrement non plus.

– Vous y êtes allés, ta femme et toi ?

– Oui bien sûr, nous y sommes allés. Ada était gênée qu'Annie n'ait pas voulu venir. J'ai essayé de lui expliquer que ce n'est pas évident pour une enfant d'assister à des funérailles. Annie n'avait que quatorze ans à cette époque. Les enfants ne doivent pas bien savoir ce qu'il faut dire et faire dans ces circonstances, tu crois pas ?

– Mmmh, murmura Sejer. Mais peut-être est-elle allée sur sa tombe par la suite ?

– Oui. Plusieurs fois. Mais elle n'a plus jamais rendu visite à la famille du petit.

– Mais elle a quand même dû leur parler si elle avait souvent gardé leur gamin ?

– Oui, sans doute. Elle avait souvent eu affaire à eux. À la mère, surtout. Elle a d'ailleurs déménagé, depuis : ils ont fini par se séparer quelque temps après. Évidemment, c'est difficile de se retrouver après une tragédie pareille... Il faut reprendre la relation à zéro, en quelque sorte. Et personne ne peut redevenir le même après une telle chose.

Il perdit un peu le fil et continua à parler comme s'il ne s'adressait plus qu'à lui-même, comme si Sejer n'était plus là.

– Il n'y a que Sølvi qui était restée la même. Ça m'étonne d'ailleurs. Mais elle est un peu particulière. Les enfants, on n'a pas le choix, on doit les prendre comme ils sont, n'est-ce pas ?

– Et Annie ? insista Sejer doucement.

– Oui, oui, Annie, murmura Holland. Annie n'est jamais vraiment redevenue la même. Je pense qu'elle a pris conscience qu'on doit tous mourir un jour. Je me souviens qu'étant petit quand ma mère est morte, ç'avait été le pire. Pas le fait qu'elle soit morte, partie pour toujours, mais l'idée que, moi aussi, j'allais mourir. Et mon père aussi. Et tous ceux que je connaissais.

Son regard était ailleurs et Sejer l'écoutait, les deux mains posées sur son bureau.

– On a encore beaucoup de choses à se dire, Eddie, fit-il enfin. Mais il y a d'abord quelque chose qu'il faut que tu saches.

– Je ne sais pas si je peux en supporter davantage.
– Je n'aurais pas la conscience tranquille si je te le cachais.
– De quoi s'agit-il ?
– Est-ce que tu te rappelles si Annie s'est déjà plainte de douleurs ?
– Non. Enfin si : avant de s'acheter des chaussures de course à semelles anti-chocs, elle avait mal aux pieds.
– S'est-elle jamais plainte de douleurs au ventre ?
Holland le regarda d'un air indécis.
– Je n'en ai jamais entendu parler. Il vaudrait mieux demander ça à Ada.
– Je te le demande à toi, parce que j'ai compris que c'était toi qui étais le plus proche d'elle.
– Oui, c'est vrai. Mais les trucs de filles, non, elle ne m'en parlait pas.
– Elle avait une tumeur à l'ovaire, annonça Sejer gravement.
– Une tumeur ? Tu veux dire un kyste ?
– Un sarcome à peu près de la taille d'un œuf. Malin. Il s'était étendu au foie.
Holland se rebiffa aussitôt.
– On s'est trompé, affirma-t-il avec vigueur. Annie avait une santé de fer !
– Elle présentait une tumeur maligne aux ovaires, répéta Sejer imperturbablement. Très vite, elle aurait dû être hospitalisée, sans grand espoir de guérison.
Le ton de Holland se fit agressif.
– Tu es en train de me dire qu'elle allait mourir de toute façon ?
– C'est ce que prétend le médecin légiste.
Holland se mit à hurler, postillonnant avec une fureur sauvage sur Sejer.
– Alors comme ça, je devrais m'estimer heureux que ce crime lui ait évité les souffrances d'un cancer, c'est bien ça ?

Il se cacha le visage dans les mains et murmura.

– Non, non, je ne pense pas ce que j'ai dit. Je ne comprends pas non plus tout ce qui s'est passé. Ni que tant de choses m'aient échappé !

Sejer ne savait quoi dire, mais ne pouvait pas non plus laisser Holland à son désarroi.

– Écoute, elle n'a peut-être rien remarqué elle-même, tout simplement. Ou alors, elle a passé ses douleurs sous silence et fait exprès de ne pas consulter un médecin. On n'a rien noté dans son dossier médical.

– Évidemment qu'il n'y a rien là-dedans, soupira Holland. Elle n'a jamais rien eu. Juste des rappels de vaccins.

– Je vois. Voudrais-tu me rendre un service et demander à Ada de passer au commissariat. On a besoin de ses empreintes.

Holland lui adressa un sourire fatigué et s'affala sur sa chaise. Il y avait longtemps qu'il n'avait pas dormi et il avait l'impression que tout dansait devant ses yeux : le visage de l'inspecteur, les rideaux à la fenêtre.

– Sur la boucle de ceinture d'Annie, nous avons trouvé deux empreintes, dont évidemment les siennes. Les autres sont peut-être celles de ta femme puisque Ada nous a expliqué qu'elle préparait les vêtements d'Annie le matin. Mais si ce ne sont pas les siennes, ce sont peut-être celles du coupable. Il l'a déshabillée. Il a forcément touché à la boucle.

Holland comprit enfin.

– Dis à ta femme de venir aussi vite que possible. Elle pourra demander à voir Skarre.

– Cet eczéma que tu as, dit Holland brusquement avec un signe de tête vers sa main. On m'a dit que la cendre, c'est efficace.

– La cendre ?

– Tu répands de la cendre sur l'inflammation. La cendre, c'est ce qu'il y a de plus pur. Ça contient des sels minéraux.

Sejer se tut et observa Holland. Visiblement ses pensées tourbillonnaient en s'enfonçant au plus profond de lui. Sejer le laissa réfléchir en paix. Dans la pièce, le silence était absolu.

Halvor dîna de chipolatas et de chou, debout dans la cuisine, seul devant la planche à découper. Ensuite, il rangea un peu et recouvrit d'un plaid sa grand-mère qui somnolait dans le canapé. Puis il regagna sa chambre, tira les rideaux avant de s'asseoir devant son écran. La plupart de son temps libre était désormais consacré à cette recherche. Il procédait méthodiquement : d'abord les disques préférés d'Annie dont il tapait les titres, puis le nom des interprètes. Puis les films, avec moins de conviction, car il voyait moins Annie choisir un code de ce type. Le défi paraissait souvent insurmontable, surtout quand il se disait que le code pouvait être modifié à n'importe quel moment. Il savait grâce au magazine informatique *Ra Data* que dans l'armée, pour protéger les secrets de la défense nationale, on utilisait des codes qui changeaient automatiquement plusieurs fois par seconde. Un code qui change sans cesse, c'était presque impossible à pirater. Il tâcha de se souvenir de la période où ils avaient créé chacun leur propre dossier et leur code secret. Il y avait plusieurs mois de cela, c'était en plein milieu de l'automne. Un sentiment de désespoir l'envahit lorsqu'il repensa pour la énième fois à toutes les combinaisons possibles si l'on prenait en compte toutes les touches du clavier. Mais, encore une fois, il se dit qu'elle avait certainement abandonné l'idée d'un code abstrait au profit d'un code très personnel, symbolique de quelque chose qui lui tenait à cœur. Et sur le chapitre, il en connaissait un rayon. Ça lui remonta le moral et il se remit à explorer toutes les pistes jusqu'à ce que sa grand-mère ait fini sa sieste. Il fit une pause pour aller faire du café et lui étaler du beurre sur deux ou trois épaisseurs de *lefse*[1]. Ensuite, il regarda un peu la télé avec elle pour lui tenir compagnie. Mais dès qu'il le put, il réintégra sa chambre. Sa grand-mère ne dit rien. Il continua jusqu'à minuit, heure à laquelle il alla se coucher. Il se faufila sous la couette, éteignit la lumière et resta encore un peu à tendre l'oreille avant que le sommeil ne le gagne. Souvent, il ne venait pas et, ces nuits-là, il se glissait dans la chambre de sa grand-mère pour lui chiper un comprimé de somnifère. En état de semi-veille, il pensait à Annie : sa couleur favorite était le bleu, sa marque préférée de chocolat était le Dove aux raisins. Il stocka ces mots au plus profond de sa conscience pour les tester le lendemain. Il ne fallait pas abandonner. Et quand il le découvrirait enfin, il serait frappé par l'évidence du code qu'elle avait choisi et il se dirait : j'aurais dû y penser !

Dehors, la cour était noire et silencieuse. La niche vide béait comme une grande gueule ouverte et édentée mais, de la route, on pouvait croire qu'il y avait un chien. Derrière s'élevait la remise, qui abritait un modeste tas de bois pour la cheminée, le vélo, une vieille télé noir et blanc et une pile de vieux journaux car il ne se rappelait jamais le jour de la collecte du papier. Tout au fond, derrière un matelas en mousse, il y avait le sac d'Annie.

* * *

Il avait couru jusqu'à Bruvann aller et retour, soit treize kilomètres, acharné à atteindre le point juste à la limite du supportable, le seuil de la douleur. Élise avait

---

1. Sorte de crêpe souvent enduite de beurre, de cannelle et de sucre. (NdT)

l'habitude de lui tendre un grand verre d'eau gazeuse fraîche, de la Farris, dès qu'il sortait de la douche, une serviette autour des hanches. Aujourd'hui, personne ne l'attendait. Exception faite du chien qui, plein d'espoir, leva la tête quand il ouvrit la porte pour laisser s'échapper la vapeur. Sejer se rhabilla dans la salle de bains et alla se chercher une bouteille lui-même, la frappa contre le bord de l'évier pour faire sauter la capsule et la porta à ses lèvres. La sonnette de la porte retentit alors qu'il l'avait bue à moitié. Comme on ne venait pas souvent chez lui, il fut un peu étonné. Il leva un doigt d'avertissement à l'adresse du chien et alla ouvrir. Dehors, Skarre était appuyé à la balustrade, un pied dans l'escalier, prêt à une rapide retraite dans le cas où sa visite serait mal tombée.

– J'étais dans les parages, expliqua-t-il.

Il paraissait différent. Ses boucles s'étaient envolées. Ses cheveux coupés ras semblaient plus foncés que d'habitude, ce qui lui donnait l'air plus âgé, mais valorisaient aussi ses oreilles décollées.

– Jolie coupe, apprécia Sejer avec un mouvement de tête. Entre donc.

Kollberg déboula à grands sauts en s'époumonant, comme à son habitude.

– Il est un peu envahissant, s'excusa Sejer, embarrassé. Mais il a plutôt bon caractère.

– Il vaut mieux, avec une taille pareille ! On dirait un loup, mon vieux !

– En fait, il aurait dû ressembler à un lion. En tout cas, c'est ce que le type voulait obtenir quand il a mélangé les races pour créer le premier leonberg.

Sejer se dirigea vers le salon.

– Il était originaire de Leonberg, en Allemagne, et on lui avait confié la mission de trouver une mascotte pour sa ville.

– Un lion ?

Skarre étudia le grand animal et esquissa un sourire.

– Même avec la meilleure volonté du monde, je n'arrive pas à voir la ressemblance !

Il retira son blouson et le déposa sur la table du téléphone.

– Tu as pu discuter seul à seul avec Holland aujourd'hui ?

– Oui. Et toi, qu'est-ce que tu as fait ?

– J'ai parlé avec la grand-mère d'Halvor.

– Ah, et alors ?

– Elle m'a offert du café, des *lefse* froides et parlé de toutes ses petites misères en rapport avec la vieillesse. Maintenant, je sais exactement en quoi ça consiste, de vieillir, continua-t-il d'une voix grave.

– Et ça consiste en quoi ?

– En une déchéance graduelle. Une évolution insidieuse, presque imperceptible, qu'on remarque seulement par instants, brusques et bouleversants.

Skarre soupira comme un vieillard et secoua la tête, soucieux.

– Le processus de renouvellement des cellules ralentit, il ne s'agit pas d'autre chose. Ça va de plus en plus lentement, jusqu'à ce qu'elles ne se renouvellent quasiment plus. Alors, tout commence à se ratatiner. En fait, c'est le premier stade de la décomposition et ça débute à plus ou moins vingt-cinq ans.

– Ben, dis donc ! Tu y es déjà largement ! Et à te regarder de plus près, tu sembles en effet, un peu mal en point !

Sejer le précéda vers le salon.

– Le sang reste bloqué dans les veines. Plus rien n'a l'odeur ou le goût habituels, donc on se nourrit mal. Pas étonnant qu'on meure quand on est vieux…

L'expression fit rire Sejer. Puis il se rappela sa mère à la maison de retraite et s'arrêta net.

– Elle a quel âge ?

– Quatre-vingt-trois ans. Et à mon avis, là-haut non plus ça ne doit plus tourner très rond…

Il désigna du doigt son crâne rasé.

– Ce serait mieux si on mourait un peu plus tôt, je trouve. Juste avant soixante-dix ans, par exemple.

– Je ne crois pas que les septuagénaires seraient de ton avis, remarqua Sejer sèchement. Une Farris ?

– Oui, merci.

Skarre se passa une main sur la tête comme pour vérifier qu'il était bien passé chez le coiffeur. Il jeta un coup d'œil sur les étagères près de la chaîne stéréo.

– Tu as vraiment beaucoup de disques, Konrad. Tu les as comptés ?

– Environ cinq cents, hurla Sejer de la cuisine.

Skarre bondit de sa chaise pour examiner les titres. Comme beaucoup de gens, il pensait que le choix de la musique était très révélateur de la personnalité.

– Laila Dalseth. Etta James. Billie Holiday. Edith Piaf. Ça alors !

Abasourdi, il continua à regarder et sourit avec surprise.

– Il n'y a que des nanas ! s'exclama-t-il.

– Non, quand même pas, si ?

Sejer lui servit sa Farris.

– Que des nanas, Konrad ! Eartha Kitt. Lill Lindfors. Monica Zetterlund ? Qui c'est, ça ?

– L'une des plus grandes. Mais tu es trop jeune pour la connaître.

Skarre se rassit, but une gorgée d'eau gazeuse et frotta le fond de son verre sur sa cuisse.

– Et Holland ? Qu'est-ce qu'il a raconté ?

Sejer sortit sa blague à tabac cachée sous le journal et l'ouvrit. Il saisit une feuille de papier et entreprit de rouler une cigarette.

– Annie savait que Jensvoll avait fait de la taule. Peut-être savait-elle aussi pourquoi.

– Continue !

– Et l'un des gosses qu'elle gardait souvent est mort accidentellement.

Skarre fouilla ses poches à la recherche de ses propres cigarettes.

– Ça s'est passé en novembre, à peu près à l'époque où tout est devenu difficile. Annie n'a plus voulu aller chez cette famille, ni leur apporter de fleurs, ni assister à l'enterrement de l'enfant et ni même garder aucun enfant. Pour les obsèques, Holland n'a pas trouvé ça très surprenant : elle n'avait que quatorze ans à l'époque et, selon lui, à cet âge-là, on n'est pas assez grand pour affronter la mort.

Il scrutait Skarre tout en parlant et vit son regard devenir très attentif.

– Après cette histoire, elle a quitté le handball, a rompu temporairement avec Halvor et s'est renfermée. Ça s'est donc passé dans l'ordre suivant : l'enfant est mort, Annie s'est retirée du monde.

Skarre trouva du feu et observa Sejer en train de lécher le papier de sa cigarette roulée.

– La mort tragique mais accidentelle d'un enfant de deux ans qu'on connaît bien, dont on connaît bien les parents, j'imagine quel traumatisme ce peut être pour une adolescente. Mais…

Il fit une pause pour allumer sa cigarette.

– Donc, on sait désormais les raisons de son changement de comportement ?

– Possible. En plus, elle avait un cancer. Même si elle n'en était peut-être pas consciente, ça devait la travailler. Mais en fait, j'avais l'espoir de découvrir autre chose. Quelque chose qui pourrait nous servir.

– Et Jensvoll, alors ?

– Pour être franc, j'ai du mal à croire qu'on assassine quelqu'un pour s'assurer le silence sur un viol commis onze ans plus tôt. Et pour lequel on a purgé sa peine, qui plus est. Sauf s'il a été tenté de remettre ça et que tout a foiré.

– Eh ben mon vieux ! s'exclama Skarre avec étonnement. Tu fumes !

– Juste une seule, le soir. T'as le temps de faire un tour après ?

– Bien sûr. On va où ?

– À l'église de Lundeby.

Il aspira une longue bouffée de sa cigarette et retint longtemps la fumée.

– Et pour quoi faire ?

– Je ne sais pas trop. J'aime bien fouiner, c'est tout.

– Tu réfléchis mieux à l'air libre ?

Sejer essayait de faire disparaître une tache de bougie sur la table en la grattant.

– J'ai toujours pensé que l'environnement dans lequel on évolue a une influence sur nos pensées. Qu'on perçoit plus de choses quand on est sur place. On s'y imprègne d'une sorte de sensibilité aux détails qui permet d'interpréter ces choses…

– Fascinant ton truc, dit Skarre. Tu oses en parler au commissariat ?

– C'est inutile. Le procureur se moque bien de mes sentiments ; mais il les prend en considération. C'est un accord tacite !

Il souffla la fumée avec recueillement et leva les yeux.

– Qu'est-ce qu'elle t'a servi d'autre, la grand-mère d'Halvor ? À part les *lefse* et son exposé sur la déchéance de la vieillesse ?

– Elle m'a beaucoup parlé du père d'Halvor. Selon elle, il était très gentil quand il était petit. Elle pensait que, depuis, il était tout simplement malheureux.

– Au point de tabasser ses propres enfants !

– Et elle raconte aussi qu'Halvor s'est enfermé dans sa chambre où il passe toutes ses soirées devant son ordinateur, parfois jusqu'au petit matin.

— À son avis, qu'est-ce qu'il fabrique ?
— Aucune idée. Peut-être qu'il tient son journal.
— Si c'était le cas, je le lirais bien volontiers.
— Tu vas le convoquer à nouveau ?
— Bien sûr.

Ils vidèrent leurs verres et se levèrent. En sortant, les yeux de Skarre se posèrent sur la photo d'Élise, celle où elle avait un sourire étincelant.

— Ta femme ? se risqua-t-il timidement.
— La dernière photo qui ait été prise d'elle.
— Mais elle ressemble à Grace Kelly ! s'exclama-t-il avec enthousiasme. Comment un bougon comme toi a-t-il pu séduire une telle beauté ?

Sejer fut tellement ébahi de cette insolence qu'il se mit à bégayer.

— Je ne l'étais pas à cette époque, répondit-il.

La voiture glissa lentement dans la ruelle menant à l'église de Lundeby cernée de projecteurs. Figée sous cette lumière rosâtre, elle affichait l'assurance souveraine des choses immuables, bien qu'elle n'ait que cent cinquante ans, une simple goutte dans l'océan de l'éternité. Ils refermèrent doucement leurs portières et s'attardèrent un moment près de la voiture. Skarre fit quelques pas vers la chapelle et se dirigea vers la première rangée de pierres tombales. Dix pierres blanches, alignées suivant une droite parfaite.

— Qu'est-ce que c'est que ça ?

Ils s'arrêtèrent pour lire les inscriptions.

— Des tombes militaires, répondit Sejer à voix basse. Des soldats anglais et canadiens. Les Allemands les ont exécutés dans les bois du coin, le 9 avril. Ingrid, ma fille, m'en a parlé. « *Pilot officer, Royal Air Force, A. F. Le Maistre of Canada. Age 26. God gave and God has taken.* » Quel long chemin pour un acte d'héroïsme si éphémère !

– Mmmh. Skarre étudiait la rangée et ses épitaphes : « Du lointain Canada me voici, sanglé dans mon uniforme, je viens me battre pour vous, du côté des gentils ! Après, plus rien... Juste des flammes et la mort ! »

Sejer le regarda, un peu étonné, et se dirigea à vive allure vers l'église. On avait enterré Annie à l'extrémité du cimetière, près d'un champ d'orge. Les fleurs commençaient à se flétrir. Ils contemplèrent la tombe en laissant venir les idées. Puis ils se mirent à arpenter les alentours en déchiffrant les inscriptions sur les autres tombes. Deux rangées au-dessus d'Annie, Sejer découvrit ce qu'il cherchait. Une petite stèle arrondie en haut. Skarre se pencha et lut les caractères un peu alambiqués :

– « À notre Eskil bien-aimé. » Eskil Johnas. Né le 4 août 92, mort le 7 novembre 94.

– Johnas ? Le marchand de tapis ?

– Le fils du marchand de tapis. Il a avalé son petit déjeuner de travers et s'est étouffé. Après le décès, les parents ont divorcé, ce qui est assez fréquent, paraît-il, dans ces cas-là. L'autre fils, plus âgé, vit avec sa mère.

– Il avait des photos des garçons sur le mur de son salon, se souvint Skarre en enfonçant les mains dans ses poches. C'est quoi le petit trou tout en haut ?

– Quelqu'un a sans doute piqué quelque chose à cet endroit. J'imagine qu'il y avait une colombe ou un ange, comme souvent sur les tombes d'enfants.

– Bizarre qu'ils ne l'aient pas remplacé... Je la trouve un peu miteuse, cette tombe, on dirait qu'elle n'est pas entretenue. Et moi qui pensais qu'il n'y avait que les vieux qu'on jetait aux oubliettes comme ça !

Ils se retournèrent pour contempler les champs qui entouraient l'église. Les lumières du presbytère voisin scintillaient dans le crépuscule bleuâtre.

– Ce n'est peut-être pas si facile que ça de venir ici. La mère habite Oslo maintenant, ça lui fait un long trajet.

– Johnas, lui, n'est qu'à deux minutes.

Sejer regarda vers le mont Fagerlund, là où les maisons brillaient au pied de la colline.

– Il peut même voir l'église de la fenêtre de son salon. Je l'ai remarqué quand on y était la première fois. Peut-être qu'il juge que c'est suffisant.

– Il a ses chiots à présent ! ironisa Skarre.

Sejer ne répondit pas.

– Et maintenant ? Où est-ce que ça nous mène ?

– Je ne sais pas exactement. Mais ce gosse est mort. Il baissa de nouveau la tête vers la tombe en fronçant les sourcils. Et Annie a complètement changé, après. Pourquoi en était-elle tellement affectée ? C'était une fille robuste, très combative. Des qualités qui permettent aux gens, même jeunes, de se remettre d'un coup dur ! Nous sommes ainsi faits que, après que le temps a accompli son œuvre, nous acceptons la mort pour continuer à vivre.

Un peu confus de sa tirade, il s'agenouilla pour étudier encore une fois la tombe presque nue, tout en tripotant distraitement les quelques maigres feuilles.

– Donc, la réaction violente d'Annie, malgré sa solidité naturelle, qu'est-ce que ça signifie ?

– Je ne sais pas. Je ne sais pas vraiment où je vais.

– Comment les gens peuvent-ils tomber assez bas pour piller une sépulture ? s'interrogea Skarre.

– Le fait que tu ne puisses pas comprendre, dit Sejer en se relevant, c'est plutôt bon signe, non ?

Ils retournèrent à la voiture.

– Tu crois en Dieu ? demanda soudain Skarre.

Sejer crispa les lèvres en une drôle de moue en cul-de-poule.

– Mmmh, non, j'imagine que non. Je crois plutôt en une sorte de force, avoua-t-il à grand-peine.

Skarre sourit.

– Ah ! ça, c'est pas la première fois qu'on me la sert, cette expression-là, l'histoire de « la force ». C'est commode. Curieux, quand même, qu'on n'arrive pas à lui donner un nom ! Mais évidemment, le mot Dieu est sans doute trop connoté. Et où donc crois-tu que cette volonté nous mène ?

— J'ai dit force, corrigea Sejer, pas volonté.

— Tu crois donc en une sorte de force sans volonté ?

— Je n'ai pas dit ça non plus. J'appelle ça simplement force, et le débat reste ouvert pour déterminer si elle est guidée par une volonté ou pas !

— Mais une force sans volonté, c'est quand même assez déprimant, tu ne trouves pas ?

— Tu n'abandonnes pas facilement la partie, hein ? Mais après tout, tu veux peut-être me dire, d'une façon détournée, que tu crois en Dieu ?

— Oui, répondit simplement Skarre.

— Eh bien, dis-moi, j'en apprends tous les jours !

Il médita un moment sur cette information inattendue avant de murmurer :

— La foi, c'est un truc que je n'ai jamais réussi à comprendre.

— Comment ça ?

— Je ne comprends pas vraiment ce que ça implique.

— Ça implique tout bonnement un choix, un angle de vue, une évaluation. On choisit quelle approche on veut avoir de la vie, un choix qui, avec le temps, t'aide et t'apporte de la joie. Ça te donne un point d'ancrage dans l'existence, un sens à la vie et à la mort incroyablement satisfaisant.

— Une approche, un angle de vue ? Tu as eu une révélation ?

Skarre ouvrit la bouche puis gloussa, d'un rire qui rappelait le Sud, ses archipels côtiers et l'eau de mer.

— Les gens compliquent toujours tout. En réalité, c'est tellement simple ! Il ne faut pas essayer de tout comprendre. On doit d'abord ressentir. La compréhension vient avec le temps.

– Dans ce cas, c'est pas pour moi, répliqua Sejer.

– Je vois bien ce que tu vises, rigola Skarre. Tu ne crois pas en Dieu, mais la porte du paradis se dessine tout de même clairement dans ton imagination ! Et, comme les gens en général, tu espères que saint Pierre s'endormira sur son registre pour que tu puisses y entrer en profitant d'un instant d'inattention !

Sejer rit de bon cœur. Il eut un geste venu du plus profond de son âme et dont il se serait cru bien incapable : il posa un bras sur les épaules de Skarre et lui administra une petite tape amicale.

Ils étaient arrivés à la voiture. Sejer enleva une frêle feuille d'érable qui s'était collée au pare-brise.

– J'aurais acheté un autre oiseau et je l'aurais cimenté à la pierre, déclara Skarre. Si ç'avait été mon gosse à moi !

Sejer démarra la vieille Peugeot et la laissa ronfler un moment dans le silence.

– Moi aussi.

Halvor persévéra devant son écran. Il n'avait jamais cru que ce serait facile, car sa vie n'avait jamais été facile. Sa recherche lui demanderait peut-être des mois mais ça ne le décourageait pas. Il fouillait sa mémoire pour se rappeler tout ce qu'elle avait vu, lu ou écouté, testant de temps à autre un mot. Mais, le plus souvent, il se contentait de regarder l'écran. Plus rien ne l'intéressait, ni la télé, ni son lecteur de CD. Il préférait rester seul dans le silence à se remémorer leur passé. Découvrir ce code secret devenait une échappatoire pour éviter de regarder vers l'avenir. De toute façon, il n'en espérait rien, sinon la solitude.

Ce qu'il avait vécu avec Annie, c'était trop beau pour durer. Il aurait dû le comprendre. Souvent il s'était demandé où ça les conduirait et où ça finirait.

La grand-mère ne disait rien mais pensait qu'il devrait

s'occuper à des choses plus utiles, comme tondre le petit bout de jardin derrière la maison, passer le râteau sur les graviers de la cour ou ranger un peu la remise. Au printemps, on doit faire ces choses-là, se débarrasser des vestiges de l'hiver. Quand elle lui en parlait, il approuvait mais sans rien entreprendre. Sa grand-mère finit par abandonner en se disant que ce qu'il faisait devait avoir une grande importance. Un jour, elle réussit à nouer péniblement les lacets de ses chaussures puis boitilla vers la cour, en s'appuyant sur sa béquille, et fut accablée par l'état de la plate-bande de tulipes envahie par les pissenlits et le chiendent. De toute évidence, la déchéance ne s'abattait pas seulement sur elle. Maison et jardin lui semblaient aussi gris et fanés qu'elle-même. Elle traversa la cour d'un pas lourd et ouvrit la porte de la remise. Si, par bonheur, les vieux meubles de jardin étaient toujours en état, ils pourraient au moins les sortir et les disposer devant la maison pour l'égayer un peu. Les voisins avaient ressorti les leurs depuis un bon bout de temps déjà. Elle chercha en tâtonnant le commutateur et alluma.

* * *

Astrid Johnas tenait un magasin de laine dans l'ancienne gare d'Oslo ouest.

Elle était assise devant une machine à tricoter, en train de travailler une matière douce qui ressemblait à de l'angora. Il traversa la boutique et se racla la gorge discrètement. S'arrêtant derrière son dos, il admirait son travail, un peu embarrassé.

– Je fais une couverture, sourit-elle. Pour mettre dans un landau. Je fabrique ce genre de choses sur commande.

Il l'étudia, un peu étonné au premier abord. Elle était nettement plus âgée que Henning Johnas, mais d'une beauté rare, d'une beauté à couper le souffle. Pas une beauté douce et discrète comme celle d'Élise, mais une beauté brune et éblouissante. Malgré lui, ses yeux s'attardèrent sur sa bouche. Quand elle fit un geste dans sa direction, il sentit son parfum, une fragrance légèrement vanillée, comme celle qui flotte dans les confiseries.

– Konrad Sejer, annonça-t-il. Police.

– Je m'en doutais.

Elle lui sourit.

– Parfois, je m'étonne de vérifier combien ça vous colle à la peau, même lorsque vous êtes en civil.

Il ne rougit pas mais se demanda si ça tenait à son comportement, sa démarche, sa manière de s'habiller ou à la clairvoyance particulière de cette femme.

Elle se leva et éteignit sa lampe de travail.

– Suis-moi dans l'arrière-boutique. Je dispose d'un petit bureau où je prends aussi mes repas. Elle traversa la pièce d'une démarche très féminine.

– Pour Annie, c'est tellement horrible, je peux à peine en supporter l'idée. En plus, j'ai mauvaise conscience de ne pas être allée à son enterrement, mais je n'en ai purement et simplement pas eu le courage. J'ai envoyé des fleurs.

Elle lui désigna une chaise.

Il la regarda et fut lentement envahi par un sentiment qu'il avait presque oublié, depuis le temps. Il se retrouvait tout seul avec une femme très belle et il n'y avait personne d'autre derrière qui se cacher. Elle lui sourit comme si la même pensée venait de l'effleurer. Mais elle ne se départit pas de cette assurance qu'ont les femmes belles depuis toujours.

– Je connaissais très bien Annie, dit-elle. Elle venait souvent chez nous pour garder Eskil. C'est le petit garçon qui nous a quittés l'automne dernier, expliqua-t-elle.

– Je sais.

– Bien sûr, tu as parlé avec Henning. Après, nous avons malheureusement perdu le contact avec elle, elle ne passait plus nous voir. La pauvre, elle me faisait de la peine. Elle n'avait que quatorze ans à l'époque et, à cet âge, ce n'est pas facile de savoir ce qu'il faut dire dans ces circonstances.

Sejer opina en triturant les boutons de son blouson. Il faisait tout à coup très chaud dans la petite pièce.

– Vous n'avez aucune idée de qui a pu faire ça? demanda-t-elle.

– Non, répondit-il avec franchise. Pour l'instant, nous ne faisons que rassembler des informations. Et avec ça, on va voir si on peut bientôt s'aventurer vers ce qu'on appelle la phase tactique.

– J'ai bien peur de ne pas pouvoir vous être très utile.

Elle baissa le regard et fixa ses doigts.

– Je la connaissais pas mal, c'était une fille bien, plus gentille et plus réfléchie que les adolescentes de son âge en général. Aucune coquetterie. Elle s'entraînait durement, était en excellente forme physique et travaillait bien à l'école. En plus, elle était jolie. Elle avait un petit ami qui s'appelait Halvor. Mais ils n'étaient peut-être plus ensemble?

– Si, murmura-t-il.

Le silence retomba entre eux. Sejer attendait qu'elle le rompît.

– Qu'est-ce que tu veux savoir? demanda-t-elle enfin.

Il ne répondit pas, se contentant de la regarder. Sa silhouette mince était soulignée par un joli tailleur à jupe étroite et veste cintrée, rouge profond avec des bordures vertes et moutarde, le tout en tricot: c'était une publicité vivante pour sa profession. Il nota dans le désordre ses chaussures noires à talons plats, sa coiffure simple et lisse d'où émergeaient deux boucles d'oreilles en forme de flèche de bronze, ses yeux noirs, son rouge à lèvres assorti à ses vêtements. Les discrètes ridules autour des yeux et de la bouche confirmaient qu'elle était nettement plus âgée qu'Henning. Son fils Eskil était le fruit d'une grossesse tardive.

– Je veux juste discuter, expliqua-t-il doucement. Je ne recherche rien de précis. Donc, elle venait souvent chez vous pour garder Eskil ?

– Plusieurs fois par semaine, répondit-elle tristement. Personne d'autre n'acceptait de garder Eskil. Il n'était pas facile à tenir. Les autres filles préféraient garder d'autres gosses. Mais tout ça, on te l'a probablement déjà raconté.

– On y a fait allusion, mentit-il.

– Il était horriblement actif, presque à la limite de ce qui est normal. « Hyperactif », disent les spécialistes. Tu sais : partout à la fois, jamais en repos…

Elle laissa échapper un petit rire embarrassé.

– Ce n'est pas facile à reconnaître, tu sais, mais c'était un enfant difficile. Annie était l'une des rares qui savait s'y prendre avec lui.

Elle se tut et réfléchit un peu.

– Et elle venait assez souvent. On était toujours crevés, Henning et moi, alors, pour nous, c'était une véritable bénédiction quand elle sonnait à la porte, souriante, ne demandant qu'à le garder. On mettait Eskil dans sa poussette et on donnait de l'argent à Annie pour qu'ils puissent aller jusqu'au centre du village s'acheter une bricole. Des glaces, des bonbons, ce genre de trucs. On pouvait souffler une heure ou deux ; je crois qu'elle faisait exprès de traîner un peu. De temps à autre, ils montaient dans le car pour aller en ville et ne revenaient que le soir. Ils prenaient le petit train sur la place du marché. À cette époque, j'étais surveillante de nuit à la maison de retraite, donc je devais dormir dans la journée. Alors pour moi, c'était un coup de main bienvenu... On a un autre fils, c'est vrai. Magne. Mais il était trop grand pour aimer s'occuper de son frère. En tout cas il n'était pas très partant. Alors, on a laissé tomber, comme on le fait trop souvent avec les garçons.

Elle sourit de nouveau et changea de position sur sa chaise. Chaque fois qu'elle bougeait, il sentait le léger bouquet de vanille flotter dans la pièce. Elle surveillait sans arrêt la porte, mais personne n'entrait. Parler de son fils la troublait. Son regard, fuyant Sejer, volait comme un oiseau enfermé dans une cage trop petite, se posant sur les pelotes de laine, sur la table, n'importe où dans la pièce, dans le vide.

– Quel âge avait Eskil quand il est mort ? demanda Sejer.

– Vingt-sept mois.

Les mots étaient sortis péniblement, accompagnés d'un curieux mouvement de tête.

– C'est arrivé pendant qu'Annie le gardait ?

Elle leva les yeux.

– Dieu merci, non ! Ça aurait été terrible. Plus terrible encore. C'était déjà assez difficile comme ça, pour tout le monde. Pauvre Annie, si ça s'était produit sous sa responsabilité, en plus...

Il prit une longue inspiration avant de reprendre :

– Explique-moi, il s'agissait de quel genre d'accident ?

– Je croyais que tu en avais déjà parlé avec Henning ? s'étonna-t-elle.

– C'est vrai, mentit-il. Mais pas en détail.

– Il a avalé quelque chose de travers, dit-elle à voix basse. Je me trouvais en haut, au premier. Henning était dans la salle de bains avec son rasoir électrique et il n'a rien entendu. Mais il faut dire qu'Eskil n'a pas dû pleurer, j'imagine, puisqu'il avait de la nourriture coincée dans la gorge. Il était attaché à sa chaise avec le harnais, chuchota-t-elle. Tu sais, un harnais comme en ont les gosses de cet âge, qui sert de protection, normalement. Il était en train de prendre son petit déjeuner.

– Je connais, se hâta de dire Sejer. J'ai une fille et un petit-fils.

Elle déglutit avant de poursuivre.

– Quand Henning l'a découvert, il pendait dans son harnais, tout bleu. L'ambulance a mis plus de vingt minutes ! Il n'y avait plus aucun espoir quand ils ont fini par arriver.

– Ils venaient de l'hôpital central ?

– Oui.

Sejer jeta un coup d'œil en direction de la boutique et aperçut une femme de l'autre côté de la vitre. Elle était en train d'admirer un caban que madame Johnas avait exposé en vitrine.

– Donc, ça s'est passé de bonne heure le matin ?

– De bonne heure le matin, oui, murmura-t-elle. Le 7 novembre.

– Et tu dormais pendant ce temps ?

Elle le fixa, soudain, droit dans les yeux.

– Je croyais que tu venais parler d'Annie ?

– Mais oui. Ce serait bien si tu me parlais un peu d'elle, se dépêcha-t-il de répondre en ressentant aussitôt une démangeaison sous sa chemise.

Mais à présent elle semblait fermée comme une huître. Elle se redressa sur sa chaise et croisa les bras.

– J'imagine que tu as déjà parlé avec tous les habitants de la rue Cristal ?

– Oui.

– Dans ce cas, je suppose que tu sais déjà tout ça ?

– Sans doute. Mais ce qui me préoccupe, c'est la façon dont Annie a réagi à cet accident, avoua-t-il sans fard. Le fait qu'elle ait réagi si... violemment.

– Ce n'est pas si bizarre que ça ! Quand un gamin de deux ans meurt dans des circonstances pareilles... Un enfant qu'elle connaissait si bien. En plus, ils étaient très liés l'un à l'autre et Annie était fière d'être la seule à savoir s'y prendre avec lui.

— Non, ce n'est peut-être pas bizarre en soi. C'est juste que, moi, j'essaie de cerner qui elle était. Comment elle était.

— Elle était comme je viens de te raconter. Je ne veux pas me montrer peu coopérative, mais ce n'est pas très facile pour moi de parler de tout ça.

Elle le regarda de nouveau, l'air interrogateur.

— De toute façon, c'est un agresseur sexuel que vous recherchez, non ?

— Je ne sais pas.

— Ah bon ! C'est la première chose à laquelle j'ai pensé. Comme ils ont écrit qu'on l'a découverte nue... Tu sais, on lit les journaux, tout ça, et on n'y parle que de sexe. Elle rougit et se mit à se tordre les doigts. Mais qui ça pouvait bien être d'autre ?

— C'est tout le problème. On ne comprend pas car, pour autant qu'on sache, elle n'avait pas d'ennemi. Mais il faut bien se poser la question : si le mobile n'était pas le sexe, qu'est-ce qui a pu motiver l'assassin ?

— Je pense qu'il ne doit pas y avoir beaucoup de logique dans la tête de ce genre de personne. Je veux dire, chez les fous. Ils ne réfléchissent pas comme nous.

— On ne sait pas s'il est fou. On a juste du mal à comprendre son mobile pour l'instant. Dis-moi, pendant combien de temps as-tu été mariée avec Henning Johnas ?

Elle le regarda les yeux écarquillés, mais répondit.

— Quinze ans. J'étais enceinte de Magne quand on s'est mariés. Henning a quelques années de moins que moi, précisa-t-elle comme pour lui confirmer ce qui l'avait surpris de prime abord. Nous avons eu de longues discussions sur l'éventualité d'avoir un nouvel enfant. Mais nous étions tout à fait d'accord, là-dessus : on le désirait tous les deux.

– Une sorte de petit dernier ?
– Oui.

Elle contempla le plafond comme si elle y découvrait quelque chose de très intéressant.

– L'aîné va donc sur les dix-sept ans, maintenant ?
Elle acquiesça.
– Il voit son père ?
Elle le regarda, effarée.
– Bien sûr que oui ! Il va souvent à Lundeby, il en profite pour voir ses anciens copains aussi. Mais ce n'est pas toujours facile entre son père et moi. Après tout ce qui s'est passé...

Il comprit et hocha la tête.
– Tu vas souvent sur la tombe d'Eskil ?
– Non, reconnut-elle. Mais Henning se charge de l'entretenir. C'est un peu trop dur pour moi. Tant que je sais que quelqu'un s'en occupe, je préfère ne pas y aller.

Sejer pensa à la tombe laissée à l'abandon mais ne commenta pas.

La porte de la boutique s'ouvrit assez brutalement et un très jeune homme entra. Madame Johnas jeta un coup d'œil dans le magasin.

– Magne ! Je suis dans le bureau !

Sejer se retourna et étudia le fils. Il ressemblait beaucoup à son père, mais il avait tous ses cheveux et beaucoup plus de muscles. Il s'arrêta, sur la réserve ; de toute évidence il n'avait aucune envie de discuter. Son visage affichait une expression revêche et hostile, en parfaite harmonie avec ses cheveux noirs et ses énormes biceps.

– Je dois y aller, madame Johnas, déclara Sejer en se levant. Et il faudra m'excuser si je reviens, mais j'y serai sans doute obligé..

Il les salua d'un signe de tête et frôla le garçon resté sur le seuil de la porte ouverte. Une expression sou-

cieuse flottait sur le visage de madame Johnas tandis qu'elle le suivait du regard. Elle chuchota à son fils :
— Il enquête sur le meurtre d'Annie, mais il n'a voulu parler que d'Eskil.

Sejer s'attarda devant le magasin. Une grosse Kawasaki était garée près de l'entrée, peut-être celle de Magne Johnas. Une jeune femme, appuyée d'une fesse sur la selle, s'abîmait dans la contemplation de ses ongles. Elle portait un blouson court en cuir rouge décoré de clous ; ses cheveux blonds vaporeux rappelèrent à Sejer les cheveux d'ange dont on décorait l'arbre de Noël quand il était petit. Soudain, elle leva la tête. Il lui sourit en boutonnant sa veste.
— Bonsoir, Sølvi, lança-t-il avant de traverser la rue en diagonale.
Il remonta en voiture et prit l'autoroute en essayant de remettre de l'ordre dans ses pensées à propos d'Eskil Johnas. Un enfant difficile que personne d'autre qu'Annie ne voulait garder. Mort brutalement, tout seul, attaché sur sa chaise, sans personne pour l'aider. Il pensa à son propre petit-fils et frissonna. Il prit la direction de Lundeby et de la maison d'Halvor.

Dans la cuisine, Halvor Muntz passait des spaghettis chauds sous l'eau froide. Il oubliait souvent de manger ces temps-ci. La faim lui faisait tourner la tête tandis que le somnifère qu'il avait pris dans la nuit le rendait lourd et lent. La forte pression de l'eau l'empêcha de distinguer le bruit de la voiture qui était en train de se garer devant la maison. En revanche, il entendit que sa grand-mère rentrait en parlant toute seule. Elle claqua la porte et entra dans la pièce traînant les pieds. Halvor jeta un coup d'œil à ses Nike à rayures noires qui lui donnaient une allure plutôt comique. Puis il posa sur le plan de travail un bol de fromage râpé et une bouteille de ketchup. Il se rappela soudain qu'il avait oublié de saler l'eau des spaghettis. La grand-mère, du salon, lâcha un long soupir.

– Halvor ! Regarde ce que j'ai trouvé dans la remise !

Il passa la tête par la porte de la cuisine.

– Un vieux sac d'école, continua-t-elle. Avec des trucs dedans, des vieux cahiers, je ne savais pas que tu avais gardé tout ça !

Elle le balançait au bout de son bras : un ouvre-bouteille publicitaire de Coca-Cola pendait de la boucle du sac.

Halvor se pétrifia.

– C'est celui d'Annie, souffla-t-il.

Un stylo plume avait fui : l'encre bleue avait traversé le cuir et formé des petites taches au fond du compartiment à fermeture éclair.

– Elle l'a oublié ici ?

– Oui, répondit-il en toute hâte. On va le ranger dans ma chambre en attendant de le rapporter chez Eddie.

La grand-mère le fixa, étonnée. Puis une expression inquiète se peignit sur son visage ridé quand elle vit une silhouette familière s'avancer dans l'entrée obscure. Halvor sentit son sang se glacer ; il se figea, comme cloué au sol, le sac à dos pendant par une seule lanière à son épaule.

– Halvor, lança Sejer, tu vas devoir venir avec moi maintenant.

Halvor chancela et dut faire un pas de côté pour ne pas tomber. C'était comme si le plafond se rapprochait de lui pour l'écraser.

– Dans ce cas, vous pourriez déposer le cartable d'Annie chez ses parents, dit la grand-mère en tournant et retournant son alliance devenue trop large.

Personne ne répondit. Halvor sentait la pièce tanguer autour de lui, la transpiration l'inonder. Le sac qu'il tenait maintenant à la main tremblait.

Sejer avait jeté un coup d'œil au sac : il ne contenait plus que la biographie de Sigrid Undset, *Le Cœur des hommes*, ainsi que *La Couronne*, un cahier et son portefeuille avec une photo d'Halvor prise l'été dernier ; il était étonnamment beau avec son hâle, sa frange presque décolorée par le soleil. Pas comme en ce moment où il était livide de peur, le front couvert de sueur.

L'atmosphère était houleuse. D'habitude, Sejer n'avait aucun problème pour mener le jeu. Mais là, il se sentait pris au dépourvu.

– Tu comprends ce que ça implique ? commença-t-il.
– Oui.

Halvor souleva un pied et étudia sa chaussure en toile aux lacets effilochés, dont la semelle se décollait.

– Le cartable d'Annie a été découvert dans ta remise, ce qui te relie directement au meurtre. Tu comprends ce que je te dis ?
– Oui. Mais tu te trompes.
– En tant que petit ami d'Annie, on t'avait déjà à l'œil, évidemment. Mais on n'avait aucun prétexte pour t'inculper. Aujourd'hui, ta grand-mère a fait le boulot à notre place. Tu n'avais pas prévu ça, hein Halvor ? Ta grand-mère, qui se déplace si difficilement, a soudain décidé d'aller ranger la remise… Qui l'eût cru ?
– Je ne sais pas d'où il sort ! Tout ce que je sais, c'est qu'elle l'a trouvé dans la remise !
– Caché derrière un matelas en mousse, précisa Sejer.

Halvor avait les traits tirés, il était plus pâle que jamais. De temps à autre, un tressaillement agitait le coin martyrisé de sa bouche.

– Quelqu'un essaie de me faire porter le chapeau !
– Qu'est-ce que tu veux dire ?
– Qu'on l'a déposé là exprès ! L'autre soir, j'ai entendu quelqu'un rôder sous mes fenêtres.

Sejer sourit tristement.

– Rigole, continua Halvor, mais c'est comme ça. Quelqu'un l'a déposé là. Quelqu'un qui veut qu'on croie que c'est moi. Qui savait qu'on sortait ensemble ! Ce qui veut dire que c'est quelqu'un qu'elle connaissait, n'est-ce pas ?

Révolté, il fixait l'inspecteur, l'air résolu.

– J'ai toujours pensé qu'il la connaissait, reconnut Sejer. Qu'il la connaissait même très bien. Peut-être aussi bien que toi.

– C'est pas moi ! Tu m'entends ? C'est pas moi !

Il s'essuya le front et s'efforça de retrouver son calme.

– Il y a quelqu'un qu'on a oublié et à qui on devrait parler, selon toi ?

– Je n'en sais strictement rien.

– Un nouveau petit ami, peut-être ?

– Il n'y avait rien de ce genre.

– Comment peux-tu être aussi sûr de toi ?

– Elle me l'aurait dit.

– Tu crois vraiment que les filles rappliquent en courant pour se confesser dès que leurs sentiments changent d'objet ? Combien de filles as-tu fréquentées, Halvor ?

– Elle me l'aurait dit ! Annie, tu la connaissais pas...

– Non, je ne la connaissais pas mais j'ai compris qu'elle était différente. Elle avait tout de même certaines choses en commun avec les autres filles, non ?

– Je ne connais pas d'autres filles.

Il se tortillait sur sa chaise. Enfonçant un doigt entre le caoutchouc et la toile de sa chaussure, il entreprit d'agrandir le trou.

– Vous devriez plutôt chercher des empreintes sur le sac.

– C'est ce qu'on va faire, évidemment. Mais il n'est pas très difficile d'effacer ce genre de truc, tu sais.

J'ai la très forte impression qu'on ne va pas en trouver une seule, à part les tiennes et celles de ta grand-mère.

– Je ne l'ai jamais touché. Pas avant aujourd'hui.

– On verra bien. Le fait qu'on ait découvert ce sac nous permet d'ailleurs d'examiner de plus près ta moto, ta combinaison et ton casque. Tu veux boire quelque chose avant de continuer ?

– Non.

La fente dans la chaussure était devenue assez grande. Il retira sa main.

– Je dois rester là cette nuit ?

– J'ai bien peur que oui. Pas moyen de faire autrement que de te garder.

– Combien de temps ?

– Je ne sais pas encore.

Sejer scruta son visage défait de l'autre côté de son bureau et changea de sujet.

– Qu'est-ce que tu fabriques avec ton ordinateur, Halvor ? Tu restes devant ton écran pendant des heures, dès que tu rentres du travail et jusqu'à minuit, presque tous les jours. Tu peux me le dire ?

Le garçon leva la tête.

– Vous m'espionnez ou quoi ?

– En quelque sorte. On espionne pas mal de gens ces temps-ci. Tu tiens un journal ?

– Non, je m'amuse, tout bêtement. Je joue aux échecs, entre autres.

– Contre toi-même ?

– Contre la Sainte Vierge, répliqua-t-il sèchement.

Sejer cligna des yeux.

– Je te conseille de nous dire tout ce que tu sais. Tu nous caches quelque chose, Halvor, j'en suis sûr. Vous étiez deux, c'est ça ? Tu couvres quelqu'un ?

– Je ne vous cache rien, sauf que j'en ai plein le dos, répondit-il, maussade.

– S'il y a une inculpation dans cette affaire, il se peut qu'on te confisque ton ordinateur.

– Mais faites donc, sourit-il tout à coup, vous ne pourrez pas y entrer.

– Pas y entrer ? Comment ça ?

Halvor se tut obstinément en continuant à tripoter sa chaussure.

– Parce que tu l'as verrouillé ?

Halvor avait la bouche sèche, mais ne voulait surtout pas mendier un Coca. Chez lui, dans le frigo, il avait une bière au gingembre... Il ne pouvait plus penser qu'à ça à présent.

– Si tu l'as verrouillé, c'est bien qu'il renferme quelque chose d'important.

– C'est juste pour m'amuser.

– Tu veux bien me gratifier de phrases un peu plus longues, Halvor !

– Il n'y a rien d'important, que des trucs que je tape quand je m'ennuie.

Sejer se leva.

– Tu as l'air d'avoir soif. Je vais nous chercher du Coca.

Sejer disparut et la porte du bureau se referma sur Halvor. Par le trou colossal qu'il avait fait dans sa chaussure, il pouvait voir sa chaussette de tennis sale. Au loin, il perçut une sirène sans pouvoir déterminer de quelle sorte d'alarme il s'agissait. À part ça, il n'entendait que le brouhaha régulier du grand bâtiment, un peu comme au cinéma avant le début du film. Sejer réapparut avec deux bouteilles et un décapsuleur.

– J'ouvre un peu la fenêtre, d'accord ?

Halvor approuva.

– C'est pas moi qui ai fait ça...

Sejer servit le Coca dans deux gobelets. La mousse déborda.

– J'avais aucune raison.

– Sur le coup, j'ai du mal à t'en trouver, moi aussi, reconnut Sejer.

Il soupira et but un peu.

– Mais cela ne veut pas dire que tu n'en avais pas. Il arrive que les sentiments prennent le dessus, la réponse est souvent aussi simple que ça. Est-ce que ça t'est déjà arrivé, à toi ?

Halvor se tut.

– Tu connais Raymond, de la rue Kolle ?

– Le trisomique ? Je le croise sur la route, de temps en temps.

– Tu es déjà allé chez lui ?

– J'y suis passé en moto. Il a des lapins.

– Tu lui as parlé ?

– Jamais.

– Tu savais que Knut Jensvoll, l'entraîneur d'Annie, a fait de la taule pour viol ?

– Annie me l'a dit.

– Quelqu'un d'autre était au courant ?

– Aucune idée.

– Tu connais le gamin qu'elle gardait souvent ? Eskil Johnas ?

Il leva les yeux, surpris.

– Oui ! Il est mort !

– Parle-moi de lui.

– Pourquoi ça ?

– T'occupe, raconte-moi.

– Quoi dire ? Il était plutôt de bonne composition, marrant…

– De bonne composition et marrant ?

– Plein d'énergie.

– Difficile ?

– Un peu fatigant, oui. Il ne savait pas rester tranquille. Je crois qu'on lui donnait des médicaments pour ça. Il fallait toujours l'attacher, sur sa chaise, sur sa poussette. J'étais parfois avec elle quand elle le gardait. Elle était la seule à se proposer. Mais tu sais, Annie...

Il vida son gobelet et s'essuya la bouche.

— Tu connais ses parents ?

— Je sais qui c'est.

— Et le fils aîné ?

— Magne ? Seulement de vue.

— Il a déjà manifesté de l'intérêt pour Annie ?

— Comme tous les autres. Il la reluquait quand il la croisait.

— Et qu'est-ce que ça te faisait, Halvor ? Que d'autres types « reluquent » ta copine ?

— Premièrement, j'avais l'habitude. Deuxièmement, ça laissait toujours Annie de marbre.

— Elle a tout de même suivi quelqu'un. Il y a eu une exception, là.

— Je sais.

Épuisé, Halvor ferma les yeux. Sous la lumière du plafonnier, la cicatrice au coin de sa bouche brillait comme un fil d'argent.

— Il y avait plein de choses chez Annie que je ne comprenais jamais. Parfois, elle se mettait en colère sans raison ou bien elle était très tendue. Et si je lui demandais ce qui n'allait pas, ça la mettait hors d'elle. Elle me jetait à la figure qu'il y avait des trucs qu'on ne pouvait pas raconter comme ça, de but en blanc.

Il reprit son souffle.

— Donc tu as le sentiment qu'elle savait quelque chose ? Que quelque chose la hantait ?

— Je ne sais pas. Oui. Je lui ai beaucoup parlé de moi. Je lui ai presque tout dit. Pour qu'elle comprenne que ce n'est pas dangereux de se confier à quelqu'un.

— Mais de toute évidence, tes confidences à toi n'étaient pas aussi graves ? Les siennes, c'était encore pire ?

Halvor eut un air douloureux. Non, ça n'aurait pas pu être pire. Jamais de la vie.

– Halvor ?

– Il y avait quelque chose, répondit-il à voix basse en rouvrant les yeux. Quelque chose pesait sur Annie. Un véritable fardeau !

* * *

« Quelque chose pesait sur Annie. Un véritable fardeau. »

La phrase était si subtilement formulée que Sejer sentait qu'au fond, il y croyait. Ou, peut-être, tout simplement, voulait-il y croire ? Tout de même, le sac, dans la remise. La conviction intime qu'Halvor lui cachait quelque chose... Sejer marchait vers le parking en ressassant, juxtaposant les informations. Elle aimait bien garder les gosses des gens. Son préféré était particulièrement difficile. Et il était mort. Elle ne pouvait pas avoir d'enfants elle-même et il ne lui restait plus beaucoup de temps à vivre. Délaissant les sports d'équipe, elle préférait courir seule le long des routes. Elle avait un petit ami à qui elle crachait parfois sa colère, qu'elle quittait, qu'elle reprenait. Comme si elle avait du mal à savoir ce qu'elle voulait vraiment.

Tout cela n'avait aucun sens pour Sejer, cela ne dessinait aucune forme.

Il fourra les mains dans ses poches et monta dans sa voiture. Il roula jusqu'au village voisin où Halvor avait passé son enfance, enfin plus exactement où il avait raté son enfance. À l'époque, le représentant de la loi de cette commune rurale avait son bureau dans une vieille villa. Désormais, il était dans un bâtiment coincé entre un magasin de la chaîne Rimi et la perception. Sejer patienta dans la salle d'attente jusqu'au moment où le sergent l'arracha à ses pensées. La main qu'il lui tendait était pâle, couverte de taches de son. Il avait dépassé les quarante ans. Il était menu, avec un défaut de pigmentation visible sur les mains et les cheveux ; ses yeux bleu-vert pétillaient de curiosité et d'obligeance : un inspecteur de la ville, ce n'était pas monnaie courante dans ce patelin dont les habitants se sentaient souvent oubliés du monde.

– C'est gentil de m'accorder un peu de ton temps, apprécia Sejer en le suivant dans le couloir.

– Tu as parlé d'une affaire de meurtre. Annie Holland ?

Sejer acquiesça.

– J'ai suivi l'histoire dans les journaux. Si tu es ici, je suppose que tu t'intéresses à quelqu'un que je suis censé connaître ? C'est ça ?

Il lui désigna une chaise.

– Oui, enfin, en quelque sorte. En fait, il est en garde à vue. Ce n'est qu'un gamin, mais les indices trouvés chez lui ne nous ont pas laissé le choix.

– Et vous auriez bien aimé l'avoir, le choix ?

– Je ne crois pas que ce soit lui.

– Je vois... Ce sont des choses qui arrivent.

La voix du sergent ne trahissait aucune ironie, il se contenta de joindre ses mains roses en attendant la suite.

– En décembre 91, il y a eu un suicide dans ton district. Deux frères ont été envoyés à l'orphelinat de Bjerkeli à la suite de ça, et la mère des gosses a été internée dans le service de psychiatrie de l'hôpital central. Ce que je recherche, ce sont des informations concernant Halvor Muntz, né en 1976, fils de Torkel et Lilly Muntz.

L'officier reconnut sans peine les noms. Aussitôt, il eut l'air inquiet.

– Tu t'es occupé de cette affaire, n'est-ce pas ?

– Oui, malheureusement, c'était moi. Moi et un jeune agent. Halvor, l'aîné, m'a appelé chez moi, à mon numéro privé. Ça s'est passé la nuit. Je me rappelle très bien la date, le 13 décembre, parce que ma petite fille tenait le rôle de Lucia[1] à l'école ce jour-là. Je n'avais pas très envie d'y aller tout seul, alors j'ai emmené un agent récemment intégré. Quand il s'agissait de cette famille, on ne pouvait jamais savoir à quoi s'attendre... On s'est donc rendus chez eux où on a trouvé la mère sur le canapé du salon, tapie sous sa couette et les deux gamins au premier étage. Halvor n'a pas prononcé un seul mot. Il avait pris son petit frère avec lui dans le lit et il n'était pas beau à voir. Du sang partout. On les a rapidement examinés et on s'est rendu compte que leur vie n'était pas en danger, ce qui nous a soulagés. Après on s'est mis à chercher le père. Il gisait dans la remise à bois, dans un vieux sac de couchage crade, la moitié de sa tête éclatée.

Il marqua une pause. Sejer semblait voir dans ses yeux douloureux l'ombre de ce drame ancien.

– Pas facile de faire parler les enfants. Ils se cramponnaient l'un à l'autre sans un mot. Mais après beaucoup de persévérance, Halvor nous a raconté que son père, qui avait picolé sec depuis le matin, s'était laissé gagner par une rage démente. Il avait débité des choses sans queue ni tête et saccagé une partie du rez-de-chaussée. Les garçons avaient passé la journée dehors mais, à la nuit tombée, il a bien fallu qu'ils rentrent se coucher car il commençait à faire froid. Halvor s'est réveillé alors que son père était penché sur son lit, brandissant un couteau à pain. Il a poignardé Halvor une fois. Ensuite, comme s'il s'était ressaisi, il était sorti en trombe de la chambre. Les enfants l'entendirent claquer la porte de la maison puis batailler pour ouvrir la remise, une sorte de remise à l'ancienne au bout du terrain. Peu après, un coup de

---

1. Le 13 décembre, la Sainte-Lucie est l'occasion d'une fête particulière où les petites filles incarnent la sainte pour lui rendre hommage. (NdT)

fusil a retenti. Halvor n'a pas osé aller regarder ; il s'est glissé dans le salon pour me téléphoner. Mais il se doutait de ce qui s'était passé. Il m'a dit qu'il avait peur que quelque chose soit arrivé à son père. L'assistance sociale avait l'œil sur ces gosses depuis des années, mais Halvor se débrouillait toujours pour les repousser. Cette nuit-là, il n'a pas protesté.

– Comment a-t-il réagi à tout ça ?

Le sergent se leva et fit quelques pas. Il hésitait et paraissait inquiet. Sejer n'avait aucune intention de combler le silence qui s'était installé.

– Difficile de cerner ses sentiments : Halvor était d'une nature assez renfermée. Mais pour être franc, il ne manifesta aucune détresse. Son attitude relevait d'une sorte d'instinct de conservation, peut-être parce qu'une nouvelle vie pouvait enfin commencer. La mort de son père représentait un tournant. Ça a dû être un immense soulagement, je suppose. Ces deux gamins vivaient dans une angoisse perpétuelle sans jamais avoir ce dont tout enfant a besoin.

Il se tut de nouveau. Il tournait encore le dos à Sejer, attendant ses remarques : c'était l'inspecteur qui était venu lui demander de l'aide ; c'était à lui de parler. Mais Sejer se taisait. Le sergent semblait réfléchir comme s'il pesait le pour et le contre. Il finit par se retourner.

– Ce n'est qu'après qu'on s'est mis à réfléchir.

Il regagna sa place.

– Le père était étendu dans un sac de couchage. Il avait enlevé sa veste et ses bottes, il avait même roulé son pull en boule pour se le mettre sous la tête. Bref, il s'était installé pour la nuit. Et pas pour mourir. Donc, on a été frappés, *a posteriori*, par l'idée qu'on avait très bien pu l'aider à gagner un monde meilleur !

Sejer ferma les yeux. Il se frotta énergiquement un point de l'arcade sourcilière et s'aperçut qu'un peu de peau morte neigeait devant son œil.

– Tu penses à Halvor ?
– Oui, avoua l'autre péniblement. Je pense à Halvor. Il a pu sortir après lui et, le voyant endormi, enfoncer le fusil dans le sac, le mettre entre les mains de son père et tirer.

Sejer frissonna.

– Qu'est-ce que vous avez fait ?
– Rien.

Le sergent écarta les bras en un geste d'impuissance.

– On n'a rien fait du tout. On n'avait rien trouvé qui pouvait le relier à l'accident, rien de concret. À part le fait que le père était quasiment inconscient à cause de sa cuite et qu'il s'était installé confortablement en ôtant ses bottes et en se faisant un oreiller avec son pull… La blessure était typique d'un cas de suicide. L'arme directement appuyée contre la peau, l'orifice de la balle qui est entrée sous le menton et ressortie en haut du crâne. Calibre . 16. Pas d'autres empreintes que les siennes sur le fusil. Pas de traces de pas suspectes à l'extérieur de la remise. Contrairement à vous, on avait le choix. Mais peut-être que toi, tu appellerais ça autrement : faute professionnelle ou défaut de jugement…

– J'aurais même pu faire bien pire, dit Sejer en souriant. Vous lui aviez parlé, non ?

– On l'a vu pour un interrogatoire de routine, il y avait quand même des armes en jeu. Mais ça ne nous a menés nulle part. Le frère n'avait que six ans, il ne savait pas lire l'heure, donc il ne pouvait ni confirmer ni infirmer celle qu'Halvor nous avait donnée. La mère était bourrée de Valium et les voisins n'avaient pas entendu le coup de feu. Ils habitaient dans un endroit assez isolé, dans une baraque affreuse qui avait été une épicerie dans le temps. Une maison en béton gris avec un escalier en pierre et une seule grande baie vitrée près de la porte.

Il s'essuya le nez sans raison.

– Heureusement, plusieurs éléments jouaient en sa faveur.

– Lesquels ?

– Si c'était vraiment Halvor qui avait tiré, il aurait dû s'allonger à plat ventre à côté du père, le fusil le long de sa poitrine avec la bouche de l'arme tout près de son menton. D'après l'angle du tir. Est-ce qu'un gamin de quatorze ans serait arrivé à réfléchir aussi froidement avec la joue tailladée en deux ?

– Ce n'est pas impossible. Quelqu'un qui partage sa vie avec un psychopathe pendant des années apprend probablement à ruser. Halvor est intelligent.

– Ils étaient amoureux ou quelque chose comme ça ? Lui et la fille Holland ?

– C'était une sorte de couple d'amoureux, répondit Sejer. Ton doute ne me fait pas particulièrement plaisir, mais je dois tout de même en tenir compte.

– Alors tu dois le révéler, c'est ça ?

– Si tu pouvais me communiquer le dossier concernant cette affaire, ce serait bien. Mais, après tout ce temps, je pense qu'il est pratiquement impossible de prouver quoi que ce soit. À mon avis, tu n'as rien à craindre. J'ai moi aussi travaillé à la campagne, je sais bien ce que c'est. Les liens entre les gens s'établissent très vite.

L'air désolé, le sergent fixa la rue par la fenêtre.

– Je suppose que là, je n'ai fait qu'empirer les choses pour Halvor. Il mérite mieux que ça. C'est le gamin le plus gentil que j'aie jamais rencontré. Depuis toujours, il s'est occupé de sa mère et de son petit frère et j'ai entendu dire qu'il habite chez la vieille madame Muntz aujourd'hui. Il l'a prise en charge elle aussi ?

– Oui.

– Il se trouve enfin une petite amie et voilà… ! Comment va-t-il ? Il arrive à tenir la tête hors de l'eau ?

– Oui, il y arrive. Peut-être n'a-t-il jamais attendu

autre chose de la vie que des catastrophes à répétition…

— S'il a effectivement tué son père, déclara le sergent en regardant Sejer droit dans les yeux, ça relèverait de la légitime défense. Il a sauvé le reste de sa famille. C'était eux ou lui. J'ai du mal à croire Halvor capable de tuer quelqu'un pour une autre raison. C'est pour ça que je ne trouve pas très juste d'utiliser ça contre lui aujourd'hui. Cet épisode, je veux dire. En plus, on n'a jamais vraiment tiré l'affaire au clair. Moi, après coup, j'ai résolu le problème avec ma conscience en le considérant comme non coupable. J'ai laissé la balance pencher en sa faveur.

Il se passa la main sur la bouche.

— La pauvre Lilly ne savait certainement pas ce qui l'attendait en se mariant avec Torkel Muntz. Avant moi, c'était mon père qui était responsable ici et il avait toujours des problèmes avec Torkel. C'était un fauteur de trouble, mais un beau mec. Et Lilly aussi était belle. S'ils étaient restés chacun de son côté, ils auraient peut-être pu devenir quelque chose dans la vie… Mais il y a des combinaisons qui ne peuvent tout bonnement pas marcher, pas vrai ?

Sejer approuva.

— Nous avons une réunion de tout le service aujourd'hui, pour décider de l'inculpation d'Halvor. J'ai bien peur…

— Oui ?

— J'ai bien peur de ne pas être suivi par l'équipe si je me prononce en faveur de sa relaxe. Pas après ça.

Holthemann feuilleta le rapport et jeta un regard sévère sur ses hommes, comme s'il voulait leur arracher des résultats par la seule force de son regard. Coincé dans la queue d'un supermarché, nul n'aurait crédité le chef de service du moindre bon sens et personne n'aurait pu deviner sa position sociale. Il était sec et terne comme de l'herbe fanée, avec un crâne brillant de sueur et un regard voilé par d'épaisses lunettes de myope.

– Et le simplet de la rue Kolle ? commença-t-il. Vous avez vérifié, en profondeur, ce qui le concerne ?

– Raymond Låke ?

– Le coupe-vent qui recouvrait le cadavre était à lui. Et Karlsen me dit qu'il y a pas mal de rumeurs qui courent à son sujet.

– Tu penses à laquelle en particulier ? répliqua Sejer sèchement.

– Par exemple, il paraît qu'il traîne avec sa caisse pour aller mater les filles. Il y a aussi des bruits concernant son père : il ferait semblant d'être malade pour passer ses journées au lit, à lire des magazines porno en laissant le pauvre diable se taper tout le boulot. Peut-être que Raymond aussi en lit en cachette, et que ça lui aura donné des idées.

– Je suis convaincu que le coupable est un homme de l'entourage proche d'Annie, dit Sejer. Et je pense aussi qu'il essaye de nous manœuvrer.

– Donc, tu crois Halvor ?

Sejer acquiesça.

– En plus, il y a cet inconnu qui s'est pointé dans le jardin de Raymond, lequel, après cette visite, prétend dur comme fer que la voiture était rouge.

– Ce n'était peut-être qu'un simple promeneur ? Tu ne vas tout de même pas te mettre à croire l'idiot du village ?

Sejer se mordit la lèvre.

– Si. Et, justement, pour cette raison. Parce qu'il n'est pas assez malin pour inventer une histoire pareille, je crois que quelqu'un est allé le voir pour lui parler.

– Et ce serait le même homme qui aurait rôdé sous les fenêtres d'Halvor ? Et qui aurait placé le sac dans la remise ?

– Pourquoi pas !

– Ça ne te ressemble guère d'être aussi jobard, Konrad ! Tu t'es complètement laissé ensorceler par un simplet et un adolescent !

Ce commentaire plongea Sejer dans un intense malaise. Peut-être, en effet, était-il en train de privilégier son instinct et ses convictions au détriment des faits réels ? Halvor, en tant que petit ami, était le coupable le plus vraisemblable.

– Est-ce qu'il a pu fournir des détails, Halvor ? poursuivit Holthemann en quittant sa chaise pour s'asseoir sur le bureau, ce qui lui permit, pour une fois, de pouvoir toiser Sejer.

– Il a entendu une voiture démarrer. Probablement vieille, peut-être avec un pot d'échappement hors d'usage. Le bruit provenait de la route.

– Il y a là un endroit où on peut faire demi-tour. Bien des gens s'y arrêtent.

– J'en suis conscient. Laissons-le partir. Il ne se sauvera pas.

– D'après ce que tu m'as dit, il se peut que ce soit un assassin qui a froidement abattu son propre père. Je trouve que tu nous en demandes un peu trop, Konrad.

– Mais Annie, il l'aimait vraiment, d'une façon particulière, à sa façon à lui. Même si elle ne le laissait presque jamais la toucher...

– Il a sans doute perdu patience, incapable de garder son sang-froid. Comme quand il a fait sauter la cervelle de son père. Ça démontre combien ce jeune homme est explosif !

– S'il a tué son père, ce que nous ne pouvons pas prouver, c'est qu'il n'avait certainement pas le choix. Toute sa famille était en train de sombrer, après des années de mauvais traitements et de négligence. En plus, il avait la joue ouverte. En réalité, je crois qu'il serait acquitté.

— Possible, mais l'élément déterminant ici, c'est qu'il est peut-être capable de tuer. Ce n'est pas donné à tout le monde ! Qu'est-ce que tu en penses, Skarre ?

Skarre, qui était en train de mâchonner son crayon, secoua la tête.

— J'imagine un meurtrier plus âgé, répondit-il.

— Pourquoi ?

— À cause de son exceptionnelle condition physique. Annie pesait soixante-cinq kilos, tout en muscles. Halvor n'en fait que soixante-trois, ils étaient donc à peu près à égalité. Si Halvor l'avait poussée dans l'eau, il aurait rencontré beaucoup de résistance : Annie aurait donc dû porter des traces de la lutte, au moins des égratignures ou des griffures. Or, elle n'en avait pas. Tout indique donc que le coupable avait largement le dessus, parce que beaucoup plus lourd qu'elle. D'après ce que j'ai vu, Annie était physiquement supérieure à Halvor. Je ne dis pas qu'il n'aurait pas pu y arriver, mais que ça lui aurait coûté beaucoup d'efforts.

Sejer approuva.

— O. K. Ça me paraît raisonnable. Mais dans ce cas, on recommence à zéro. Avons-nous d'autres personnes dans l'entourage d'Annie qui auraient un mobile possible ?

— Halvor n'a pas de mobile certain, lui non plus.

— Inutile d'enfoncer le clou : il avait le cartable, c'est lui qui est le plus impliqué affectivement. C'est moi qui porte la responsabilité dans cette affaire et je ne me sens pas très à l'aise, autant te le dire, Konrad. Et Axel Bjørk ? Aigri, alcoolique, avec un tempérament plutôt dangereux ? Il n'y a rien à chercher de ce côté-là ?

— Nous n'avons relevé aucune preuve nous indiquant que Bjørk était passé à Lundeby le jour en question.

— Non, d'accord. D'après le rapport, c'est sûrement parce que vous étiez beaucoup plus préoccupés par un garçonnet de deux ans ?

Il sourit, mais sans la moindre ironie.

– Pas vraiment par le gosse. Plus par la façon dont Annie a réagi à sa mort. On a tenté de découvrir la raison de son changement de personnalité ; peut-être que ça a quelque chose à voir avec le petit. Ou avec sa maladie, bien sûr. En réalité, j'avais espéré trouver autre chose.

– Quoi, par exemple ?

– Je ne sais pas. C'est ça la difficulté dans cette affaire, nous ne savons pas quel genre de type il faut chercher.

– Un bourreau, peut-être : il lui a maintenu la tête sous l'eau jusqu'à ce qu'elle cesse de respirer, intervint Holthemann brutalement. En dehors de ça, pas la moindre égratignure !

– C'est pour ça que je pense qu'ils se tenaient au bord de l'eau, côte à côte, à discuter. En toute confiance. Il est possible qu'il ait eu une espèce d'ascendant sur elle. Et puis, brusquement, il a posé une main sur le cou d'Annie et il l'a projetée à plat ventre dans l'eau. Mais l'idée a dû lui venir avant, peut-être quand ils étaient encore dans la voiture ou sur la moto.

– Il a dû se mouiller, se couvrir de boue, murmura Skarre.

– Et aucune moto n'a été signalée dans la rue Kolle ?

– Juste une voiture qui roulait à toute vitesse. Mais le propriétaire de l'épicerie, Horgen, se rappelle bien la moto. En revanche, il ne se souvient pas d'avoir aperçu Annie. Johnas non plus ne l'a pas vue monter sur la moto. Il l'a seulement déposée, remarqué la moto et le fait qu'elle se dirigeait vers elle.

– Autre chose ?

– Magne Johnas.

– Oui, et alors ?

– Pas grand-chose, en fait. Il a l'air bourré de stéroïdes anabolisants et il lui est vraisemblablement arrivé de faire des avances à Annie. Elle l'a repoussé. Ce que ce genre de mec risque de mal supporter. Il va régulièrement à Lundeby pour voir ses anciens copains et possède une moto. Aujourd'hui, il a jeté son dévolu sur Sølvi. On ne peut pas éviter d'y regarder de plus près.

Holthemann opina.

– Et Raymond et son père ? Raymond, apparemment, est resté absent de chez lui pendant pas mal de temps, non ?

– Il est allé faire des courses à l'épicerie et après il a regardé Ragnhild dormir.

– Un alibi en béton ! ironisa Holthemann. À part ça, un tas de muscles impulsif et immature doté des capacités intellectuelles d'un gamin de cinq ans ?

– Les assassins de cinq ans ne courent pas les rues que je sache !

Holthemann secoua la tête.

– Mais il aime bien les filles, n'est-ce pas ?

– Oui, mais sans savoir quoi faire avec.

– Tu n'abandonnes pas facilement à ce que je vois, Sejer ! Mais je reconnais que tu as généralement du flair. Il y a pourtant un truc que tu ne dois pas oublier…

Il leva un doigt taquin qu'il pointa sur lui.

– Tu n'es pas le héros d'un polar. Tâche de garder la tête froide !

Sejer rejeta la tête en arrière et éclata de rire de si bon cœur que Holthemann sursauta.

– J'ai raté un épisode ?

Il glissa un doigt sous l'un de ses verres de lunettes pour se frotter énergiquement le globe oculaire. Puis il cligna des yeux à plusieurs reprises avant de poursuivre.

– Enfin, faute d'autre résultat, je veux une inculpation d'Halvor. Par exemple, pourquoi est-ce que le meurtrier aurait trimballé le sac jusque chez lui ?

– Si le meurtrier est venu avec Annie en voiture, il a dû la garer au bout de la route, là où on peut faire demi-tour, avança Sejer. Après, il aura trouvé trop pénible de revenir sur ses pas pour balancer le sac à dos dans le lac.

– Ça semble cohérent.

– Juste une question, continua Sejer en captant son regard. Si l'empreinte sur la boucle de ceinture d'Annie exclut Halvor, tu le laisses partir ?

– Laisse-moi y réfléchir.

Sejer se leva et se dirigea vers la carte sur le mur, émaillée de silhouettes magnétiques, ressemblant au petit bonhomme vert des feux de signalisation, indiquant le parcours d'Annie : la première était placée devant la maison de la rue Cristal, une autre au carrefour de la rue Gneiss, qu'elle avait traversé pour prendre le raccourci, une autre encore au rond-point où une femme l'avait vue monter dans la voiture de Johnas. Une devant le magasin de Horgen. La voiture de Johnas et une moto étaient également matérialisées. Il saisit entre deux doigts la figurine représentant Annie, celle qui se trouvait près de l'épicerie, et la fourra dans sa poche.

– Quelle est, en réalité, la personne la plus proche d'elle ? murmura-t-il. Halvor ? La possibilité que quelqu'un ait eu le temps de la ramasser pendant un laps de temps aussi court est-elle envisageable ? Entre le moment où elle s'est dirigée vers l'épicerie et le moment où on l'a retrouvée ? Le motard ne s'est jamais manifesté. Personne n'a vu Annie monter sur la moto.

– Mais elle allait voir quelqu'un, non ?

– Elle se rendait chez Annette.

– C'est ce qu'elle a raconté à Ada Holland. Mais rien ne prouve qu'elle n'avait pas un rendez-vous galant ? suggéra Holthemann.

– C'était prendre un risque et compter sur le fait qu'Annette ne l'appellerait pas.

– Elles se connaissaient. D'ailleurs, elle n'a pas appelé.

— Exact. J'en suis conscient. Mais imaginons qu'elle ne soit jamais sortie de la voiture de Johnas. Et si c'était aussi simple que ça !

Il se leva et fit quelques pas. Les pensées tourbillonnaient dans sa tête.

— Pour autant que je sache, objecta Holthemann, c'est un homme d'affaires respectable qui tient sa propre galerie et possède un casier judiciaire blanc comme neige, non ? En plus, il avait plutôt une dette envers Annie, vu qu'elle le libérait régulièrement d'un enfant difficile ?

— Exactement, elle le connaissait bien. Et il avait des sentiments positifs à son égard.

Sejer ferma les yeux avant d'ajouter :

— Elle a peut-être fait un faux pas.

— Qu'est-ce que tu dis, là ?

— Je me demande si elle n'a pas commis une erreur, répéta Sejer.

— Bien sûr qu'elle a commis une erreur. Elle a suivi un meurtrier dans un endroit isolé, seule.

— Mais, avant aussi, elle l'a sous-estimé. Elle s'est crue en sécurité.

— Il ne portait certainement pas de pancarte autour du cou, remarqua Holthemann sèchement. Et si en plus elle le connaissait…Si elle était aussi fine que tu le prétends, il fallait alors qu'ils soient assez intimes.

— Peut-être qu'ils partageaient un secret ?

— Un secret d'alcôve, par exemple ? suggéra Holthemann en souriant.

Sejer remit la petite figurine magnétique en place devant l'épicerie avant de se retourner, l'air sceptique.

— Ce ne serait pas la première fois que ça arrive, continua le commissaire, toujours souriant. Certaines jeunes filles ressentent une espèce d'attirance pour les hommes mûrs. Ne me dis pas que tu ne l'as pas déjà remarqué, Konrad ?

Il rigolait.

– Halvor dit que non, répondit Sejer imperturbable.

– Évidemment, il ne doit pas supporter cette idée.

– Une liaison qu'elle aurait menacé de dénoncer, c'est ce à quoi tu penses ? Une liaison avec un homme doté de femme, enfants et gros salaire ?

– Je me contente de réfléchir à haute voix. Snorrason affirme qu'elle n'était plus vierge !

Sejer acquiesça.

– Il lui est quand même arrivé de céder à Halvor. À mon avis, tous les hommes de la rue Cristal doivent être considérés comme des candidats potentiels. Ils la voyaient tous les jours, été comme hiver, quand elle passait dans la rue. Ils l'ont vue grandir et devenir cette superbe jeune femme. Ils l'accompagnaient en voiture quand elle en avait besoin, elle gardait leurs gosses, elle allait et venait dans leurs maisons comme chez elle, elle leur faisait confiance. Ce sont des hommes adultes qu'elle connaissait bien et elle n'aurait certainement pas refusé qu'ils l'emmènent s'ils avaient croisé sa route. Vingt et une maisons, moins la sienne, ça nous fait vingt hommes. Fritzner, Irmak, Solberg, Johnas, toute une bande ! Peut-être que l'un d'entre eux avait le béguin pour elle.

– Le béguin pour elle ? Et l'assassin n'aurait même pas touché ce morceau de roi !

– Quelque chose aura pu le déranger ?

Sejer scruta la carte affichée au mur. Les hypothèses ne cessaient de s'accumuler. Il avait du mal à admettre qu'un criminel puisse tuer sa victime sans plus s'intéresser au corps, sans fouiller à la recherche de bijoux ou d'argent, sans laisser d'autres témoignages conscients ou inconscients de colère ou de désespoir ou même d'un penchant pervers. Il avait du mal à comprendre qu'un assassin se borne à allonger sa victime avec obligeance et précaution, à disposer soigneusement ses vêtements près d'elle. Il souleva à nouveau la dernière figurine représentant Annie. Il la serra intensément entre ses doigts pendant un moment avant de la replacer, comme à contrecœur.

Sorti de la réunion, il alla se promener vers l'étang. Il mobilisa toute son attention pour visualiser le couple tueur-victime sur le sentier. Annie, vêtue d'un jean et d'un pull bleu, un homme à ses côtés, qui n'est pour Sejer qu'un contour flou, une ombre sombre, certainement plus grande, plus robuste, plus âgée qu'elle. Il les imagine s'entretenant à voix basse, de quelque chose d'important. Il a son idée sur la façon dont ça s'était passé : l'homme gesticule et argumente ; Annie secoue la tête négativement ; il s'entête, son ton se veut persuasif ; ils s'échauffent. Ils approchent de l'eau qui brille entre les arbres. Il s'installe sur une pierre. Il ne l'a pas encore touchée. Elle, elle s'assoit près de lui en hésitant. L'homme est beau parleur, attentionné, gentil. Peut-être suppliant. Puis il se met brusquement debout et se jette sur elle ! Sejer entend le grand plouf quand elle tombe dans l'eau, l'homme au-dessus d'elle. Maintenant, il se sert de ses deux mains et pèse de tout son poids ; surpris, quelques oiseaux s'enfuient en piaillant. Annie crispe les lèvres pour ne pas aspirer d'eau. Elle se débat, elle gratte la boue de ses ongles : les secondes rouges et étourdissantes passent ; sa vie s'éteint interminablement dans l'eau trouble.

Sejer observe le petit bout de plage depuis une hauteur. Une éternité s'écoule. Annie cesse de se débattre. L'homme se relève et scrute le sentier. Personne ne les a vus. Annie gît à plat ventre dans l'eau boueuse. Peut-être juge-t-il trop épouvantable qu'elle reste comme ça : il la sort de là. Puis il réfléchit : la police va la retrouver, inspecter la scène du crime. Et tirer un tas de conclusions : une jeune femme, assassinée dans les bois ; un violeur évidemment, qui aura poussé le bouchon trop loin... Donc il la déshabille, mais avec précaution. Il se débat avec les boutons, la fermeture éclair et la ceinture, éparpillant les vêtements près d'elle. Il n'aime pas la position indécente dans laquelle elle se trouve, sur le dos, les jambes écartées. Mais il n'aurait pas réussi à lui enlever son pantalon autrement. Alors il la retourne sur le côté, empile les habits, replie ses bras. Car cette image, la toute dernière, va le poursuivre pour le restant de ses jours. Pour qu'il puisse la supporter, il faut qu'elle ait l'air aussi paisible que possible...

Comment a-t-il osé prendre du temps pour ça ?

Sejer descendit jusqu'au bord de l'étang sans se soucier de mouiller ses chaussures. Il demeura ainsi longtemps. Il se remémorait parfaitement la position du corps lorsqu'ils l'avaient découvert : une scène qui ne relevait pas d'un acte de cruauté pure et dure, mais plutôt d'un événement déchirant de désespoir. Sejer imaginait une pauvre âme égarée qui se démenait dans une obscurité totale. Il avait froid, manquait d'air, suffoquait, incapable de s'échapper de l'étau. Il avait fini par briser ce mur. Et ce mur, c'était Annie.

Sejer revint lentement sur ses pas. La voiture de l'assassin, ou peut-être sa moto, était probablement garée là où lui-même avait rangé sa Peugeot. Après, le meurtrier découvre le sac à dos en ouvrant la portière. Il hésite un peu, mais finalement il le laisse là et repart avec cet objet si compromettant. Il passe à toute vitesse devant chez Raymond et les voit venir à pied, le simplet flanqué d'une fillette avec une poussette de poupée. Ils ont aperçu la voiture ! Ces gens-là, les petits, les benêts s'attachent tant aux détails... Ce premier coup de peur le poignarde, mais il continue à rouler, dépasse trois fermes avant d'arriver enfin sur la nationale. Sejer le perd de vue.

L'inspecteur remonta dans sa voiture et descendit le chemin défoncé. Dans le rétroviseur, il regarda le nuage de poussière qu'il soulevait sur son passage. La maison de Raymond était plongée dans le silence, comme à l'abandon. La camionnette était garée dans la cour, la batterie probablement à plat et le pot d'échappement sans doute défoncé. Le grillage métallique des cages et les lapins qu'on devinait lui rappelèrent sa propre enfance, les années qui avaient précédé leur départ du Danemark. Ils avaient eu des poulets nains marron dans un poulailler au fond du potager. C'est lui qui ramassait les œufs tous les matins, des œufs tout petits, étonnamment ronds et pas plus grands que des calots d'agate. Dans le rétroviseur, il eut l'impression que le rideau de la fenêtre remuait légèrement. Ceux de la chambre du père de Raymond ? Pas sûr. Il prit à gauche et passa devant l'épicerie de Horgen, à l'endroit où la moto avait été vue. Aujourd'hui, il y avait une Blazer bleue et une pancarte en forme d'esquimau jaune, preuve flagrante que le printemps était arrivé. Il baissa sa vitre. Une douce brise lui caressa le visage.

Le mobile pouvait être sexuel, même si le corps ne portait aucune trace. Peut-être que le fait de déshabiller sa victime, de la voir allongée nue, sans défense et immobile, avait suffi à l'assassin. Peut-être avait-il joui en pensant à tout ce qu'il aurait pu lui faire, s'il avait voulu ! Dans l'imaginaire du coupable, elle avait peut-être subi bien des outrages. Ça pouvait s'être déroulé ainsi. Sejer ressentit de nouveau un malaise face à toutes les hypothèses possibles. Il avança lentement sur la route communale et s'arrêta devant l'allée menant à l'église ; il laissa passer un tracteur avec un chargement de choux et engagea sa voiture dans le chemin. Les fleurs fanées sur la tombe d'Annie n'étaient plus là et on avait enlevé la croix en bois. La pierre tombale était en place, une pierre grise, ordinaire, mais ronde et lisse, comme lavée et polie par la mer. Peut-être provenait-elle de l'une des plages où elle avait l'habitude de faire de la planche à voile l'été. Il lut l'épitaphe :

Annie Sofie Holland. Que Dieu t'accorde sa miséricorde.

Perplexe, il se demanda s'il aimait ce texte qui laissait entendre qu'Annie avait fait quelque chose de mal, qu'elle devait implorer le pardon. Non, il ne l'aimait pas.

En repartant, il passa devant la tombe d'Eskil Johnas. Quelqu'un, probablement un gamin, y avait déposé un bouquet de pissenlits.

Kollberg frétillant sous l'effet d'une envie pressante, Sejer le conduisit derrière l'immeuble où le chien se soulagea près d'un buisson de berbéris. De retour à l'appartement, il inspecta le congélateur qui n'avait à lui offrir qu'une barquette de saucisses à griller dures comme du béton, une pizza et un sachet de bacon dont la seule vision évoquait de vieux souvenirs. Finalement, il se prépara quatre œufs au plat, percés et cuits des deux côtés avec du sel et du poivre et, pour le chien, une saucisse coupée en morceaux que Kollberg engloutit en une bouchée avant de s'affaler sous la table. Sejer dégusta ses œufs avec un verre de lait, les pieds calés sous la poitrine du chien tout en lisant le journal : « *Le petit ami en garde à vue* ». Le titre lui arracha un soupir et lui mit le moral à zéro. Entre lui et la presse, ce n'était pas le grand amour : il n'aimait pas leur façon de présenter la misère de la vie.

Il débarrassa et lava son assiette puis brancha la cafetière. Il était possible qu'Halvor ait tué son père d'un coup de fusil. Possible qu'il ait enfilé des gants, glissé l'arme à l'intérieur du sac de couchage pour la caler entre les poings de son père, avant de tirer. Possible qu'il ait balayé ses propres traces devant la remise et soit monté rejoindre son frère dans la chambre. Et il est certain que le cadet, qui lui vouait un amour sans bornes, n'aurait rien dit si Halvor avait effectivement été hors de son lit lorsque le coup de feu avait claqué.

Il sirota son café dans le salon. Puis il prit une douche et feuilleta le catalogue « Salles d'eau et sanitaires » trouvé dans sa boîte aux lettres. Il y avait des soldes sur les carreaux de salle de bains, notamment sur un modèle tout simple orné de dauphins bleus. Il s'allongea sur le canapé dont la longueur le contraignait à poser ses pieds sur l'accoudoir ; faute d'être confortable, ça avait le mérite de l'empêcher de somnoler et donc de compromettre son sommeil nocturne, déjà laborieux à cause de son eczéma. Il regarda vers les fenêtres et pensa qu'il était temps de nettoyer les vitres. Comme il habitait au treizième, il était en plein ciel, d'un bleu azur qui commençait à prendre la profondeur du crépuscule. Tout à coup, il découvrit une mouche qui se baladait sur le carreau. Une mouche à viande, noire et grasse. Bah, un signe du printemps ! Une deuxième mouche se mit à danser autour de la première. Il ne détestait pas les mouches, mais n'aimait pas trop leur manie de se frotter les pattes. Il y voyait quelque chose de très intime, comparable au fait de se gratter les couilles en public. À la troisième mouche, il commença à les examiner plus attentivement. Trois mouches sur la vitre en même temps… Il trouvait bizarre qu'elles n'en décollent pas. Puis une autre, et d'autres encore, un véritable grouillement de grosses mouches noires. Elles finirent par s'envoler et disparaître derrière le fauteuil. Elles étaient si nombreuses à présent qu'il pouvait entendre leur vrombissement. Hésitant, il se leva du canapé, avec une sensation désagréable dans l'estomac. Il devait y avoir quelque chose derrière le fauteuil, quelque chose dont elles se régalaient. Il traversa la pièce et s'approcha doucement, la gorge serrée. Il saisit le fauteuil et le souleva brutalement. Les mouches se dispersèrent dans tous les sens, un véritable essaim. Il y en avait d'autres agglutinées par terre, occupées à se goinfrer de quelque chose.

Quelque chose qu'il toucha du bout des orteils. Le dernier envol de mouche révéla un bout de pomme, tout mou.

Sa chemise était trempée de sueur. Désemparé, il se frotta les yeux et les tourna vers la vitre. Rien. Il avait rêvé. Il se sentait la tête lourde et cotonneuse, le cou et les mollets endoloris après son somme sur le canapé trop court. Irrépressiblement, il se leva pour jeter un coup d'œil sous le fauteuil. Rien. Il se rendit à la cuisine pour prendre sa bouteille de whisky et sa blague de tabac à rouler. Il soupira, pas très fier de lui, et les emporta dans le salon. Kollberg le fixa intensément, les yeux pleins d'espoir. Il regarda son chien et changea d'avis. « Promenade », murmura-t-il.

Ils mirent exactement une heure pour faire l'aller et retour à pied entre l'immeuble et l'église du centre-ville. Il pensait à sa mère qu'il aurait dû aller voir : ça faisait trop longtemps depuis la dernière fois. Un jour, se dit-il, découragé, sa fille Ingrid consulterait le calendrier et dirait, elle aussi : il faudrait que j'y fasse un saut ; ça fait longtemps. Et elle lui rendrait visite, sans plaisir, juste par devoir. Sans doute Skarre avait-il raison, au fond... Peut-être n'était-ce pas raisonnable de devenir si vieux qu'on ne représente plus que de l'embarras pour les autres. Il se sentit un peu submergé par ses propres réflexions et pressa le pas. Il ne fallait pas se laisser aller ! Il devait refaire la salle de bains. Élise aurait aimé les carreaux avec les dauphins, il en était sûr. Huit ans avec ce faux marbre, c'était une honte ! C'est comme s'il entendait Élise le houspiller. Il rentra.

Il pouvait enfin s'offrir un whisky bien mérité. La sonnette de la porte retentit au moment où il rebouchait la bouteille. Skarre le salua moins timidement que la dernière fois. Il fronça le nez lorsque Sejer lui proposa un whisky.

– T'as pas plutôt une bière ?

– Non, pas moi. Mais je vais demander à Kollberg. En général, il s'en garde un petit fût en réserve dans le bas du frigo, répondit-il très sérieusement. Il disparut et revint avec une pression.

– Tu sais comment on s'y prend pour poser des carreaux dans une salle de bains ?

– Absolument. J'ai fait un stage dans le temps. Le truc, c'est qu'il ne faut pas bâcler les préparatifs. T'as besoin d'aide ?

– Oui. Qu'est-ce que tu penses de ceux-là ? répondit Sejer en désignant les dauphins bleus sur la brochure.

– Vachement beaux. Ils sont comment, ceux que t'as en ce moment ?

– Simili marbre.

Compatissant, Skarre hocha la tête et prit une gorgée de bière.

– Les empreintes d'Halvor ne correspondent pas avec celles de la boucle de ceinture d'Annie, annonça-t-il tout à trac. Holthemann a accepté de le laisser partir jusqu'à nouvel ordre.

Sejer ne répondit pas. Il était à la fois soulagé et frustré. Soulagé que ce ne soit pas Halvor, frustré de n'avoir aucune autre piste.

– J'ai fait un cauchemar, dit-il impulsivement. J'ai rêvé qu'il y avait une pomme pourrie derrière le fauteuil, là-bas. Complètement couverte d'énormes mouches noires.

– T'as vérifié ? ricana Skarre.

Il but un peu de son whisky et reconnut que oui.

– Seulement quelques moutons. À ton avis, ça veut dire quelque chose ?

– C'est peut-être un meuble qu'on a oublié de tirer, nous. Quelque chose qui a été là tout le temps et à quoi on n'a pas encore pensé. Ton rêve, c'est très certainement un avertissement. Maintenant, il ne nous reste plus qu'à trouver le fauteuil en question !

– Alors tu crois qu'il faut qu'on passe au rayon ameublement ?

À son grand étonnement, il rit de bon cœur à sa propre blague.

– J'espérais que tu aurais quelques atouts dans ton jeu, avoua Skarre. J'ai du mal à me faire à l'idée qu'on n'arrive pas à avancer. Les semaines passent. Le dossier d'Annie s'épaissit. Et c'est quand même toi qui devrais donner les conseils, normalement.

– Qu'est-ce que tu veux dire par là ?

– Ton prénom, sourit Skarre. Konrad, ça veut dire : celui qui donne des conseils.

Sejer leva un sourcil.

– Comment tu sais ça ?

– J'ai un bouquin chez moi. J'ai pris l'habitude d'y jeter un coup d'œil chaque fois qu'une nouvelle personne croise mon chemin. C'est un bon divertissement.

– Et Annie, ça veut dire quoi ?

– Belle.

– Dis donc ! Et Halvor alors, ça signifie quoi ?

– Halvor, ça veut dire : le protecteur.

– Bon, alors, selon toi, actuellement, je n'honore pas mon prénom ! Il ne faut pas perdre courage pour autant, Jacob.

« Il m'a appelé Jacob, songea Skarre avec surprise. Pour la toute première fois, il a dit Jacob. »

* * *

Le soleil était bas et ses rayons frappaient de biais la terrasse, ménageant un coin tiède qui permit à Sejer de tomber la veste. Ça sentait la citronnelle qu'Ingrid venait d'arroser mais aussi le Kerdane ; le charbon de bois rougeoyait déjà dans le barbecue. Sejer était assis et faisait sauter son petit-fils sur les genoux. Quelque chose de lui allait disparaître avec cet enfant. Dans quelques années à peine, il le dépasserait et aurait la voix plus grave. C'est pour cette raison qu'il ressentait toujours une sorte de mélancolie à se retrouver comme cela, avec Matteus sur les genoux... Pourtant, le sentiment de bien-être dominait.

Ingrid se leva, ramassa ses sabots et les frappa à l'envers trois fois avant de les enfiler.

– Pourquoi fais-tu ça ? demanda Sejer.

– Oh ! juste une vieille habitude, sourit-elle. De Somalie.

– On n'a pas de serpents ni de scorpions ici, que je sache ?

– C'est devenu une sorte de manie, rit-elle. Je n'arrive pas à m'en empêcher. En plus, on a quand même des guêpes et des vipères !

– Tu crois vraiment qu'une vipère irait se fourrer dans une chaussure ?

– Aucune idée.

Il étreignit son petit-fils et respira l'odeur de son cou.

– Fais-moi encore sauter, supplia l'enfant.

– J'ai les jambes trop fatiguées. Va plutôt chercher un livre. Comme ça je te lirai une histoire à la place, d'accord ?

Le gamin descendit d'un saut et se précipita dans l'appartement.

– À part ça, comment vas-tu, Papa ? demanda sa fille brusquement, d'une voix aussi légère que celle d'un enfant.

« À part ça », se répéta-t-il intérieurement. Ce qui signifiait « comment ça va vraiment », « comment ça va au plus profond de moi, au plus profond de mon âme ». Ou alors, ça pouvait être une question camouflée pour savoir s'il s'était trouvé une amie ou s'il avait quelqu'un en vue, ce qui n'était pas le cas. Ça aurait eu l'air de quoi ?

– Très bien, merci. Pourquoi ? répondit-il de l'air le plus innocent qui soit.

– Tu ne trouves pas le temps long ?

Qu'est-ce qu'elle cherchait à savoir, en fait ?

– J'ai beaucoup de boulot, fit-il. Et en plus, je vous ai, vous !

Ces derniers mots eurent pour effet d'affoler les couverts à salade qu'elle tenait.

– Bien sûr ! Mais tu sais, on se demande si on ne va pas repartir là-bas. Pour un nouveau cycle d'aide. Le tout dernier, se dépêcha-t-elle d'ajouter en guettant sa réaction d'un rapide coup d'œil.

Elle se sentait de plus en plus coupable et touillait tomates et concombres avec frénésie.

– Là-bas ? En Somalie ?

– Erik a eu une proposition. On n'a pas encore répondu, ajouta-t-elle aussitôt, mais on y réfléchit sérieusement. Un peu à cause de Matteus, aussi. On aimerait beaucoup qu'il connaisse mieux son pays et peut-être qu'il en apprenne la langue. Si on part en août prochain, on sera de retour avant son entrée au primaire.

Trois ans, calcula-t-il. Trois ans sans Ingrid, sans Matteus. Seulement des visites à Noël, des lettres, des cartes postales et son petit-fils chaque fois un peu plus grand, un an de plus, par à-coups brutaux.

– Je ne doute pas qu'on ait besoin de vous là-bas, dit-en veillant à ce que sa voix ne tremble pas. Tu ne penses tout de même pas sérieusement que mon bien-être pourrait être un obstacle pour vous ? Je ne suis pas encore un vieillard, Ingrid !

Elle rougit légèrement.

– Je pense un peu à Grand-Mère aussi.

– Je m'occuperai de Grand-Mère. Tu as presque réduit la salade en purée, ironisa-t-il.

– Je n'aime pas te savoir seul, souffla-t-elle.

– Tu oublies Kollberg !
– Mais enfin, ce n'est qu'un chien !
– Estime-toi heureuse qu'il ne comprenne pas ce que tu dis !

Sejer loucha vers le chien qui dormait sous la table.

– On se débrouillera très bien tous les deux. Je veux que vous partiez, si c'est ce que vous souhaitez vraiment. Erik en a marre des appendicites et des amygdales enflées, je suppose ?

– Tout est si différent là-bas, expliqua-t-elle. On est tellement plus utiles…

– Et Matteus ? Qu'est-ce que vous allez en faire ?

– Il ira dans une maternelle américaine, avec un tas d'autres gamins. En plus, il se trouve qu'il a de la famille là-bas qu'il n'a jamais vue. Je n'aime pas ça. Je veux qu'il sache tout.

– Qu'est-ce que tu veux dire par tout savoir ?

Il pensa aux parents biologiques de Matteus et au destin qu'ils avaient connu.

– En ce qui concerne sa mère, ça attendra qu'il soit plus grand.

– Allez-y ! trancha-t-il d'un ton autoritaire.

Elle le regarda et sourit.

– Et qu'est-ce que tu crois que Maman aurait dit ?

– La même chose que moi. Et elle aurait laissé couler quelques larmes sur l'oreiller. Après.

– Pas toi ?

Matteus revint en courant, une pomme dans une main, un livre dans l'autre. Il s'intitulait *Une nuit noire et orageuse*.

– Il ne fait pas trop peur celui-là ?

– Peuh ! lâcha-t-il plein de dédain en grimpant sur ses genoux.

– La braise est prête, constata Ingrid en donnant des coups dans ses chaussures pour les enlever. Je vais mettre la viande à cuire.

Elle déposa les steaks sur le gril, quatre en tout, avant d'aller chercher à boire.

– J'ai un python vert en caoutchouc dans ma chambre, chuchota Matteus. On le met dans sa chaussure ?

Sejer hésita.

– Je ne sais pas trop. C'est bien malin ça, tu crois ?

– Tu trouves pas ?

– Pas trop.

– Les vieux, eux, ils ont toujours peur, commenta le garçonnet plein d'égards. C'est moi qui prendrai, tu sais !

– O. K., murmura Sejer. Je vais regarder ailleurs.

Matteus courut chercher son serpent en caoutchouc et le fourra soigneusement dans le sabot.

– Maintenant tu peux lire.

Sejer pensa avec horreur au serpent dégoûtant et à la sensation qu'allait provoquer son contact sur le pied nu d'Ingrid. Puis il commença à lire en prenant une voix grave et dramatique : « C'était par une nuit noire et orageuse. La montagne était infestée de voleurs et de loups. » Tu es sûr qu'elle ne fait pas trop peur, cette histoire ?

– Maman me l'a déjà lue plusieurs fois.

Il planta les dents dans sa pomme et mâcha avec satisfaction.

– Ne croque pas un si gros morceau, avertit-il. Tu pourrais te le coincer en travers de la gorge.

Je commence vraiment à me faire vieux, pensa-t-il tristement. Vieux et peureux.

– « C'était par une nuit noire et orageuse », reprit-il juste au moment où Ingrid revenait avec trois bouteilles de bière et un Coca. Il s'arrêta net pour la regarder fixement. Matteus l'imita.

– Pourquoi vous me regardez comme ça ? Qu'est-ce que vous avez ?

– Rien, répondirent-ils en chœur. Ils se penchèrent de nouveau sur le livre.

Elle posa les bouteilles sur la table, les déboucha avant de se mettre à la recherche de ses sabots. Elle les souleva et les tapa trois fois. Rien ne se passa. Il est coincé au bout, pensèrent Sejer et Matteus fascinés. Puis, les événements se précipitèrent : Erik, son gendre, apparut à la porte ; Matteus sauta de ses genoux et traversa la terrasse en trombe pour l'embrasser ; Kollberg sursauta sous la table en agitant la queue jusqu'à faire tomber les bouteilles ; Ingrid glissa ses pieds dans les sabots ...

* * *

Sølvi était dans sa chambre, elle vidait un carton plein d'objets en vrac. Un instant, elle se redressa et jeta un coup d'œil dehors. De l'autre côté de la rue, Fritzner se tenait devant sa propre fenêtre et l'observait, un verre à la main. Il le leva et la salua d'un mouvement de la tête, comme pour porter un toast.

Sølvi se détourna immédiatement. En général, l'idée de se laisser admirer par un homme ne la gênait pas. Mais Fritzner était chauve ! Imaginer sa vie avec un homme chauve – ou un gros – lui paraissait saugrenu. Ce genre de types ne faisait pas partie de ses fantasmes. Qu'Eddie fût chauve et rondouillard ne l'avait pas effleurée ! Elle n'avait d'ailleurs rien contre les chauves, mais elle les laissait à d'autres ! Avec un petit rictus de mépris, elle leva de nouveau les yeux. Il n'était plus là. Il s'était sans doute réinstallé dans son bateau, ce crétin.

Quand la sonnette retentit, elle se dirigea à petits pas vers la porte pour aller ouvrir non sans vérifier sa tenue : un tailleur-pantalon bleu clair, avec une ceinture argentée et des ballerines.

– Oh ! s'exclama-t-elle cordialement. C'est toi ? Je suis en train de ranger la chambre d'Annie. Tu peux entrer, Maman et Papa vont arriver d'une minute à l'autre.

Sejer la suivit en traversant le salon pour se rendre dans sa chambre, contiguë à celle d'Annie mais bien plus grande, dans des tons pastel. Une photo encadrée de sa sœur était posée sur sa table de chevet.

– Tu vois, j'ai hérité, d'une certaine façon, dit-elle comme pour s'excuser. Quelques bricoles, des fringues et ce genre de trucs. Si j'arrive à convaincre Papa, j'aurai le droit d'abattre le mur entre ici et chez Annie. Comme ça j'aurai une chambre immense !

– Oui, ce serait magnifique, murmura-t-il sans conviction. Il se sentit instantanément honteux des pensées cinglantes qui lui venaient à l'esprit. Il n'avait aucun droit de juger quiconque. Ces gens se débattaient pour continuer à vivre et ils devaient pouvoir le faire à leur manière. Personne n'avait à leur dire comment ils devaient conduire leur deuil. Après s'être s'infligé cette petite réprimande, il regarda autour de lui : il n'avait jamais vu de chambre si encombrée de bibelots et de bric-à-brac.

– Et puis, je vais avoir une télé rien qu'à moi, sourit-elle. Avec une antenne supplémentaire, je pourrai capter TV Norge.

Elle replongea dans un carton.

– C'est en grande partie des livres, continua-t-elle. Annie n'avait pas beaucoup de maquillage, de bijoux ou de ce genre de trucs. Et puis aussi tout un tas de CD et de cassettes de musique.

– Tu aimes lire ?

– Pas trop. Mais une bibliothèque pleine, c'est joli.

Il opina du chef pour marquer son approbation.

– Il s'est passé quelque chose ? demanda-t-elle avec précaution.

– Oui, en quelque sorte. Mais pour l'instant nous avons du mal à saisir ce que ça veut dire.

Elle hocha la tête et tira du carton quelque chose enveloppé dans du papier journal.

– Alors comme ça, tu connais Magne Johnas, Sølvi ?
– Oui ! répondit-elle rapidement. Il crut la voir rougir, mais sans en être certain, car elle était d'un naturel un peu sanguin. Il habite à Oslo maintenant. Il travaille au magasin de sport Gym & Greier.

– Tu sais s'il y a eu quelque chose entre lui et Annie, dans le temps ?

– Quelque chose entre eux ?

Elle le regarda d'un air troublé.

– Est-ce qu'ils sont sortis ensemble ? Magne était-il amoureux d'elle ? Aurait-il plus ou moins essayé de la draguer avant toi ?

– Annie se moquait de lui sans arrêt, remarqua-t-elle d'un ton presque désolé. Comme s'il y avait de quoi être fière d'Halvor ! Magne, au moins, il a l'air d'un mec. Il a du muscle et tout ça.

Elle tritura le papier journal en évitant son regard.

– Est-ce qu'elle a pu le vexer d'une façon ou d'une autre ? insista Sejer doucement tandis que Sølvi extrayait quelque chose de brillant du papier journal.

– J'en serais pas étonnée ! Dire « non » lui suffisait pas, à Annie. Elle pouvait être assez cinglante et elle se moquait pas mal des muscles. Tout le monde dit combien elle était gentille et merveilleuse... Comprends-moi bien, j'ai pas l'intention de dénigrer ma sœur. Mais elle avait souvent la dent dure, et personne n'ose le dire. Parce qu'elle est morte. Je ne comprends pas comment il a tenu, Halvor. C'était toujours Annie qui décidait de tout.

– Ah oui ?

– Mais elle était gentille avec moi. Toujours gentille !

Un instant, une expression effarée se peignit sur son visage au souvenir de sa sœur et de tout ce qui était arrivé.

– Tu fréquentes Magne depuis combien de temps ?

– Quelques semaines seulement. On va au cinéma et ce genre de trucs.

La réponse était venue très vite.

– Il est plus jeune que toi ?

– De quatre ans, avoua-t-elle à contrecœur. Mais il est très mûr pour son âge.

– Je vois.

Elle présenta un objet à la lumière et le scruta en clignant des yeux. Un oiseau en bronze monté sur une cheville. Une petite sculpture, potelée, avec des plumes, la tête penchée sur le côté.

– J'ai l'impression qu'il est cassé, fit-elle, incertaine.

Interdit, Sejer regarda l'oiseau. C'était exactement ce genre de « sujet » qu'on fixe sur une tombe d'enfant…

– Je pourrai peut-être y coller un bout de pâte à sel pour le réparer, dit-elle pensivement. Ou peut-être que Papa m'aidera. Ce serait dommage sinon, parce qu'il est assez joli quand même.

Il n'eut pas le courage de lui répondre. Une image d'Annie, une Annie plus compliquée encore que celle qu'Halvor et ses parents lui avaient présentée, prit lentement forme.

– À ton avis, c'est quoi ? murmura-t-il.

Elle haussa les épaules.

– Aucune idée. Juste un bibelot cassé, je pense, non ?

– Tu l'avais déjà vu ?

– Non. Je n'avais pas le droit d'entrer dans sa chambre quand elle n'était pas là.

Elle déposa l'oiseau sur son bureau où il oscilla un moment. Puis Sølvi replongea dans le carton.

– Ça fait longtemps que tu as vu ton père ? demanda-t-il d'un ton léger, sans cesser d'examiner l'oiseau qui continuait à se balancer, de plus en plus lentement. Son cerveau travaillait à plein régime.

– Mon père ? Elle se redressa et le regarda d'un air troublé. Tu veux dire mon père d'Adamstuen ?

Il acquiesça.

– Il est venu à l'enterrement d'Annie.

– Il te manque, je suppose ?

Elle ne répondit pas. Il eut le sentiment d'avoir touché un point sensible, d'avoir mis le doigt sur quelque chose qu'elle répugnait à examiner. Quelque chose de désagréable qu'elle préférait oublier, peut-être un fond de mauvaise conscience, une chose organisée par quelqu'un d'autre, des lois tacites qu'elle avait toujours suivies et acceptées sans lutter, parce qu'elle n'avait jamais tout à fait compris ce qui se cachait derrière. Sejer se sentait un peu indiscret. Il ne devait pas oublier de prendre des gants et veiller à s'approcher des gens en s'accordant à leur propre rythme pour ne pas les bousculer.

– Comment appelles-tu Eddie ? demanda-t-il avec ménagement.

– Je l'appelle Papa, répondit-elle à voix basse.

– Et ton vrai père ?

– Lui, je l'appelle Père. Comme je le fais depuis toujours. C'est lui qui l'a voulu : il était tellement vieux jeu.

Était. Comme s'il n'existait plus.

– Les voilà, j'entends la voiture ! s'exclama-t-elle avec soulagement.

La Toyota verte de Holland se gara devant la maison. Il vit Ada Holland poser un pied sur le gravier et jeter un coup d'œil vers la fenêtre.

– Cet oiseau, Sølvi, tu me le donnes ? demanda-t-il en toute hâte.

Elle en resta bouche bée.

– L'oiseau cassé ? Bien sûr, si tu veux.

Elle le lui tendit, l'air interrogateur.

– Merci. Je ne te dérangerai plus aujourd'hui, sourit-il en se retirant. Il fourra l'oiseau dans la poche intérieure de son blouson et pénétra dans le salon. Debout, appuyé contre le mur, il attendit.

L'oiseau. Arraché à la tombe d'Eskil. Dans la chambre d'Annie. Pourquoi ?

Holland entra le premier. Il lui adressa un signe de tête en lui tendant la main, le visage à demi détourné. Il y avait dans son attitude une hostilité qu'il n'avait jamais manifestée auparavant. Sa femme alla préparer du café.

– Sølvi va récupérer la chambre d'Annie, commença Holland. Comme ça, on n'aura pas à supporter qu'elle reste vide. Et puis, ça nous fait une occupation. On va casser le mur et puis changer le papier peint. Il y aura du boulot.

Sejer approuva.

Holland le regarda droit dans les yeux :

– Permets-moi de te dire une chose. J'ai appris par les journaux qu'un jeune de dix-huit ans a été placé en garde à vue. C'est sans doute Halvor. Or, ça ne peut pas être Halvor le coupable ! Ça fait deux ans qu'on le connaît ! C'est vrai qu'il est réservé, mais on éprouve quand même des sentiments pour les gens. Je ne dis pas que vous ne savez pas ce que vous faites, mais on a du mal à imaginer Halvor en assassin. Non, ici, aucun d'entre nous ne peut imaginer ça.

Sejer, lui, pouvait. Les meurtriers n'étaient pas différents des gens ordinaires. C'était peut-être lui qui avait fait sauter la cervelle de son père, abattu de sang-froid un homme endormi.

– C'est bien Halvor qui a été placé en garde à vue ?

– On l'a relâché.

– Mais pourquoi vous l'avez mis en garde à vue ?

– Tout simplement parce qu'on y était obligé. C'est tout ce que je peux dire.

– Pour les « nécessités de l'enquête » ?

– Exactement.

Madame Holland entra avec quatre tasses et des biscuits dans un bol.

– Il y a du nouveau ?

– Oui, dit Sejer en cherchant à éluder. Mais pour l'instant je ne peux pas dire grand-chose.

Holland lui adressa un sourire amer.

– Bien sûr ! On sera encore les derniers informés, j'imagine ! Les journaux seront au courant bien avant nous le jour où vous l'aurez enfin !

– Certainement pas.

Sejer le regarda droit dans les yeux qu'il avait aussi grands et gris que ceux d'Annie. Ils débordaient de souffrance.

– Mais la presse est partout et ils ont leurs contacts, plaida Sejer. Si tu lis des choses dans les journaux, ça ne signifie pas que la police les a informés. Quand on arrêtera quelqu'un, je vous le ferai savoir. Je te le promets.

– Personne ne nous a parlé d'Halvor, protesta Holland à voix basse.

– Pour la simple raison qu'on était convaincu que ce n'était pas notre homme.

– En y réfléchissant, murmura Holland, je ne sais plus si j'ai vraiment envie de savoir... De savoir qui l'a fait !

– Mais qu'est-ce que tu racontes !

Ada Holland arrivait avec le café. Elle le considéra, abasourdie.

– Ça n'a plus aucune importance. C'est comme un accident, c'est tout. Un accident inévitable...

– Pourquoi tu parles comme ça ? demanda-t-elle avec tristesse.

– Puisque de toute façon elle allait mourir ! Ça n'a plus d'importance, dans ces conditions.

Il regarda dans sa tasse vide avant de la soulever et de la balancer, comme s'il voulait tout asperger d'un café brûlant qui n'y était pas encore.

– Ça a de l'importance, répliqua Sejer fermement. Vous avez le droit de savoir qui et pourquoi. Et je trouverai, même si c'est très long.

– Très long ! Holland sourit avec amertume. Annie est en train de se décomposer lentement, chuchota-t-il.

– Mais Eddie ! s'exclama madame Holland, peinée. Il nous reste Sølvi !

– *Toi*, il te reste Sølvi.

Il se leva et disparut dans les profondeurs de la maison. Personne ne le suivit. Madame Holland, déroutée, haussa les épaules.

– Annie, c'était sa petite fille adorée, dit-elle à voix basse.

– Je sais.

– J'ai peur qu'il ne redevienne plus jamais le même.

– Non, il ne sera plus le même. En ce moment, il tente de s'adapter à un autre Eddie. Il a besoin de temps. Peut-être que ce sera plus facile le jour où il saura ce qui s'est vraiment passé.

– Je ne sais pas si j'oserai savoir.

– Tu as peur de quoi ?

– J'ai peur de tout. Je m'imagine tout ce qui est possible, là-haut, à l'étang.

– Tu peux me raconter un peu tout ça ?

Elle secoua négativement la tête et saisit sa tasse.

– Non, je ne peux pas. Ce ne sont que des fantasmes. Si je le dis, ça deviendra peut-être vrai.

– Il me semble que Sølvi s'en sort à peu près bien ? risqua-t-il pour changer de sujet.

– Sølvi est forte, affirma-t-elle en retrouvant soudain sa fermeté.

Forte, pensa-t-il. Oui, c'est peut-être une bonne définition. Il était possible que ce fût Annie la plus faible, finalement. Dans sa tête, les choses se mirent à tournoyer de façon inquiétante. Ada disparut pour aller chercher du sucre et de la crème fluide. Sølvi entra.

– Il est où, Papa ?

– Il revient dans une minute !

Madame Holland l'appela de la cuisine, d'un ton autoritaire. Le problème, ce n'est pas seulement que sa fille soit morte et enterrée, se dit Sejer. Sa famille tombe en lambeaux, les coutures craquent, il y a de grands trous dans la membrure, l'eau entre à flots, alors pour empêcher le navire de couler, Ada cumule des phrases usées et des ordres pour colmater les brèches.

Elle lui servit du café. L'anse n'était pas assez grande pour ses doigts et il dut soulever sa tasse avec les deux mains.

– Tu nous parles toujours du pourquoi, dit-elle avec lassitude. Comme s'il pouvait y avoir une bonne raison !

– Pas une *bonne* raison. Mais une raison. Une raison assez forte pour qu'au moment de tuer, il n'ait pu envisager d'autre solution.

– Tu les comprends, apparemment ? Ces gens que tu recherches pour des meurtres et des actes de barbarie, tu les comprends donc bien ?

– Dans le cas contraire, je n'aurais pas pu faire le métier que je fais.

Il but encore un peu de café en pensant à Halvor.

– Mais il doit quand même y avoir des exceptions ?
– Elles sont rares.

Elle soupira et déplaça son regard vers sa fille.

– Et toi Sølvi, qu'est-ce que tu en penses ? demanda-t-elle à voix basse, sur un ton qu'il ne lui avait jamais entendu employer auparavant, comme dans l'espoir de sonder cette tête blonde et creuse pour y découvrir enfin une réponse. Une réponse inattendue, mais qui pourrait tout éclairer. Après tout, la seule fille qu'il lui restait était peut-être différente de ce qu'elle avait cru jusque-là, ressemblant plus à Annie qu'elle ne l'aurait pensé.

– Moi ? Elle considéra sa mère avec surprise. Personnellement, j'ai jamais aimé Fritzner, le type d'en face. J'ai entendu dire qu'il passe son temps dans un bateau au beau milieu de son salon à lire toute la nuit avec une bière dans un porte-bouteilles.

Skarre avait éteint presque toutes les lumières du service. Seule sa faible lampe de bureau formait un cercle blanc au-dessus de ses documents. L'imprimante susurrait, crachant l'une après l'autre des pages couvertes d'un caractère parfait, celui qu'il préférait, le Palatino. Une porte s'ouvrit et quelqu'un entra. Il voulut voir qui c'était mais, juste à ce moment-là, une nouvelle feuille tomba du bac de l'imprimante. Il se baissa pour la ramasser. Relevant la tête, il découvrit un objet sur le papier blanc. Un oiseau en bronze monté sur une cheville.

– Où l'as-tu trouvé ? s'exclama-t-il.

Sejer s'assit.

– Chez Annie. Sølvi hérite des effets personnels de sa sœur, et ceci se trouvait dans ses affaires, emballé dans du papier journal. J'ai fait un saut à la tombe. Il collait parfaitement. Il regarda Skarre. Mais quelqu'un a pu le lui donner, bien sûr.

– Qui, par exemple ?

– Je ne sais pas. Mais si elle est vraiment allée le chercher elle-même en cachette, au beau milieu de la nuit, pour le détacher de la pierre avec un outil quelconque, ça ressemble à un geste dépourvu de scrupules. Tu ne trouves pas ?

– Et tu crois...

– Je ne sais pas. Je ne suis plus sûr de rien.

Skarre détourna la lampe du bureau pour créer une pleine lune parfaite sur le mur. Ils restèrent à la contempler. Soudain Skarre s'empara de l'oiseau et l'amena devant la lampe, en lui imprimant un mouvement vacillant. La silhouette qu'il créa dans la lune blanche semblait l'ombre d'un canard géant, ivre, après une soirée trop arrosée.

– Jensvoll a démissionné de son poste d'entraîneur de l'équipe féminine, annonça Skarre.

– Quoi !

– Les rumeurs ont commencé à aller bon train. L'affaire du viol est dans tous les esprits. Les filles ne venaient plus.

– C'est ce que je craignais. Une chose en entraîne une autre !

– Fritzner avait raison, finalement. Pour pas mal de gens, la période sera rude jusqu'à ce que le coupable tombe. Ce qui ne saurait tarder d'ailleurs parce que, maintenant, tu as compris le pourquoi et le comment. Je me trompe ?

Sejer secoua la tête.

– Il y a anguille sous roche à propos d'Annie et de Johnas. Il s'est passé quelque chose entre eux.

– Peut-être qu'elle voulait tout bêtement un souvenir d'Eskil ?

– Dans ce cas, il suffisait d'aller sonner chez eux pour demander un nounours ou autre chose.

– Est-ce qu'il a pu abuser d'elle ?

– Soit d'elle, soit de quelqu'un d'autre qui était proche d'elle. De quelqu'un qu'elle aimait...

– Alors là, j'ai du mal à te suivre. Tu veux dire Halvor ?

– Je veux dire son fils, Eskil. Qui est mort alors que Johnas se trouvait dans la salle de bains, en train de se raser.

– Elle ne pouvait pas lui reprocher ça ?

– Non, à moins qu'il y ait quelque chose d'inexpliqué à propos de la façon dont il est mort...

Skarre siffla.

– Personne d'autre n'était là pour le voir. Tout repose sur le seul témoignage de Johnas lui-même.

Sejer souleva de nouveau l'oiseau et gratta doucement son bec pointu.

– Alors Jacob, qu'est-ce que tu en penses ? Qu'est-ce qui s'est réellement passé, au matin du 7 novembre ?

Les souvenirs se déversèrent sur lui comme un fleuve dès qu'il franchit la double porte en verre qui libéra l'odeur de l'hôpital, ce mélange de désinfectant et de savon, mêlé à l'arôme douceâtre de chocolat en provenance du kiosque et au parfum épicé des œillets du fleuriste.

Plutôt que de penser à la mort de sa femme, il s'efforça de se concentrer sur la naissance de sa fille, Ingrid. Car ce bâtiment immense contenait à la fois son chagrin le plus profond et le plus grand bonheur de sa vie. Passé cette même porte, enveloppé des mêmes odeurs, il avait irrépressiblement comparé sa fille aux autres nourrissons rougeauds et gras, tout chiffonnés et ébouriffés. Les prématurés lui semblaient d'un jaune cireux. Certains avaient l'air de minuscules vieillards anémiques. Seule Ingrid était parfaite. Ces souvenirs lui permirent enfin de se relaxer.

Il ne se présentait pas à l'improviste. Après avoir identifié et localisé le médecin légiste chargé de l'autopsie d'Eskil Johnas, il lui avait expliqué de quel genre d'affaire il s'agissait, afin que Sejer puisse consulter les dossiers et les documents. L'une des rares choses qu'il appréciait vraiment dans cette bureaucratie, ce système mou, tenace et formaliste, qui régnait dans toutes les administrations, c'était cette règle selon laquelle tout devait être noté et archivé. Les dates, les horaires, les diagnostics, la routine, les irrégularités, tout devait y apparaître. L'ensemble pouvant donc être exhumé un jour pour être étudié par d'autres personnes, avec des motivations différentes et un regard neuf.

Il y réfléchissait en quittant l'ascenseur ; au neuvième étage, l'odeur lui sembla encore plus intense. Le légiste, qui lui avait donné au téléphone l'impression de quelqu'un de mûr, s'avéra être un jeune homme. Un type sans angles, affublé d'épais verres de myope, aux mains grassouillettes et douces. Un fichier Kardex, un téléphone, un tas de feuilles et un grand livre rouge étaient disposés sur son bureau.

– Je dois admettre que je n'ai fait que survoler le dossier, commença le médecin auquel ses lunettes donnaient l'air un peu ahuri. Ton appel a éveillé ma curiosité. Tu es officier de la police criminelle, c'est ça ?

Sejer confirma.

– J'en déduis donc qu'il doit y avoir quelque chose de particulier à propos de ce décès ?

– Je n'ai pas d'opinion là-dessus.

– Mais c'est pour ça que tu es là ?

Pour toute réponse, Sejer l'étudia en clignant deux fois des yeux. Comme il restait silencieux, le légiste parla de plus belle. Ce phénomène, qui n'avait jamais laissé de l'étonner, lui permettait, depuis des années, de glaner de nombreuses confidences.

– Une histoire tragique, murmura le légiste en feuilletant ses documents. Un petit garçon de deux ans. Accident domestique. Laissé sans surveillance pendant quelques minutes. Décédé avant son arrivée ici. On l'a ouvert et on a trouvé une obstruction totale de la trachée due à un bouchon alimentaire.

– Quel genre d'aliments ?

– Des gaufres. On pouvait les déplier, elles étaient quasiment intactes. Deux gaufres en forme de cœur, roulées en boule. Ça faisait pas mal à manger pour une si petite bouche, même s'il s'agissait d'un petit costaud. Il s'est avéré par la suite que c'était un glouton et qu'en plus il souffrait d'hyperactivité pathologique.

Sejer se remémora le moule à gaufre d'Élise qui permettait de fabriquer cinq petites gaufres en forme de cœur. Celui d'Ingrid était différent, plus moderne, avec seulement quatre cœurs et des plaques pas tout à fait rondes.

– Je me rappelle assez bien ces circonstances. La plus

grande partie de mes patients ont généralement entre quatre-vingts et quatre-vingt-dix ans. On garde toujours en mémoire les cas tragiques, ça marque. Et je me souviens de ces gaufres en forme de cœur qu'on a retrouvées dans le bol alimentaire. Les enfants et les gaufres, ça va ensemble, en quelque sorte. C'était particulièrement horrible que ce soit justement ça qui lui ait coûté la vie. Malgré tout, il s'était assis pour s'en régaler…

– Tu as dit « on ». Vous étiez plusieurs ?

– Avec moi, il y avait le légiste en chef, Arnesen. Je venais d'arriver ici et lui, il souhaitait surveiller un peu les nouveaux. Il est parti à la retraite depuis. Maintenant le patron, c'est une femme.

Ces propos le firent cligner des yeux en direction de ses mains.

– Deux gaufres-cœurs entières. Il les avait mâchées ?

– Pas beaucoup, non. Elles étaient presque intactes.

– Tu as des enfants ? demanda Sejer, curieux.

– J'ai quatre gosses, répondit l'autre avec satisfaction.

– Tu as pensé à eux pendant que tu pratiquais cette autopsie ?

Il regarda Sejer d'un air un peu confus, comme s'il ne comprenait pas la question.

– Ben, oui, d'une certaine manière. En fait, j'ai plutôt pensé aux gosses en général et à leur façon de se comporter.

– Oui ?

– Un de mes fils venait d'avoir trois ans à cette époque, continua-t-il, il adore les gaufres. Et comme beaucoup de parents, je passe mon temps à lui dire de ne pas s'en fourrer autant à la fois dans la bouche.

– Mais dans ce cas-là, il n'y avait personne avec Eskil pour le mettre en garde, objecta Sejer.

– Non. Sinon, rien de tel ne se serait produit, évidemment.

– Bon, peux-tu imaginer que ton fils, face à son assiette de gaufres, aurait eu l'idée d'en prendre deux et de les plier pour se les fourrer en même temps dans la bouche ?

Une longue pause s'installa.

– Euh, il s'agissait d'un garçon un peu particulier.

– D'où tiens-tu ce renseignement ? Je veux dire, le fait qu'il était si spécial ?

– De son père. Il est resté ici, à l'hôpital, toute la journée. La mère est venue plus tard, avec son frère, un adolescent. D'autre part, tout est noté dans le dossier. J'en ai fait des copies, comme tu me l'as demandé.

Il posa un doigt sur l'épaisse pile devant lui et repoussa le livre rouge sur le côté.

– D'après mes informations, le père était dans la salle de bains au moment de l'accident.

– C'est exact. Il était en train de se raser. En plus, le gamin était attaché à sa chaise, donc il n'a pas pu se détacher pour monter chercher de l'aide. Quand le père est arrivé dans la cuisine, le gamin gisait sur la table. En agitant les bras, il avait fait tomber par terre une assiette qui s'était brisée. Le pire, c'est que, ça, le père l'avait entendu !

– Il n'est pas accouru pour venir voir ?

– Apparemment, l'enfant cassait sans arrêt des trucs.

– Qui d'autre se trouvait dans la maison au moment où ça s'est produit ?

– Juste la mère, d'après ce que j'ai compris. Le fils aîné venait de partir pour prendre le car scolaire ou quelque chose comme ça et la mère dormait au premier étage.

– Et elle n'a rien entendu ?

– Il n'y avait rien à entendre : il n'arrivait pas à crier...

– Ensuite, elle a été réveillée par son mari ?

– Il se peut qu'il ait crié ou appelé. Les gens réagissent très différemment dans ce genre de situation.

Certains n'arrêtent pas de hurler, d'autres deviennent comme paralysés.

– Mais elle n'a pas suivi l'ambulance ?

– Non, elle est d'abord allée récupérer l'aîné à son école.

– Ils sont arrivés combien de temps après ?

– Une heure et demie environ, d'après ce qui est écrit là.

– Tu te souviens du comportement du père ?

Le médecin se tut en fermant les yeux, comme pour mieux visionner les détails.

– Il était en état de choc. Il n'a pas dit grand-chose.

– Ça se comprend. Mais le peu qu'il a dit, tu te le rappelles ? Certains mots ?

Le médecin le regarda, l'air interrogateur, avant de secouer négativement la tête.

– Ça fait longtemps, tu sais. Bientôt huit mois.

– Essaie quand même.

– Je crois que c'était quelque chose du genre : Oh bon Dieu, non ! Oh bon Dieu, non !

– C'est le père qui a appelé l'ambulance ?

– C'est ce qui est noté, oui.

– Il faut vraiment vingt minutes d'ici jusqu'à Lundeby ?

– Malheureusement, oui. Plus vingt minutes pour revenir. Et il n'y avait pas dans l'ambulance de personnel qualifié pour pratiquer une trachéotomie. Dans le cas contraire, on aurait peut-être pu le sauver.

– Une trachéotomie ?

– On ouvre la trachée de l'extérieur en passant entre deux anneaux cartilagineux.

– On incise directement la trachée ?

– Oui. En fait, c'est un acte très simple. Peut-être que cela aurait pu le sauver. Mais en même temps, on ne sait pas non plus combien de temps il est resté dans sa chaise avant que le père le découvre.

– Le temps qu'il faut pour se raser, non ?
– Oui, sans doute.
Le médecin feuilleta ses papiers et rajusta ses lunettes.
– Vous pensez qu'il peut s'agir d'un crime ?
Il y avait longtemps qu'il retenait cette question. Maintenant, il se sentait un peu le droit de la poser.
– Je ne crois pas, non. Et qu'en penses-tu, toi ?
– Moi ? Je n'ai aucun avis là-dessus.
– Lors de l'autopsie, as-tu remarqué quelque chose de pas naturel dans ce décès ?
– De pas naturel ? Les gosses sont comme ça : de vrais goinfres !
– Mais en repensant au fait que son assiette contenait plusieurs gaufres, qu'il était seul à table et donc qu'il n'avait aucune raison de craindre que quelqu'un les lui pique, pourquoi s'en serait-il empiffré ?
– Dis-moi, où veux-tu vraiment en venir ?
– Aucune idée.
Le médecin resta un moment plongé dans ses pensées. Il remonta le cours du temps. Jusqu'au matin où le petit Eskil s'était retrouvé nu sur la table d'autopsie, ouvert du creux de la gorge jusqu'en bas, à l'instant où il avait découvert la boule dans sa trachée et reconnu des gaufres. Deux cœurs entiers. Une grosse boule collante d'œuf, de farine, de beurre et de lait.
– Je me rappelle l'autopsie, dit-il à voix basse. Je me rappelle très bien. C'est probablement le signe que j'ai été un peu étonné. Non, je n'en sais rien, je ne peux rien dire. Des idées pareilles ne me traversent jamais l'esprit. Mais, toi, enchaîna-t-il brusquement, qu'est-ce qui t'a mis la puce à l'oreille ? Qui t'a fait penser qu'il y avait quelque chose de pas clair dans cette histoire ?
Pas clair. Ces mots déguisés étaient porteurs de tellement d'éventualités.
– Eh bien, répondit Sejer en le regardant fixement, une jeune fille emmenait régulièrement Eskil en prome-

nade. Elle m'a envoyé certains signes en rapport avec ce décès qui m'ont rendu curieux, si je peux m'exprimer ainsi.

– Des signes ? Pourquoi ne pas le lui demander, tout simplement ?

– Je ne peux pas. Il secoua la tête. C'est trop tard.

Des gaufres au petit déjeuner, pensa-t-il. Probablement des restes de la veille. Johnas ne s'est certainement pas levé pour préparer de la pâte si tôt le matin. Des gaufres de la veille, caoutchouteuses et froides. Il boutonna son blouson et s'assit dans la voiture. Rien d'étonnant à ça ! Les gamins se mettent tout le temps des choses en travers du gosier. Pour reprendre les termes du légiste : ce sont des goinfres. Il mit la voiture en marche, traversa la rue Rosenkrantz, descendit jusqu'à la rivière, prit à gauche et gagna le palais de justice. Bien qu'il n'ait pas faim, il prit l'ascenseur jusqu'à la cantine où l'on vendait des gaufres. Il s'en acheta une plaque de cinq ainsi qu'un pot de confiture et un café, puis il s'assit près de la fenêtre. Délicatement, il détacha deux cœurs. Ces gaufres-là étaient croustillantes, elles venaient d'être cuites. Il les plia en deux, puis encore une fois, et il resta ensuite à les contempler. Lui-même pourrait, en faisant un petit effort, se les fourrer dans la bouche en conservant assez de place pour mâcher. Il s'exécuta et les sentit glisser dans son œsophage sans la moindre difficulté. Les gaufres fraîches, grasses et glissantes. Il prit une gorgée de café sans réussir à chasser les images du garçonnet en train de s'étouffer. Comment il avait mouliné des bras, fait tomber l'assiette, lutté pour sauver sa vie sans que personne ne l'entende. Seul son père avait perçu le fracas de l'assiette qui se brisait. Pourquoi ne s'était-il pas précipité à la cuisine ? Selon ce qu'il avait dit au médecin, parce que son fils cassait sans arrêt des trucs.

Mais tout de même, un petit garçon et une assiette cassée... Pour sa part, Sejer aurait immédiatement foncé, pensa-t-il. J'aurais eu peur que sa chaise soit tombée et qu'il se soit blessé. Mais le père, lui, avait d'abord terminé ce qu'il était en train de faire. Et si la mère avait été réveillée, malgré tout ? Peut-être avait-elle entendu l'assiette tomber ? Il continua à siroter son café en étalant de la confiture sur les autres gaufres. Puis il s'appliqua à lire le rapport très attentivement. Il se leva enfin et regagna sa voiture. Il pensait à Astrid Johnas, couchée à l'étage au-dessus et qui n'avait pas compris ce qui était en train de se passer...

Halvor prit une tartine et brancha son ordinateur. Il aimait le son de petite fanfare et le flot de lumière bleutée dans la chambre quand la machine se mettait en marche. Chacun de ces brefs éclats sonores représentait pour lui un instant solennel. Il estimait qu'il lui souhaitait la bienvenue comme s'il était un personnage important, comme s'il était attendu. Aujourd'hui, il décida d'attaquer le problème sous un angle particulier. Il était d'une humeur massacrante, ce genre d'humeur qu'Annie manifestait si souvent. Il tapa donc sur le clavier « Pas touche », puis « Accès interdit » et « Casse-toi », le genre de choses qu'elle lui balançait quand il posait doucement un bras sur ses épaules, de façon tout à fait amicale, sans arrière-pensée. Mais elle le lui disait toujours sur un ton affectueux. Et lorsqu'il osait lui demander un baiser, elle menaçait de faire disparaître sa petite moue boudeuse en le mordant. Sa voix contredisait ses mots. S'il n'était pas pour autant question de passer outre, ça rendait le refus moins amer. Au fond, elle ne le laissait jamais s'approcher mais elle souhaitait qu'il soit là. Ils avaient l'habitude de rester étendus lovés l'un contre l'autre en se communiquant leur chaleur. Ce n'était déjà pas si mal d'être allongé dans le noir, sous la couette, serré contre Annie, à écouter le silence du dehors, libéré de la crainte et des cauchemars liés à son père. Celui qui ne pouvait plus surgir comme une tornade pour lui arracher sa couette, celui qui ne pouvait plus l'atteindre. La sécurité. L'habitude d'avoir quelqu'un à ses côtés, comme naguère son frère. Écouter la respiration de l'autre et ressentir sa chaleur contre son visage.

Qu'est-ce qu'elle avait bien pu écrire ? Et allait-il comprendre s'il finissait par trouver le code d'accès ? Il mâcha un peu de pain sur lequel il avait étalé du pâté de foie. Il entendait la télé brailler dans le salon. Sa conscience le tiraillait un peu : sa grand-mère passait encore une soirée toute seule et ça continuerait jusqu'à ce qu'il réussisse à pénétrer le secret d'Annie. Pour être si inaccessible, ce doit être quelque chose de noir, pensa-t-il. Quelque chose de noir et de dangereux. Quelque chose d'impossible à dire à voix haute, quelque chose qu'on peut seulement écrire et verrouiller. Comme une question de vie ou de mort. Il tapa « De vie ou de mort ». *Access denied*

* * *

Madame Johnas était en train de prendre sa pause-déjeuner. Elle lui jeta un coup d'œil soucieux depuis l'arrière-boutique, sa tartine de pain croustillant à la main, vêtue du même ensemble que la dernière fois. Elle reposa son en-cas, comme si elle ne jugeait pas très convenable de manger alors qu'ils allaient parler d'Annie. Elle préféra se verser un café dans le gobelet de sa bouteille Thermos.

– Il y a du nouveau ? demanda-t-elle.
– Aujourd'hui, je ne viens pas pour parler d'Annie.
Elle écarquilla les yeux.

– Cette fois, je viens pour parler d'Eskil.
– Pardon ?

Sa bouche pulpeuse se pinça.

– J'ai tourné la page, j'ai laissé tout ça derrière moi, à présent. Et ça m'a beaucoup coûté.

– Pardon de paraître cruel, mais il y a quelques détails concernant les circonstances du décès de ton fils qui m'intéressent.

– Pourquoi ?

– Je n'ai pas à répondre à ça, affirma-t-il doucement. Contente-toi de répondre à mes questions.

– Et si je refuse ? Si je n'ai pas le courage de remuer tout ça une fois de plus ?

– Dans ce cas je m'en irai, répondit-il à voix très basse, pour te laisser le temps de réfléchir un peu. Ensuite, je reviendrai un autre jour pour te reposer les mêmes questions.

Elle repoussa son gobelet, posa ses mains sur ses genoux et redressa le dos, comme si, en réalité, elle avait attendu ce moment et se blindait pour l'affronter.

– Je n'aime pas ça, dit-elle d'un ton revêche. L'autre jour, tu es venu pour parler d'Annie, et ça ne me serait jamais venu à l'idée de refuser de coopérer. Mais maintenant il s'agit d'Eskil. Finissons-en et après tu t'en vas.

Elle croisa les doigts en une sorte de geste défensif.

– Juste avant de mourir, demanda Sejer en accrochant son regard, Eskil a-t-il fait tomber une assiette par terre, qui se serait brisée ? Est-ce que tu as entendu ce bruit ?

La question la surprit. Elle le regarda d'un air étonné, sans doute s'était-elle attendu à autre chose, peut-être à pire.

– Oui, dit-elle rapidement.

– Tu l'as entendu ? Donc, tu étais réveillée ?

Une ombre furtive passa sur le visage de madame Johnas

– Donc, tu ne dormais pas. Tu entendais le rasoir électrique ?

Elle baissa la tête.

– J'ai entendu mon mari entrer dans la salle de bains et claquer la porte.

– Comment sais-tu que c'est dans la salle de bains qu'il est entré ?

– Je le savais, c'est tout. Ça faisait longtemps qu'on habitait cette maison, les portes faisaient toutes un bruit différent.

– Et avant ça ? Avant qu'il aille à la salle de bains ?

– Leurs voix, dans la cuisine. Ils prenaient leur petit déjeuner.

– Eskil mangeait des gaufres, continua-t-il avec précaution. C'était une habitude chez vous ? Des gaufres au petit déjeuner ? Il accompagna sa question d'un sourire chaleureux.

– J'imagine qu'il a fait des pieds et des mains pour obtenir ce qu'il voulait, expliqua-t-elle avec lassitude. Et il obtenait toujours ce qu'il voulait. Il n'était pas facile de dire non à Eskil, ça déclenchait aussitôt une véritable tempête chez lui. Il ne supportait pas de rencontrer la moindre résistance. Ça revenait à souffler sur des braises. Et Henning n'était pas très patient, il ne supportait pas d'entendre ses cris.

– Alors tu l'as entendu crier ?

Elle décroisa les doigts et se saisit brusquement de son gobelet de café.

– Il faisait toujours beaucoup de bruit, dit-elle en fixant la vapeur qui s'élevait de son café.

– Y a-t-il eu une dispute entre eux, madame Johnas ?

Elle sourit faiblement.

– Il y en avait constamment. Henning lui avait préparé une tartine de pain qu'il refusait de manger. Eskil a dû le tanner pour avoir des gaufres, c'est sûr. Elles étaient sur le plan de travail depuis la veille, recouvertes d'un film plastique. Je suppose qu'Eskil les a vues ou qu'Henning les lui a apportées. Tu sais ce que c'est : on fait tout ce qu'on peut pour que nos gosses mangent...

– Tu les as entendus échanger quelques mots ?

– Mais qu'est-ce que tu cherches, à la fin ! s'exclama-t-elle. Il vaut mieux que tu parles de tout ça avec Henning, je n'étais pas là. J'étais au premier.

– Tu crois qu'il a quelque chose à me dire ?

Silence. Elle croisa les bras comme pour le tenir à distance. Son angoisse croissait.

– Je ne peux pas parler à la place d'Henning. Il n'est plus mon mari.

– C'est la perte de votre enfant qui a remis en cause votre mariage ?

– Pas exactement. Il se serait brisé de toute façon. On s'est trop épuisés.

– C'est toi qui as voulu partir ?

– Qu'est-ce que ça vient faire là ? demanda-t-elle hargneusement.

– Probablement rien. C'était une simple question.

Il posa ses deux mains sur la table, les paumes tournées vers le haut.

– Lorsque Henning a trouvé Eskil couché sur la table, qu'est-ce qu'il a fait ? Il t'a appelée ?

– Il a juste ouvert la porte de la chambre à coucher et il est resté là, sans rien dire, à me regarder. J'ai brusquement été frappée par le calme qui régnait, il n'y avait plus aucun bruit dans la cuisine. Je me suis assise dans le lit et j'ai hurlé.

– Y a-t-il quelque chose dans l'accident de ton fils qui ne te semble pas clair ?

– Quoi ?

– Est-ce que toi et ton mari, vous avez parlé, discuté de ce qui s'était passé ? Tu lui as demandé de te raconter ?

Il perçut de nouveau une nuance d'angoisse dans son regard.

— Il m'a tout expliqué, répondit-elle, sur la défensive. Il était dans un état de désespoir absolu. Il se sentait coupable de ne pas l'avoir surveillé correctement. Et cela ne doit pas être facile de vivre avec ça tous les jours. Lui n'a pas su et moi non plus. On a été obligés de partir chacun de son côté.

— Mais est-ce qu'il y a quelque chose dans ce décès que tu n'as pas compris ou que tu n'as pas pu t'expliquer ?

Sejer avait de grands yeux gris, d'un gris ardoise particulièrement doux. Il la regardait avec intensité et patience, sentant qu'elle retenait quelque chose qui montait en elle. S'il avait de la chance, cela allait déborder.

Les épaules de madame Johnas furent secouées d'une sorte de sanglot. Sejer s'efforçait de ne pas bouger, de ne pas briser le silence, de ne pas la distraire. Elle approchait d'une confidence. Il en reconnaissait les signes. Quelque chose la tourmentait, une chose à laquelle elle n'osait même pas penser.

— Je les ai entendus se crier dessus, chuchota-t-elle. Henning était hors de lui, il avait un tempérament emporté. Je me suis cachée sous l'oreiller, je ne supportais plus de les entendre.

— Continue.

— J'ai entendu Eskil faire du bruit, il tapait peut-être sur la table avec sa tasse, ensuite Henning qui l'engueulait et faisait claquer les portes des placards et les tiroirs...

— Tu as pu reconnaître certains mots ?

Sa lèvre inférieure se remit à trembler.

— Juste une seule phrase. La dernière avant qu'il parte en courant dans la salle de bains. Il hurlait si fort que j'ai eu peur que les voisins l'entendent. Peur de ce qu'ils allaient penser de nous. Ce n'était pas facile. Eskil avait un comportement imprévisible alors que

Magne était toujours si calme. Il l'est encore d'ailleurs. Il n'y avait jamais de problème avec lui, il faisait ce qu'on lui disait de faire, il...

– Qu'est-ce que tu as entendu ? Qu'est-ce qu'il a dit ?

Soudain la clochette de la boutique tinta et la porte s'ouvrit. Deux femmes commencèrent à tournicoter en contemplant les pelotes avec gourmandise. Madame Johnas sursauta et voulut aller dans la boutique. Sejer l'arrêta en posant fermement la main sur son épaule.

– Qu'est-ce qu'il a dit ?

Elle baissa la tête, comme si elle avait honte.

– Ça a presque détruit Henning. Il n'a jamais pu se le pardonner. Et moi, je n'arrivais plus à vivre avec lui.

– Qu'est-ce qu'il a dit ?

– Je ne veux pas qu'on sache. Et ça n'a plus aucune importance : Eskil est mort.

– Mais ce n'est plus ton mari. Pourquoi le protèges-tu ?

– C'est le père de Magne. Il m'a raconté comment il est allé dans la salle de bains, comment il est resté là, à trembler de désespoir parce qu'il n'arrivait pas à adopter la bonne attitude avec lui. Il n'a pas bougé jusqu'à être calmé. Il voulait retourner lui dire qu'il était désolé de s'être fâché comme ça. Il ne supportait pas l'idée d'aller travailler sans avoir arrangé les choses avec lui. Il a fini par redescendre. La suite, tu la connais.

– Mais dis-moi ce qu'il a dit, exactement.

– Jamais. À personne, pas à âme qui vive !

*   *   *

L'idée sordide qui avait germé dans sa tête put s'épanouir et croître. Eskil Johnas était peut-être un enfant dont on avait envie de se débarrasser.

Il alla chercher Skarre au service de garde de la criminelle pour l'entraîner dans le couloir.

– Allons admirer quelques tapis orientaux, dit-il.
– Pourquoi faire ?
– Je reviens de chez Astrid Johnas. Je crois qu'un horrible soupçon l'habite. Le même que le mien. Celui que Johnas serait en partie responsable de la mort de son fils. Je pense que c'est pour ça qu'elle l'a quitté.
– Et alors ?
– Je ne sais pas. Mais cette idée produit un sacré effet sur elle. Il y a aussi autre chose qui m'a frappé. Johnas n'a pas dit un mot de cette mort quand nous sommes allés lui parler.
– Ça n'a rien de bizarre ? Nous nous sommes rendus chez lui pour parler d'Annie, je te rappelle.
– Je trouve quand même étrange qu'il n'y ait pas fait allusion. Il n'y a plus de gamins à garder, a-t-il dit, vu que sa femme est partie. Il n'a pas dit qu'en réalité, celui que gardait Annie était mort. Pas même quand tu as remarqué la photo d'Eskil au mur du salon.
– Il ne supportait sans doute pas d'en parler, tout simplement. Pardonne-moi, fit Skarre tout à coup en baissant la voix, mais toi aussi tu as fait l'expérience de la perte d'un proche. Tu trouves si facile que ça d'en parler ?

De surprise, Sejer s'arrêta net de marcher. Il se sentit blêmir.

– Bien sûr que j'arriverais à en parler. Dans une situation où j'estimerais que c'est nécessaire. Si ce qui était en jeu avait plus d'importance que mes sentiments personnels.

Son odeur, l'odeur de ses cheveux et de sa peau, un mélange de produits chimiques et de sueur, son front qui brillait d'un reflet presque métallique. L'émail de ses dents, aussi bleuté que du lait écrémé, altéré par tous ces comprimés. Le blanc de son œil virant lentement au jaune.

Chez Skarre, rien ne trahissait le moindre embarras. Sejer s'était attendu à ce qu'il baisse la tête, se reproche d'en avoir trop dit, d'avoir dépassé les bornes, présente des excuses. Mais non.

– Donc, tu n'en as jamais ressenti la nécessité ?

Sejer considéra avec stupeur le freluquet qui se tenait devant lui. En plus, il brandissait son maigre poing fermé ! Quel petit coq !

– Non, répondit-il fermement en secouant la tête. Pas encore.

Il se remit à marcher.

– Bien, continua Skarre imperturbablement. Qu'est-ce qu'elle a raconté, madame Johnas ?

– Ils se sont disputés. Elle les a entendus se crier dessus, puis la porte de la salle de bains claquer violemment et l'assiette qui s'est cassée. Johnas avait un tempérament coléreux. Elle dit qu'il s'en veut de ce qui s'est passé.

– C'est ce que j'aurais ressenti moi aussi, dit Skarre.

– Et toi, tu as du nouveau ?

– En quelque sorte. Le sac d'école d'Annie.

– Quoi donc ?

– Tu te rappelles qu'il était barbouillé de gras ? Probablement pour se débarrasser des empreintes ?

– Oui ?

– C'est enfin identifié. Une sorte d'onguent à base de goudron, entre autres.

– J'en utilise, s'exclama Sejer avec surprise. Pour mon eczéma.

– Non. C'était le genre de graisse qu'on applique sur les pattes endolories des chiens.

Sejer hocha la tête.

– Johnas a un chien.

– Et Axel Bjørk possède un berger allemand. Et toi un lion ! C'était juste comme ça, pour l'allusion, ajouta-t-il rapidement en tenant la porte ouverte.

L'inspecteur en chef sortit le premier. Pour tout dire, il se sentait plutôt déboussolé.

* * *

Axel Bjørk mit le chien en laisse et le fit descendre de la voiture.

Il jeta un coup d'œil rapide des deux côtés, ne vit personne, traversa la place en diagonale et pêcha un passe-partout dans son uniforme. Il se retourna une dernière fois pour regarder la voiture, garée de façon facilement repérable devant l'entrée principale, une Peugeot couleur plomb avec une boîte à skis sur le toit, le logo de sa compagnie de gardiennage en haut de la portière et sur le capot. Le chien attendait pendant qu'il triturait la serrure. Pour l'instant, il ne flairait rien : ils avaient fait cela tant de fois, entrer et sortir de la voiture, monter et descendre dans des ascenseurs, ouvrir et fermer des portes, repérer des milliers d'odeurs différentes. Il suivait son maître en animal fidèle. Il menait une bonne vie de chien faite de beaucoup d'exercice, d'une foule de sensations et d'une excellente alimentation.

Désaffectée, l'usine calme et déserte ne servait plus que d'entrepôt : caisses, boîtes et sacs étaient empilés du sol au plafond, dégageant une odeur de carton, de poussière et de bois moisi. Bjørk ne donna pas de lumière. Une lampe torche pendait à sa ceinture : il l'alluma et avança dans la grande salle. Ses bottes claquant contre le revêtement en ciment, brisant le silence. Il ne croyait pas en Dieu ; il n'avait donc que le chien comme témoin. Akilles le suivait, la laisse détendue, la démarche mesurée. Parfaitement dressé, tranquille, complètement dévoué à son maître, il ne se doutait de rien.

Ils s'approchèrent de la machine, une grosse rotative. Bjørk se glissa entre le fer et les instruments métalliques en tirant le chien derrière lui ; il enfila la laisse sur une manivelle et ordonna au chien de s'asseoir.

L'animal s'exécuta, mais en se tenant sur ses gardes. Une odeur se répandait dans la salle. Une odeur qui ne leur était plus étrangère, une odeur qui faisait de plus en plus partie de leur quotidien. Mais il y avait aussi autre chose. Le relent âcre de la peur. Bjørk se laissa glisser à plat ventre sur le sol, on n'entendait que le frottement de sa combinaison de travail et le halètement du chien. Il attrapa une gourde dans la poche sur sa cuisse, la déboucha et se mit à boire.

Le chien attendait, les yeux brillants et les oreilles dressées. Il savait que ce n'était pas le moment d'espérer un biscuit, mais il restait tout de même assis là, aux aguets. Bjørk planta son regard dans les yeux de son chien, mais pas un son ne franchit ses lèvres. Dans la grande salle, la tension était maintenant presque palpable. Il sentit que le chien le surveillait. Lui aussi gardait un œil sur l'animal. Dans sa poche, il avait un revolver.

Halvor grogna d'énervement. Personne n'arriverait à découvrir le code, pensa-t-il, découragé. Le bourdonnement de l'écran commençait à lui taper sur les nerfs. Ce n'était plus pour lui un ronronnement chaleureux, mais une plainte interminable, comme le ronflement d'une machine industrielle dans le lointain. Cet écho le poursuivait vingt-quatre heures sur vingt-quatre, au point qu'il se sentait presque tout nu chaque fois qu'il éteignait l'ordinateur, laissant le silence prendre le relais quelques secondes avant que le bruit réapparaisse dans sa tête. Crache le morceau, Annie ! Parle-moi !

Il se souvint qu'un jour, il était allé au cinéma. Annie avait acheté des Smarties et des caramels Fox au citron pendant qu'il l'attendait devant l'entrée, les billets à la main. « Tu veux quelque chose à boire ? » lui avait-elle demandé. Il avait secoué la tête pour dire non, trop occupé à la regarder, à la comparer à toutes les autres qui se pressaient devant la porte de la salle. Le contrôleur était apparu sur le seuil, dans son uniforme noir, sa poinçonneuse à la main. Tout en perforant les billets, il étudiait les visages qui se présentaient devant lui, la plupart avec les yeux baissés car ils étaient quasiment tous en dessous de l'âge limite autorisé pour voir le film en question. Un James Bond. Le tout premier qu'ils avaient vu ensemble, la toute première fois qu'ils sortaient, presque comme un vrai couple d'amoureux. Il bombait le torse de fierté. Et c'était un bon film, en tout cas d'après Annie. Lui-même n'avait pas compris grand-chose, trop occupé à lui jeter des regards en coin et à écouter son souffle dans le noir. Mais il se rappelait le titre : *Rien que pour vos yeux*.

C'est ce qu'il inscrivit dans le cadre noir. Il attendit un peu. *Access denied*. Furibond, il se leva, fit quelques pas et arracha le couvercle d'une cruche posée sur le rebord de la fenêtre, dans laquelle il gardait un sachet de pastilles Kongen av Danmark. C'était sans espoir. Il décida brusquement d'envoyer promener sa mauvaise conscience car il avait là un endroit secret qui recelait quelque chose. Halvor traversa la cuisine, gagna le salon. Il saisit l'annuaire professionnel et consulta la rubrique « Matériel et fournitures informatiques », trouva le numéro et le composa.

– Ra Data. Solveig à l'appareil.

– Bonjour, c'est au sujet d'un dossier verrouillé, bégaya-t-il. Son courage diminuait, il se sentait aussi petit qu'un voleur ou qu'un voyeur, mais il était trop tard pour revenir en arrière maintenant.

– Tu n'arrives pas à l'ouvrir ?

– Euh, non ! J'ai perdu le mot de passe.

– J'ai bien peur que le technicien soit parti pour la journée. Mais attends un peu quand même, je vais voir ce que je peux faire.

Il serra si fort le combiné contre sa joue que les cartilages de son oreille lui firent mal. Il entendait au loin un brouhaha de conversation et de sonneries de téléphone. Jetant un coup d'œil vers sa grand-mère qui lisait le journal avec une loupe, il pensa : « Si Annie savait ! »

– Tu es toujours là ?
– Oui.
– Tu habites loin ?
– Dans le virage de Lundeby.
– Alors, tu as de la chance. Il peut passer sur le chemin du retour. Tu me donnes ton adresse exacte ?

Halvor retourna dans sa chambre et commença d'attendre. Il avait tiré les rideaux pour apercevoir la voiture dès qu'elle pénétrerait dans la cour. Son cœur battait si fort qu'il en ressentait les pulsations jusqu'en haut de la gorge. Il fallut exactement trente minutes à une Kadett cinq portes blanche frappée du logo de Ra Data sur la portière pour se manifester. Un type très jeune sortit de la voiture et regarda vers la maison, l'air hésitant.

Halvor courut lui ouvrir. Le jeune spécialiste d'informatique s'avéra très avenant, rond comme un petit pain, les joues marquées de profondes fossettes. Halvor le remercia d'avoir pris la peine de venir. Ils se rendirent ensemble dans sa chambre. Le technicien ouvrit sa mallette et en retira un paquet de listes avec des tableaux.

– Ton code, c'est des chiffres ou des lettres ? demanda-t-il.

Halvor devint tout rouge.

– Tu ne te souviens même pas de ça ? s'étonna-t-il.
– J'en ai eu tellement de différents, murmura Halvor. Je les change en cours de route.
– C'est quel dossier ?
– Celui-là.
– Annie ?

Il ne posa plus de questions. De toute manière, elles

n'étaient que de pure forme : ça faisait partie de la routine. Il avait de grandes ambitions et un seul principe : ne jamais embêter les clients. Halvor se posta devant la fenêtre les joues en feu, en butte à un mélange de honte et de nervosité ; son cœur cognait aussi fort qu'un solo de percussions. Il entendait derrière lui le cliquetis des touches du clavier, rapides comme des castagnettes. Après un temps qui lui parut interminable, le jeune homme abandonna enfin sa chaise.

– Eh bien, voilà !

Halvor se retourna lentement vers l'écran, saisit le bloc-notes que le technicien lui tendait. Mais tiqua en voyant le montant de la facture.

– Sept cent cinquante couronnes !
– Toute heure entamée est due, expliqua le technicien en souriant.

Les mains tremblantes, il apposa sa signature sur la ligne en pointillés tout en bas de la feuille et demanda à régler la facture par mandat-poste.

– C'était un code chiffré, expliqua l'expert avec un sourire. Zéro - sept - un - un - neuf - quatre. Date et année, n'est-ce pas ?

Ses fossettes se creusèrent un peu plus.

– Mais de toute évidence, c'est pas ta date de naissance : tu n'aurais que huit mois !

Halvor le reconduisit à la porte et le remercia, puis revint en trombe pour se planter devant sa machine. Un autre texte s'affichait à présent sur l'écran lumineux : *Please proceed*. Il dut appuyer sa main contre sa poitrine tant son cœur battait. Le texte s'étalait devant lui ; il commença à lire. À plusieurs reprises, il dut se cramponner au bureau, ses paupières papillotaient au fur et à mesure que les pages défilaient. Quelque chose s'était produit, qu'Annie avait consigné et qu'il avait fini par découvrir. Il lisait, les yeux écarquillés ; un horrible soupçon s'imposa puis prit lentement racine en lui.

Bjørk parvint à un remarquable taux d'alcool dans le sang. Le chien se tenait toujours assis, la langue pendante. Haletant et impatient, il clignait des yeux. Bjørk se leva enfin à grand-peine, posa la gourde sur le sol glacé, hoqueta deux ou trois fois et se redressa. Il retomba aussitôt en arrière, contre le mur, les jambes écartées. Le chien se mit debout sans le lâcher de ses yeux jaunes, remuant faiblement la queue pour manifester un espoir déçu. Bjørk fouilla sa poche étroite à la recherche du revolver qui s'y trouvait coincé, parvint enfin à l'en extraire et arma la détente. Pendant tout ce temps, il fixa son chien. Soudain, il chancela, sa main tremblait mais il persista : il leva le bras et tira. La détonation retentit contre les parois. Son crâne éclata. Sa cervelle éclaboussa le mur et le museau du chien. Le coup de feu continuait à résonner. Progressivement, le bruit s'apparenta à un lointain coup de tonnerre. Le chien se jeta en avant pour tenter de s'échapper, mais la laisse tint bon. Après plusieurs tentatives, épuisé, il abandonna et se mit à gémir.

* * *

La galerie se trouvait dans une rue calme, non loin de l'église catholique. Un ancien modèle de Citroën était garé devant. En voyant ses phares en amande, Sejer pensa à des yeux bridés. Skarre s'approcha pour l'examiner. La voiture était couverte de poussière, mais s'avérait plus propre que le reste, comme si quelque chose avait protégé la peinture. Elle était gris-bleu.

— Pas de boîte à skis, remarqua Sejer.

— Non. On l'a enlevée. Il y a encore des marques laissées par les attaches.

Ils ouvrirent la porte et pénétrèrent dans le magasin. Ça sentait à peu près comme dans la boutique de madame Johnas : la laine, l'apprêt et une légère odeur de goudron en provenance des solives. Une caméra les visait depuis l'un des coins du plafond. Partout, des tapis en piles épaisses. Un large escalier en pierre conduisait aux étages supérieurs. Quelques tapis étaient éparpillés sur le sol et les murs, suspendus à des tringles tapissières. Johnas descendit l'escalier, vêtu de flanelle et de velours, dans les tons rouges, verts, roses et noirs... Avec ses boucles sombres, ses yeux très foncés, il était parfaitement assorti à l'objet de sa passion. Il y avait chez lui quelque chose de doux, de délicat. S'il était réellement d'une nature emportée, il le cachait bien. En revanche, il ne dissimulait pas son caractère de vendeur, avenant, complaisant et serviable.

– Tiens ! dit-il avec un sourire aimable. Entrez donc. Vous venez, évidemment, pour m'acheter un tapis, n'est-ce pas ?

Il tendit le bras en avant comme s'il s'agissait d'amis proches ou d'amateurs fortunés. Les nœuds. Les couleurs. Les motifs aux références religieuses : naissance, vie et mort, souffrance, victoire et fierté. À étendre sous la table de la salle à manger ou devant la télé. Unique.

– T'as pas mal de place ici, remarqua Sejer en regardant autour de lui.

– Deux étages entiers plus le grenier. C'était un gros investissement, crois-moi. Je me suis presque ruiné en reprenant cet endroit, et il faut voir dans quel état c'était à l'époque ! Moisi et tristounet... J'ai tout récuré à fond et blanchi à la chaux. Il n'en fallait pas plus, en fait. À l'origine, c'était une demeure somptueuse. Je vous en prie, suivez-moi. Il désigna le haut de l'escalier et les conduisit dans ce qu'il appelait son bureau, en réalité une cuisine spacieuse avec un plan de travail en inox, une cafetière et un petit frigo. La paillasse était ornée de carreaux représentant des Hollandaises bien bâties, coiffées de capeline, avec des moulins à vent et des oies se dandinant. De vieilles casseroles de cuivre joliment cabossées pendaient d'une solive. La table de cuisine présentait un listel et des coins en laiton, comme le mobilier des navires anciens.

Ils s'installèrent autour de la table et sans leur demander leur avis, Johnas alla chercher du jus de raisin qu'il leur servit dans des verres à pied.

– Comment ça s'est passé avec les chiots ? s'enquit Skarre.

– Je laisse Héra en garder un et les deux autres, je les ai déjà placés. Il ne te reste plus que tes yeux pour pleurer ! Qu'est-ce que je peux faire pour vous ? dit-il en souriant avant de commencer à boire.

Sejer savait que d'ici peu, cette amabilité partirait en fumée.

– On a juste quelques questions concernant Annie. J'ai bien peur d'être obligé de revoir tout le monde. Tu l'as ramassée au rond-point, c'est bien ça ?

Le choix des mots, le ton de sa voix et l'ébauche d'une mise en doute de ses déclarations précédentes aiguisèrent l'attention de l'homme.

– C'est ce que j'ai dit, et c'est toujours valable.

– Mais, en réalité, elle préférait continuer à marcher, n'est-ce pas ?

– Je te demande pardon ?

– D'après ce que j'ai compris, ça ne t'a pas été facile de la faire monter en voiture ?

Sejer plissa les yeux et insista très calmement.

– Elle préférait marcher. Elle a refusé ta proposition de l'emmener. N'est-ce pas ?

Johnas acquiesça en souriant.

– Elle faisait toujours ça. Elle était tellement timide ! Mais ça me faisait pitié qu'elle soit obligée de marcher jusqu'à l'épicerie. C'est assez loin.

– Alors tu l'as convaincue ?

– Non ! Non... Il secoua vigoureusement la tête et changea de position sur sa chaise. Je l'ai peut-être un peu priée. Il y a des gens comme ça, qui ont la mauvaise habitude de toujours devoir se faire prier.

— Ce n'était donc pas parce qu'elle n'avait pas envie de monter dans *ta* voiture ?

Johnas perçut très bien le *distinguo*.

— Annie, elle était comme ça. On pourrait dire qu'elle était un peu bêcheuse. Avec qui as-tu parlé ? demanda-t-il tout à coup.

— Avec beaucoup de personnes, répondit Sejer. L'une d'entre elles l'a aperçue montant dans ta voiture. Après une longue discussion. En fait, tu es la dernière personne à l'avoir vue vivante, alors c'est bien normal qu'on se raccroche à toi, n'est-ce pas ?

Johnas lui retourna son sourire, un sourire complice, comme s'ils participaient ensemble à un jeu et qu'il voulait y mettre toute sa bonne volonté.

— Je n'ai pas été le dernier, corrigea-t-il rapidement. Le dernier, c'était le meurtrier.

— On a eu un peu de mal à le joindre, celui-là, lança Sejer avec une ironie affectée. Et aucun élément stable ne nous permet de conclure qu'un motard l'attendait effectivement. Nous n'avons que ton témoignage.

— Pardon ? Où veux-tu en venir ?

— Eh bien ! on veut en venir au fond des choses. Dans le cadre de mes fonctions, je suis conduit à toujours douter des gens.

— On m'accuse de mensonges maintenant ?

— Je suis bien obligé de réfléchir en ce sens. J'espère que tu m'en excuseras. Pourquoi ne voulait-elle pas monter, Annie ?

Johnas semblait sur le point de sortir de ses gonds, mais il se reprit.

— Mais bien sûr que si, elle voulait ! Elle est montée et je l'ai conduite jusque chez Horgen.

— Pas plus loin ?

— Non. Comme je l'ai déjà dit, elle est descendue à

l'épicerie. Je pensais qu'elle allait peut-être faire des courses. Je ne l'ai même pas déposée à la porte, je me suis arrêté en haut, sur la route et je l'ai laissée là. Et après – il se leva pour prendre un paquet de cigarettes sur le plan de travail – je ne l'ai plus jamais revue.

Sejer engagea sa locomotive sur d'autres rails.

– Tu as toi-même perdu un enfant, Johnas. Tu sais ce que ça fait. T'en as parlé avec Eddie Holland ?

Un instant, Johnas eut l'air surpris.

– Non, non, c'est quelqu'un de très renfermé, je ne veux pas m'imposer. En plus, pour moi non plus ce n'est pas très facile d'en parler.

– Ça s'est passé quand ?

– Tu as discuté avec Astrid, n'est-ce pas ? Bientôt huit mois. Mais ce ne sont pas des choses qu'on oublie ou dont on se remet !

Il pêcha une cigarette dans son paquet, l'alluma et entreprit de la fumer avec un geste presque féminin. Des Merit filtre.

– Les gens essaient souvent d'imaginer ce que c'est. Il regarda Sejer d'un air las. Ils le font avec les meilleures intentions. Ils s'imaginent le lit d'enfant vide et qu'on reste figé devant, à le contempler. C'est ce que j'ai souvent fait. Mais le lit vide, il n'y a pas que ça. Je me levais le matin pour aller dans la salle de bains et là, il y avait encore sa brosse à dents. Le genre qui change de couleur quand elle se réchauffe. Le canard en plastique sur le rebord de la baignoire. Ses pantoufles sous le lit. Je me surprenais à mettre la table pour une personne de trop au moment de manger, j'ai fait ça pendant des jours. Dans la voiture, il y avait des peluches qu'il avait oubliées. Plusieurs mois après, j'ai retrouvé une tétine sous le canapé...

Johnas parlait les dents serrées, comme s'il leur livrait à contrecœur quelque chose à quoi ils n'avaient pas droit.

– Peu à peu, j'ai rangé ses affaires, mais à chaque fois, j'avais l'impression de commettre un crime. Voir ses affaires autour de moi jour après jour était une souffrance, les ranger était une souffrance… Ça me poursuivait à chaque seconde de ma vie, et ça me poursuit encore. Est-ce que tu sais combien de temps l'odeur d'une personne peut rester collée à un pyjama en coton ?

Il se tut, son visage bronzé avait viré au gris. Sejer ne dit rien. Il repensait soudain aux sabots d'Élise qui attendaient toujours devant la porte d'entrée. Pour qu'elle puisse les chausser rapidement quand elle voulait se rendre au vide-ordures ou au rez-de-chaussée pour chercher le courrier. Ouvrir la porte, soulever les sabots blancs et les mettre à l'intérieur, c'était quelque chose qu'il se rappelait avec une douleur aiguë.

– Il n'y a pas longtemps de ça, on a fait un saut au cimetière, dit-il à voix basse. Ça fait un moment que tu n'y es pas passé ?

– Qu'est-ce que c'est que cette question ? répondit Johnas d'une voix enrouée.

– Je voulais seulement savoir si tu étais au courant que quelque chose a été volé sur la tombe.

– Tu veux dire le petit oiseau ? Oui, il a disparu tout de suite après l'enterrement.

– Tu as pensé à le remplacer ?

– Tu as soif de tout savoir, toi ! Oui, évidemment, j'y ai pensé. Mais je ne supportais pas l'idée de revivre ça, alors j'ai décidé de la laisser comme ça.

– Mais tu sais qui l'a pris, n'est-ce pas ?

– Bien sûr que non ! s'exclama-t-il brutalement. Si c'était le cas, j'aurais porté plainte aussitôt et si j'en avais eu l'occasion, j'aurais donné au voleur une leçon dont il se serait souvenu toute sa vie !

– Tu veux dire un sermon ?

Il sourit tristement.

– Non, je ne veux pas dire un sermon…
– C'est Annie qui l'a pris, lâcha Sejer mine de rien.
Johnas écarquilla les yeux.
– On l'a retrouvé dans ses affaires. C'est celui-là ?
Il fourra la main dans sa poche intérieure pour en sortir l'oiseau.
Les doigts de Johnas tremblèrent en le prenant.
– Je crois bien. Il ressemble à celui que j'ai acheté. Mais pourquoi ?
– Nous ne savons pas. On pensait que tu pourrais nous éclairer ?
– Moi ? Mon Dieu, je n'en ai pas la moindre idée ! Je ne comprends pas ! Pourquoi aurait-elle fait une chose pareille, bon sang ? Ce n'était pas une voleuse. Pas l'Annie que je connaissais !
– C'est pourquoi il doit bien y avoir une raison. Qui ne relève pas de la cleptomanie. Annie t'en voulait pour quelque chose ?
Johnas se borna à fixer l'oiseau, sidéré.
Ça, il l'ignorait, visiblement, pensa Sejer en jetant un coup d'œil à la dérobée à Skarre assis près de lui. De ses yeux d'un bleu transparent comme le verre, il suivait le moindre mouvement de l'homme.
– Ses parents savent qu'elle l'avait ? finit par demander Johnas.
– Nous ne pensons pas.
– Ce n'était pas plutôt Sølvi ? Sølvi est un cas particulier, malgré tout. Une vraie pie, elle court après tout ce qui brille !
– Ce n'était pas Sølvi.
Sejer leva son verre à pied et but un peu de jus de raisin. Ça ressemblait à du vin insipide.
– Enfin, elle avait des secrets, comme tout le monde, dit Johnas dans un sourire. Et elle était très réservée. Surtout en grandissant.
– Elle a été très affectée, pour Eskil ?

– Elle n'arrivait plus à venir nous voir. Je peux le comprendre, moi non plus je ne supportais pas de voir des gens, pendant très longtemps après tout ça. Puis Astrid et Magne sont partis, tant de choses sont arrivées en même temps… Un chapitre indescriptible de ma vie, murmura-t-il en pâlissant.

– Mais vous avez quand même un peu parlé ?

– On se saluait juste quand on se croisait dans la rue. On était presque voisins, tout de même.

– Elle était fuyante dans ces cas-là ?

– Je dirais plutôt gênée, d'une certaine façon. C'était difficile pour nous tous.

– Surtout, ajouta Sejer comme s'il s'en souvenait par hasard, que tu t'étais disputé avec Eskil juste avant sa mort. Ça a dû rendre les choses encore plus difficiles, non ?

– Laisse Eskil en dehors de tout ça ! siffla-t-il.

– Tu connais Raymond Låke ?

– Tu veux dire le simplet qui habite là-haut, vers la colline ?

– Je t'ai demandé si tu le connaissais.

– Tout le monde sait qui est Raymond.

– C'était une question qui appelait une réponse par oui ou par non.

– Je ne le connais pas.

– Mais tu sais où il habite ?

– Oui, oui. Je sais. Dans un vieux chalet délabré. Apparemment, ça lui suffit, l'idiot a l'air parfaitement heureux.

– L'idiot ? Heureux ?

Sejer se leva en repoussant son verre.

– Je pense que les idiots dépendent autant que nous de la bienveillance des autres pour se sentir heureux. D'autre part, n'oublie pas ceci : il a beau ne pas pouvoir interpréter le monde qui l'entoure de la même façon que toi, il n'a aucun problème de vue !

Johnas se raidit légèrement. Il ne les reconduisit pas lorsqu'ils partirent. En descendant l'escalier menant au rez-de-chaussée, Sejer sentit l'objectif de la caméra comme un rayon braqué sur son cou.

Ils allèrent chercher Kollberg à l'appartement, lequel fut autorisé à occuper toute la banquette arrière. Selon Sejer, si son chien était si intenable, c'est qu'il passait trop de temps seul. Il lui lança un morceau de poisson séché.

– Tu trouves pas que ça pue ?

Skarre approuva.

– T'as qu'à lui filer des Fisherman's Friend à la menthe !

Ils prirent la direction de Lundeby, quittèrent la route au rond-point et se garèrent près des boîtes aux lettres. Sejer s'engagea à pied dans la rue, bien conscient du fait qu'on pouvait le voir de chacune des vingt et une maisons. Tous allaient croire qu'il se rendait chez les Holland. Mais parvenu au bout de la rue, il s'arrêta pour regarder derrière lui, vers chez Johnas. En réalité, cette maison, dont on avait tiré les rideaux à plusieurs des fenêtres, semblait à moitié abandonnée. Il revint lentement sur ses pas. Malgré une légère brise, aucun cheveu ne bougeait sur sa tête.

– Le car scolaire quitte le rond-point à sept heures dix, dit-il enfin. Chaque matin. Tous les gosses de la rue Cristal qui vont au collège ou au lycée le prennent. Ils partent donc de chez eux avant sept heures pour l'avoir. Magne Johnas venait juste de quitter la maison lorsque Eskil s'est étouffé.

Skarre attendait. Un mot de la Bible prêchant la patience lui traversa l'esprit.

– Et Annie est partie un peu après les autres. Holland se rappelle qu'ils ne s'étaient pas réveillés à l'heure ce matin-là. Elle est donc passée devant chez les Johnas pendant qu'Eskil prenait son petit déjeuner.

– Oui. Et alors ?

Skarre regarda la maison de Johnas.

– Il n'y a que les fenêtres du salon et celles des chambres qui donnent sur la rue. Eux, ils étaient dans la cuisine.

– Je sais, je sais, dit Sejer, énervé.

Ils continuèrent à marcher et à se rapprocher de la maison tout en essayant d'imaginer ce matin du 7 novembre à sept heures. En novembre, il fait toujours nuit à cette heure-là, se rappela Sejer.

– Est-ce qu'elle a pu passer chez eux ?

– Aucune idée.

Ils s'arrêtèrent à hauteur de la maison. La fenêtre de la cuisine se trouvait sur le côté et donnait sur la maison voisine.

– Qui habite la maison rouge ? demanda Skarre.

– Irmak. Avec sa femme et un enfant. Mais n'y a-t-il pas un sentier qui passe par là ? Entre les maisons ?

Skarre jeta un coup d'œil.

– Si. Et il y a justement quelqu'un qui arrive.

Un garçon apparut, en effet, entre les deux maisons. Il marchait tête baissée et n'avait pas encore aperçu les deux hommes.

– Tiens, c'est Thorbjørn Haugen. Celui qui participait aux recherches pour Ragnhild.

Sejer l'attendit ; le garçon pressait le pas de ses longues jambes en montant le sentier. Il portait à l'épaule un grand sac noir et sur le front le même foulard que la dernière fois. Ils l'examinèrent attentivement lorsqu'il dépassa la maison de Johnas. Thorbjørn était grand : son regard arrivait largement jusqu'au milieu de la fenêtre de la cuisine.

– Tu prends un raccourci ? demanda Sejer.

Thorbjørn s'arrêta.

– Oui, on gagne presque cinq minutes en passant par là.

Sejer fit quelques pas sur le sentier et s'immobilisa devant la fenêtre. Il était plus grand que Thorbjørn et pouvait sans difficulté regarder directement dans la cuisine. Il n'y avait plus de siège d'enfant, mais deux chaises ordinaires en bois. Sur la table étaient posés un cendrier et une tasse à café. À part ça, la maison semblait inhabitée. Sejer se replongea dans l'atmosphère du 7 novembre. Nuit noire dehors, lumière dedans. De l'extérieur, on pouvait voir l'intérieur, alors que de l'intérieur, on ne pouvait pas distinguer ce qui se passait à l'extérieur…

– Johnas râle un peu quand on passe par là, ajouta Thorbjørn. Il en a ras-le-bol de tout ce va-et-vient, comme il dit. Mais il est en train de déménager, maintenant, alors…

– Tous les gosses prennent ce raccourci pour aller attraper le car scolaire ?

– Tous ceux qui vont au collège et au lycée.

Sejer, d'un petit signe, congédia Thorbjørn avec un sourire et se tourna vers Skarre.

– Je me suis rappelé une chose que Holland m'a racontée l'autre jour au bureau. Le jour où Eskil est mort, Annie est rentrée de l'école plus tôt que d'habitude parce qu'elle était malade. Elle est allée directement se coucher. Il a dû aller la voir dans sa chambre pour lui annoncer l'accident.

– Qu'est-ce qu'elle avait ? demanda Skarre. Elle n'était jamais malade.

– Elle était « patraque »…

– Tu crois qu'elle a vu quelque chose, par la fenêtre ?

– Je ne sais pas. Possible.

– Mais pourquoi elle n'aurait rien dit ?

– Elle n'aura pas osé. Ou peut-être n'a-t-elle pas vraiment bien compris ce qu'elle a vu. Ou bien elle en a parlé seulement à Halvor. J'ai toujours pensé qu'il en sait plus qu'il veut bien le dire.

– Il nous l'aurait quand même dit, non ?
– Je n'en suis pas si sûr. C'est un drôle de zèbre. Allons le voir.

Son bippeur se mit à grésiller ; il gagna aussitôt la voiture et composa le numéro par la vitre ouverte. C'est Holthemann qui répondit.

– Axel Bjørk s'est tiré une balle dans la tête avec un vieil Einfield.

Sejer dut s'appuyer contre la voiture. Cette nouvelle avait l'amertume d'un mauvais médicament. Elle laissa dans sa bouche une sécheresse désagréable.

– Il a laissé une lettre ?
– Pas sur lui. On est en train de fouiller son appartement. Mais de toute évidence, ce type avait mauvaise conscience, non ? Qu'est-ce que tu en penses ?
– Je ne sais pas. Ç'a pu être une accumulation de choses. Il avait des problèmes…
– Il était imprévisible et alcoolique. Et il avait une dent contre Ada Holland, une dent aussi pointue que celle d'un requin, dit Holthemann.
– Il était surtout malheureux.
– La haine et le désespoir, ça peut se ressembler parfois. Les gens montrent ce qui les arrange.
– Je crois que tu te trompes. En réalité, il avait baissé les bras. Et donc, je suppose que c'est pour ça qu'il a voulu en finir.
– Peut-être qu'il voulait entraîner Ada avec lui ?

Sejer secoua la tête et regarda le long de la rue, vers la maison des Holland.

– Il n'aurait pas fait une chose pareille à Sølvi et Eddie.
– Tu veux un coupable ou pas ?
– Je veux seulement le bon.

Il mit fin à la conversation et se tourna vers Skarre.

– Axel Bjørk est mort. Je me demande comment va réagir Ada Holland, ce qu'elle va penser maintenant.

Peut-être la même chose qu'Halvor quand son père est mort. Que c'est « aussi bien comme ça ».

Halvor se leva si brusquement qu'il renversa son siège. Il se retourna vers la fenêtre et laissa son regard errer sur la cour déserte. Du coin de l'œil, il enregistra la chaise renversée et la photo d'Annie sur sa table de chevet. C'était donc ça : Annie avait tout vu. Il se remit devant l'écran, relut le texte de bout en bout. Sa propre histoire y figurait aussi, celle qu'il avait confiée à Annie dans le plus grand secret : son père enragé, le coup de feu dans la remise, le 13 décembre... Tout ça n'avait rien à voir avec cette affaire ; il prit sa respiration, sélectionna le paragraphe, l'effaça du document, puis glissa une disquette dans la machine pour y copier le texte. Il quitta sa chambre et traversa la cuisine.

– Qu'est-ce qu'il se passe, Halvor ? demanda sa grand-mère quand il entra dans le salon, son blouson en jean à demi enfilé. Tu sors ?

Il ne répondit pas.

– Où vas-tu ? Au cinéma ?

Il commença à boutonner sa veste en pensant à sa moto : il se demandait si elle allait démarrer. Si elle ne démarrait pas, il lui faudrait prendre le car et il mettrait une heure pour se rendre là où il voulait. Il ne disposait pas d'une heure, il devait se dépêcher de partir.

– Tu rentres quand ? Tu seras là pour le dîner ?

Il s'arrêta et la regarda comme s'il venait juste de se rendre compte de sa présence et du fait qu'elle lui parlait

– Dîner ?

– Où vas-tu, Halvor ? Il fait bientôt nuit !

– Je vais voir quelqu'un.

– Mais qui ? Ce que tu es pâle ! Je me demande si tu ne fais pas un peu d'anémie ! Quand es-tu allé chez le médecin pour la dernière fois, au fait ? Tu ne t'en sou-

viens même pas, je suis sûre. Il s'appelle comment, tu m'as dit ?
 – Je ne te l'ai pas dit. Il s'appelle Johnas.
 Sa voix avait un timbre étonnamment déterminé. La porte claqua et lorsqu'elle jeta un œil par la fenêtre, elle put le voir penché sur sa moto, en train de manier un outil avec des gestes rageurs.

La caméra du rez-de-chaussée était mal située. Ça le frappa quand il consulta le moniteur. L'objectif recevait trop de jour, ce qui réduisait les clients à des ombres indistinctes, à des fantômes. Il préférait voir ses visiteurs avant d'aller à leur rencontre. Au premier, la lumière était meilleure : on discernait nettement les vêtements et les visages et, s'il s'agissait d'acheteurs réguliers, il pouvait se préparer avant de quitter son bureau, s'adapter à leur personnalité, leur ménager cette petite attention à laquelle chacun a droit. Il scruta encore l'écran qui couvrait le rez-de-chaussée et ne distingua qu'une silhouette. Un homme ou un adolescent, peut-être avec un blouson court. Certainement pas quelqu'un d'important, mais il fallait bien s'en occuper, être correct, comme toujours, pour maintenir sa très récente bonne réputation. D'autant qu'on ne peut plus se fier à l'apparence des gens pour juger de leur fortune. Ce type était peut-être riche comme Crésus... Il descendit posément l'escalier de sa démarche légère et feutrée ; pas question de se précipiter comme s'il travaillait dans un vulgaire magasin de jouets ! Ici, on était dans une galerie de tapis : on se déplace sans bruit, on parle bas, les étiquettes et les caisses enregistreuses n'existent pas. Habituellement, il envoyait les factures. Parfois, rarement, les gens payaient avec des cartes de crédit.
 Il ne lui restait que deux marches. C'est alors qu'il se figea.

– Bonsoir, murmura-t-il.

Le jeune homme qui lui tournait le dos fit volte-face et le scruta. Le regard de Johnas trahit un mélange de suspicion et de stupeur. Il ne dit rien, se bornant à fixer son visiteur, comme s'il cherchait à lire une histoire sur son visage. Un secret peut-être ou la clé d'une énigme. Il le reconnaissait parfaitement et l'espace d'une ou deux secondes, il envisagea de le lui dire.

– Puis-je t'aider ?

Halvor ne répondit pas. Il se savait reconnu. Johnas l'avait déjà vu plusieurs fois, il était venu avec Annie sonner à sa porte, ils s'étaient croisés dans la rue. Maintenant, il avait revêtu son armure : ce qu'il avait de doux et de chaleureux, la flanelle, le velours et les boucles brunes disparaissaient sous une solide carapace.

Halvor s'avança ; Johnas se tenait toujours sur l'escalier, une main sur la rampe.

– Tu vends des tapis.
– En effet.
– Je voudrais en acheter un.
– Tu cherches quoi ? Quelque chose en particulier ?

Il ne veut pas de tapis, se dit Johnas. D'ailleurs, il n'a pas assez d'argent pour ça, et il le sait. Il vient donc pour autre chose… Peut-être par simple curiosité, une de ces lubies d'adolescents !

– Un tapis de quelle taille ? Grand, petit ? demanda-t-il en descendant les dernières marches. Il évalua le gabarit d'Halvor : il faisait une tête de moins que lui et il était taillé comme une ablette.

– Je veux un tapis assez grand pour qu'on puisse caler dessus une table et des chaises, sinon c'est pas commode pour laver par terre.

Johnas opina.

– Viens avec moi. Les plus grands tapis sont exposés là-haut.

Il s'engagea dans l'escalier. Halvor le suivit comme

un automate propulsé par des forces inconnues ; il avait l'impression de glisser sur des rails traversant un tunnel creusé dans une montagne.

Johnas alluma les six lustres de Venise suspendus aux poutres goudronnées du plafond qui diffusaient dans la grande pièce une lumière chaleureuse mais violente.

– Tu sais dans quels tons tu le veux ?

Halvor, perplexe, jeta un coup d'œil circulaire.

– Mais ils sont tous rouges !

Johnas lui adressa un sourire indulgent.

– Non, si tu regardes bien, il y a des nuances.

Il accentua encore son sourire.

– Quel prix peux-tu mettre ? Je ne voudrais pas te paraître arrogant, mais es-tu conscient de ce que ça coûte ?

Halvor le regarda en plissant les yeux. Quelque chose d'ancien remontait à sa conscience, quelque chose qu'il n'avait pas ressenti depuis longtemps...

– Je n'ai pas l'air très riche, je suppose, répliqua-t-il sur un ton neutre. Tu aimerais peut-être voir mon relevé de compte en banque ?

Johnas hésita.

– Il faut m'excuser, mais pas mal de personnes qui entrent ici se retrouvent dans une situation embarrassante. Je voulais t'épargner ça.

– C'est aimable de ta part, souffla Halvor d'une voix à peine audible.

Il se dirigea vers un grand tapis accroché au mur où figuraient des hommes, des chevaux et des armes. Il se mit à jouer avec les franges.

– Deux mètres et demi sur trois, précisa Johnas calmement. Un bon choix, en un sens. Le motif décrit une guerre entre deux peuples nomades. Il est très lourd.

– Mais tu livres, j'imagine ?

– Bien sûr. Je parlais en terme d'entretien. Il faut plusieurs hommes rien que pour le déplacer.

– Je l'achète.

– Je te demande pardon ?

Johnas s'approcha de quelques pas et le considéra avec hésitation. Le gamin avait l'air bizarre.

– C'est presque le plus cher, annonça-t-il. Soixante-dix mille couronnes !

Il croyait le poignarder en énonçant le prix mais Halvor ne cilla pas.

– Je suis sûr qu'il les vaut.

Johnas ne comprenait pas ce que le gamin voulait réellement. Impossible qu'il ait jamais possédé autant d'argent… Et même si ç'avait été le cas, il ne l'aurait certainement pas dépensé en tapis. Un soupçon insidieux remonta le long de sa colonne vertébrale comme un serpent glacé.

Halvor croisa les bras, s'appuya d'une fesse contre une table à rallonge en acajou qui geignit sous son poids et dit très calmement.

– J'aimerais que tu me l'emballes, s'il te plaît.

– L'emballer ? Johnas grimaça une sorte de sourire. Un tapis, ça ne s'emballe pas. Ça se roule.

– Ce sera parfait !

– Seulement pour le descendre et le transporter, c'est du boulot. Je te propose de te le livrer ce soir. Comme ça, je pourrai aussi t'aider à le mettre en place.

– Non, coupa Halvor. Je le veux maintenant !

Johnas hésita.

– Maintenant ? Mais… Enfin, pardonne-moi cette indiscrétion… mais comment comptes-tu me régler ?

– Au comptant, si tu n'y vois pas d'inconvénient.

Il tapota la poche arrière de son jean effrangé. Johnas le regardait, interloqué.

– Quelque chose ne va pas ? demanda Halvor.

– Non. Heu…

– Dis-moi ?

– Je sais qui tu es, lança soudain Johnas en se campant sur ses jambes comme un marin sur le pont d'un bateau…

Il éprouvait un vrai soulagement à laisser tomber le masque.

– Vraiment ? On se connaît ?

Johnas s'affermit encore sur ses jambes, les mains aux hanches.

– Oui, Halvor, bien sûr qu'on se connaît ! Je me demande s'il ne vaudrait pas mieux que tu t'en ailles !

– Pourquoi ? Quelque chose ne va pas ?

– Arrête tes conneries ! siffla Johnas.

– Quelles conneries ! Décroche-moi ce tapis. Et plus vite que ça !

– Écoute, je ne souhaite pas le vendre : je suis en train de déménager, je voudrais le garder pour moi. En plus, tu sais bien qu'il n'est pas dans tes prix.

– Alors comme ça, tu le gardes pour toi ? D'accord, je peux le comprendre. Dans ce cas, je vais en choisir un autre !

Halvor se retourna et désigna un tapis dans les tons roses et verts.

– Je pendrai celui-là à la place, déclara-t-il simplement. Décroche-le-moi, s'il te plaît. Et prépare-moi un reçu.

– Il fait quarante-quatre mille.

– Ça me convient.

Johnas, toujours les mains aux hanches, le foudroya du regard.

– Serait-ce abuser que de demander à voir ton argent ?

Halvor secoua la tête.

– Bien sûr que non. De nos jours, comment savoir si les gens ont de l'argent ou pas ?

Il fourra la main dans sa poche revolver, en tira un vieux portefeuille en laine polaire, plat comme une galette de pommes de terre, ouvrit la fermeture à glissière et en vida délicatement le contenu sur la table à rallonge. Johnas l'observait, incrédule, au fur et à mesure que les pièces de cinq et de dix couronnes s'entassaient jusqu'à former une petite montagne.

— Ça suffit comme ça, lança-t-il, menaçant. Tu m'as déjà assez fait perdre mon temps. Casse-toi !

Halvor lui jeta un coup d'œil outragé.

— Je n'ai pas fini.

Il continua à farfouiller dans son portefeuille.

— Tu habites dans un taudis avec ta grand-mère, tu es livreur de glace : tu n'auras jamais assez d'argent ! Quarante-quatre mille couronnes, répéta-t-il, rageur. Tu me les sors, sinon...

— Alors, comme ça, tu sais où j'habite !

Halvor le scrutait avec calme ; il sentait que ça commençait à devenir dangereux, mais il n'avait pas peur. Pour une raison quelconque, il n'avait pas peur. Il ouvrit posément le compartiment à billet.

— En fait, j'ai ceci.

Johnas fixa l'objet qu'Halvor tenait entre deux doigts.

— C'est une disquette, expliqua Halvor.

— Je ne veux pas de disquette. Je veux quarante-quatre mille couronnes ! aboya Johnas, la peur harponnant sa poitrine.

— Ça vaut beaucoup plus que quarante-quatre mille couronnes. C'est le journal intime d'Annie, continua Halvor doucement en agitant la disquette sous son nez. Elle a commencé à l'écrire, il y a quelque temps. Depuis le 7 novembre, pour être précis. Tu sais comment sont les filles : il faut qu'elles se confient. Je l'ai beaucoup cherché. Et je ne suis pas le seul.

Johnas respira bruyamment. Son regard se riva dans celui d'Halvor avec la violence d'un pistolet-agrafeur.

— Je l'ai lu, annonça Halvor. Elle ne parle que de toi.

— Donne-moi cette disquette !

— Tu peux toujours courir !

Johnas sursauta. La voix d'Halvor avait changé de registre, elle était brutalement devenue plus grave. Il avait l'impression d'entendre un esprit malfaisant parler à travers la bouche d'un enfant.

– D'ailleurs, j'en ai fait des copies. Tu vois, je peux me payer autant de tapis que je veux. Chaque fois que j'aurai envie d'un nouveau tapis, il me suffira d'en faire une nouvelle copie. Compris ?

– Tu n'es qu'un petit morveux complètement piqué ! Rappelle-moi de quel asile tu t'es échappé, déjà ?

Johnas prit son élan et Halvor sentit en une fraction de seconde son corps se dilater pour se préparer à l'assaut. Son adversaire devait peser au moins vingt kilos de plus que lui, sans compter une tonne de fureur. Il se jeta sur le côté. Johnas le manqua, glissa sur le sol en béton et quand sa tête heurta violemment la table à rallonge, il lâcha un juron, sans doute le plus laid qu'Halvor avait jamais entendu, même en se remémorant le vocabulaire de son père, sans égal dans ce domaine. En deux secondes, Johnas se remit sur pied. Halvor comprit alors que la bataille était perdue. Il se rua vers l'escalier mais Johnas le rattrapa en quatre enjambées et frappa entre les omoplates. Instinctivement, Halvor se protégea la tête, mais son corps heurta brutalement le sol en béton.

– Bon Dieu ! Me touche pas !

Johnas le retourna. Halvor sentit sa respiration sur son visage et ses poings qui lui serraient la gorge.

– T'es malade ? gargouilla-t-il. De toute façon, t'es foutu ! Tu peux me faire ce que tu veux, je m'en tape, mais toi, t'es foutu !

Johnas, aveugle et sourd, leva un poing. Ce n'était pas la première fois qu'Halvor se faisait tabasser, il savait ce qui l'attendait. Les jointures de la main fermée le percutèrent sous le menton et sa mâchoire frêle se brisa comme une branche sèche. Les dents du bas se fracassèrent contre celles du haut et de minuscules morceaux de porcelaine se mêlèrent au sang qui jaillissait de sa bouche. Johnas martelait le visage étroit sans plus viser, écrasant tantôt une pommette, tantôt un œil. Halvor essayant d'esquiver les coups, le poing de Johnas frappa violemment le béton. Il hurla de douleur. Il se remit péniblement debout et observa sa main. Puis il scruta la pièce et les taches de sang qui maculaient le sol. Encore haletant, il inspira et expira, profondément et intensément, plusieurs fois de suite. Après deux ou trois minutes, il avait chassé les brumes de son cerveau et son cœur avait repris un rythme normal.

– Il n'est pas là, dit la grand-mère déconcertée de revoir Sejer et Skarre. Il allait chez quelqu'un, si j'ai bien compris. Il était pressé et il n'avait pas mangé. Je ne sais plus à quel saint me vouer, je suis trop vieille pour m'occuper de tout ! Il a parlé d'un certain Johnas.

L'information arracha une exclamation à Sejer. Skarre, nerveux, frappa le chambranle d'un coup de poing.

– On l'a appelé ou quelque chose comme ça ?
– Personne ne nous appelle jamais. Juste Annie, de temps en temps. Il est resté tout l'après-midi dans sa chambre à jouer avec cette foutue machine. Tout à coup, il est parti en trombe et il a disparu.
– On va le retrouver. Il faut nous excuser, on doit y aller. Nous aussi, on est pressés.

Ils se ruèrent vers la voiture.

– De tout ce qu'on pouvait imaginer, dit Sejer en claquant la portière, ça, c'est bien la pire chose qu'il pouvait faire !
– On verra bien, répondit Skarre calmement en faisant demi-tour à fond la caisse dans la cour.

* * *

– Je ne vois pas sa moto.

Skarre bondit hors de la voiture. Sejer se retourna

vers Kollberg, toujours sur la banquette arrière, pêcha une croquette dans sa poche et la lui jeta avant de sortir en trombe.

Ils poussèrent la porte qui s'ouvrit lentement et défièrent la caméra du regard. Johnas les vit de sa cuisine. Il resta assis à sa table de bateau, très calme, en soufflant sur les articulations endolories de sa main. Il n'y avait pas le feu. Une chose à la fois. Dans sa vie, depuis peu, beaucoup de choses se produisaient simultanément, mais il arrivait toujours à s'en débrouiller. Il était doté de sens pratique. Les problèmes, il les prenait et les réglait un par un, au fur et à mesure. C'était un don qu'il avait. Il se leva et descendit posément l'escalier.

– Eh bien, que de visites ! ironisa-t-il. Pour moi, ça commence à ressembler à du harcèlement.

– Tu trouves ?

La silhouette imposante de Sejer se dressait devant lui comme un tronc d'arbre.

– On est à la recherche de quelqu'un. On pensait peut-être le trouver ici.

Johnas les regarda, perplexe.

– Comme vous le voyez, je suis seul. D'ailleurs, j'allais fermer. Il se fait tard.

– On aimerait jeter un coup d'œil. Rapidement, bien sûr.
– Je…
– Peut-être cette personne est-elle entrée pendant que tu avais le dos tourné et qu'elle se cache quelque part. On ne sait jamais.

Skarre sentait Sejer trembler d'une fureur glaciale qu'il s'efforçait de contenir.

– Je ferme maintenant ! répéta Johnas.

Ils passèrent devant lui et se mirent à gravir l'escalier. Ils fouinèrent partout : du bureau au grenier ; ils ouvrirent même la porte des toilettes. Personne.

Johnas qui les avait suivis, les regardait d'un air narquois, très calme.

– Et vous pensiez trouver qui, ici ?
– Halvor Muntz.
– On peut savoir qui c'est ?
– Le petit ami d'Annie.
– Mais il n'a rien à faire ici, que je sache.
– Va savoir ! répondit Sejer. En fait, il a mentionné qu'il avait l'intention de venir ici. Je pense qu'il est en train de jouer au détective, en solitaire, et il s'agirait de l'en dissuader.

Johnas sourit avec une sorte d'indulgence.

– Je suis bien de ton avis. Mais aucun frère de la tribu Hardy[1] n'est passé chez moi !

Du bout de sa chaussure, Sejer donna un petit coup dans un tapis roulé.

– Il y a une cave dans cette maison ?
– Non.
– Qu'est-ce que tu fais des tapis, la nuit ? Tu les laisses en exposition ?
– La plupart, oui. Les plus chers, je les mets dans la chambre forte.
– Je vois.

Il découvrit tout à coup, sous la table en acajou, des piécettes éparpillées. Curieux !

– Tu es aussi négligent que ça avec la petite monnaie ?

Johnas haussa les épaules. Sejer n'aimait pas le silence qui régnait ici. Il n'aimait pas davantage l'expression affectée du marchand de tapis. Dans un coin de la pièce, il avisa un seau en plastique rose avec un balai-brosse à côté. Le sol était humide.

---

1. Les frères Hardy sont des personnages de jeunes détectives imaginés par Franklin W. Dixon dans les années 1930, très populaires chez les jeunes. Cette série comprend plusieurs dizaines d'aventures, traduites dans toutes les langues, dont le français. (NdT)

– Tu étais en train de laver ? s'enquit-il d'un ton léger.

– C'est toujours la dernière chose que je fais avant de fermer. Ça me permet pas mal d'économies en heures de ménage. Comme tu peux le constater, conclut-il après une petite pause, il n'y a personne ici.

Sejer le regarda avec indifférence.

– Montre-nous la chambre forte.

Un instant, il leur sembla que Johnas allait refuser, puis il changea d'avis et commença à descendre l'escalier.

– Elle est au rez-de-chaussée. Bien sûr que tu peux la voir. Mais comme elle est verrouillée, ton type n'a pas pu se cacher là-dedans.

Ils le suivirent en bas. Dans un coin sous l'escalier, ils découvrirent une porte métallique, pas très haute mais beaucoup plus large qu'une porte ordinaire. Johnas entreprit de composer le code en tournant la roue à plusieurs reprises à droite puis à gauche. À chaque coup, ils percevaient un léger cliquetis. Johnas manœuvrait assez maladroitement de la main gauche.

– Il est donc si précieux que ça, ce gamin, pour que vous pensiez que je le cache ici ?

– Possible, répondit Sejer sèchement.

Johnas saisit la lourde porte et tira de toutes ses forces.

– Ce serait sans doute plus facile si tu la tirais des deux mains, remarqua Sejer rudement.

Johnas leva un sourcil, comme s'il n'avait pas compris. Sejer examina la pièce aux murs nus, puissamment éclairée par deux tubes de néon. Elle contenait un petit coffre-fort, quelques tableaux appuyés contre le mur et plusieurs tapis roulés et entassés sur le sol comme un tas de rondins.

– Voilà, c'est tout ce qu'il y a.

Il les défiait du regard comme pour souligner l'inutilité de cette incursion.

Sejer sourit.

– Mais il est venu, n'est-ce pas ? Qu'est-ce qu'il voulait, au juste ?

– Personne n'est venu. Sauf vous deux.

Sejer hocha la tête et ressortit. Skarre le regarda d'un air hésitant, puis lui emboîta le pas.

– S'il passe, sois gentil de nous contacter ? dit Sejer pour finir. Ces événements, c'est un peu dur pour lui. Il a besoin d'aide.

– Bien sûr.

La porte de la chambre forte se referma avec fracas.

De retour sur le parking, Sejer fit signe à Skarre de démarrer.

– Tu remontes la rue et tu recules dans la cour là-haut. Tu la vois ?

Skarre acquiesça.

– Gare-toi là. Dès qu'il sort, on le suit. Je veux savoir où il va.

Ils n'eurent pas à attendre bien longtemps. Moins de cinq minutes plus tard, Johnas apparut à la porte. Il ferma à clé, brancha l'alarme, passa devant la Citroën grise et disparut sous un porche menant à une arrière-cour. Il y resta deux ou trois minutes, avant de réapparaître au volant d'une vieille camionnette Transit. Il marqua le stop avant de déboucher sur la rue et mit son clignotant à gauche. Sejer put clairement entendre le moteur : il émettait un ronflement grave.

– Évidemment, il possède aussi une camionnette, remarqua Skarre.

– Avec un pot d'échappement en mauvais état. Elle pétarade comme un vieux chalutier. Vas-y, mais fais attention. Il va au carrefour là-bas, ne t'approche pas trop.

– Tu peux voir s'il regarde dans le rétroviseur ?

– Il ne le fera pas. Laisse passer la Volvo, Skarre, la verte, là.

Comme la Volvo freinait pour lui laisser la priorité,

Skarre lui adressa un grand salut de politesse et lui fit signe de passer devant. Le chauffeur le remercia en agitant une main blanche.

– Il clignote à droite. Mets-toi dans la file de droite ! Merde, il y a trop peu de circulation, il va nous voir.

– Il ne nous voit pas. Il roule comme s'il était sur rails. À ton avis, il va où ?

– Probablement rue Oscar. Ce type est en train de déménager, n'est-ce pas ? Attention, il freine. Gare au camion de la brasserie, là-bas. S'il passe devant, on risque de le perdre.

– Facile à dire ! Quand est-ce que tu vas t'acheter une voiture un peu plus pêchue ?

– Il freine encore. Je parie qu'il a l'intention de descendre la rue Borresen. Espérons que la Volvo prendra le même chemin.

Johnas conduisait le gros véhicule tout en douceur à travers la ville, comme s'il voulait éviter d'attirer l'attention. Il clignota pour changer de voie à l'approche de la rue Oscar. C'est alors seulement qu'il jeta plusieurs fois de suite un œil dans son rétroviseur.

– Il s'arrête devant le bâtiment jaune, là. C'est au numéro 15. Stop, Skarre !

– Ici ?

– Coupe le moteur. Voilà, il descend.

Johnas sauta de sa camionnette, lança un regard circulaire, traversa la rue à grands pas et ouvrit maladroitement une porte, gêné par une boîte à outils qu'il portait de l'autre main.

– Il passe à son appartement. On attend un peu. Quand il sera rentré, toi, tu descends discrètement et tu cours vers sa camionnette. Je veux que tu jettes un coup d'œil à l'intérieur.

– Qu'est-ce que tu crois qu'il trimballe là-dedans ?

– Je n'ose même pas imaginer. Tu peux y aller maintenant. Vas-y !

Skarre se glissa hors de la voiture et courut, courbé en deux, partiellement caché par une rangée de véhicules en stationnement ; il se faufila derrière la camionnette, posa une main de chaque côté de son visage pour mieux voir. Trois secondes plus tard, il revint à toute vitesse. Il s'affala sur le siège.

– Un tas de tapis. Et la Suzuki d'Halvor. Elle est à l'arrière de la fourgonnette, avec le casque sur le guidon. On fonce ?

– Non. On attend là, calmement. Je parie qu'il ne restera pas longtemps.

– Après on continue à le filer ?

– Ça dépend.

– Il y a de la lumière ?

– Je n'en ai pas vu. Le voilà, il redescend !

Ils se baissèrent. Johnas s'immobilisa sur le trottoir, observant le haut puis le bas de la rue, avant de scruter la longue rangée de voitures garées sur le côté gauche. Rassuré, il se dirigea vers son Transit, grimpa à l'intérieur, démarra et entreprit de reculer. La tête de Skarre dépassait à peine du tableau de bord.

– Tu vois ce qu'il fabrique ? demanda Sejer.

– Il déboîte. Il part. Non, il fait une marche arrière pour se garer à cul devant l'entrée de son immeuble. Il court vers la porte arrière. Il sort un tapis roulé. Il s'accroupit. Il le hisse sur son épaule. Ça a l'air vachement lourd ! Bon Dieu, il en tombe presque par terre !

Skarre voyait Johnas chavirer sous le poids du tapis.

– Il rentre. Il essaie probablement de le faire entrer dans l'ascenseur.

– Surveille la façade, Skarre, regarde s'il donne de la lumière !

Tout à coup, Kollberg se mit à geindre.

– Tais-toi, mon vieux !

Sejer se retourna pour lui administrer une petite tape. Ils attendirent, les yeux braqués sur la façade.

– Ça y est, il y a de la lumière au troisième, juste au-dessus de la saillie là, tu le vois ?

Sejer laissa son regard glisser sur la façade. La fenêtre n'avait pas de rideaux.

– On y va maintenant ?
– Du calme ! Johnas est malin. Il faut attendre un peu.
– Mais attendre quoi au juste ?
– Le voilà qui éteint. Peut-être qu'il va ressortir. Planque-toi, Skarre !

Ils se plièrent à nouveau en deux. Kollberg continua à gémir.

– Si tu aboies, tu n'auras pas à manger pendant une semaine ! chuchota Sejer.

Johnas ressortit. Il avait l'air exténué. Cette fois, il ne regarda ni à droite ni à gauche, il se rassit devant le volant, claqua la portière et mit le contact.

Sejer ouvrit doucement sa portière.

– Suis-le. Conserve bien tes distances. Moi, je vais monter à son appartement pour vérifier.
– Comment tu vas entrer ?
– J'ai suivi une solide formation dans l'art du crochetage. Pas toi ?
– Mais si, bien sûr !
– Ne le perds pas de vue ! Reste là jusqu'à ce que tu le voies disparaître au coin, après tu le files. Il va probablement attendre qu'il fasse nuit noire. Quand tu verras qu'il prend le chemin du retour, tu vas au commissariat chercher des hommes. Arrête-le chez lui. Ne lui laisse pas le temps de se changer ni de déposer quoi que ce soit, et pas un mot au sujet de cet appartement ! S'il fait une halte en cours de route pour se débarrasser de la bécane, ne fais rien pour l'arrêter. Compris ?
– Mais pourquoi ? s'étonna Skarre, perplexe.
– Parce qu'il est deux fois plus grand que toi !

Sejer se glissa au-dehors, saisit la laisse de Kollberg et le tira. Il s'accroupit derrière la voiture juste au moment où Johnas enclenchait les vitesses du Transit pour commencer à descendre la rue. Skarre patienta quelques secondes, puis le suivit.

Sejer regarda les deux véhicules s'éloigner et disparaître à droite dans la montée. Il traversa la rue, appuya sur une sonnette au hasard et grommela « Police » dans l'interphone. La porte émit un sifflement. Il pénétra à l'intérieur, négligea l'ascenseur au profit des escaliers qu'il grimpa en vitesse jusqu'au troisième étage. Il y avait deux portes, sans plaques, sur le palier ; il se tourna sans hésitation vers celle de l'appartement qui donnait sur la rue. Il nota avec soulagement qu'elle était dotée d'une simple serrure demi-tour. Il ouvrit son portefeuille et chercha une carte en plastique. Il faillit utiliser sa carte bancaire, mais lui préféra sa carte d'abonnement à la bibliothèque qui portait, au revers, la devise « Le livre ouvre toutes les portes ». Il sourit. Quand il la glissa dans l'interstice, le pêne céda doucement. Cette serrure si vulnérable n'avait en fait pas grand-chose à protéger : l'appartement, quasiment vide, ne contenait rien qui eût une véritable valeur. Il découvrit la boîte à outils, au milieu de la pièce et deux tabourets sous la fenêtre. Une petite pyramide de pots de peinture et un bidon de cinq litres de White Spirit étaient entreposés sous l'évier de la cuisine : Johnas était visiblement en train de retaper l'appartement. Sejer observa l'endroit d'un œil d'expert : c'était un appartement clair et ouvert, avec de grandes baies cintrées, assez en retrait de la rue pour être à l'écart du plus gros de la circulation, avec une jolie vue lointaine sur la brasserie qui se reflétait dans l'eau du fleuve. L'immeuble datait sans doute du début du siècle, si on en jugeait par les magnifiques rosaces de plâtre ornant les plafonds. Il se promena tranquillement d'une pièce à l'autre en examinant ce qui l'entourait : l'absence de téléphone et de meubles ; la présence de cartons marqués au feutre. Il refit le tour. Chambre à coucher. Entrée. Cuisine (une bouteille de Cardinal à moitié pleine sur le plan de travail ; Kollberg qui reconnut l'odeur de la peinture, de la colle pour papier peint et du White Spirit). Séjour (plusieurs tapis roulés ensemble sous la fenêtre). Il refit encore un tour. Kollberg, très agité, errait çà et là. Sejer se mit dans son sillage, ouvrant un placard de temps à autre. Le tapis si lourd n'était visible nulle part. Le chien se mit à geindre en s'enfonçant dans l'appartement. Sejer le suivit.

Il se posta enfin devant une porte, les poils hérissés.
– Qu'est-ce qu'il y a ?

Kollberg, très excité, renifla l'espace sous la porte, qu'il se mit à gratter. Sans savoir pourquoi, Sejer regarda par-dessus son épaule : il avait l'étrange sentiment que quelqu'un le guettait. Il posa la main sur le bec-de-cane et ouvrit. Quelque chose de noir frappa brutalement sa poitrine avec une extrême violence. Aussitôt, tout ne fut que chocs, douleurs, feulements, grognements et aboiements hystériques. Une énorme créature enfonçait ses griffes dans son torse. Ce ne fut que quand les mâchoires de Kollberg se refermèrent comme un piège que Sejer reconnut le doberman de Johnas. Il heurta le sol, les deux chiens sur lui. D'instinct, il fit l'équivalent d'un roulé-boulé, les mains sur la tête et se dégagea. Il chercha éperdument quelque chose pour frapper, mais il ne vit rien. Il se précipita dans la salle de bains où il découvrit un balai-brosse, s'en saisit, ressortit en trombe et courut vers les chiens. Ils se défiaient en grognant à environ deux mètres l'un de l'autre, babines retroussées.

– Kollberg ! hurla-t-il. C'est une chienne, bon Dieu de merde !

Héra était dressée comme une panthère, prête à l'attaque ; ses yeux brillaient comme deux phares jaunes dans sa tête noire. Kollberg avait plaqué ses oreilles en arrière. Sejer leva doucement le balai-brosse et avança de quelques pas. Il sentait le sang et la sueur ruisseler sous sa chemise. Kollberg l'aperçut, se figea et oublia l'espace d'une seconde de surveiller l'ennemie, qui en profita pour bondir, la gueule ouverte. Sejer ferma les yeux et cogna. Il la frappa au cou et crispa les yeux de remords lorsque la chienne s'affala. Elle restait là, allongée, en geignant. Il la saisit par le collier, la traîna derrière lui, ouvrit la chambre, l'y poussa et claqua la porte. Puis il se laissa aller contre le mur et s'effondra sur le sol, fixant Kollberg qui avait conservé sa position défensive au centre de la pièce.

– Merde quoi, Kollberg ! C'était une chienne !

Il s'épongea le front. Kollberg le rejoignit et lui lécha le visage. Derrière la porte, ils perçurent les gémissements d'Héra. Il resta ainsi un moment, le visage caché dans les mains, essayant de se remettre du choc. Puis il fit un constat des dégâts : ses vêtements étaient déchirés, couverts de poils de chien et de sang. Kollberg saignait d'une oreille. Il finit par se remettre sur pieds et se dirigea vers la salle de bains. Sur un plaid, dans la douche, il découvrit tout à coup quelque chose de noir et d'aussi doux que la soie qui piaillait douloureusement.

– Pas étonnant qu'elle ait attaqué, murmura-t-il. Elle voulait protéger son chiot !

Le tapis qu'il cherchait se trouvait le long d'un mur. Il s'accroupit et l'examina. Il était étroitement roulé, recouvert de plastique et scotché avec ce genre de ruban adhésif impossible à enlever. Il s'y attaqua, tirant, arrachant. Kollberg voulut se mettre de la partie mais il le repoussa. La sueur dégouliner sous sa chemise. Héra gémissait toujours dans la chambre. Enfin, il réussit à décoller le scotch et se mit à déchirer le plastique. Il se leva, tira le tapis dans le séjour, s'accroupit de nouveau et appliqua une forte poussée sur le cylindre. Le tapis se déroula, lentement, lourdement. Il y avait un corps comprimé à l'intérieur. Son visage était défoncé, de l'adhésif obstruait la bouche ainsi qu'une partie du nez – ou plutôt ce qu'il en restait. La vue d'Halvor le fit chanceler. Il dut se retourner et s'appuyer un moment contre le mur du couloir. Puis il détacha le téléphone mobile de sa ceinture, regarda par la fenêtre et composa un numéro. Il suivait des yeux une péniche qui glissait sur le fleuve. Il déchiffra son nom : *Hexagone* de Brême. Puis il l'entendit ululer avec un bruit long et mélancolique. Comme si elle disait : me voilà. J'arrive, j'arrive, il n'y a pas le feu.

— Konrad Sejer, 15 rue Oscar, annonça-t-il dans le combiné. J'ai besoin de renforts et d'une ambulance.

* * *

— Henning Johnas ?

Sejer faisait tourner un stylo entre ses doigts en le regardant fixement.

— Tu sais pourquoi tu es là ?

— Qu'est-ce que c'est que cette question ? répondit l'autre d'une voix rauque. Je vais te dire une bonne chose : il y a des limites à ce que je peux supporter. S'il s'agit d'Annie, je n'ai plus rien à dire.

— Il ne s'agit pas d'Annie, tempéra Sejer.

— Bon.

Il se balança un peu sur sa chaise et Sejer eut la certitude d'avoir saisi une lueur de soulagement sur son visage.

— Halvor Muntz s'est comme volatilisé. Tu es toujours certain de ne pas l'avoir vu ?

Johnas pinça la bouche.

— Absolument certain. Je ne le connais pas.

— Je répète : tu en es sûr et certain ?

– Tu vas peut-être pas me croire, mais ma tête fonctionne encore assez bien, malgré le harcèlement de la police !

– On voulait seulement comprendre ce que faisait la moto d'Halvor dans ton garage. À l'arrière de ta camionnette Transit.

Johnas eut un hoquet de surprise.

– Pardon ? Qu'est-ce que tu dis ?

– La bécane d'Halvor.

– C'est celle de Magne, murmura-t-il. Je dois l'aider à la réparer.

Il parlait vite, sans le regarder.

– Magne roule en Kawasaki. D'autre part, tu ne connais rien à la mécanique, tu travailles dans un tout autre domaine, c'est le moins qu'on puisse dire. Essaye autre chose, Johnas.

– D'accord, d'accord !

Perdant soudain tout contrôle de soi, il se retint à la table des deux mains.

– Il est entré dans mon magasin, comme ça, et il s'est mis à me chercher des noises. Bon Dieu, qu'est-ce qu'il m'a fait chier ! Cette espèce de fêlé de drogué prétendait m'acheter un tapis. Sans l'ombre d'un sou, bien sûr. Les gens glauques qui traînent dans ma galerie, j'en ai ma claque. Alors j'ai perdu mon sang-froid. Je lui ai administré une bonne raclée. Il s'est barré comme un petit merdeux. Et il a laissé sa moto et tout le toutim. Je l'ai balancée à l'arrière de la camionnette pour la ramener chez moi. En guise de punition, il lui faudra venir me supplier de la lui rendre.

Sejer considéra avec insistance ses articulations écorchées.

– Pour une simple raclée, ta main en a pris un sacré coup, non ? Le problème, c'est que personne ne sait où se trouve Halvor.

– Il a dû s'enfuir la queue entre les jambes. Si tu veux mon avis, il ne doit pas avoir la conscience bien nette.

– Tu as une idée ?

– Tu enquêtes sur le meurtre de sa petite amie. Tu devrais peut-être commencer par là, non ?

– Comme tu veux. Mais il ne faut pas que tu oublies une chose, Johnas : tu habites dans un tout petit bled. Les rumeurs s'y répandent comme une traînée de poudre !

Johnas transpirait si abondamment que sa chemise lui collait au corps.

– Je vais déménager, de toute façon, souffla-t-il.

– Tu nous l'as signalé, en effet. En ville, c'est ça ? Donc, tu lui as donné une bonne leçon. Mais, après tout, laissons Halvor de côté pour l'instant.

Sejer recommença à jouer avec son stylo. Apparemment mal à l'aise.

– Tu perds facilement ton sang-froid, hein Johnas ? Parlons un peu de ça. Venons-en à Eskil.

Johnas eut de la chance. Il venait juste de se pencher pour prendre ses cigarettes dans la poche de son blouson. Il mit longtemps à se redresser.

– Non, gémit-il. Je n'ai pas la force de parler d'Eskil.

– On prendra tout le temps qu'il faudra, déclara Sejer. Commençons par le 7 novembre, à partir du moment où vous vous êtes levés, ton fils et toi.

Johnas secoua la tête en s'humectant nerveusement les lèvres. La seule chose à laquelle il parvenait à penser, c'était à la disquette, cette disquette qu'il n'avait pas eu le temps de lire. Sejer la lui avait confisquée. Et Sejer savait peut-être ce qu'Annie avait écrit. À cette seule idée, il faillit s'effondrer.

– Ça m'est difficile d'en parler. Je me suis efforcé de dépasser tout ça ! Mais qu'est-ce que tu cherches, bon Dieu, avec cette vieille tragédie ? Tu n'as rien de plus récent pour occuper ton temps ?

– Je comprends que ce soit difficile. Essaye tout de

même. Je sais que ça a été dur pour vous et qu'en fait, vous auriez dû bénéficier d'une assistance psychologique pour faire face. Parle-moi de lui.

– Mais pourquoi ? Pourquoi veux-tu parler d'Eskil ?

– Ce petit garçon faisait partie de ce qui était important dans la vie d'Annie. Et tout ce qui concerne Annie doit être mis en lumière.

– Je comprends, je comprends. Je suis juste troublé. Pendant un moment, j'ai cru que tu me soupçonnais, oui, tu sais, d'avoir quelque chose à voir avec la mort d'Annie.

– Est-ce que toi, tu avais un mobile pour le meurtre d'Annie ?

– Bien sûr que non, répondit-il fébrilement. Mais, pour être franc, ça m'a coûté de vous appeler pour vous dire que je l'avais prise dans ma voiture. J'étais quand même conscient que cela attirerait l'attention sur moi.

– On l'aurait appris de toute façon. Quelqu'un vous a vus, tu sais.

– C'est à ça que j'ai pensé. C'est pour ça que je vous ai appelés.

– Parle-moi d'Eskil, répéta Sejer imperturbable.

Johnas s'affala sur sa chaise et tira sur sa cigarette. Il semblait désemparé. Ses lèvres bougeaient, mais pas le moindre son ne sortait de sa bouche.

Il avait tout préparé mentalement, mais en cet instant la pièce rapetissait et tout ce qu'il percevait, c'était la respiration de l'homme assis de l'autre côté de la table. Il jeta un œil à l'horloge murale pour mettre de l'ordre dans ses pensées. La soirée commençait à peine. Il était six heures.

Il était six heures. Eskil s'est réveillé avec des cris de joie. Il sautillait dans le lit autour de nous, en se jetant d'un côté puis de l'autre. Il voulait se lever tout de suite. Astrid avait besoin de se reposer encore un peu, elle avait mal dormi, alors c'était à moi de me lever. Il m'a suivi de la chambre à la salle de bains en s'accrochant à moi. Ses bras, ses jambes étaient partout à la fois et sa bouche n'arrêtait pas de déverser un flot ininterrompu de bruits et de hurlements. Ensuite, il s'est tortillé comme une anguille pendant que j'essayais de l'habiller. Il ne voulait pas que je lui mette de couche. Il ne voulait pas de la grenouillère que j'avais sortie, il tirait constamment sur tout ce qui traînait et il a fini par grimper sur le couvercle des toilettes pour atteindre l'étagère. Les flacons et les bouteilles d'Astrid se sont fracassés dans le lavabo. Je l'ai pris pour le poser par terre et je me suis immédiatement fait piéger dans l'engrenage habituel. J'ai réussi à pousser un comprimé de calmant dans sa bouche, mais il l'a recraché, il s'est suspendu au rideau de la douche et il est parvenu à l'arracher. J'ai essayé de m'habiller tout en le surveillant pour qu'il ne se fasse pas mal, pour qu'il ne casse rien. On était enfin prêts tous les deux. Je l'ai pris dans mes bras pour l'emmener dans la cuisine et l'installer dans sa chaise. En traversant la pièce, il a brusquement jeté la tête en arrière et il m'a heurté la bouche. Ma lèvre a éclaté. Ça s'est mis à saigner. Je l'ai attaché et je lui ai préparé une tartine, mais il ne voulait pas manger ce que je lui avais fait, il secouait la tête et il a repoussé l'assiette sur la table en criant qu'il voulait de la saucisse à la place.

— Johnas ? dit Sejer. Parle-moi d'Eskil.

Johnas revint à lui et le regarda. Il prit enfin une décision.

— Bien. Comme tu veux. Le 7 novembre. Un jour comme tous les autres, c'est-à-dire un jour cauchemardesque. C'était une véritable torpille, il laissait la famille dévastée derrière lui. Magne avait de plus en plus de mauvaises notes à l'école, il ne supportait pas de rester longtemps à la maison et disparaissait tous les après-midi et tous les soirs chez ses copains. Astrid manquait toujours de sommeil et moi, je ne parvenais pas à respecter les horaires d'ouverture du magasin. Chaque repas était une épreuve. Annie. Annie était le seul rayon de soleil dans notre existence de fous. Elle venait le chercher quand elle avait le temps. Et alors, le calme régnait dans la maison comme après la tempête. On s'affalait là où on se trouvait ; on s'effondrait complètement. On était exténués et désespérés. Et personne ne nous aidait. On nous a clairement fait comprendre que cela ne s'arrangerait pas en grandissant, qu'il souffrirait toujours de problèmes de concentration, qu'il serait hyperactif pour le reste de ses jours et que toute la famille devait s'organiser en conséquence pour les années à venir. Pour des années... Tu peux imaginer ?

— Et ce jour-là, tu t'es disputé avec lui ?

Johnas laissa échapper un rire dément.

— On était constamment en conflit. Toute la famille avait sombré dans la névrose. On n'avait aucune compétence pour s'en débrouiller. On criait et on se fâchait. Notre vie, sa vie n'étaient qu'engueulades et terreur.

— Raconte-moi ce qui s'est passé.

— Magne a passé la tête dans la cuisine pour nous dire au revoir. Il est parti attendre le car scolaire, son sac sur le dos. Il faisait encore nuit dehors. J'ai préparé une tartine et j'ai mis de la saucisse dessus, comme il me l'avait demandé. Je l'ai coupée en dés, même s'il pouvait manger la croûte sans problème. Pendant ce temps-là, il cognait sa tasse sur la toile cirée en hurlant et en criant, pas de joie ou de colère, non, simplement pour émettre un flot régulier de bruits. Soudain, il a aperçu les gaufres qui étaient sur le plan de travail depuis la veille. Il s'est mis à me tanner pour que je les lui donne et j'avais beau savoir que de toute façon il gagnerait, j'ai refusé. Or, dire « non » revenait à agiter un chiffon rouge sous son nez et ça n'a pas manqué. Il tapait avec sa tasse de plus belle et se balançait d'avant en arrière sur sa chaise qui menaçait de basculer. Comme je me dirigeais vers le plan de travail, je me suis mis à trembler. J'ai fini par avancer en crabe le long de la paillasse, j'ai attrapé l'assiette, arraché le film plastique et pris une plaque de cinq gaufres. Après avoir jeté les morceaux de saucisse à la poubelle, je les ai posées devant lui. Je lui ai détaché deux cœurs. Je savais bien qu'il n'allait pas se mettre à les manger dans le calme et la sérénité, qu'il exigerait encore des choses de moi. Il voudrait de la confiture dessus. J'ai tartiné en vitesse les deux cœurs de confiture à la framboise, les mains tremblantes. Juste à ce moment-là, il a souri. Je m'en souviens tellement bien de son tout dernier sourire... Il était content de lui. Je n'ai pas supporté qu'il soit si content alors que moi j'étais au bord de la dépression. Il a soulevé l'assiette de gaufres et s'est mis à la cogner contre la table. Il n'en voulait plus. Il s'en foutait des gaufres. La seule chose au monde qu'il voulait, c'était qu'on fasse ses quatre volontés. Les gaufres sont tombées par terre. J'ai voulu chercher la serpillière. Je me suis retourné, mais je ne l'ai pas trouvée. Alors, j'ai ramassé les gaufres et je les ai pliées. Il me regardait pendant que j'en faisais une grosse boule, l'air très intéressé. Son petit visage n'exprimait aucune crainte de ce qui risquait de venir. Moi, j'étais en ébullition. Il fallait ouvrir la soupape, je ne savais pas comment, mais tout à coup, je me suis penché sur la table et je lui ai fourré les gaufres dans la bouche, je les ai enfoncées aussi loin que j'ai pu. Je me rappelle encore son expression étonnée et les larmes qui jaillissaient de ses yeux.

Johnas se brisa en deux, comme une brindille. Sa cigarette se consumait dans le cendrier.

Et j'ai crié, fou de rage : « Voilà, maintenant tu vas les bouffer, tes putains de gaufres ! »

– Je ne voulais pas ce qui est arrivé !

Sejer déglutit avec peine, détourna son regard, mais ne rencontra rien qui pût brouiller l'image d'un petit garçon, la bouche pleine de gaufres et les yeux écarquillés de stupeur et de terreur. Il considéra Johnas.

– Les enfants, on n'a pas le choix, on devrait les prendre comme ils sont.

– C'est ce qu'ils disaient tous. Ceux qui n'avaient aucune idée de ce que c'était. Personne ne savait ce qu'on endurait. Et maintenant, tu vas m'inculper de maltraitance ayant entraîné la mort d'un enfant. Mais tu arrives trop tard. Je me suis inculpé et jugé moi-même depuis longtemps déjà. Ce que tu feras ne changera rien à l'affaire.

Sejer le fixa.

– Ton inculpation personnelle, elle recouvre quoi exactement ?

– La mort d'Eskil relève entièrement de ma faute. Il était sous ma responsabilité. Mon acte est injustifiable et inexcusable. Mais, c'est la pure vérité, je ne voulais pas ça. C'était un accident.

– Ça a dû être dur pour toi, remarqua Sejer d'une voix douce. Tu n'avais personne à qui confier ta détresse. Et en même temps, tu as probablement l'impression d'avoir payé pour ce qui s'est passé. C'est ça, n'est-ce pas ?

Johnas, le regard fuyant, ne répondit pas.

– Tu as d'abord perdu ton plus jeune fils, ensuite ta femme t'a quitté en emmenant avec elle ton fils aîné. Tu t'es retrouvé tout seul, tu n'avais plus personne !

Johnas se mit à pleurer en émettant un bruit qui faisait penser à de la bouillie qu'il aurait tenté de régurgiter.

– Tu as quand même réussi à te remettre sur pied. Ton chien te tient compagnie. Tu as développé ton affaire, qui marche de mieux en mieux. Il faut beaucoup de force pour tout redémarrer comme tu l'as fait...

Johnas opina. Ces paroles l'apaisaient comme de l'eau fraîche.

Sejer tenait sa cible dans sa ligne de mire ; il pressa sur la détente.

– Et puis, quand tu as enfin réussi à tout contrôler de nouveau et que la vie a repris son cours, Annie a fait son apparition ?

Johnas sursauta.

– Peut-être qu'elle te lançait des regards accusateurs quand vous vous croisiez dans la rue ? Alors, tu as dû t'en étonner, te demander pourquoi elle se montrait si hostile. Et, quand tu l'as vue qui courait avec son sac sur le dos, tu as voulu en avoir le cœur net une fois pour toutes ?

Une jeune femme descendait la rue en courant. Elle m'a tout de suite reconnu et s'est arrêtée net. Son visage s'est crispé et elle m'a lancé un regard hésitant. Toute sa silhouette me rejetait, son attitude dure, presque agressive, m'inquiétait.

Elle s'est remise à courir, sans se retourner. Alors je l'ai appelée : je ne voulais pas laisser tomber, il fallait absolument que je sache de quoi il retournait ! Elle a fini par céder et elle est montée dans la voiture. Elle était assise, les bras refermés sur le sac posé sur ses genoux. Je roulais lentement en cherchant comment engager la conversation tout en me demandant si je n'étais pas en train de me lancer dans quelque chose qui risquerait de se révéler dangereux pour nous deux. Alors j'ai continué à rouler ; sa silhouette tendue était comme un immense reproche vivant.

– J'ai besoin de parler à quelqu'un, ai-je fini par dire avec hésitation, en resserrant fermement mes doigts sur le volant. Ce n'est pas facile pour moi.

– Je sais, a-t-elle répondu en regardant au-dehors. Puis elle s'est retournée vers moi et, l'espace d'une seconde, elle a planté ses yeux droit dans les miens. J'ai interprété ça comme une petite ouverture et je me

suis efforcé de me décontracter un peu. De toute façon, il n'était pas trop tard pour m'arrêter et laisser les choses en l'état. Je la sentais prête à m'écouter. Peut-être était-elle assez mûre pour comprendre ? Peut-être qu'elle n'attendait de moi qu'une espèce de confession, une sorte d'imploration pour obtenir son pardon. Annie... Annie et tout son idéal de justice...

— Est-ce qu'on peut aller quelque part pour parler, Annie ? C'est tellement difficile, ici, dans la voiture. Si tu as un peu de temps, juste quelques minutes... Après, je te conduirai où tu veux.

J'avais conscience de ma voix suppliante et j'ai vu que ça l'émouvait. Elle a lentement acquiescé d'un signe de tête et s'est un peu détendue. Elle s'est laissée aller en arrière sur son siège et s'est remise à regarder le paysage. Un moment après, on est passés devant l'épicerie de Horgen et j'ai remarqué une moto garée juste à côté. Le conducteur était penché sur le guidon, il étudiait quelque chose, peut-être une carte. J'ai pris, en roulant doucement, la route défoncée qui montait vers la colline et je me suis garé au bout du cul-de-sac. Annie a soudain eu l'air inquiet. Quand nous sommes sortis, elle a laissé son sac par terre dans la voiture. J'essaie en vain de me rappeler ce que j'en ai pensé à ce moment-là ; je me souviens seulement qu'on s'est engagés sur le sentier moussu. À mon côté, je sentais la présence altière, jeune, tenace mais pas insensible d'Annie. Elle m'a suivi jusqu'au bord de l'eau et elle s'est assise sur une pierre après un temps d'hésitation. Elle triturait ses doigts. Je me rappelle ses ongles courts et la petite bague à sa main gauche.

— Je t'ai vu, a-t-elle dit doucement. Je t'ai vu par la fenêtre. Juste au moment où tu t'es penché au-dessus de la table. Après, je suis partie au courant. Plus tard, Papa m'a dit qu'Eskil était mort !

— C'est ce que j'avais compris à ton attitude. Chaque

fois que nous nous sommes croisés dans la rue, devant les boîtes aux lettres ou sur le parking, tout en toi m'accusait.

J'ai commencé à pleurer, à sangloter, la tête dans mes mains. Annie gardait le silence. Mais quand je me suis enfin calmé, en levant les yeux, j'ai vu qu'elle pleurait aussi. Je me sentais mieux que je ne l'avais été depuis longtemps. La brise me caressait le dos, il y avait encore de l'espoir.

– Qu'est-ce que je dois faire ? ai-je chuchoté. Comment faire pour dépasser tout ça ?

Ses yeux gris se sont posés sur moi, très étonnés.

– Te dénoncer à la police, bien sûr. Tout leur avouer. Sinon, tu ne retrouveras jamais la paix !

Mon cœur devint si lourd dans ma poitrine ! J'ai fourré mes mains dans mes poches en faisant de violents efforts pour les y laisser.

– Tu en as parlé à quelqu'un ?

Elle m'a répondu très calmement.

– Non. Pas encore.

Alors, désespéré, je me suis mis à hurler.

– Gare à toi, Annie !

Brusquement, c'était comme si je m'arrachais du fond de l'eau, sortant du noir, pour remonter à la surface, à la clairvoyance. Une pensée unique, paralysante, s'est soudain emparée de moi : seule Annie savait ; personne d'autre au monde n'était au courant. J'avais l'impression que le vent tournoyait ; je l'entendais mugir dans mes oreilles... Tout était perdu. Son visage avait la même expression étonnée que celle d'Eskil. Après, j'ai rapidement retraversé la forêt. Je ne me suis pas retourné une seule fois pour la regarder.

Johnas étudiait les rideaux et les tubes au néon du plafond, tandis que ses lèvres formaient des mots qui ne sortaient pas. Sejer le regardait.

– Nous avons perquisitionné chez toi et nous avons recueilli des preuves. Ce sera à d'autres que moi de juger de ta culpabilité. Tu seras inculpé de l'homicide par imprudence de ton propre fils, Eskil Johnas, et d'homicide volontaire sur la personne d'Annie Holland. Tu comprends ce que je te dis ?
– Tu fais erreur !

Sa voix n'était plus qu'un maigre piaillement. Plusieurs vaisseaux éclatés donnaient à ses yeux un ton rougeâtre. Il se mit à farfouiller dans la poche de sa chemise et en sortit d'une main tremblante une petite boîte plate en argent.

– J'ai la bouche tellement sèche, murmura-t-il.

Sejer contempla la boîte.

– Tu n'avais pas besoin de la tuer, tu sais. Elle serait morte de toute façon. Il te suffisait d'attendre juste un peu plus longtemps.

– Tu te fous de moi ?

– Non, dit Sejer gravement. Jamais je ne plaisanterais à propos d'un cancer du foie.

– Allons donc, Annie avait la meilleure santé du monde. Elle se tenait debout au bord de l'étang quand je suis parti et la dernière chose que j'ai entendue, c'était une pierre qu'elle jetait dans l'eau. La première fois que vous m'avez interrogé, je n'ai pas osé raconter qu'elle m'avait accompagné jusqu'à l'étang. Mais c'est comme ça que ça s'est passé ! Elle ne voulait pas revenir en voiture avec moi, elle préférait courir.

Johnas regardait Sejer intensément.

– Tu ne comprends donc pas que quelqu'un est venu alors qu'elle y était encore ! Une jeune femme, toute seule dans la forêt... Ça grouille de touristes, à Kollen. Ça t'est déjà venu à l'idée que tu puisses te tromper ?

– Ça m'arrive rarement. Mais tu sais, Johnas, tu as perdu la bataille : nous avons trouvé Halvor !

Johnas grimaça, comme si on lui perçait le tympan avec une aiguille.
— C'est dur à avaler, n'est-ce pas ?

* * *

Sejer était assis, les mains sur les genoux, tripotant son alliance. Il régnait dans la petite pièce un calme absolu et une obscurité presque totale. Il levait parfois les yeux pour examiner le visage fracassé, méconnaissable, d'Halvor. Sa bouche, à demi ouverte, laissait voir la béance des dents cassées. Son visage avait éclaté comme un fruit mûr ; on ne voyait même plus la vieille cicatrice qui marquait le coin de ses lèvres. Mais le front était intact et on avait peigné ses cheveux en arrière comme pour rappeler sa beauté, sa jeunesse. Sejer se pencha et posa doucement ses mains sur le drap dans le cercle de lumière émanant de la lampe de chevet. Il n'entendait que sa propre respiration et un ascenseur qui bourdonnait faiblement au loin. Soudain, un mouvement sous ses mains le fit sursauter. Halvor ouvrit un œil et le regarda. L'autre était couvert d'une boule de pansement liquide qui avait la consistance d'une gelée, un peu comme une méduse. Il voulait dire quelque chose. Sejer posa un doigt sur sa bouche et secoua la tête.
— C'est sympa de voir ta bouille, mais tu ne dois pas parler. Les points de suture risquent de sauter.
— Berci, murmura Halvor.
Ils se considérèrent un long moment en émettant des petits signes dérisoires : Sejer opinait du chef et Halvor clignait de son œil vert.
— Cette disquette qu'on a retrouvée chez Johnas... C'est une copie exacte du journal d'Annie ? demanda Sejer.
— Boui.
— Rien n'en a été effacé ?

Il remua négativement la tête.
- Rien n'a été modifié ou corrigé ?
Il la secoua de nouveau.
- D'accord, comme tu veux, conclut Sejer lentement.
- Berci !

L'œil d'Halvor se remplit de larmes. Il se mit à sangloter.
- Ne pleure surtout pas ! dit Sejer précipitamment. Les points vont se défaire. Et puis ça va te congestionner le nez. Attends, je reviens.

Il se leva et alla prendre du papier absorbant à côté du lavabo. Puis il lui tamponna l'œil et essuya la morve mêlée de sang qui s'écoulait du nez du jeune homme.
- Tu trouvais qu'Annie était parfois difficile à vivre. Mais, aujourd'hui, tu comprends qu'elle avait ses raisons. Et tout ça, pour la petite Annie, c'était trop lourd à porter. Je sais que c'est con de dire...

Sejer s'arrêta, il avait sincèrement de la peine pour le garçon qui gisait là, dans ce lit, le visage défoncé. Mais il ne savait pas comment le réconforter.
- Tu es encore jeune. Tu as perdu tellement de choses... En ce moment, tu as l'impression qu'il n'y avait qu'Annie, que tu ne veux personne d'autre auprès de toi. Mais le temps passe et les choses changent. Un jour, tu parviendras à penser différemment.

Ben dis donc, comme balourd, je me pose un peu là ! se dit-il tout à coup.

Halvor ne répondit pas. Il observa les mains de Sejer sur le drap, la large alliance en or à sa main droite. Son regard était lourd de reproches.
- Je sais à quoi tu penses, reprit Sejer péniblement. Que j'ai sans doute beau jeu de te dire ça, moi, avec ma grosse alliance d'un centimètre de largeur, tout ce qu'il y a de plus clinquant... Mais tu sais, poursuivit-il en souriant tristement, en fait, ce sont deux alliances de cinq millimètres qui ont été soudées ensemble...

Il recommença à faire tourner la bague.
– Elle est morte, souffla-t-il. Tu comprends ?
Halvor baissa son œil encore plein de larmes et gargouilla :
– Je de debande bardon.

Le soleil inondait enfin la ville ; Sejer et Skarre se promenaient tranquillement dans les rues, le chien entre eux. Kollberg trottinait sans se presser, la queue dressée comme une bannière.
Un bouquet de fleurs pendait d'une ficelle passée autour du poignet de Sejer, des anémones rouges et bleues entourées de papier de soie. Il avait nonchalamment jeté sa veste sur l'épaule et son eczéma le torturait moins que d'habitude. Il allait de son pas ample et tranquille, Skarre devait sautiller à ses côtés. Ils portaient des chemises fraîchement repassées.
Matteus les attendait, excité comme une puce. Il tournicotait de tous côtés avec une immense orque dans les bras, une peluche noire et blanche « Sauvez Willy » presque aussi grande que lui. La première impulsion de Sejer fut de courir à sa rencontre en criant à tue-tête son bonheur, comme on devrait toujours aller vers tous les enfants, avec une joie expansive et sincère. Mais ce n'était pas son genre. Il le prit simplement dans ses bras, tranquillement, en regardant Ingrid qui étrennait une nouvelle robe d'été jaune et rouge, qui lui fit bizarrement penser à une tartine de beurre et de confiture de framboises. Il lui souhaita un bon anniversaire en serrant sa main[1]. Dans peu de temps, ils allaient tous partir de l'autre côté du globe, vers la canicule et la guerre, pour y rester une éternité. Puis il tendit la main à son

---

1. En Norvège, il n'est pas dans les habitudes de s'embrasser, même entre proches : on se serre la main ou bien on s'étreint. (NdT)

gendre en tenant Matteus fermement de l'autre. Et ils s'assirent tous, attendant le repas, sans presque parler, en observant Matteus. Le petit garçon ne poussait jamais le bouchon trop loin. C'était un gamin bien élevé, qui ne criait presque jamais et ne piquait que rarissimement des colères. En fait, il semblait dépourvu de toute pulsion à la révolte ou à la contestation. La seule chose que Sejer ne reconnaissait pas comme venant de sa propre famille, c'était sa petite tendance à l'espièglerie, si charmante. Le quotidien de Matteus n'était que gaieté, amour et sourire, et ses origines, dont ils ne connaissaient pas grand-chose, ne semblaient pas le prédisposer à un comportement susceptible de rendre fou son entourage ou de conduire les siens à dépasser les limites... Les pensées de Sejer divaguèrent du très récent passé, de sa dernière enquête à des souvenirs très lointains quand il habitait rue Gamle Mølle, près de Roskilde, au Danemark, à l'époque où il n'était encore qu'un enfant. Il resta longtemps perdu dans ses souvenirs. Il finit par entendre sa fille qui lui parlait.

– Tu disais, Ingrid ?

Un peu hébété, il la regarda qui repoussait une mèche sur son front tout en lui souriant de cette manière si particulière, réservée à lui seul.

– Coca, Papa ? sourit-elle.

Au même moment, ailleurs, une vieille camionnette hideuse cahotait en descendant la rue en seconde. Le conducteur, un jeune type costaud, aux cheveux tout ébouriffés, stoppa pour laisser traverser une petite fille qui s'engageait sur la chaussée. Elle s'arrêta brusquement.

– Ragnhild ! s'écria-t-il, ravi.

Elle le salua en exhibant la corde à sauter qu'elle tenait à la main.

– Tu te promènes ?
– Je rentre chez moi, répondit-elle avec détermination.

— Écoute ! hurla Raymond d'une voix stridente pour couvrir le vacarme du moteur. Cesar est mort. Mais Påsan a eu des petits !

— Mais, je croyais que c'était un garçon !

— C'est pas toujours facile de voir si c'est un lapin fille ou un lapin garçon avec tous ces poils... En tout cas, il a eu des petits. Cinq ! Tu peux venir les voir, si tu veux.

— Je n'ai pas le droit, répondit-elle, affreusement déçue. Elle scruta la rue, avec le mince espoir que quelqu'un allait apparaître et la sauver de cette tentation étourdissante... *Des bébés lapins !*

— Ils ont des poils ?

— Ils ont des poils et ils ont ouvert les yeux. Je te ramènerai chez toi après, Ragnhild. Viens, ils grandissent tellement vite !

Elle regarda encore une fois dans la rue, ferma les yeux de toutes ses forces et les rouvrit. Puis elle traversa et grimpa dans le véhicule. Ragnhild était vêtue d'une chemisette avec un col en dentelle et d'un tout petit short rouge. Personne ne l'avait vue monter. Les gens s'affairaient derrière leur maison, occupés à planter, à désherber, à tuteurer des rosiers et des clématites. Raymond se sentait très chic dans le vieux coupe-vent de Sejer. Il enclencha les vitesses. La petite fille attendait, exaltée, sur le siège à côté. Il se mit à siffler et jeta un coup d'œil circulaire... Personne ne les avait vus.

RÉALISATION : PAO ÉDITIONS DU SEUIL
IMPRESSION : NORMANDIE ROTO IMPRESSION S.A.S. À LONRAI
DÉPÔT LÉGAL : NOVEMBRE 2003. N° 41327-3 (05-2833)
IMPRIMÉ EN FRANCE